아버지의 일기장

아버지의 일기장

박일호 일기 · 박재동 엮음

2013년 5월 1일 초판 1쇄 발행
2015년 5월 8일 초판 7쇄 발행

펴낸이 한철희 | 펴낸곳 주식회사 돌베개 | 등록 1979년 8월 25일 제406-2003-000018호
주소 (413-756) 경기도 파주시 회동길 77-20(문발동)
전화 (031)955-5020 | 팩스 (031)955-5050
홈페이지 www.dolbegae.com | 전자우편 book@dolbegae.co.kr

책임편집 이현화
디자인 이은정·박정영 | 제작·관리 윤국중·이수민 | 마케팅 심찬식·고운성·조원형
인쇄·제본 상지사 P&B

ISBN 978-89-7199-538-9 03810

아버지의 일기장

만화가 박재동,

아버지의 오래된 일기장에서

부정父情을 읽다

박일호 일기 · 박재동 엮음

돌베개

아버지는 매사에 꼼꼼하고 기록하는 것을 좋아하셨다. '자식은 옆에 있어도 부모가 하는 일은 모른다'며 어머니께 두 분 살아온 이야기를 써서 남겨 재산 대신 후손에게 물려주자고 하셨다. 그러나 아버지는 당신이 쓰신 일기가 책으로 나오리라고는 아마도 생각을 못했을 것이다.

몸이 아픈 아버지가 일기를 쓰고 계시다는 것은 알고 있었지만 읽어본 적은 없었다. 이번에 책을 내면서 일기를 읽어보며 아버지를 만났다. 정말 그 말씀대로 옆에 있었으면서도 나는 아버지를 몰랐다. 교단에서 학생들을 가르치던 아버지가 건강 때문에 만홧가게에 앉아 있게 된 자신의 삶에 대해 어떤 생각을 가졌는지, 밤낮으로 고생하는 아내를 보며 아버지가 무슨 생각을 했는지, 그리고 커가는 자식들을 향한 그리움을 어떻게 달래왔는지 나는

초등학교 때 그린 아버지 모습. 제목은 〈빵 굽다가 잠깐〉이라고 붙였다.

어린 내 눈에 비친 우리집, 만홧가게 '문예당' 풍경. 만화·소설·잡지라고 써 있는 간판을 나는 처음에 만소잡, 화설지라고 읽었다. 무슨 말인지 몰라 어리둥절했다.

참 너무 몰랐다. 나는 그냥 아버지는 늘 아버지이신 줄만 알았다. 만홧가게에 그림처럼 항상 앉아계셨던 모습으로. 늘 병약한 모습으로. 그러나 글을 통해 만난 아버지는 좌절된 꿈과 그래도 남아 있는 꿈으로 매일매일 당신의 철학대로 '생각하는 삶'을 살아간 우리 시대의 한 사람의 모습이었다.

내 입장에서만 보자면 나는 아버지가 병을 얻어 고향을 떠나 부산에서 생활한 덕분에 부산에서 공부하게 되었고, 결국 서울의 대학으로 진출할 수 있었다. 만홧가게를 한 덕분에 어릴 때 말할 수 없이 풍요로운 문화충격을 받았다. 가게를 한 덕분에 늘 현금이 있어서 영화도 실컷 볼 수 있었다.

아버지가 시골에서 교사 생활을 계속 했더라면, 혹은 어지간한 회사원이

대학교 때 그린 어머니 모습.

초등학교 때 그린, 뜨개질하는 어머니와 책을 읽는 아버지 모습.
두 분은 내가 요구한 대로 한참동안 저 자세로 앉아 계셨다.

었다면 꿈도 꾸지 못할 혜택이어서 나는 부모님이 지금의 나를 만들기 위해 만홧가게를 하게 된 것은 아닌가, 하는 생각이 들곤 했다. 물론 나 어릴 때 만홧가게는 너무나 천시를 받았다. 내 마음은 시시때때로 천국과 지옥을 동시에 체험했다. 그 체험은 나로 하여금 만화운동을 적극적으로 하게 해줬다. 요즘도 강연을 할 때 '지금 천한 것이 영원히 천한 것이 아니다. 천한 것 속에는 귀한 것의 싹이 들어 있다'고 말하는 것은 만홧가게였던 우리집에서의 체험 때문이다.

어린 시절 우리집에서 얻은 것은 또 있다. 밤이 되면 아버지와 어머니는 주무시기 전에 그날 만두 몇 봉, 떡볶이 몇 봉, 하면서 지폐 한 장 동전 하나하나를 세며 계산을 하셨다. 나는 매일 밤 그렇게 방바닥으로 떨어지는 동

중학교 때 그린 문예당 풍경.

전 소리를 들으며 잠이 들었다. 동전 하나도 정직하지 않은 것이 없던 삶의 소리였다. 나는 그 소리를 들으며 매일 밤 잠든 것이다. 그 소리와 더불어 자란 것이다.

그렇기 때문에 아버지 어머니의 일하는 모습은 늘 내 맘 한가운데, 가장 깊은 곳에 자리 잡고 있었다. 그래서 일하는 민중의 모습을 자주 그렸다. 내 어렸을 적의 전포동 풍경과 두 분의 일하는 모습, 시장통에서 일하는 아주머니들의 모습이 내 그림 속에서 자연스럽게 나오는 것은 당연하다 하겠다. 내가 방황 끝에 민중미술을 하게 된 것도 두 분의 삶의 모습 때문이다. 도시 빈민 혹은 도시 서민의 모습, 그것이 '나' 속의 민중의 모습인 것을 깨달았 기 때문이다. 1988년부터 시작한 한겨레신문사 시사만화 '한겨레 그림판'

대학교 때 유화로 그린 아버지.　　　　미술선생 시절 유화로 그린 어머니.

을 맡게 된 것도 지금 생각해보면 역시 아버지와 어머니의 삶이 토대가 된 것 같다.

　돌이켜보면 아버지는 전쟁을 거치면서 두 번의 징병과, 업무 중 산재를 당하며 국가가 책임져야 할 것을 개인이 모두 감당하며 살았다. 시대의 병고를 많은 사람들이 그랬듯이 짊어지고 겪으셨으며 어머니의 도움으로 자식들을 바라보며 용기를 내어 꿋꿋하게 살았다. 그러면서도 부당한 것에는 끝까지 물러서지 않고 저항하며 살았다. 그런 모습이 내가 아무것도 두려워하지 않고 마음껏, 양심대로 시사만화를 그리게 한 힘이 아니었나, 싶다. 옳은 것은 끝내는 이기고 만다는 확신과 함께.

미술선생 시절에 그린 유화. 제목은 〈야시장〉.

한겨레신문사 다니며 그린 수묵채색화. 제목은 〈시장 아줌마〉.

아버지의 일기를 읽으며 나의 부모님이 이토록이나 힘들게 사신 줄 몰랐던 젊은 날의 내가 부끄럽다. 자식들에게 힘들다는 내색 전혀 없이, 집 걱정은 말고 하고 싶은 대로 공부하며 살라고 하셔서 정말 그렇게 살아도 되는 줄 알고 살았던 날들이었다. 그 덕분에 자유롭게, 마음껏 그림을 그리면서 지금의 내가 되긴 했지만 그래도 그 고단했을 나날이 죄송하다. 그러나 한편으로는 처음 발병했을 때, 오래 못 살 거라는 암울한 절망 속에서도 끈질기게, 꿋꿋하게 사시면서 결국은 아버지로서, 가장으로서 당신이 해야 할 일을 다 해내고 돌아가신 아버지의 삶에 고개를 숙이게 된다.

다시 아버지를 생각해보면, 예전과는 다른 아버지의 모습으로 떠오른다. 병약하기만 한 모습 대신 가난과 병고와 싸워 이긴 한 사람의 모습으로, 절

한겨레신문사에서 처음으로 그린 만평 〈다윗과 골리앗〉.

망에 대항하여 싸운 사람으로, 불의에 대항하여 싸운 사람으로, 무엇보다 마지막까지 자신과 가족에 대한, 삶에 대한 책임을 다한 사람으로 다시 떠오른다. 피지 못한 꿈을 안고 자식들만은 나보다 나은 삶을 살게 해야겠다는 염원으로 끝까지 살아낸 아버지가 우리 아버지만은 아닐 것이다. 그 시대의 아버지들은 대부분 그러했다. 우리가 지금 이 정도로 살 수 있는 것은 어쩌면 모두 그분들이 자신들의 꿈을 키우지 못하고 접은 덕분일지도 모르겠다.

도시의 골목길 귀퉁이 만홧가게에 앉아 아버지는 꿈을 꾸셨다. 건강한 몸으로 시골에 돌아가 농장을 만들어 거기에서 특용작물을 가꾸며 살고 싶어 하셨다. 지금쯤 아버지는 늘 꿈꾸던 것처럼 맑은 공기, 밝은 햇살 아래 마음

껏 책을 읽고 글을 쓰며 지내고 계실 것이다.

 아버지는 교사였던 시절을 평생 그리워하며 사셨던 것 같다. 그리움은 다시 현실이 되지 못했다. 그렇지만 이 책이 사람들에게 조금이라도 도움이 된다면 교사로 살았던 시절을 못 잊었던 아버지의 오랜 그리움이 조금은 해갈이 된 것은 아닐까 싶다.

2013년 봄날

큰아들 박재동

차례

아버지, 나의 아버지

아버지. 내가 다섯 살 때쯤 나보고 어머니께 가서 "박일호 신봉선 신랑 각시" 하라고 하신 아버지. 아침에 꼭 이를 닦고 발을 씻으라고 하셨던 아버지. 내 키가 아버지 허리에 닿았다고 즐거워했던 날. 아무도 없을 때 그림이 그리고 싶었는데 종이도 연필도 크레용도 없어 송곳으로 장판을 찍어 파도를 그렸는데 나중에 보시고 꾸중하지 않으시고 잘 그렸다고 칭찬하시던 두 분. 평소 그렇게 단정하신 분이 동생이 물에 빠지자 파자마 바람으로 바람같이 달려 나가시던 모습.

마을 사람들이 누구나 신뢰해서 박 선생 말이라면 무조건 믿는 아버지. 책을 좋아하셨던 아버지. 글씨를 잘 쓰셨던 아버지. 온갖 씨앗을 봉지에 담아 씨앗 이름을 써서 천장에 주렁주렁 매달아 놓으셨던 아버지. 도장을 스스로, 또 너무나 독창적으로 새기신 아버지.

나는 1학년 솔반, 아버지는 5학년 달반 담임선생님. 우리 담임선생님이 수업시간에 칼이 없어 나더러 아버지한테 가서 돈 받아 칼 사오라고 했을 때, 수업하던 아버지에게 쭈뼛쭈뼛 찾아갔을 때 아버지는 두말없이 돈을 주셨지만 왠지, 왠지 무서웠어요. 왠지 무서운 아버지. 그림 그리라고 화판을 사줬는데 그림 안 그려서 무지 혼내신 아버지. 3학년 때인가, 전포동 길을 한겨울에 같이 걸어오다가 너무 추워서 그만 내가 울어버리자, "남자가 울면 되나. 참아라."고 하시던 아버지. 그래도 같이 고추 내놓고 오줌 눌 때면 아, 아버지가 무섭지 않을지도 모른다는 생각. 내가 화실 다닌다고 집에 항상 늦게 오자 나중엔 폭발하여 화를 내신 아버지. 아버지 손목을 잡고 반항하고는 골목으로 달려가 나는 울었죠.

모든 일에 빈틈이 없으신 아버지. 그러나 한번 고향 갈 때 다전동 강가에서 세수를 하고는 시계를 놔두고 온 것을 내가 챙겨 '아, 아버지도 실수를 하는구나, 나도 공훈을 세울 수 있구나' 하는 것을 느끼던 날도 있었군요. 너무도 계획적이라 우리를 4년 터울로 낳아 한 해 한 명씩 학교를 진학하게 하여 가계 부담을 줄이려 했다가 나는 재수하고 막내는 일곱 살에 들어가 결국 한 해에 봉땅 같이 진학을 하게 돼 부담이 막중하게 된 아버지.

초등학교 땐 전교 1등을 했던 내가 고등학교 땐 전교 꼴찌를 하자 "1등이 있으면 꼴찌도 있는 법이지." 하셨던 아버지. 그러나 속으론 몹시 충격 받으신 아버지. 중학교 때 미술대회에 같이 가셔서 짜장면 사주신 아버지. '자기 인생은 자기가 알아서'가 가훈인 아버지. 잔소리 안하시던 아버지.

아무리 어려워도 책과 화구는 사주셨던 아버지. 내가 해달라고 하는 것은 뭐든 해주신 아버지. 내가 대학교 때 1년을 쉬면서 돈을 벌어 대학을 다니겠다고 했더니 학업을 중단해서는 안 된다며 고생을 짊어지신 아버지. 어머니.

청춘시절에 병이 들어 모든 꿈이 꺾이자 삶을 포기하려고 하셨던 아버지. 그러나 어머니를 보고 차마 못하고 사신 아버지. 자식들 결혼하고 손자손녀 보실 때까지 힘겹게 그러나 희망을 갖고 성실히 사신 아버지. 병상에서 내가 손을 잡자 새근새근 잠이 들어, 아버지의 아기였던 나처럼 나의 아기가 되어 돌아가신 아버지. 나의 아버지.

일러두기

1. 이 책은 만화가 박재동 선생의 부친 故박일호 선생의 일기 가운데 주요 부분을 발췌, 정리한 것이다. 故박일호 선생은 1971년부터 1989년 소천 전까지 거의 하루도 빠짐없이 일기를 썼고, 그 기록은 수십 권의 일기장으로 남았다. 이 가운데 1973년 6월부터 1975년까지의 일기장은 남아 있지 않아 당시 기록은 책에 실리지 못했다. 다만 이 당시의 가족사는 독자의 이해를 돕기 위해 박재동 선생이 간략하게 정리하여 본문에 밝혀두었다.

2. 고인이 남긴 일기의 원문을 그대로 살리기 위해 맞춤법의 명백한 오류를 바로잡는 것 외에 가급적 문장의 교정은 최소화하고 각 날짜의 제목을 따로 붙였다.

3. 이 책의 🧑부분은 장남 박재동 선생이 박일호 선생의 일기를 읽으며 떠오르는 생각들을 담은 것이며, 👩 부분은 아내 되는 신봉선 여사가 박일호 선생 사후에 쓴, 선생과 자신의 평생을 회고한 기록 가운데 해당 시기와 관련한 내용을 발췌, 정리한 것이다.

4. 1971년 일기를 처음 쓸 당시 박일호 선생은 43세, 아내 신봉선 여사는 41세로, 부산 전포동에서 12년째 만화방 '문예당'을 운영하고 있었다. 전직 교사였던 선생은 뜻밖의 발병으로 13년째 투병 중이었으며, 슬하에는 장남 재동(당시 고3), 차남 수동(당시 중3), 외동딸 동명(당시 초6)을 두고 있었다.

1971년

나무를 심는 마음으로 일기를 시작하다

나무를 심는 마음으로 4월 5일 월요일 맑음

식목일을 맞아 비록 나무 한 그루 심지 못해도 마음속에나마 나무를 심듯 삶의 기록을 심을까 한다. 13년간의 투병 속에 또는 생활의 궁핍 속에 그날그날의 생활을 잊으려고 애를 썼다. 때문에 기록을 남긴다는 사실조차 까마득히 잊고 살았다. 지금 와서 생각하면 차라리 당시의 기록이라도 있었으면 하는 아쉬움이 더러 있다. 내 13년간의 생활은 그야말로 붓으로 또는 말로 표현하기에는 너무나 어렵다. 병마와 가난이 겹친 힘든 생활은 우리 가족, 특히 내 아내가 아니고는 아무도 모른다. 사람마다 살아가는 길에는 저마다의 역사가 있듯이, 우리에게도 굽이치는 물결처럼 사납고도 억센 지난 인생의 역사가 있다. 그야말로 망망대양에 일엽편주가 거친 풍랑을 만나 갈팡질팡하는 꼴과 비긴다면 좋은 표현이 될까. 인생의 좋은 시절을 병마에 송두리째 뺏기고, 어느덧 중년을 넘어서는 내 가슴에는 하루에도 몇 번씩 탄식의 고동이 친다. 10년이면 강산도 변한다는데 그나마 13년간 이 하잘것없는 목숨을 부지해온 것은 오직 한 가지 마음속 굳은 신념 덕분이라 할까? 그 신념을 하루도 저버리지 않고 간직했다. 또 앞으로도 생이 지속될 때까지 간직하리라. 인간의 집념은 무서운 것. 비록 모진 병마라 할지라도 굳은 마음가짐 앞에서는 물러나리라. 이것이 투병을 대하는 나의 신조이다. 식목일과 더불어 한 번 더 다짐해둔다.

미술 대회 다녀온 재동이 4월 6일 화요일 맑음

큰아들 재동이가 진해 군항제 미술 실기 대회에 갔다가 어젯밤 늦게 돌아왔다. 몹시 고단한 모양. 제 어머니가 깨우는 소리가 여러 번 났다. 떠날 때 여비가 흡족하지 못해 좀 시무룩하게 보여 돌아올 때까지 마음이 불안했다. 사람에게는 흡족하다는 것은 없지만 그래도 어느 정도의 족함은 있어야 할 텐데. 넉넉하지 못한 부모를 탓해라.

아이스케키 4월 7일 수요일 맑음

날씨가 포근해지니 계절 변화에 따른 장사치들의 약삭빠른 솜씨로 벌써부터 골목을 누비는 '아이스케키'의 외침이 요란하다. 우리 점포도 며칠 전부터 아이스박스를 놓고 조금씩 팔고 있다. 아이스박스를 놓고 과거 아이스박스에 얽힌 이야기를 아내와 함께 회고해본다. 그때가 아마 10년 전쯤인가 보다. 처음 부산엘 와서 도시의 생태를 모른 우리는 무턱대고 아무 장사라도 하면 되려니 해서 이것저것 했다. 연탄을 판다, 빵을 굽는다, 얼음을 간다, 책방을 본다, 케키를 판다……. 처음은 좀 서먹서먹했지만 궁한 우리 생활과 내 약값 조달을 위해 과거는 잊으려 했고 현실에만 급급했다. 지금은 배달을 해주는 관계로 가만히 앉아서 팔고 있지만 당시는 소매업자가 공장엘 가서 아이스케키를 받아와야 했다. 비록 보잘것없는 시골 교사였지만 그래도 아직 '선생님' 하고 부르는 소리가 귓전에 쟁쟁하건만, 이 몸은 케키통을 둘러메고 골목을 걸었으니, 그 누가 인생의 앞날을 점치리오. 교육계를 등진 지도 어언 십수 년. 병마와 생활에 얽매인 몸은 차츰 도시인의 생리에 젖어만 간다. 차라리 처량하게 외치는 저 소년과 같이 "아이스케키, 아이스케키" 하고 외치면서 골목골목 누벼나 보았으면. 건강이 부럽구나.

한 번 건강을 잃은 남편은 아무리 간호를 해도 도통 차도가 없었다. 많은 돈만 없애고 병은 덜지 못했으니 무슨 면목으로 고향에 돌아가나. 고심 끝에 부산에서 살기로 했다. 무작정 방부터 하나 구해야겠다 생각하고 월셋방을 정했다. '다라이'를 이더라도 부산에 살아야 한다고 마음먹었다. 울산은 남편의 동료, 친구, 친정아버지 친구, 이웃사람 눈이 있어 밑천 없는 천한 장사는 할 수가 없었다. 아무도 모르는 부산에서 맨손으로 부딪쳐볼 생각을 했다. 전포동에 가게를 구하고, 풀빵 장사를 시작했다. 우리의 전포동 생활은 그때부터 시작이었다.

어느날인가 아버지와 둘이서 아이스케키통을 메고 집으로 오는 길에 덥기도 하고 피곤해서 잠시 쉬는 중에 "재동아, 날씨도 더운데 우리 하나씩 먹고 가자." 하셨어요. 그때 제가 "우리가 자꾸 먹으면 장사는 어떻게 합니꺼?" 하니 "하나씩 먹는 건 괜찮다." 하시고 하나씩 먹었죠. 저는 먹으면서도 걱정이 떠나지 않았지요. 그때, 한때 교사로서 빛났던 아버지가 아이스케키통을 멘 모습을 스스로 초라하게 생각하셨는지, 아니면 어린 저만 그렇게 생각했는지는 잘 모르겠습니다.

꿈 4월 17일 토요일 흐리고 비 온 뒤 맑음

농장 경영의 꿈은 오래전부터의 꿈이다. 한때(제대 후)는 농촌에 묻혀 농촌 사업을 해볼 결심으로 온갖 힘을 다 써보았으나, 가정 형편이 허용하지 못해서 결국 본 직업인 교단으로 돌아갔다. 돌이켜보면 16년 전인가보다. 내가 꿈꾸던 것은 첫째가 개간이요, 둘째가 특수작물 재배, 셋째가 양계 등 다각적 농장 경영이었다. 그러나 아직까지도 그 뜻을 이루지 못하고 있다.

요즘 부쩍 농촌 생활이 그립고, 고향으로 돌아가 맑은 공기를 맡고 싶다. 병을 앓고 있는 사람은 도시의 소음, 오염, 악취 등으로 자기도 모르는 사이에 두통과 피로에 지친다. 특히 어느 집 할 것 없이 뿜어내는 연탄 냄새는 참으로 고역이다. 생명까지 앗아가는 연탄가스, 비좁은 땅에 총총 들어박혀 있는 집들, 벌집에서 벌떼들이 나오듯 골목에서 나오는 사람들. 이웃에 누가 사는지, 언제 왔는지 가는지도 모르는 도시 생활. 파릇파릇한 풀밭에 누워 파란 하늘을 덮어 흐르는 구름을 바라보며 마음껏 마시는 그 맑은 공기들. 돌아갈 고향땅.

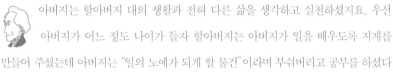

아버지는 할아버지 대의 생활과 전혀 다른 삶을 생각하고 실천하셨지요. 우선 아버지가 어느 정도 나이가 들자 할아버지는 아버지가 일을 배우도록 지게를 만들어 주셨는데 아버지는 "일의 노예가 되게 할 물건"이라며 부숴버리고 공부를 하셨다고 들었습니다. 아버지는 '농사지은 쌀을 쌀 때 사두었다가 비쌀 때 팔자' 하셨지만 할아버지는 '내가 지은 쌀 두고 왜 남의 쌀을 먹냐'고 반대하셨고, 아버지는 쌀, 보리 농사 외의 특용작물 농장의 꿈을 꾸며 토마토를 우리 동네 처음으로 재배하시기도 하셨는데 토마토를 처음 본 사람들이 신기해하면서 우리집에서 돈을 주고 사가던 장면이 기억납니다. 할아버지는 그 밭에서 난 제일 크고 빨간 토마토를 아버지가 드리자 아까워서 못 드시겠다고 부엌 살강(찬장)에 올려두시고 결국 못 드시고 돌아가셨구요.

대견한 수동이 4월 21일 수요일 맑음

수동이가 소풍을 간다고 용돈을 받아갔다. 200원이면 보잘것없는 용돈이다. 그래도 흡족한 모양이다. 싱글벙글하면서 나가는 수동이의 뒷모습을 보면서 본의 아닌 인색함에 나도 모르게 한숨이 나온다. 3시가 넘어서 수동이가 돌아왔다. 공책과 연필을 수북이 갖고 온다. 어디서 났느냐는 물음에 특기를 자랑하여 상을 탔다고 한다. 평소 특기라고 할 것도 없는 듯한데 오늘은 코미디를 한 토막 해서 등수에 뽑히고 학급에서는 사회를 맡았다는 것. 평소 그리 좋지 않은 학업 성적이라 독촉하고 꾸짖기도 했건만 오늘은 어딘가 대견하다. 큰아이도 곧잘 코미디를 하고 모임을 주도한다고 들었는데, 형제라서 닮은 점이 있는 것인가?

저녁식사 후 무언가 모자 간에 소곤소곤하는 눈치다. 아내에게 물으니 용돈 200원을 그대로 갖고 와서 300원짜리 만년필을 사겠다는 것. 오늘은 수동이가 어른스럽고도 대단하게 보인다. 평소 용돈을 잘 쓰지 않는 우리집 아이들이니 당연하다고 여기나, 중학 3학년이 소풍 가서 용돈을 쓰지 않고 갖고 온 그 결심도 보통은 아닐 거다. 자식들에 대한 기대 속에 사는 우리 부부는 오늘따라 즐겁다.

 수동이도 코미디를 한 모양인데 사실 제가 코미디, 그러니까 요즘 개그라고 부르는 걸 많이 했어요. 중·고등학교 때는 제일 유명한 개그맨이었는데 그게 시사만화 하는 데 도움이 많이 돼요. 시사만화에는 개그적 요소가 있어야 성공률이 높거든요.

소풍 5월 1일 토요일 흐린 뒤 맑음

성북초등학교의 소풍날이라 골목을 누비는 행렬이 꼬리를 문다. 모두들 가방에 수통을 둘러메고 천진한 웃음을 띠고 있다. 울긋불긋한 옷차림으로 마치 온 거리에 꽃수를 놓은 듯 물결치는 그 뒤로 묵직한 음식 보따리를 든 학부형(여인들)의 행렬도 볼 만한 일.

내가 시골 학교에 근무할 때의 소풍을 생각하면 오늘과는 비길 수 없다. 주먹밥 한 덩어리 아니면 도시락을 보자기에 싸들고 몇십 리를 걷는다. 유별난 유원지가 없는 시골은 높은 산을 오르거나 산속에 있는 사찰을 구경가는 일뿐이다. 그래도 몇십 리를 걸어서 정상에 오르면 탁 트인 먼 곳을 바라보며 고요한 산속의 정기를 듬뿍 받는다. 좋은 음식도 아니지만 도시락이 꿀맛이다. 등산은 그 맛으로 가는 법. 아! 산이 그립다.

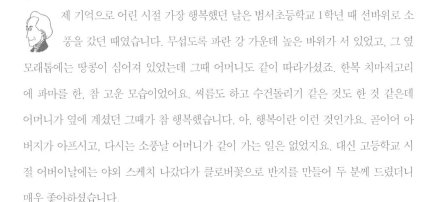

제 기억으로 어린 시절 가장 행복했던 날은 범서초등학교 1학년 때 선바위로 소풍을 갔던 때였습니다. 무섭도록 파란 강 가운데 높은 바위가 서 있었고, 그 옆 모래톱에는 땅콩이 심어져 있었는데 그때 어머니도 같이 따라가셨죠. 한복 치마저고리에 파마를 한, 참 고운 모습이었어요. 씨름도 하고 수건돌리기 같은 것도 한 것 같은데 어머니가 옆에 계셨던 그때가 참 행복했습니다. 아, 행복이란 이런 것인가요. 곧이어 아버지가 아프시고, 다시는 소풍날 어머니가 같이 가는 일은 없었지요. 대신 고등학교 시절 어버이날에는 야외 스케치 나갔다가 클로버꽃으로 반지를 만들어 두 분께 드렸더니 매우 좋아하셨습니다.

선거 운동 5월 16일 일요일 맑음

5·25 선거도 중반전에 접어들어서 골목마다 외치는 마이크 소리가 사람들에게 관심을 호소한다. 이층집 추녀귀에 매달린 큼직한 마이크에서 흘러나오는 금속성 음성은 과연 요란하다. 평소 엿장수의 마이크 소리, 각종 상인들의 선전 확성기 소리와 징·꽹과리 소리 등으로 요란한 거리는 선거 기간을 맞아 더 한층 소란하다.

도심의 소음은 생활을 좀먹는다. 오늘 휴일인 데다 선거 때를 맞아 공술에다 공차를 타고 나들이를 하는 모양. 아침부터 아낙네들이 장구를 메고 골목을 나 보란 듯 활보하고, 그 뒤로 치맛자락을 날리면서 지껄이고 따르는 꼴은 아무리 좋게 보아도 애교로는 보아 넘길 수 없다. 한 가정의 주부로서, 어머니로서 너무도 무게 없는 거동이다. 그들이 집결하는 유원지에서의 모습은 정말 눈뜨고 볼 수 없다. 만취한 여인들의 행동은 남자를 능가한다. 치마는 흘러내리고 머리는 흐트러지고 걸음은 비틀거리며 제풀에 흥거운 여인들. 오전에 갔던 그들은 거나하게 취해 징, 장구를 울리면서 동네를 요란케 한다. 이제는 누구도 흥겨워하는 그들을 좋아하지 않으며 구경하지 않는다. 만성이 된 것이다.

오늘 저녁은 선거 사무소에서 통반별로 음식을 장만하고 한 표를 호소하는 모양. 통장, 반장, 운동원 등이 연달아 찾아와서 봐달라고 하소연한다. 아내가 마지못해 다녀왔다. 보리밥풀로 잉어를 낚는 격인지는 몰라도 전혀 베풀지 않는 것보다야 나으니 그러겠지. 이 땅의 선거 풍토에는 아직도 뭔가 얻는 게 있으려니, 하는 잠재의식이 사람들에게 남아 있다.

선거 풍토 5월 24일 월요일 비

마지막 선거 연설회가 있는 거리에는 우산을 든 몇 사람만 남고 몰아치는 비를 피해 모두들 귀가하니 연사들은 신이 나지 않아 호지부지 끝나고 만다. 해가 저물자 각 당에서 선심성의 선물이 돈다. 신민당에서는 보자기를 나눠주기 시작하더니 얼마 후 공화당에서는 비누 선물이 돈다. 주는 자는 출세를 위해 주고, 받는 자는 무의미하게 받는다. 주는 자나 받는 자나 구실이야 얼마든지 있다. 그러나 선물이란 원래가 순수한 것이 별로 없고 이권 때문에 오고 가는 것이니 그 본래의 뜻을 흐릴 때가 많다.

밤 12시가 넘어서도 사람의 왕래가 많다. 12시가 다 돼서 소위 봉투가 돌기 시작한다. 일금 500원. 공화당에서 돌리는 것. 받을 수도 안 받을 수도 없는 형편이다. 선거법에는 어떻게 되어 있는지 몰라도 선거에서의 사례는 무

서운 것이다. 자유당 때 시작해서 줄곧 계속되는 이 봉투놀음. 그 당시도 십
권당인 자유당에서 봉투를 받은 기억이 나는데 당시 돈으로 500환이었나
보다. 지금은 일금 500원. 얼마 안 되는 돈이지만 그 속에 얼마만큼의 비정
상적인 유해물이 들어 있는지는 이제 이 사회가 말해주고 있다. 들자니 신
민당에서는 일금 1,000원으로 변두리 서민층을 공략하고 있다고 하나 이곳
에서는 보이지 않는다. 선거는 완전히 타락하고 말았다. 얼핏 생각하면 돈
싸움 같은 느낌이다. 그 돈이 세금이고 세금이 우리 돈이고 우리 돈은 또다
시 나온 데로 들어가기 마련이다. 한심한 이 나라의 선거 풍토이다.

선거 5월 25일 화요일 맑음

아침 일찍부터 투표소에 가는 사람으로 골목이 요란하다. 골목의 요소요소
에서 정중하게 인사를 하는 사람이 많다. 평소에 알 듯 말 듯하던 사람도 십
년지기나 된 듯 반기고, 부탁한다는 소리는 한결같다. 이곳저곳에서 인파가
흩어져서 무엇인가 중대사를 논의하는 듯한 모습은 선거 운동이 절정에 올
라서 마지막 득표를 노리는 모양 같다. 그러나 유권자들의 발걸음은 추호도
흐트러지지 않고 여유가 있어 보인다. 투표소 입구까지도 안면 있는 얼굴들
이다. 이곳 선거구는 전국적으로 유명한 곳이라 말썽도 많고 치열한 득표전
을 벌인다고 하는데, 투표소는 평온하고 투표율도 저조한 모양.

　　오후 9시부터 시작되는 개표 광경을 중계하는 라디오 방송은 철야를 한다
고 한다. 오늘 밤샘하는 개표 종사원도 물론이지만 당사자들의 조마조마한
심경을 누가 알리오. 지금 이 시간에도 여전히 각 후보의 득표 수를 발표하
고 있다. 이 밤이 새면 당락의 윤곽이 드러날 것이다.

선거 결과 5월 28일 목요일 흐림

5·25 총선은 예상을 뒤엎고 야당의 진출이 많아 정객들을 놀래키고 있다.

민심은 천심이라고 했듯이 공화당 천지를 예상했던 당초의 예상은 완전히 틀렸고 또한 지방색도 아랑곳없다. 민주주의를 수호해야 한다는 국민의 자각은 권력, 금력도 막을 길이 없었다. 거물급 정객이 낙선되는가 하면 여당의 시대도 지나갔다. 부산, 경남을 보아도 지난 4·27 때 압도적인 공화당 지지가 완전히 바뀌어 부산은 2 대 6, 경남 9 대 9의 비율로 나타났으니 선거 결과는 가히 놀랄 지경이다. 현재 전국 153개 구에서 공화당 86, 신민당 64, 군소정당이 2개 구를 차지하였다. 나머지 우리 선거구(부산진 을구)가 남아 있으나 신민당이 앞서고 있어 신민당은 65석이 무난하다. 전국구 51석 중 공화당 27석, 신민당 24석으로 나누면 전체 의석은 공화당이 113석, 신민당이 89석에 군소정당이 2석이다. 공화당이 과반수가 넘어 제1당이 되었고, 신민당(야당)도 89석이고 2석을 합하면 91석이니 개헌 저지선은 무난하니 일당 독재는 막을 수 있다. 그러나 여당의 무리한 강행 처리와 야당의 반대를 위한 반대가 계속되면 도리어 국정의 혼란을 빚고 말 것이니 바라노니 사욕과 당략에 치우치지 말고 국가를 위한 진지한 선량이 되어주기 바란다.

꽃 모종 6월 5일 토요일 흐림(비)

어제 딸아이(동명)가 학교에서 이름도 잘 모르는 꽃 모종을 가지고 와서 심어야겠다고 야단이다. 꽃 모종은 있어도 심을 땅은 없다. 부득이 깡통에 흙을 넣고 몇 포기 심어두었다. 사실 땅이라 해봐야 집 앞 도로뿐이다. 집 안에 공간이라면 점포, 방바닥 아니면 사람이 다니는 통로가 전부다. 그나마 그 통로도 시멘트로 바르고 흙이란 아예 구경도 못한다. 만약 흙을 볼 정도의 땅이 있다면 그냥 두질 않는다. 부산 땅 한 평에 10만 원 정도로 방 한 칸이면 10여만 원은 하니 그냥 놀려두지 않는다.

땅 몇 평 가지고 싸우고, 더하면 법정까지 가는 도회지의 생태이니 과연 전쟁터이다. 몇백 평 대지 위에 궁전 같은 집을 짓고 담장 위로 우뚝우뚝 솟은 정원수를 가진 집이 있는가 하면, 꽃 한 포기 심을 데가 없을 성도의 협소한 서민주택이 대부분. 그나마 꽃을 가꿀 만한 흙도 없다. 길가의 흙은 연탄재가 아니면 시멘트가 섞인 잡흙. 기름, 오물 등이 있어 식물의 사약(死藥)이다. 딸아이가 파온 흙은 완전히 못 쓰는 흙이다. 차라리 모래가 나으리라. 모녀는 깡통 하나와 화분 하나에 모래를 담고 연약하게 자란 꽃 모종을 심어놓았다. 딸아이는 정성껏 물을 준다. 고개는 푹 꺼꾸러졌으나 파릇한 잎새는 물을 머금고 있다. 흙 없는 이 집에도 꽃 피는 그날을 기다려본다. 대자연이 그립구나.

아내가 없는 밤 6월 8일 화요일 맑음(바람)

아내는 오래간만에 집을 비우고 친정엘 갔다. 아내가 없는 이 밤은 어딘가 허전하고 온기를 잃은 듯하다. 발병 이후 줄곧 가정에만 틀어박혀 바깥과 멀어지고 외출할 기회가 적어서 아내와 별거한 날이 거의 없었기에 혼자서 지낸다는 것이 별달리 허전하다. 아내는 나의 유일한 간호원이요 때로는 의사다. 아내가 옆에 없으면 잠이 안 올 정도다. 아내도 나를 지켜주는 것이 늘 습관으로 배어 있다. 오늘 아침도 떠나면서 마음이 놓이질 않는 모양. 하룻밤만 고생을 하라고 당부를 하고 떠났다. 오래간만에 만나는 친정의 친지들과 생활의 이야기를 꽃피우면서 여유 있게 놀다 와도 허물없으련만 항시 병약한 나를 두고 마음 푹 놓고 놀 수 있겠는가. 원컨대 하루 속히 완쾌한 몸이 되어 남들처럼 부부동반해서 처가 등지로 여행이나 했으면.

 지금 제 나이에 저보다 훨씬 젊은 아버지를 바라보니 참 착한 분이었다는 생각이 듭니다.

빨래 6월 13일 일요일 맑음

일주일간 흐리고 비가 내리던 날씨가 활짝 개었다. 장마 때 우울했던 심정이 환해지는 것 같다. 집집마다 주부들이 해놓은 빨래가 만국기를 달아놓은 듯 울긋불긋하다. 세탁기가 없는 우리 가정에는 빨래 건조가 고역이다. 미관상 좋을 리도 없다.

　빨래, 하니 생각이 난다. 내가 양구에서 동두천으로 이동해와서 부대 편성이 바뀌어 세탁 중대로 배속된 일이 있었다. 처음 만져보는 세탁 기계 앞에서 오돌오돌 떨면서 밤샘을 한다는 것은 여간 고역이 아니다. 일이래야 옷을 넣고 물을 넣고 비누, 약품 등을 넣고는 스위치만 누르면 자동으로 옷이 빨아지고 탈수기에 옮겨서 물을 빼고 건조기에 넣어 말리면 되는 일인데 한 사람이 담당하는 기계가 많아서 조절하기가 힘들었다. 기계는 모두가 자동이었는데도 말이다. 한 달가량 시달렸지만 완전 숙달은 못했다. 그렇지만 과연 기계란 좋은 것이다. 산더미 같은 옷도 몇 시간이면 깨끗하게 된다. 일손이 바쁜 주부들에게 이런 세탁기가 마련된다면 얼마나 좋으랴. 머지않아 우리 사회도 기후(날씨)에 관계 없이 빨래하는 시대가 올 것이다.

비 새는 집 6월 26일 토요일 비

오늘 밤은 오후부터 내리기 시작한 비가 폭우로 변하여 줄기차게 쏟아진다. 듣자니 농촌에는 비가 모자라서 모내기가 중단된 곳도 있다고들 하는데 이번 비로 모내기에 흡족할 것인지. 지역적으로 강우량의 차이가 있으니 알 수 없다. 우리 논에도 물이 흡족하여 모내기가 끝났는지 궁금하다.

　모내기에는 반가운 비이나 폭우가 부산에는 과히 달갑지 않은 곳이 많다. 비만 오면 물소동이 나는 저지대가 그러한가 하면 고지대의 건물들도 마음 놓을 수 없다. 우리같이 평지에 살아도 집이 허술하니 비만 보면 걱정이다. 기와지붕이 새기 때문이다. 오늘 밤도 아내와 둘이서 이 방 저 방으로 물받

침을 준비한다. 전장에 늘통을 달아두고 져다보는 광경이 과히 가소롭다. 날림 공사의 탓으로, 특히 지붕을 인 그날은 몹시 비가 와서 일을 제대로 해내지 못했다. 하루쯤 연기할 수도 있는 것인데 기와공의 스케줄에 쫓겨 강행군을 해서 여름철만 되면 걱정이다. 그 위에다 이웃집들의 공사로 더욱 망가져서 해가 갈수록 심해진다. 기와를 벗겨내고 새로 단장을 한다 해도 거액이 드니 막연히 살아간다. 언젠가는 집을 헐고 새 건물을 지어야 할 텐데 하루하루 생활에 바쁘니 공염불이다.

건축비는 자꾸만 오르고 생활은 점차 벅차가니 늘통이나 달아놓고 웃을 수밖에. 그래도 비가 새거나 지붕이 날아가거나 내 집이니 마음 편하다. 7, 8년 전 남의 집 판잣집에 세 들고 있을 때도 비만 오면 늘통, 대야, 양재기 등으로 온 방에 전시를 이루고 아이들은 한곳에 재우고 한쪽 구석에서 우리 부부가 밤을 지새웠다. 그래도 주인은 주인대로 우쭐했으니 지금 우리집은 궁전이라 할까? 하루속히 물통을 받지 않아도 되는 집을 지어야 할 텐데.

얼음 한 그릇 6월 30일 수요일 비

날씨가 쾌청하고 더위가 시작되어서 아내는 시장엘 가서 빙수에 필요한 재료를 사다놓고 얼음을 갈아야겠다고 벼르고 있는 판인데 공교롭게 장마가 닥쳐서 내친 마음을 잡쳐놓는다.

우리가 부산엘 와서 줄곧 여름이 되면 빙수(얼음)를 해서 여름 용돈을 해쓰곤 했었다. 이 동리에 얼음집이 흔하지 않을 때는 하루에도 20여 인분의 빙수를 했고 여름 수입도 좋았는데, 그간 업자가 늘어나서 지금은 점포를 내서 조금씩 하는 정도다. 한때 단속이 심해서 아내는 즉결에 가서 하루 종일 죄인 노릇도 했다. 말하자면 불량음료 단속에 걸린 것이다. 해마다 벌어지는 행사다. 근래에 와서는 보도는 해도 단속은 별로 보지 못했다.

얼음, 하면 생각나는 것이 있다. 10여 년 전. 그러니까 우리가 부산에 온

다음 해 여름 전 가족이 장티푸스에 걸려 있을 때의 일이다. 지금도 연약하지만 그때 해골이 다 된 딸아이 이야기다. 아내도 뼈만 앙상했지만 두 살 난 딸아이는 먹지 못해 차마 눈뜨고 못 볼 형편이었다. 그래도 입은 살아서 찾는 것이 얼음이었다. '어염, 어염(어름)' 하는 애처로운 목소리. 이미 사경에 이르러 마지막으로 하는 말 같았다. 나는 참다못해 큼직한 그릇에 허연 솜 같은 얼음을 한 사발 갈아서 단물을 담뿍 뿌리고 눈 딱 감고 내밀었다. 명이는 단숨에 다 먹어치우고 어머니 옆에서 앞으로 엎어져 방에 납덩이같이 착 늘어졌다. 눈물이 앞을 가려 먼 산만 바라보며 앞일을 생각했다. 그러나 기적이 일어났다. 우리 명이는 죽지 않고 얼음 한 그릇에 회복되었다. 그때 일이 아주 선하다.

 더운 여름날 학교에서 돌아오면 어머니는 언제나 웃으시며 "재동아, 덥제? 수동아 덥제? 얼음(빙수) 한 그릇 먹어라." 하고 갈아주셨어요. 빙수 기계 앞에서 어머니는 언제나 우리를 웃는 얼굴로 반겨주셨지요.

수험생 큰아이 7월 2일 금요일 흐림 가끔 비

저녁에 큰아이가 좀 일찍 돌아왔다. 대학 입시 관계로 몸이 퍽 고단한 모양이다. 서울대 미술대학을 지망하여 노력은 하고 있는데 결과는 아직 예측할 수 없다. 평소 선택 과목에만 열중해왔는데 금년 들어 예비고사에 합격해야 하고 또 종전 예비고사가 없을 때 빠진 수학 과목이 들어 있다고 걱정이 태산이다. 본래 미술에 큰 뜻을 가졌고 천성이 예술적인 성품이라 딴 방면은 아예 도외시한다. 부모로서 자식들의 원대한 이상에 동조하고 싶지만 현실의 여건이 불가능하니 20대의 끓는 열정과는 타협하기 힘들다. 불가능은 없다는 젊은 세대와, 오랜 세파에 시달린 생활인과의 대화는 엇갈린다. 그래도 너무도 먼 이상론은 현실과는 도저히 타협이 안 된다. 중앙 집중의 교육

풍토는 자라나는 세대에게 자칫 크나큰 실망을 주고 시방 교육을 침체시킨
다. 서울대학이면 만사형통이라는 식의 사고방식은 버려야 하는데, 현실에
서는 아주 일류 학교가 사회의 추앙을 받고 있으니 말이다.

 아버지, 저는 그때 저를 장학생으로 받아준 고마운 스승이신 신창호 선생님 화
실에 다니고 있었지요. 사실 저는 꼭 서울 미대에 갈 생각은 없었습니다. 제 꿈
은 그림을 그릴 수만 있다면 어느 대학도 상관없다는 것이었지요. 부산에 미술대학이 있
었다면 그리로 갔을 텐데 그땐 없었고, 서울에 있는 홍익대 미대는 사립이라 수업료가
비싸 우리 형편으로 갈 수 없었기에 수업료가 싼 국립대인 서울대 미대가 유일한 길이었
어요. 그래서 거길 목표로 한 것이지, 서울대 자체를 목표로 한 것은 아니었답니다. 이후
에 입시 때가 임박하자 친구 덕길이가 서울의 '앙가주망'이란 입시 미술학원에 조금 다
니다가 와서 제 그림을 보더니 선이 너무 촌스럽다며 좀 더 세련되게 쓰지 않으면 서울
미대에 어렵겠다고 조언을 해줬어요. 저는 그때 '난 내가 가꾸어온 나의 이 선을 사랑한
다. 이 선 때문에 서울 미대가 날 버린다면 나도 서울 미대를 버리리라.'라고 생각했어요.

빙수 7월 5일 월요일 맑음

날씨가 갑자기 더워져 시장에 갔던 아내는 온몸이 땀투성이가 되어 돌아왔
다. 오늘부터 빙수를 시작할 양으로 준비를 서둘렀다. 냉장고며 얼음 기계
를 손질해서 정오경에 겨우 첫 얼음을 깎았다. 뒤돌아보면 오랜 세월이다.
10년이면 강산도 변한다고 하는데, 빙수를 처음 시작한 지 어언 10년이 넘
었으니 말이다.

　그런데 날씨가 퍽 더운 편인데 그렇게 많이 나가지 않는다. 수요자들의
경제 사정도 있지만 때로는 이상하게 장사가 잘 안 되는 날이 있다. 오늘 빙
수를 시작한 때문인지 하루 70개 정도 팔리던 케이크도 그대로 남았다. 아내
의 표정은 매우 어두운 것 같다. 하루 종일 분주히 날뛰어도 고작 제자리걸

장사 시작하고 얼마 뒤 초여름이 되자 빙수를 해야겠다고 생각했다. 당장 이튿날 우리 그이와 같이 서면 시장에 가서 수동식 얼음기계를 사고 기술자를 데리고 와서 얼음을 돌려서 가는 법을 배웠다. 얼음 한 관에 4원. 1원짜리 네 그릇만 팔면 얼음 값이 빠진다. 아무리 못 내도 열여섯 그릇은 낼 수 있었다. 거기에 약간의 재료비를 빼도 배 이상 남는 장사였다. 냉장고도 아이스크림도 없던 시대라 아주 인기 있는 빙과류였다. 남녀노소 할 것 없이, 장기판 바둑판 화투판 할 것 없이 모이기만 하면 얼음이었다. 무더운 날 저녁이면 양재기 하나씩 들고 줄을 섰다.

음이니, 저녁에는 아주 녹초가 되어 12시경에 선표를 거둘 때는 눈을 감고 움직이는 판이니 장사란 쉬운 것이 아니다.

박가들 뿔띠 골 7월 22일 목요일 비 온 뒤 흐림

일찍부터 학교에 갔던 수동이가 뛰어왔다. 말인즉, 학급에서 수업 중 소란을 피웠다고 벌을 섰는데 사실은 자기가 아니고 딴 아이 탓이었다는 것. 교사의 명에 못 이겨 한 시간이나 벌을 섰고 꾸중을 받은 모양. 이에 격분한 나머지 자기가 떠들고서 선생님께 고자질한 놈을 서너 번 구타를 했는데 공교롭게도 코 언저리가 다쳐서 병원에서 치료를 받고 오늘 학부형을 부른다는 전갈이다. 잘잘못은 고사하고 구타를 해서 문제이니 아내가 가기로 했다. 쏟아지는 비를 맞으면서 모자가 나가는 꼴을 보니 마음이 착잡하다.

얼마 후에 아내가 돌아왔다. 사실인즉 맞은 학생의 상처가 보통이 아니란다. 코뼈가 상하고 한쪽으로 삐뚤어져서 바로잡는 치료를 했다고 한다. 그 치료비가 800원이고 오늘 재진찰을 해보아야 한다는 것. 오후 4시 30분까지 나와서 상대방 학부형을 찾아서 사과라도 해야 한다고 말하는 담임교사의 태도가 냉정했다고 한다. 상대 학생의 집도 우리 이상으로 극빈자이며 학부형이 학교를 찾는 일은 없는 모양.

수동이는 평소 말이 없고 무뚝뚝한 편인데 불의는 못 참는다. 옛날부터 "박가들 뿔띠 골"이란 말이 있지만 버럭 화가 나면 억센 주먹을 쓰는 모양. 몸이 강건하고 같은 또래치고는 주먹이 센 편이다. 학교에서도 간혹 그런 일이 있다고 담임교사가 귀띔해주었고 얼마 전에도 애먹이는 동네 아이를 두들겨서 학부형의 항의를 받았다. 오후 재진찰 결과 별일 없다는 진단을 받고 깁스를 풀고 돌아왔다고 한다. 결국 치료비 800원만 물고 일단락 지었다. 다시는 이런 일이 없기를 기원한다.

동생 수동이는 저와 달리 키는 작지만 워낙 다부지고 싸움을 잘했어요. 서사 모래골에서 부산 전포동으로 이사 온 첫날, 벌써 싸움이 붙어 토박이 아이 치료비를 어머니가 물어줘야 할 판이었어요. 힘도 좋고 의협심이 있고 또 탈것을 좋아해 자전거를 타다가 이빨을 깨기도 하였고, 고등학교 땐 럭비를 하기도 했지요. 그러나 제 영향을 받아서인지 문학에 빠져 주먹과는 거리가 먼 문학도가 되었습니다.

생일 8월 24일 화요일 흐림

음력 7월 4일, 오늘은 내 생일이다. 1년에 한 번 있는 생일. 이 생에 태어난 날을 기념하는 생일. 모두들 축하하는 날이다. 그러나 나는 오늘 아침 평일과 다름없는 음식으로 이날을 보낸다. 발병 이후 열세 번의 생일을 맞이하건만 생일의 실감을 느껴보지 못했다. 오늘은, 물론 가족에게도 알리지 못한 내 생일. 물론 아내는 알고 있었지만 별미를 먹지 못하는 나를 위하여 차라리 숨기는 편이 낫다는 심사였겠지.

그러나 마음 한구석이 허전하다. 생일을 축하함은 건강하다는 것을 알리는 것인데 내 건강이 떳떳하지 못하니 말이다. 건강만 하다면야 궁한 가운데서도 미역국을 가족들과 함께 즐기고 친구들을 초청하여 맥주라도 나누는 흥취를 겸할 수 있을 텐데, 오히려 평소보다 우울한 오늘이다.

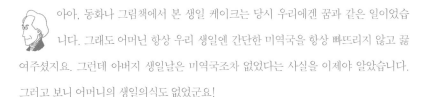 아아, 동화나 그림책에서 본 생일 케이크는 당시 우리에겐 꿈과 같은 일이었습니다. 그래도 어머닌 항상 우리 생일엔 간단한 미역국을 항상 빠뜨리지 않고 끓여주셨지요. 그런데 아버지 생일날은 미역국조차 없었다는 사실을 이제야 알았습니다. 그러고 보니 어머니의 생일의식도 없었군요!

교직 8월 31 화요일 흐림·바람(태풍 여파)

신문에 초등학교 교장·교감 전보, 승진 소식이 보도됐다. 낯익은 이름을 보았다. 초·중교 모두 1년 선배이며 같은 학교(범서교)에서 근무해온 이가 아니가. 평소 깔끔한 직장 생활을 하고 상관에 그리 거슬리지 않는 성품인지라 그가 지닌 재능, 노력을 토대로 교감의 직위는 당연한 일이리라. 오늘 밤은 가족이 함께 앉아 10년 전 범서교 재직 당시의 화제로 꽃을 피웠다.

 아버지, 저도 결국 교사가 되었네요. 서울 휘문고교, 중경고교에서 미술교사를 했지요. 교사 생활이 너무 행복한 나머지 그림 그리기를 소홀히 할세라 그만두긴 했지만, 학교 그만두고 일러스트 회사를 거쳐 한겨레신문 만평가가 되었지만, 교직을 그만두는 날 아버지 생각이 많이 났습니다.

미술 전시회 10월 19일 화요일 갬

큰아들의 미전〔釜高美展〕 관람차 모처럼 나들이를 한다. 고등학교의 마지막 미전이라 꼭 봐달라는 아들의 원을 뿌리칠 수 없어 간 것이다. 하기야 자식이 미술 전시회를 한다면 자랑 삼아 응당 가보아야 할 것이지만 항상 주머니 사정이 좋지 못하니 선뜻 맘을 내지 못한다.

오늘은 빵값 몇 푼을 넣고 전시장으로 나갔다. 오전이라 전시장은 조용하고 미술부 몇 학생만 모여 앉아 더러는 기타를 타고 있다. 모두들 나를 아는지라 인사가 착실하다. 자식의 벗이란 귀한 것. 어버이 된 자가 존경을 받는 대신 그 인사의 답도 쉬운 것이 아니다. 작년보다도 작품들이 우수하다. 재동이는 경제 사정이 좋지 못해서인지 작품이 많지 않고 큼직한 것도 없지만 질적으로 다양하고, 발전한 것 같다. 서울 미대를 향해서 노력하고 있으니 소원 성취를 빌어본다.

 아버지가 제 작품의 크기와 양을 보시고 걱정을 하셨군요. 아버지가 그런 것까지 보시리라는 건 상상도 못했습니다.

재동이는 공부도 잘했다. 부산중학교가 제일로 꼽혔는데 선생님이 무난히 합격할 거라고 하셨다. 중학교 입학 시험을 끝내고 와서는 배가 아파 시험을 망쳤다고 방에 누워 천장을 바라보며 어린것이 긴 한숨을 쉬었다. 나는 나대로 애가 탔다.

합격 발표가 있기 전, 빨래도 하지 않고 머리도 감지 않았다. 발표날이 되어 오후 늦게 돌아온 재동이는 합격이라고 했다. 그동안의 근심을 털어버리고 미뤄둔 빨래도 하고 머리 감고 미장원에 가서 파마도 했다.

모든 엄마들이 만홧가게 드나들면 공부 못하는 아이로 생각하는 시절에 만화방 아이가 부산중학교에 붙었으니, 만화책 속에 묻혀 살아도 제 할 공부는 다 할 수 있다는 증명이 된 것 같아 한편으로 마음이 우쭐해지기도 했다.

다락방의 수동이 11월 9일 화요일 흐리고 비

수동이가 밤 12시가 넘도록 다락에서 공부에 열중이다. 고등학교 입시를 앞둔 시기라 무슨 결심이 섰는지 음침한 다락방에 커튼을 둘러치고 혼자서 마지막 피치를 올리고 있다. 평소 그렇게 열중하지 않던 공부라 성적은 별로 좋지 못하나, 의지가 있어 한번 한다면 관철하는 소유자라 기대해볼 만하다. 사춘기의 아이들이 학업에 싫증 내는 것은 당연한 일이라 할지라도 중학은 기초 학문이니 소홀히 할 수 없다. 평소 적당히 권하지만 공부란 어디까지나 자의(自意)에 의한 것이니 자각의 때가 있으리라. 모쪼록 좋은 결실이 있기를 빈다.

 수동이가 공부하던 다락방은 제가 중학교 때 공부도 하고 만화도 엄청 그렸던 곳이기도 하지요. 저는 만화를 그리다가 어머니가 과일을 깎아오시면 그 위로 교과서를 얼른 덮었습니다. 때로는 수동이를 보초병으로 세워두기도 했어요. 제가 클린트 이스트우드 주연의 〈황야의 무법자〉 같은 영화를 보고 와서 이야기해주면 그 보상으로 이런 심부름을 마다하지 않았던 것이지요. 제가 커서 큰방 옆방으로 내려오자 다락방이 수동이 차지가 되었답니다.

제야의 종소리 12월 31일 금요일 맑음

1971년도 오늘로 그 막을 내리고 지금 이 시각은 벌써 1972년의 첫날이라 하겠다. 자정을 넘은 이 시간에도 망년회의 기분으로 아직도 길거리는 주객들의 노랫소리가 들리고 있다.

  1년이란 세월이 덧없이 흐르고 또다시 한 해를 맞이하는 섣달 그믐밤. 제야의 종소리는 멀리서 은은히 들려오고 향수에 젖은 나그네는 두고 온 고향 산천을 그리며 그 옛날 뛰놀던 고향 산천으로 마음을 옮기고 있다.

1972년

큰아들 재동, 대학생이 되다

새해의 계획

임자년의 새 아침이 밝았다. 묵은해를 보내고 새해를 맞는 첫날에는 무엇인 가 그해의 계획을 세운다. 하루의 일은 아침에, 1년의 일은 연초에, 평생의 일은 젊었을 때라고 했다. 난들 계획이야 없었을까마는 인생이란 계획대로 잘되지 않는 법. 그러나 원대한 꿈을 아직 마음속 깊이 간직하고 있다. 해가 거듭할수록 나의 할 일이 무엇인가 하는 것이 더욱 뚜렷해지고 있다. 소년 적부터 그리는 농촌 사업은 나의 포부라 하겠다. 그날이 올 때까지 끈질긴 투병 생활과 부모로서의 임무인 자식 교육이 남아 있다. 머지않아 자녀교육 도 끝이 나면 나를 낳아준 고향땅으로 돌아갈 것이다. 임자년 원단(元旦)을 맞아 나의 1년 설계는 이렇다 할 별 계획이 없고, 다만 우리 생업에 변화가 없고 진학하는 아이들의 소원성취가 유일한 바람이라 하겠다. 힘에 겨운 진 학이라 할지라도 배움의 길을 막을 수야 있으랴? 지금도 둘째애는 다락방에 서 담요를 뒤집어쓰고 입시 공부에 몰두하고 있다. 큰아이는 무엇을 믿고 있는지 잠꼬대만 하고 있으니 기대에 어긋나지 않을까 염려된다. 하기야 시 험이 인생의 전부는 아니다. 그러나 낙방해서 낙오자가 되지 말아야 하는 것도 중요한 일이다. 자정이 넘은 1월 1일 밤 먼 앞날과 머지않아 다가올 진 학의 희소식을 머리에 그려본다.

아이들 진학

큰아이는 대학 입시 관계로 서울엘 간 지 4일째가 된다. 오늘로 시험이 끝난 다고 하니 결과는 2월 4일경이라야 보겠다. 둘째 아이는 고입 시험에 무난 히 합격하여 싱글벙글이다. 비록 일류교는 못 되어도 합격의 기쁨은 학교의 등급을 가릴 것 없다. 낙방으로 2차 시험에 골머리를 앓고 있는 학생이나 학 부형의 풀 죽은 꼴이란 정말 자식 둔 사람이면 누구나 짐작할 수 있으리라. 세상이란 천태만상이라. 돈 없어 진학 못하는 사람, 돈 있어도 공부 못해서 진학 못하는 사람, 일류병에 걸려 발버둥치는 사람, 한결같이 자기의 분수와 실력에 견주어보고 입시에 임하는 사람은 드물다. 잘하든 못하든 일류교로, 있든 없든 서울 학교로. 이런 풍조는 날이 갈수록 심한 듯하다. 사회가 그렇게 만들고 있다고는 하지만, 너무도 심하다. 몇 배의 부담을 들여 수도 서울에서 수학했다고 반드시 훌륭한 인재가 되는 것도 아닌데, 너도나도 서울을 향해 몸부림 치고 있으니 10 대 1이니 15 대 1이니 하는 경쟁이 나오고 급기야는 갖은 묘책이 나와 뒷소문이 개운치 못한 일도 생긴다. 입시에 임하고 있는 본인이나, 보내고 희소식을 기다리는 부모의 마음은 오직 합격 그것이다. 오늘 밤도 멀리 객지에서 피로에 지쳐 있을 큰아이를 생각하며 앞날을 계획해본다. 금년부터는 중학교, 고등학교, 대학교의 막중한 부담을 져야 할 우리 가정의 앞으로의 운영책을 구상해본다.

재동이는 초등학교 때부터 그림을 썩 잘 그렸다. 전국소년미술대회에 출전해서 우수상도 받았다. 상 받는 사진이 신문에도 실렸다. 재동이는 붓글씨도 잘 썼다. 환경정리 할 때면 붓글씨 쓰는 거며 그림 그리는 거며 선생님이 재동이에게 시키는 것이 많았다. 어느 날은 밤이 되어도 오지 않아 걱정이 되어 학교로 가보니 교실에서 그림을 그리고 있었다. 집에 와서는 마음에 내키지 않는 그림을 그렸다고 했다. 불량식품 사먹지 말자 쓰고, 오뎅 먹으면서 국물을 뚝뚝 흘리는 그림을 그리니 창피해서 혼났다고 말했다. 그 말을 듣는 부모 입장도 불쾌했다.

불량만화 단속 2월 4일 금요일 흐림

아내는 지금 파출소에서 밤을 지새운다. 어쩌다 만화쟁이가 된 죄로 불량만화 단속에 걸려 즉결에 간다고 집을 떠났다. 파출소엘 갔더니 아예 접근조차 못하게 하니, 무슨 큰 죄나 지은 것처럼 구는 딱딱한 순경들의 언동에는 정말 어이가 없다. 그들도 상부의 지시로 단속에 임할 따름이지만, 정말 살

6학년 때였던가요. 어느 날 미술 선생님이 저를 불러 "재동이 너 그림 잘 그리니 포스터를 그려라. 불량식품 먹지 말자, 포스터. 오뎅 먹으면서 국물 뚝뚝 흘리고 그런 거." 저는 몹시 괴로웠어요. 그렇지만 그때는 민주화가 되어 있지 않아서 못한다고 할 수가 없을 때였지요. 미술 선생님은 우리집이 만화가게에 떡볶이, 팥빙수, 오뎅을 파는지 모르는 모양이었어요. 저는 이 그림을 잘 그려야 하나, 못 그려야 하나 고민하였고, 결국 작가로서의 자존심 때문에 못 그릴 수 없어 열심히 그리고 말았지요. 그러고 나서 선생님이 사주는 짜장면이, 맛 없어야 마땅한 그 짜장면이 왜 그리 얄궂게도 맛이 있던지. 집에 와서 아버지께 이 이야기를 하며 "아버지, 우리도 만화방에 오뎅 장사 안하면 안 됩니꺼, 문방구 같은 거……." 그랬지요. 아버지는 한숨을 쉬며 "돈이 있어야제……."라고 하셨지요.

얼음 같은 그들의 태도는 민주 경찰이란 간판만 핥고 있는 듯하다고 할까. 오늘 밤을 지새우고 내일 오후경에라야 즉결 재판을 받는다고 하니, 지루한 시간과 추위를 감당할 수 있을지. 가장으로서 의당 내가 가야 할 처지이나 환자의 몸인지라 아내가 서슴지 않고 나섰다. 파출소에 아내를 남겨두고 돌아오는 발걸음이란 정말 허전하다. 하고많은 직업 중에 만화업에 발을 들여놓게 되어 자칫하면 단속에 걸리고 만다. 사회의 지탄을 받고 끝나는 즉결은 명예롭지 못한 굴욕을 맛보고 사는 영세한 상인에게 아픔을 준다. 해마다 연례적으로 불량만화 단속 기간이 있기도 하지만, 도대체 불량만화란 무엇으로 한계를 짓는 것인지 알쏭달쏭하다. 반공(反共)적인 만화를 보급하라는 당국의 지시에 따르더라도, 간첩을 잡는 데 총을 쏜다고 지적하며 불량만화라고 한다. 그렇다면 간첩을 무엇으로 잡으며, 간첩은 그렇게도 무력하단 말인가. 사실을 부인하는 현실이 도무지 이해가 안 간다. 무제한으로 쏟아져 나오는 만화책인데, 구태여 일선 업소에서 불량만화를 골라야 하는지. 가장 쉽게 할 수 있는 일이 뻔한데. 만화가 사회에 악영향을 끼친다고 한다면 만화방 출입을 금지하면 될 텐데. 위에서 묵인하고 밑에서 단속하는 시책이 정말 한심하다.

 당시 만화는 어린이 청소년을 망치는 사회악으로 지목되어 어린이날만 되면 학부모들이 만화책을 불태웠지요. 이런 일은 영국으로부터 시작하여 일본에서도 그러다가 훨씬 전에 끝나고 만화가 문학과 함께 한 문화로서 대접받고 있었는데 우리나라는 뒤늦게 이런 현상이 일어나고 있었습니다. 어떤 학부모는 우리집에서 만화를 보고 있는 아이의 귀를 잡고 나가면서 "남의 애 다 버리는 장사, 오래오래 해먹어라." 하기도 했구요. 빌려간 만화책을 찢는 학부모도 있었고, 학교에서는 만화방 가지 말라고 종례를 했지요. 그 천시가 조선시대 백정과 같았어요. 아버지는 전포동 만화업소정화위원장을 맡아 가게에서 아이들에게 담배를 못 팔게 하고, 수업 중에 나와 있는 애들을 돌려보내기도 했는데도 말이에요. 저는 만화방 아들로서 보통 하루 20권을 보았는데 1년이면 7천 권, 3년만 해도 2만 권의 만화를 보았지만 그 많은 만화책을 보고 나서 '아, 이제 이 나쁜 책을 보았으니 이제 슬슬 나쁜 짓을 해봐야겠구나.'라고 생각한 적이 한 번도 없었어요. 반대로 글을 깨치고 상식과 지식을 알게 되고 약자를 깔보지 않고 배려하는 마음을 배우고 어려움에 맞서 꿋꿋이 이겨내는 심성과 의지를 배웠지요.

대학 합격 2월 6일 일요일 비 온 뒤 흐림

어제는 기다리는 일이 너무도 많았다. 불량만화 단속 관계로 즉결에 간 아내는 5시가 넘어도 돌아오질 않고, 큰아이 시험 발표는 전화를 몇 번 걸어도 깜깜무소식. 날씨마저 궂은비가 내려 우울한 심정을 더욱 부채질했다. 아내는 6시에 무사히 돌아왔다. 무죄 방면(放免)이지만, 하룻밤을 지새우고 온종일 시달린 데다가 차멀미까지 겹쳐서 까맣게 되어서 돌아왔다. 기진맥진했으나 큰아이의 시험 발표에 신경을 쓰고 애를 태우며 결과만을 기다렸다. 기다리다 못 견뎌 네 번째 공중전화로 걸음을 옮겼으니 마음은 안달이 난 셈. 학교의 전화는 긴 시간 동안 통화 중이라 연결은 힘겨웠다. 때마침 아이 하나가 뛰어와서 전하는 소식. 의심할 정도의 희소식이 아닌가? 정말 믿어지지 않는 꿈 같은 장면이었다. 그것도 큰아이의 친구가 와서 전해주고 빗속으로 사라져갔다. 금년에는 우리집에 서광이 조금 비치는 듯하다. 큰것은 그렇게도 동경하던 서울대학교에, 둘째도 남고에 무난히 합격했다. 동명이도 좋은 구슬을 뽑으리라 믿고 싶다. 그러나 우리는 경제적으로 너무도 무력하다. 지금까지 살아온 사실도 그러하지만, 앞으로도 검소로써 출혈을 막는 생활을 하지 않으면 학업을 이룰 수가 있겠는가? 고정된 수입에 지출은 증대하니 앞날이 암담하다. 허나 인내와 노력으로 극복해야지. 지금까지 우리 가정의 신조를 더욱 굳건하게 지켜나가야지. 아무쪼록 이 서광의 빛이 사라지지 않도록 우리 스스로가 다짐하고 또 다짐해서 초지일관 금자탑을

향해 전진하자!

재동이 합격자 발표 전날. 파출소 순경이 와서 만화책 한 권을 쑥 빼보더니 불량 만화라고 불량만화 단속에 해당된다고 파출소로 가자고 했다. 남편 대신 내가 갔다. 내일 아침 경찰서로 보낸다고 한다. 아픈 남편, 아이들 밥 해주고 내일 아침에 오 겠다고 사정을 해도 소리만 꽥 지른다. 파출소 안 나무의자에 앉아 밤을 새웠다. 무던히 추웠다. 내일이면 서울대학 합격자 발표일. 기다림에 추운 것도 잊었다. 새벽이 오니 신 문이 들어온다. 오는 신문 놓치지 않고 들여다본다. 서울대학 최고 득점자는 실리고 합 격자 명단은 없다. 경찰서로 가서 즉결을 받았지만 무죄. 세 끼를 굶고 추위와 멀미에 지 쳐 다 저녁 때 집에 들어섰다. 첫말이 "재동이는요?" 물으니 "합격하면 일찍 오고 떨어지 면 늦는다더니 아마 안 됐나봐." 한다. 겨우 저녁을 챙기고 있으니 재동이 친구 상석이가 와서 재동이 합격 소식을 알려준다. 부산 전 고교생 중에서 서울 미대는 혼자라고. 우리 는 시들어진 얼굴을 마주 쳐다보면서 환하게 웃었다. 나는 크게 소리 지르고 싶었다. 만 화방 아이도 서울대학 붙었다고. 수동이도 부산남고에 합격하고 명이도 공립 광안여중 에 추첨됐다. 세 아이 모두 갈 길이 정해져서 궁색한 가운데 희망이 싹텄다.

그날, 저는 좀 일찍 화실에서 합격 소식을 들었어요. 먼저 신창호 선생님께 달려 갔지요. 선생님은 두 팔을 번쩍 쳐들고 "재동이, 니 영웅이데이." 하고 함박웃음 으로 반기셨지요. 그리고 영광이 형 등 친구들과 차 한 잔을 하고 좀 늦게 집에 들어가면 서 일부러 떨어진 척 우울한 표정으로 들어가니까 어머니가 "재동이, 축하한다." 하고 웃 으셨지요. "어떻게 알았습니꺼?" 하니 상석이가 비가 부슬부슬 오는데 헐레벌떡 먼길을 뛰어와서 "어머니, 합격했습니더!" 하길래 상석이가 합격한 줄 알고 "아이구, 축하한다." 했더니 "저 말고 재동이요." 하기에 "그럼, 너는?" 했더니 "저는 떨어졌습니더." 하더라 는 것이 아닙니까. 아아, 저라면 그럴 수 있었을까요. 제가 떨어졌어도 상석이는 또 뛰어 와서 떨어진 저를 위로해줬을 겁니다.

송금 3월 13일 월요일

서울의 큰아이로부터 송금해달라는 편지를 받고 북부산 우체국엘 갔다. 오늘따라 웬 사람이 그렇게 많은지 온통 수라장이다. 자식에게 보내는 송금은 처음이다. 앞으로 얼마나 이 우체국에 들락거려야 할 것인지? 신입생이라 각종 잡비가 많이 드는 모양. 평소 검소한 편이나 객지 생활에 역시 돈이란 불요불가의 것. 오늘도 아내는 지금까지 큰아이가 쓴 돈이 10만 원이 넘었다고 한다. 고학(아르바이트)을 하겠다는 다짐은 있지만 아직 신입생인 데다가 낯선 서울이라 쉽사리 자리를 얻을 수 있을지 문제다.

큰아이 소식 5월 10일 수요일 맑음

서울에 간 큰아이로부터 편지가 왔다. 근 한 달간 편지가 없어 궁금하던 차에 반가운 서신이다. 하기야 무소식이 희소식이라고들 하지만, 어찌 어버이가 되어 무심히 넘기겠는가? 아내는 벌써부터 편지를 기다리고 있으면서 수심 어린 표정을 짓곤 한다. 처음으로 자식을 객지에 보낸 부모의 마음은 누구나 마찬가지지만 우리의 처지는 또 다르다. 충분한 뒷바라지를 해주지 못하는 부모의 마음은 쓰리다. 현지의 사연인즉, 무엇인가 아르바이트를 해볼 양이지만 뜻을 이루지 못한다는 것이다. 금년에 대학에 갓 들어간 초년생이 일자리를 얻기란 어려운 법. 고학이란 문자 그대로 고충이 보통이 아닐 것이다. 오늘 편지 받기 전 8일에 2만 원을 보냈다. 우리의 노력과 신념이 헛되지 않길 바라는 마음 간절하다. 모쪼록 건강한 몸으로 학업에 충실하길 빈다.

아이들이 자라니 학비가 큰일이었다. 재동이 하숙비는 한 달이 턱없이 빠르게 다가왔다. 하숙비 만 2천 원, 잡비 8천 원. 매달 2만 원. 우리로선 힘겨웠다. 가정형편을 아는 재동이는 1학년 끝내고 휴학을 하고 1년 돈 벌어서 복학한다고 했지만 우리 부부는 어떤 일이 있어도 학업을 중단해서는 안 된다고 고집해서 계속 학교를 다니게

했다. 이대로는 안 되겠다 싶어 목 좋은 곳에 세를 얻어 빵집을 허기로 결단을 내렸다. 축담 및 하수구 밑에 좌판을 차리고 빙수, 오뎅, 붕어빵, 삶은 계란, 도넛을 팔았다.

 당시 학교는 대학로에 있었고, 하숙집은 명륜동이라 혜화동 로터리에 있는 우체국에서 집에서 보내준 돈을 찾았습니다. 찾아든 2만 원이 꼭 아버지 어머니의 핏덩이 같았습니다.

젊음 5월 27일 토요일 흐린 뒤 비

어제 갑자기 서울에서 큰아이가 내려왔다. 교내 미전으로 월말까지 휴강이라는 것. 오자마자 친구 집들을 찾는다고 이틀간을 싸돌아다닌다. 20대 시절은 무엇보다 친구가 좋은 법이다. 현실의 즐거움, 미래의 희망과 청춘의 발랄한 혈기로 넓은 거리를 좁다는 듯 활보하는 20대, 이는 과연 살아 있는 힘이라 할까? 약동의 물결이라 하겠다. 만약 젊음이 없다면 이 세상은 빛 잃은 보석이라 할 것이다.

관청 출입 6월 19일 월요일 맑음

오늘은 하루 종일 반장 집, 통장 집, 대서소, 동회 등으로 배회하다가 날을 보냈다. 누구를 막론하고 관청 출입을 좋아하는 사람은 없을 것이다. 더구나 요즘의 관청이란 정말 출입하기가 마치 싸움터 나가는 듯하다. 사사건건 서류 뒤에는 팁이 붙는 판이니 돈 없이는 아예 관청 출입은 엄두도 못 낸다. 정당하게 발부받아야 하는 민원도 고의적으로 기피하고, 무언가를 원하는 태도로 시민을 대하니 말이다. 동회 사무실 안의 각종 포스터는 빛 좋은 개살구다. 시정 쇄신이란 말이 아직 사라지지 않고 시정반의 암행 감사가 불과 얼마 전 일인데, 백사(百事)가 돈 놀음이다.

작은아이(수동) 수업료 감면에 필요한 사실증명서 관계로 분주히 걸음을 해 결국 천 원의 수수료를 내고 도장을 받았다. 극빈(곤)자에 한한 것이라 하지만 학교 당국에서 감면의 허가가 난 이상 동회에서 어련히 해줄 임무가 아닌가. 그러나 이것저것 구실을 잡아 기피하고 뒷거래가 아니면 안 된다고 한다. 하기야 우리 자신이 극빈자는 아니지만. 결국 사회의 제도가 합리성이 좀 결여됐다고나 할까? 그리고 각종 수수료는 정당히 내야 하는 것이지만, 거스름돈은 아예 줄 생각을 않고 수고료(팁)로 자진 받는 꼴상이란 정말 아연하다.

자식을 키운다는 것 6월 24일 토요일

"자식을 낳고 키워보아야 부모님의 은혜를 안다." 이 격언은 정말 때가 되면 누구나 절감하게 된다. 서울에 가 있는 큰아이로부터 소식이 왔다. 떠난 지 한 달이 다 돼도 소식이 없어 마음속으로 불안했다. 성인이 다 된 아이지만 부모에겐 항상 어리고 미숙하다. 누구나 보내는 청년기는 자칫하면 가정과 부모도 망각하기 쉬운 시절이다. 이달부터 친구와 같이 방을 얻어 자취를 한다고 간 이후 아무런 연락도 없다가 돌연한 소식이다.

　사연인즉, 방은 여관(숭인동 영남여관)이고 월부책 문제로 연락을 하는 모양. 7월 10일경이면 방학이라고 하니 자세한 사연은 상봉 뒤 하겠지만. 오늘 밤도 이웃 박씨(박평선)가 방문해서 젊은 세대에 대한 이야기로 시간을 보냈다. 우리 사회는 세대 간의 대화가 불통이라 할까(20대와 40·50대). 우리가 자랄 때의 사회제도가 지금과는 너무 다르고 시대의 조류도 많이 변했다손 치더라도, 내일을 바라보는 20대가 퇴폐에 젖어 있고 나태하다면 장래가 염려된다.

남북공동성명 7월 4일 화요일 흐리고 비

어제부터 예고해온 중대 발표(중앙정보부장)가 오전 10시에 있다고 아침 뉴스에서 또 예고한다. 깜빡 잊고 있다가 10시 좀 지나 라니오를 켰다. 놀라운 뉴스가 흘러나왔다. 이후락 중앙정보부장이 깐깐한 목소리로 막 공동성명을 낭독 중이다. 처음에는 얼떨떨해서 반신반의했다. 이어서 이후락 부장이 직접 평양에 가서 김일성, 김영주를 만나고 돌아온 사실이 설명되고 기자들의 질문이 시작됐다. 27년간 장벽으로 갈라져 있던 남북이 서로 대화의 문을 열었다 하겠다. 이 발표가 있고 난 뒤, 신문과 라디오는 온통 공동성명에 대한 방송과 기사뿐이다. 온 민족이 갈망하는 통일에의 길이 한 발자국 가까워진 것인지는 두고 볼 일. 그러나 지금까지의 북한 태도로 미뤄볼 때 과연 우리 겨레의 기대가 그대로 성취될 수 있을지는 의문이다. 우리는 보다 강고한 마음가짐으로 이를 성공의 길로 이끄는 계단으로 만들어야 할 것이다. 오늘 이 공동성명을 전 세계가 톱기사로 다루고, 가까운 일본에서는 상당히 비중 있게 보도하고 방송했다는 소식이다. 아무튼 우리의 소원인 통일이 하루속히 다가오길 두 손 모아 비노라.

대학생 큰아이 7월 8일 토요일 흐리고 비

서울에 간 큰아이가 방학을 해서 돌아왔다. 우리 다섯 가족이 다 모였다. 오늘 밤은 온 가족이 한자리에 모여 살아가는 이야기, 옛이야기로 꽃을 피운다. 우리 인생은 모름지기 행복을 위하여 노력하며 배워나가는 것. 부를 위하여 분수에 맞지 않는 노력보다, 행복을 위하여 실속 있는 노력(참된 노력)을 한다는 게 얼마나 중요한가. 우리 가정은 성실·근면·노력(누구나가 정해두는 가훈)이라는 생활훈에 치중하고 또 실천해왔기 때문에, 아이들도 벌써 지나친 치부의 허영을 원시하고 나의 유일한 신조인 '생각하는 삶'을 살아가고 있는 듯하다. 부를 싫어할 자 없겠지만 어떻게 돈을 잘 쓰느냐가 문제인 것이고, 부자로 살아가면서 자기 삶을 다스리지 못하면 다 소용없는 일이다. 부는 인생을 살찌게 하는 반면, 인생을 망치는 수도 있으니 말이다.

우리 가족은 어쩌다 한 번씩 모이면 노래를 불렀지요. 때로는 제가 녹음기를 친구 지수에게서 빌려와 노래를 녹음하기도 했습니다. 아버지는 〈꿈꾸는 백마강〉, 어머니는 〈찔레꽃〉과 〈봄날은 간다〉가 십팔 번이었지요. 이 세 곡 모두 지금도 제가 즐기는 곡이 되었고, 〈봄날은 간다〉는 지금도 제 십팔번이 되어 있습니다.

아버지의 생활신조, 하면 생각나는 것은 만홧가게 책상 책꽂이 옆에 아버지가 써붙여둔 글귀, '금전을 잃으면 작은 손해다. 신용을 잃으면 큰 손해다. 용기를 잃으면 마지막이다.'를 아버지의 신조라고 생각해왔습니다. 그리고 우리집의 문화는 '자기 삶은 자신이 알아서'였고, 지금 저도 그런 편입니다. 그런데 '생각하는 삶'이 아버지 신조였다니 새롭습니다.

아무튼 꾸준한 노력으로 잘사는 사람이 되어야 할 것이다. 흐뭇한 서녁이다. 아이들의 성장을 바라보는 대견한 마음 표현하기 어렵다. 서광의 그날을.

커가는 아이들 8월 28일 월요일 비 온 뒤 맑음

어제부터 내린 궂은비가 오늘 오전까지 계속된다. 빗속을 뚫고 작은아이(수동이)와 대본 회수차 신진공업사 고지대로 리어카를 몰았다. 성질이 급한 수동인지라 조금만 참으면 소나기가 지나갈 텐데 웃옷을 벗고 빗속을 쏜살같이 내닫는다. 어릴 때부터 강건한 몸이었는데 지금은 17세의 믿음직한 소년이 되었다. 아니 청년 태가 난다. 대견하다. 비록 빈곤 속에 산다 할지라도 성장해가는 아이들을 보고 살아온 보람을 느낀다 할까? 큰아이는 어제 서울로 올라갔다. 2분기 등록금 때문에 쩔쩔매도 보내는 마음은 흐뭇하다. 아침 5시부터 자정까지 온갖 신경을 쓰며 세찬 삶에 허우적거리는 우리지만, 그래도 남부럽지 않게 행복하다. 자식들의 앞날에 등불이 된다면 어떤 어려운 일이라도 달갑게 헤쳐나가야지. 근간에 와서는 내 몸도 좋아지는 듯하다.

남북이산가족찾기 8월 29일 화요일 맑음

역사적인 오늘. 남북이산가족찾기 남북적십자 본회의 개최를 위해 평양으로 떠나는 날. 우리 측 대표 7명, 자문위원 7명, 수행원 20명, 기자 20명, 도합 54명이 27년간 장벽에 막혀 있던 판문점을 통해 '돌아오지 않는 다리'를 넘어 평양으로 가서 그곳 초대소(영빈관)에서 휴식을 취한다는 방송이다. 통일 일보 직전의 남북 대화가 트이기는 했어도 난관은 한두 가지가 아니다. 사상과 이념을 초월한 대화라고는 하지만 공산주의 사회제도와 우리 제도는 너무나 거리가 멀기에 통일이란 참으로 어려운 과제라 하겠다. 그러나 이것이 5천만 겨레의 염원일진대 기필코 성취해서 세계 속의 한국을 만들고 다시는 이 땅 위에 전쟁이란 참화와 그로 인한 헤어짐이란 없어야 한다. 1천만 이산가족이 서로 해후를 한다면 그 장면을 과연 무엇으로 표현하리. 꿈에도 그리던 가족들과 부여안고 기쁨의 눈물을 흘리는 광경이 떠오른다. 우리에게는 비록 이산가족이 없지만 직접 이산의 슬픔을 겪는 그들의 마음은 오죽하랴. 역사적인 오늘, 우리집은 수동이의 생일날이다. 17년 전의 우리 부부를 다시 한 번 뒤돌아본다. 20대 청년이었던 우리가 벌써 40고개를 넘었으니, 흐르는 세월은 빠르기도 하다.

 지금 제가 이때의 아버지보다 열여덟 살이나 많은데 철이 없기는 그때나 지금이나……

남북적십자회담과 뮌헨올림픽 9월 2일 토요일 맑음

요즘은 남북적십자회담(오늘 대표단이 돌아왔음)과 뮌헨올림픽 소식 등으로 동리가 요란할 정도로 집집마다 라디오, TV 등에 정신을 잃고 있다. 오늘 밤도 우리 남자 배구가 압도적으로 승리를 해서 준결승전에 간다는 소식. '피는 물보다 진하다'고 했다. 남북 간의 민족적 대화나 뮌헨올림픽에서 현지(서독)의 교포들이 수천 리를 달려와서 열렬한 응원을 보낸다는 소식은 정말 흐뭇하다. 국내서는 서로 아귀다툼을 해도, 해외에서는 동족끼리 말로는 표현할 수 없는 정을 불러일으키는 모양.

생의 한 페이지 9월 27일 수요일 갬

1년 수개월간 만지작거리던 이 공책(일기장)도 오늘로 끝이 난다. 자정 넘어 펜을 들고 생각나는 대로 적어온 생활의 장. 그나마 요즘 와서 빼어먹기가 일쑤니, 시종일관 쓰지 못했음이 후회된다. 새로운 각오가 필요하다. 몸의 컨디션이 좋아야 몇 자 쓰는 일기도 지속되련만. 그러나 괴로움을 참고 한 장 한 장 적어두고보면 역시 보물이 된다. 희비가 담겨 있는 지나간 기록을 쓰는 이유를 가족은 이해하리라. 내 생의 한 페이지를 남기는 것이니 꾸준해야겠다. 책을 대여하는 문제로 산동리(덕명여고 뒷산)에 처음으로 올랐다. 정말 가파른 산동네다. 게딱지 같은 판잣집, 아슬아슬한 축대, 꼬불꼬불한 골목길. 별천지에 온 기분이다. 부산이란 정말 희한한 곳이다. 간신히 몸을 빠져나올 만한 문 사이를 들락거리며 최저생활을 하는 영세민들. 그래도 이곳은 그들의 아늑한 보금자리다.

 이때 만화책은 신간과 구간으로 나뉘어 우리집에서 신간을 사서 장사를 한 뒤 구간이 된 책을 싼값으로 고지대 만홧가게에 대여를 하였지요. 아버지가 쓰신 글을 보니, 문득 아버지는 책읽기를 매우 좋아하시고 글쓰기를 즐겼다는 것이 생각납니다. 그중에도 특히 제가 초등학교 때 본 것이 아버지 노트였는데 거기엔 군대 시절 군가가 적혀 있었습니다. '우리의 병참중대야' 하는 가사였는데 아버지가 지은 가사라고 기억합니다. 아버지에게 이런 모습이 있구나, 하는 생각을 했었지요. 아버지가 가지고 계셨던 책 중에 제가 즐겨 읽은 책은 이은상의 시 모음집 『조국강산』이란 책인데, 우리나라의 온 산과 강을 다니며 산마다 강마다 시조를 붙인 책이었습니다. 아버지도 사랑하시고, 저도 매우 좋아한 책이었지요. 지금도 여는 시는 외우고 있습니다. 국토 사랑을 가슴에 스미게 해준 책입니다. "대대로 이어받은 조국강산을 언제나 잊지 말고 노래 부르자. 높은 산 맑은 물이 우리 복이다. 오늘도 잊지 말고 노래 부르자."

아침 청소 10월 3일 화요일 비

개천절이다. 공휴일이라 아침 일찍부터 조기청소하는 학생 무리가 앞길을 왁자지껄하게 한다. 새마을사업의 일환으로 '내 집 앞 쓸기' 운동이 전개되어서 한동안 동회(사무소) 마이크 소리가 맑은 아침공기를 깨우고 온 동리를 소란케 했다. 동사무소 직원, 통·반장이 직접 나와 유리문을 두들겨서 청소를 독촉하니 마지못해 하는 사람이 많다. 우리집 앞은 부산 생활 15년 동안 하루도 쓸지 않은 날이 없다. 신혼 때부터 유지되어온 습관이다. 우리는 남이 무어라 하든 스스로 꾸준히 해나가는 것이 유일한 생활신조다.

명이의 소풍 준비 10월 11일 수요일 맑음

오늘 밤 명이는 내일이 소풍이라고 이것저것 준비하느라 법석이다. 아직 천진한 티가 남아 어쩔 줄 모른다. 막내라 사랑을 많이 받는다. 흡족하게 못해주는 것이 마음 아프다.

 귀여운 여동생 동명이는 나이 마흔쯤 되어 재생불량성 빈혈로 세상을 떠났어요. "내 동생 동명아. 너는 어찌 그리 일찍 갔느냐. 내가 너를 업어 키웠거늘. 그때 너를 좀 더 귀여워해줄 것을. 무뚝뚝한 이 오빠! 네가 갔을 때 울지도 못했구나. 남자는 울지 말아야 한다길래. 명희야, 명희야."

한심한 소풍 10월 12일 목요일 맑음

오늘 아침은 제법 쌀쌀하다. 명이는 어젯밤부터 준비한 소풍 준비를 아침에도 계속한다. 목적지는 금강공원이란다. 도회지의 소풍이 학부형에게 주는 부담이 보통이 아니다. 언제부터 관습이 되었는지 몰라도 그날은 큰 잔칫날이다. 우리야 형편이 이러고 보니 간단한 도시락과 몇 가지 군것질거리 등으로 때우는데, 좀 산다는 집은 그 채비가 이만저만이 아니다. 심지어 부모까지 동원하는 초등학교의 소풍은 더 장관이다. 근간에 좀 덜하지만 한창 치맛바람이 불 때는 이날이 담임선생들의 대목 장날이다. 물론 자기 자식을 지도하는 선생님을 대접하는 것도 좋지만, 공개적으로 떠벌려 가난한 아이들의 사기를 저하시키고 퇴폐적 풍조를 만드는 것은 바람직하지 않다. 간혹 어떤 선생은 소풍날에는 아예 무엇을 해오라고 시키는 비교육적인 언행을 한다니 정말 한심한 일이다.

아들이 사준 배 맛 10월 20일 금요일 흐린 뒤 비

밤 10시경 서울에서 큰아이가 돌아왔다. 여름방학을 끝내고 상경한 지 두 달밖에 안 됐지만 무척 반갑다. 온 가족이 환영하는 가운데 그동안의 객지 생활과 새로 옮긴 하숙집의 인심 등등 오순도순 가족끼리 대화를 나누었다. 정말 산다는 보람을 느낄 정도로 화기애애하다. 배를 사가지고 와서 내놓는다. 처음으로 자식에게 받아 먹어보는 배 맛에 정말 흐뭇하다. 가족이란 헤어지면 서운하고 만나면 반가운 것이 천륜이거늘 떠나 있는 자식들의 심정, 자식을 떠나 보낸 부모의 그 염려하는 심정이 애틋하다. 다행히 이번에 옮겨간 하숙집 주인은 후덕하고 자애심이 많아 좋다고 한다. 건강도 매우 좋은 듯해서 안심이다. 언제 계엄령이 풀려 등교하라는 소식이 올는지는 몰라도 따뜻한 내 집의 품에서 편히 쉬라고 권하고 싶다.

 방학에 재동이가 내려오면 교복을 입은 채 곧장 집으로 온다. 환한 얼굴로 엄마, 하고 들어올 때 아들을 맞는 엄마의 마음이 기쁘고 즐거운 것은 비할 데가 없다. 이 세상에서 나 한 사람만이 알 수 있는 행복감이다. 고교생 수동이와 나란히 앉아 있는 모습을 볼 때, 재벌 이병철 씨도 부럽지 않은 내 마음은 부자다. 이것저것 먹여서 보내고 나면 내 마음에 저절로 콧노래가 나온다.

불경기 10월 31일 화요일 맑음

정국은 바야흐로 비상계엄령과 헌법 개정안이 공포되었고 10월 유신을 부르짖고 있다. 국민의 생활은 내핍으로 전환되고 아직도 불경기의 여파가 남아 모두들 장사가 안 된다고 야단이다. 우리 업계도 그 영향을 벗어날 수는 없다. 요즘은 서울에서 큰아이까지 내려와서 날마다 얼마간의 용돈을 축내니 엎친 데 덮친 격이다.

국민투표 계몽강연회 11월 12일 일요일 맑음

오후 8시부터 국민투표 계몽강연회를 연다고 동회 옥상의 스피커가 요란하게 거듭거듭 외치고 있다. 11월 21일의 국민투표를 앞두고 전국적인 계몽연설회가 진행 중이다. 국민의 주권을 행사하는 것이니 어련히 투표를 해야 하지만, 특정인을 선출하는 선거가 아니기에 기권자가 있을 걸로 보고 충분히 계몽을 하는 모양.

오후 5시경엔 울산의 외숙모님이 따님을 데리고 방문해주셨다. 부산에 일이 있어 오셨다가 우리집엘 잠깐 들르신 모양. 전번에 어머님이 오셨을 때 재동이 그림을 한 장 갖고 가시려다가 깜박 잊고 가셔서 오신 길에 갖고 가셨다. 재동이 좀 못마땅한 모양을 하고 있었으나 할머님의 부탁이라 만부득이 드리고 만다. 예술가들은 자기 작품을 아끼고 유일한 재산으로 여기지만 남들은 그 심중을 좀체 이해 못한다. 30분 정도 쉬다가 돌아가셨다. 저녁에는 반장의 성화에 못 이겨 강연장에 나가보았으나 차분한 분위기는 없고 아이들만 법석을 떨고 있었다.

 그 그림은 다대포를 그린 유화 작품으로 제가 아끼던 것이었습니다. 진외갓집에 늘 걸려 있었습니다. 지금은 어디 있는지. 고3 때 그린 그 유화가 보고 싶네요. 진외갓집의 식구들도 뿔뿔이 분가해버려 찾을 수나 있을지. 아, 다시 볼 수만 있다면!

우산 11월 15일 수요일 비 온 뒤 맑음

성북초등학교는 오늘 '책가방 없는 날'이다. 아침 등굣길에 비가 내려서 등교에 좀 지장을 주었지만, 평소 때보다는 홀가분하다. 평소에는 책가방, 신주머니, 화판, 수통, 보온밥통에다 우산까지 곁들여 소풍 가는 행장과 다름없었다. 우리가 학교 다닐 때야 책보에다 도시락(벤또)을 넣어 싸매고 책보 귀를 묶어서 한쪽 어깨에 둘러메면 그만이었다. 집이 부유하면 비가 올 때

우산(양산)을 쓰고 그렇지 않으면 삿갓 또는 마대(포대를 접어 머리에서 둘러씀)를 쓰고 다니는 것이 고작이다. 아침 등교 때 비가 오다가 하굣길에 비가 멎으면 우비를 갖고 가기가 귀찮았다. 특히 삿갓은 접질 못하니 불평투성이요, 비 올 때 받쳐 쓰기도 불편하고 머리가 아파서 손으로 받들지 않고는 힘들었다. 그때에 비하면 지금이야 편리한 시대다. 각종 우산에다 접는 것도 일단, 이단, 자동식 우산까지 있으니 보통 발전이 아니다.

우산, 하면 기억나는 것이 있다. 우리집에도 아버님이 일본서 갖고 오신 질 좋은 양산이 하나 있었다. 그때만 해도 한 동리에 양산을 갖춘 집이 몇 집 없어서 먼 길을 갈 때는 더러는 빌려가는 경우도 있었다. 그러고 보면 그때의 양산은 가정의 귀중품으로, 그 집 생활수준을 어느 정도 말해주는 척도였다. 그런데 내가 등굣길에 그 양산을 망가뜨려놓았다. 곱게 내리는 비는 아무리 와도 상관없는데, 비바람이 불면 산골길에서 바람에 날리기 일쑤였다. 결국 졸업할 때까지 몇 번 고쳐 쓰다가 양산대만 남아서 선친께서 때로 지팡이로 쓰셨다. 우리집이 팔리고는 그 골동품도 없어졌다. 때 묻은 양산대가 그립다.

 우리 동네 새박사 재복이형 있잖아요. 그 형이 6학년 때 새를 잡으러 다니면 1학년인 저를 데리고 다녔거든요. 그때 그 양산대를 주면 비둘기 새끼 한 마리를 주겠다고 해서 바꿨습니다. 물에 불린 콩을 주고 키운 비둘기는 커서 날아가버렸고, 그 형은 우산대로 총을 만들었을 거예요.

TV 구입 고민 11월 28일 화요일 맑음

불황이 또다시 닥치는 듯하다. 거기다가 업소마다 텔레비전을 설치해놓고 서비스 행위를 하고 있으니, 영세상인의 장사로서는 여간 고역이 아니다. 평소 경제가 미치지 못하는 관계로 TV를 갖지 못한 우리로는 지금은 속수

무책이다. 한때는 TV 때문에 말썽도 많았고 당국에서도 단속을 해왔는데, 지금은 공공연히 서비스하고 있고 TV 정도는 흔한 것이라 별 관심거리도 안 된다. 그러나 TV는 서민층이 좋아하는 매체이고 주요 프로는 인기가 대단하다. 요즘 한창 인기가 상승하고 있는 프로는 〈여로〉라는 것인데 그 시간에는 책방이 텅텅 빈다. 우리의 선결 문제는 TV를 구입하는 것이다. 너무도 저조한 매상이라 엄두가 나지 않는다.

중고 TV 12월 7일 목요일 맑음

오후에 우리도 TV를 구입해야겠다는 결론을 내렸다. 우선 빚을 내서라도 한 대 구입해놓고 현상 유지라도 해나갈 요량으로 TV 판매점에 갔다. 미제 중고품을 4만 원 정도에 예약하고 내일 오후에 들르기로 약속했다. 급한 대로 돈을 융통해야 할 판인데 막연하다.

문명의 이기 12월 8일 금요일 맑음

오후 6시 TV 판매점에 가서 어제 계약한 대로 TV 4만 원과 안테나 1,200원을 주고 집에 갖고 왔다. 시사(試寫)해보았는데 그들 말처럼 결점 없이 잘 나오고 보는 사람마다 화면이 좋다고들 해서, 비록 힘겹게 샀지만 기분은 좋은 편이다. 아이들도 좋아라 야단이다. 상업용이 아니고 생활에 필요해서 구입한 TV라면 얼마나 좋겠는가? 살기 위한 몸부림이다. 미제 고물을 대폭 수리해서 조립한 것이어서 툭박지고 견고한 것은 좋으나 최신형 디자인이 못 된 것이 좀 서운하다. 외국제인 만큼 아마 제조 연도도 오래되지 않았나 싶다. 아무튼 화면이 좋고 음향이 견고하니 우리에겐 적격이다. 신제품의 경우 10여만 원 하는 것을 4만 원에 샀으니 부담이 적어 한결 가벼운 심정이다. TV로 인해 점포의 매상이 어느 정도 달라질지는 두고 볼 일. 오늘은 아직 아이들이 알지 못해 뜸하다. 우리가 바라는 매상은 돼주어야 적자 가계부가 보상받을 수 있을 텐데.

TV 관람표 12월 13일 수요일 맑음

오늘 밤은 추위 때문인지 9시가 지나자 손님이 끊기고 한산하다. TV 때문인지는 몰라도 7시경은 제법 붐벼서 TV가 없을 때와는 사뭇 달라진 느낌이다. 딴 업소에서는 TV 관람표를 주고 시간 제한을 한다고 하나, 우리는 관람표 없이 손님이 원하는 대로 볼 수 있게 최대한 참작해준다. 아무튼 TV로 인해 매상이 다소 회복된 듯하다. 바라건대 매상이 서서히 본 궤도에 다다르길 기원한다. 지난 1개월간의 매상 하락으로 10만 원의 부채가 생기고 말았으니 생활의 위협이란 삽시간에 온다는 것을 새삼 느껴본다.

방학 12월 23일 토요일 비

오늘부터 각급 학교(초·중·고)의 겨울방학이다. 부산은 아주 포근한 날씨가 계속되고 있다. 큰아이는 방학해서 17일 귀가했고, 수동이와 명이도 오늘부터 방학이다. 큰아이는 방학 동안 아르바이트를 한다고 말을 하고 있지만 알 수 없고, 수동이는 명이의 친구 몇 사람을 맡아서 겨울방학 동안 아르바이트를 한다고 플랜을 짜고 있다.

아내는 어제부터 김장을 하느라 1인 3역으로 바쁘다. 매상은 아주 완전히 풀리지 않았지만 TV 때문인지 조금 회복되는 것 같다.

 이때 선배 전갑배 형의 소개로 수영중학교에서 초등학생들 그림을 가르친 것 같아요.

또 한 해를 보내며 12월 31일 일요일 맑음

임자년(壬子年)을 보내고 계축년(癸丑年)을 맞이하는 제야의 종소리가 쳤다.

1972년도 무엇 하나 해놓은 것 없이 보낸 듯하다. 굳이 있다고 한다면 세 아이의 진학이라 하겠다. 아이들을 각각 중학교, 고등학교, 대학교에 들여보내느라 등록금, 학비 등으로 가정 경제가 무척 힘겨웠으나 한편으로 보람도 어느 정도 느꼈다고 할까? 만화방은 봄부터 불어닥친 불경기가 여름에 좀 풀리더니 가을로 접어들어서는 완전히 풀리지 않고 다시 난항이다. 장사 때문에 억지로 들여온 TV 한 대가 방 한구석을 차지했다. 수입은 줄어드는데 지출은 입을 벌리고 있으니 새해가 두렵기만 하다. 자정이 지난 지금, 한 해의 생활이 한 토막의 뉴스처럼 스쳐 지나가 회상에 잠겨본다. 잘 가라 1972년!

1973년

1인 3역, 4역을 하는 아내

몇 년만 무사하길 1월 12일 금요일 맑음

중·고등학교 졸업식이라고 학부형, 졸업생, 재학생들이 산뜻한 옷차림을 하고 기쁜 표정을 짓고 있다. 작년에는 우리집 세 아이가 모두 졸업을 했지. 그러나 어느 한곳에도 가지 못했다. 입학·졸업은 무엇보다 학생들에게는 인상 깊은 날이라 부형의 들러리가 아이의 사기를 북돋우는 일임을 알고서도 못 가본 심정은 안타깝기만 하다. 앞으로 가장 중요한 몇 년이 남아 있다. 큰아이 등록금·하숙비, 둘째아이와 명이의 학비 문제가 범 아가리같이 벌리고 있다. 경기는 계속 풀리지 않고 제자리걸음이고 앞으로도 희망이 보이지 않아서 무엇인가 새로운 계획이 필요할 것 같다. 아르바이트를 하다가 11시가 넘어 들어온 큰아이와 생활 계획을 이야기하다보니 밤이 깊어간다. 어떻게 하든 생활에서 흔들리지 않는 가계를 유지해야 한다. 부산 생활 14년 만에 아이들은 거의 성장해서 성인이 돼가고 우리 부부도 40고개를 넘었다. 부디 앞으로 몇 년 무사히 넘겨만 주었으면 하는 것이 유일한 소망이다.

어려운 여건 속에서도 저축은 꼭 해야 한다. 우리 수입으로 생활비도 부족하지만 적금 저축은 고집을 부렸다. 무리한 계획으로 생활은 말 못하게 쪼들렸다. 수동이가 콩나물을 좋아했지만 20원이면 사줄 수 있는 콩나물 그것도 못 사줄 때가 여러 번이었다. 아이들 생일에도 미역국과 찰밥을 못했다. 알면서도 모르는 척 넘어갔다. 남편 생신도 본인이 좋아하는 수박 한 조각으로 때우곤 했다. 오늘 살면 내일 살 예산하고, 이달 회비를 20일 안으로 내고 나면 다음 달 회비를 준비했다. 절약정책을 안 쓸 수 없는 아침마다 남편은 세 아이 책가방 떨어진 끈 달고 꿰매고, 비 오면 우산 수리하고, 나는 부족한 시간을 쪼개서 양말을 깁고 아이들 교복바지 무릎 누벼 입히며 자린고비 생활을 했다. 하지만 환자에게만은 절약할 수 없었다. 여름이면 수박, 겨울이면 따끈한 박카스 한 병 잊지 않았다.

큰아이가 준 돈 1월 25일 금요일 비 온 뒤 흐림

큰아이가 며칠 전 방학 동안 한 아르바이트 보수로 5천 원을 갖고 와서 제 어머니께 내놓았다. 자식에게서 돈을 받아보기는 처음이다. 적은 액수나마 흐뭇하다. 그 성의가 놀랍고 보람을 느낀다. 이 돈을 우리 부부에게 한 푼 보태는 일 없이 제가 도로 쓰는 한이 있어도 무척 흐뭇하다. 아직도 우리에겐 자식들 뒷바라지가 많이 남아 있다. 그날까지 힘차게, 힘차게 살아가야지!

설 2월 3일 토요일 흐린 뒤 비

오늘은 구정(설)이다. 정부의 시책과 사회 현실 간의 괴리감이 있는 명절이라 할까? 양력 설을 권장하는 정부의 시책과는 달리 현실에서는 음력 설을 더 선호한다. 관공서는 그대로 집무 중이나 일반 가정은 완전히 명절로 바뀌어 아이 어른에 이르기까지 설 차림이다. 의복에는 별 변화가 없고 평소 차림과 비슷하면서도 약간은 설렘의 빛이 보인다. 금년 설은 정말 간소하다. 정부의 시책인 유신(維新)정신 발휘와 검소한 생활의 권장 때문이라고 하나, 불경기가 가장 큰 원인이다. 모든 사업, 장사 등이 되지 않는다고 아우성이다. 도시 생활의 큰 변화다.

학비 3월 1일(삼일절) 목요일 갬

우리집 경제 사정은 점차 궁핍해져서 만부득이 고향의 논도 내놓고 집도 복덕방에 내놓게 되었다가, 집만은 오늘 취소를 하고 견딜 수 있을 때까지 견뎌보기로 했다. 학기 초가 되니 큰아이의 등록 날짜가 임박한다. 세 아이의 학비가 범 아가리 같다. 아버님이 피땀으로 지으신 논(유산)을 처분할 정도로 긴박한 상황이 올 줄은 미처 몰랐다. 어떤 일이 있어도 논만은 유지하려고 했는데, 우리집 사정도 그렇고 어머님의 권고도 있으시고 해서 내놓게

되었다. 그러나 그것도 여의치 못한 듯. 지가(地價)는 올랐는데 매매가 부진하다는 고향 소식이다. 좀 더 두고 보자.

 우리 할아버지는 어릴 때 머슴을 하다가 돈 벌러 동경으로 가서 부두 하역 작업을 하셨지요. 너무 열심히 한 나머지 오른쪽 어깨가 내려앉았구요. 그때 관동 대지진이 있고, 조선인들이 불을 질렀다고 소문이 나서 일본 사람들이 조선인들을 무조건 죽창으로 학살했는데, 평소 성실한 할아버지를 좋게 보았던 하숙집 주인이 숨겨줘서 살았다지요. 이런 일을 겪으면서도 끝까지 노동을 해서 번 돈으로 산 것이 고향의 논이라 어머니는 어떤 일이 있어도 이 논만은 팔지 않으려고 하셨지요. 그런데 얼마나 힘드셨으면 이 논까지 내놓고, 피로 지은 우리집까지 내놓아야 했었는지. 결국 두 가지 모두 다 지켜내시긴 했지만 아버지 말씀대로 자식은 옆에 있어도 부모 일을 모른다고 하신 말이 맞네요. 평소 이런 말씀을 한 번도 안하신 부모님 심정을 이 글을 보고서야 비로소 알게 되었습니다.

우리 부부의 다짐 4월 1일 일요일 갬

사업의 극심한 불황으로 너무도 단조로운 나날이다. 신학기로 인한 학비 관계인지 모두들 아우성이다. 국가적으로 유신 사업의 일환인 새마을운동 등으로 막대한 국가 사업이 추진되고 있고, 민간은 민간대로 불경기에 허덕이고 있다. 우리집의 경우도 모든 계획이 빗나가서 아이들 교육에 차질이 생길까 봐 우려가 대단하다. 향후 몇 년간의 교육비로 인해 채무가 생길 것 같다. 중학교, 고등학교, 대학교의 교육비는 서민으로는 정말 감당하기 힘든 일이다. 장사로는 식생활도 제대로 해결하지 못하니 막연하다. 그러나 교육만은 지속해야 한다는 것은 우리 부부의 철석같은 다짐이다. 비록 빈손을 들고 나가더라도 교육만은 시켜야 한다는 비장한 각오다.

저와 동생이 지금 생활고 걱정 없이 활동할 수 있는 것이 두 분의 이런 절직과 고생으로 우리를 교육시킨 탓이구나, 하는 생각이 새삼스럽게 저며옵니다.

군대 4월 23일 월요일 흐린 뒤 비

4월 15일, 16일 양일간은 금년도 장정신체검사일(울주군 범서면)이다. 큰아이도 금년에 적령으로 수검받았다. 제2을종(乙種)이란 등급을 받고 20일에 서울로 돌아갔다. 24~25년 전 내가 겪은 신체검사 때와는 달리 세월이 흘러 사회가 정비되어서 질서 있는 수검이다. 내가 수검받던 그 당시(6·25)는 일종의 모병이었다. 청년들은 어떻게 하면 징병에서 모면할 수 있나 생각하고 군복무를 기피하는 것이 공공연했다. 특히 특권층 자제들은 군대를 가지 않고 거리를 활보하며 나 보란 듯했다. 특권층이 가장 큰 애국자인 척했지만 진짜 애국자는 농어촌의 청장년들이었다. 순박한 그대로 전선에 나가 몸을 바쳐 싸웠다. 오늘이 있기까지 수많은 청년이 조국을 위해 초개와 같이 생명을 던졌다. 지금은 국민개병의 정신이 확고해졌고 사회가 군복무를 필한 자를 쓴다. 본연의 형태로 된 것이다. 재동이는 아마 내년이면 입대를 하게 될 것이다. 학업 중에 입대하는 것은 본인에게 지장을 주겠지만 국가적인 일이니 어쩔 수 없다. 오래전부터 불어닥친 불경기가 계속되어서 가계부는 여전히 적자 운영이다. 아내는 참다못해 딴 곳(문현동)에 빵집이라도 차릴 양으로 점포를 계약하고 곧 장사에 착수할 계획을 세우고 있다. 극도에 달한 몸부림이다.

 아버지는 군대를 두 번 다녀오셨지요. 처음 6·25가 나자 학도병으로 가서 전투 중 부대가 괴멸되어 뿔뿔이 흩어져 한 달 동안 보리밭 보리를 비벼 먹으며 집으로 돌아오셨지요. 트럭이 뒤집어지고 아버지가 피해 마구 뛰는데 총알이 발밑에 팍팍 박히더라는 이야기가 기억이 납니다. 그런데 얼마 안 있어 다시 영장이 나왔지요. 학도병은 군번도 없고, 명단도 없어서 확인불가라 다시 군에 가셨지요. 이번에는 '카투사'(KATUSA : Korean Augmentation Troops To the United States Army)로 가셨어요. 4년쯤 계시다 오셨지요. 제대 후에는 범서초등학교에서 교편을 잡았는데 1년에 한 번 한 달씩 하는 재교육을 마산에서 받고 오신 뒤에 폐결핵에 걸리셨어요. 마산의 교육장이 너무 불결한 데다 아버지가 담임을 맡은 반 아이들을 동료 교사한테 부탁하고 다녀와 진도를 점검해보니 아무것도 모르고 있어서 수업을 마친 뒤 보충수업을 계속해서 과로로 각혈을 시작하고 그로부터 학교를 그만두고 병과 함께 부산 생활을 시작하게 됐지요. 지금 생각하면 나라로부터 두 번 군에 다녀온 걸 보상을 받아야 하고, 또 학교 과로도 산재로 인정받고 보상을 받아야 하는데 그때는 오히려 폐병 환자라고 멸시하고 쫓아냈던 것이니 가슴이 맺히는 일입니다.

적자투성이 5월 16일 수요일 비

오늘이 5·16 12주년이라고 야단이다. 혁명군이 서울에 입성하고, 군사정부가 온 나라 안을 발칵 뒤집은 날이 어제 같건만 벌써 12년이 지났다. 그때 우리 가정은 말이 아니었다. 부산 생활에 익숙하지 못한 우리는 빵을 굽는 미천한 장사로 생계를 유지하여 나의 병 치료에 전념했었지. 당시 좀 더 앞을 내다보는 눈이 있었다면 우리 생활의 방향을 바꾸고 사업도 전환했으련만. 금년 들어 불경기를 맞게 되니 오히려 그 당시가 풍족했다는 생각이 든다. 지금은 소비가 많으니 가계부가 적자이지만 당시는 지출이 단조로웠다. 큰아이가 겨우 초등학교 3학년이었으니.

　빵집은 점포를 계약하고 손이 없어 지금껏 기다리고 있다. 장사가 되든 안 되든 내일부터는 준비를 해서 곧 시작해야겠다. 모두들 잘 안 된다고 야단인데 결과는 해봐야 아는 것. 지금 서민층의 도시 생활은 말이 아니다. 직장인은 별문제이지만 장사는 모두 적자투성이다. 어떻게 회복이 되어야 살겠는데. 유신 과업과 긴축 정책으로 국민의 소비가 극히 줄어 경기 회복이 쉽지 않아 보인다. 소득 증대와 저축으로 앞날에 잘살기 앞서서, 당장 눈앞의 현실이 급한 형편이다.

피로에 지친 생활 6월 12일 화요일 맑음

요즘의 생활은 너무도 벅차다. 아내는 아내대로 가로세로로 뛰고, 나는 나대로 과한 하루 일과를 보낸다. 가계부의 적자를 감당할 길이 없어 따로 점포를 얻어(월세 6천 원) 통근식 장사를 시작한 지 벌써 한 달여가 된다. 요행히 기대한 만큼 계획한 목표를 달성할 수 있어서 무엇보다 다행한 일이다. 그러나 하루 종일 지친 데다가 수면 부족으로 아내의 몰골은 말이 아니다. 얼음, 빵 등속을 챙기느라 분주히 설쳐야 하니 몸은 점차 피로에 지치고, 거기다 제때 식사를 못하는 탓으로 위장도 정상이 아닌 듯. 하기야 처음 우리가 부산에 왔을 때도 자기 혼자서 1인 3역, 4역을 하며 움직였지. 하지만 그때는 30대의 청춘이었고 지금은 40고개를 넘긴 고된 중년이라 마음과는 다른 모양. 그러나 참고 견뎌야 하는 우리의 신념은 예나 지금이나 다를 바 없다. 노력의 대가는 꼭 있기 마련이다.

오늘 밤도 아내와 같이 조용히 잠든 골목길을 통금시간에 쫓겨 돌아왔다. 그래도 얼마간의 수익이 하루의 피로를 씻어주는 듯. 자정이 지나서야 잠자리에 드니 겨우 네 시간 정도의 수면 시간이다. 삶이란 정말 고된 것이다.

나는 스물네 시간을 쪼개 쓸 만큼 바빴다. 하루에 달력이 서너 장씩 그렇게 세월이 넘어갔으면, 하는 바람이었다. 언제 내 나이 50이 되나. 50이 되면 우리 아이들 교육도 거의 끝날 것이다. 그때까지는 지금처럼 살아야 한다는 생각이었다.

하루 일과를 마치고 잠잘 때가 되면 아버지 어머니는 그날 들어온 돈과 지출한 액수를 적으며 10원 짜리 동전까지 하나하나 세셨지요. 저는 그 짤랑거리는 동전소리를 들으며 잠이 들었습니다. 그 정직한 소리는 나중에 제가 시사만화를 그릴 때 힘이 되었습니다. 세상에 아무 두려움도 거리낌도 없이 붓을 휘두를 수 있게 한 힘 말이에요. 게다가 우리 집안에는 가진 자도, 권력자도 한 사람 없었잖아요. 유일하게 작은외삼촌이 중학교 교장을 했을 뿐이고. 그러니 누구도, 무엇도 아무런 고려할 필요가 없었던 것이지요. 어쩌면 시사만화가로서는 최적의 조건이 아니었나 싶습니다.

잃어버린 일기장 속 이야기

1973년 여름부터 75년까지의 아버지 일기가 없다. 그때 일을 내가 써본다면, 나는 대학교 2학년에서 4학년의 시절을 보냈다. 서울에서 하숙과 자취를 전전하며, 아르바이트를 할 때도 있었지만 못할 때도 많아 굶는 때가 허다해서 밥 대신 물을 먹고 학교에 가기도 했지만 대부분을 부모님께 도움을 많이 받았고 그것이 힘들기도 했다. 수동이는 고2, 고3을 거쳐 대학 진학을 준비하고 있었다. 중학교 땐 체육 쪽에 관심이 많고 그 방면으로 활동하였는데, 이 무렵에는 시를 쓰기 시작, 시화전을 열기도 하였다. 중학생이던 명이는 고등학생이 되었다. 차분하고 명랑하면서도 자기 신념이 강하고 집안일을 도우는 착한 소녀로 성장했다. 이 시기 우리집은 매우 어려운 시절이었다. 당시 만홧가게에는 각 출판사에서 아침마다 자전거에 새로 나온 만화책을 싣고 배달을 왔다. 그 중 장사가 잘 될 만한 책을 골라서 샀다. 그런데 합동출판사라는 곳에서 여러 출판사를 합병해버린 뒤에는 사정이 달라졌다. 찍어내는 책을 무조건 다 사지 않으면 책을 한 권도 주지 않겠다고 했다. 모든 만홧가게가 어쩔 수 없이 굴복했다. 우리 아버지는 있을 수 없는 일이라고 항거했다. 그러자 출판사 부산 전포동 구역장은 우리집에 책을 끊어버렸다. 동네 친목회장이던 아버지를 따르던 일곱 군데 만홧가게들도 책이 끊겼다. 아버지는 잘 정리해 보관해둔 옛날 책을 다시 풀어 가게에 내놓았다. 옛날 책이긴 해도 아이들에게는 처음 보는 책이라 모두들 좋아하며 읽었고 일곱 군데의 만홧가게에도 그 책을 돌렸다. 출판사는 우리집 바로 앞에 만홧가게를 차리고, 신간을 싸게 읽혀 우리집을 무너뜨리려 했다. 그때 어머니가 결심을 했다. 어머니는 목 좋은 곳을 얻어 팥빙수, 떡볶이, 오뎅과 김밥 등을 팔았다. 장사는 잘 되었다. 나는 방학이 되어 부산에 오면 밤 12시가 되어 어머니와 함께 장사도구를 걷어서 가로등 긴 그림자를 늘어뜨리며 돌아오곤 했다. 그때 어머니는 늘 웃으셨지만 마치 야전군처럼 보였다. 계속 버티자 회유가 들어왔다. 어머니는 장사를 나가면서 아버지께 말했다. "구역장이 정식으로 사과하지 않으면 절대 합의하지 마세요. 생활은 제가 책임질 테니까." 결국 우리집 앞 만홧가게도 망하고 구역장이 사과하러 왔다. 다시 만화책을 골라서 살 수 있게 되면서 싸움이 끝났다. 2년이 걸렸다.

1976년

고된 생활이 보람으로 맺어질 그날까지

다 큰 딸 명이 1월 27일 화요일 갬. 추위 풀림

오늘 밤은 좀 일찍 점포를 치웠다. 명이가 설거지를 하고 해서 한결 수월했다. 평소 엄마가 있을 때는 무력했으나, 엄마가 없으니 종일토록 빵가게를 지키고 제법 어른스럽다. 딸아이란 역시 나이가 차면 제풀에 일을 해나가는 모양. 어리게만 보아온 것이 지나친 보호였던가?

재동이 군복무 2월 11일 수요일 갬

재동이는 오늘 아침 7시에 소집되어 갔다 저녁 늦게 돌아왔다. 3일간 더 교육을 받고 각 처로 배치된다는 것이다. 복무 기간은 1년이고 기간요원으로 근무한다고 한다. 군복무로서는 수월한 편이다. 내일은 더 일찍 출근해야 한다고 한다.

대학 졸업하는 재동 2월 26일 목요일 갬

바라던 재동이 대학 졸업식 날이다. 서울역에서 택시로 관악 캠퍼스까지는 꽤 멀다. 식이 끝나고 우리 일행은 번갈아 사진 촬영을 하느라 바빴다. 서울대학교, 하면 한국 최고의 국립대학. 누구나 선망하는 대학의 졸업식이라 그야말로 인산인해요, 장관이었다. 동양 최대의 서울대학교는 하나의 도시를 이루고 있다. 저녁은 용산에 있는 동성여관에서 잤다. 오전에 유명 한의원에서 관절염 금침 26개를 5만 2천 원에, 한약 10첩을 8천 원에 샀다.

취객의 소란 3월 7일 일요일 갬

취객이 침입해서 한때 소란을 피웠다. 시종일관 웃음으로 넘겼지만 미천한 장사로 인해 받는 수모라 할까, 설움이라 할까. 무식한 취객의 눈에는 약하고 미천하게만 보여 노리갯감으로 보이는 모양. 교양 없는 자와 대화한다는 것이 우이독경인 듯해서 왈가왈부하지 않았다. 아무리 부딪쳐도 깨지지 않

는 꿋꿋한 바위가 되리라.

 천한 장사한다고 사람까지 천하게 보는 일이 허다했다. 어떤 부모는 아이들이 만화책을 빌려왔다고 열 권이 넘는 책을 불태워버린다고도 했다. 우리는 그 만화책이 살림 밑천인데 서슴없이 찢어서 불태워버린다고. 어떤 이는 우리집 양반이 옳은 소리를 하면 만화방 하는 주제에 하고 무시하고, 평생 만화방이나 해먹으라고 악담까지 한다. 내 자식들만은 당신들 뒤지지 않게 훌륭하게 키우리라. 세상 사람들이 얄보고 무시할 때면 내 마음은 강철같이 다져진다. 우리의 희망은 오직 세 아이다.

졸업 사진 3월 14일 일요일 갬

재동이가 졸업식에서 찍은 사진을 갖고 와서 온 가족이 웃음으로 시간을 보냈다. 정말 흐뭇하고 사는 보람을 느낀다. 모쪼록 우리 가정이 언제나 화기애애하고, 보람찬 날이 항상 떠나지 않길 빌고 또 빈다.

시화전 3월 27일 토요일 갬

수동이 시화전 날이다. 그간 재동이가 그림을 그려주고 해서 형제간에 분주히 뛰어다니더니 오늘 밤은 싱글벙글해서 왔다. 좋은 평가를 받았다고 한다. 평소 시에 소질이 다소 있다고 인정은 하나, 아직 올챙이고 다만 열과 의욕 정도를 보이고 있다. 그 길로 가려면 많이 노력하고, 독서 등으로 지식을 쌓아야 할 것이다.

 문학도가 된 수동이는 시를 많이 쓰고 잘 썼습니다. 시화전 때 제가 그림을 그려준 시 하나는 지금도 저희 집에 제 그림과 함께 나란히 걸려 있습니다.

세월의 탓 5월 12일 수요일 갬

아내는 오늘 종일 몸이 좋지 않으면서도 장사에 시달렸다. 지칠 대로 지친 몸으로 끝내 주저앉지 않은 저력은 예나 지금이나 변하지 않았건만, 나이를 이겨내지 못함은 세월의 탓이런가? 20년 가까운 이 생활이 가시는 날은 언제일까? 산다는 것이 과연 무엇이기에 저토록 허덕여야 하는가? 나의 무능함에 새삼 죄책감이 든다.

전포동에 이사한 뒤 둥근 문화빵, 국화빵, 오뎅으로 장사를 시작했다. 서툰 솜씨에 하루 밀가루 한 포씩 굽고, 삼시 세 끼 더운밥 하고, 남편 속상할까봐 애기 울음소리 내지 않으려고 업고 설치니 정신 못 차리게 바빴다. 빵을 굽다가도 연탄 주문이 오면 배달을 해야 했다. 그 시대는 많이 넣는 집이 열 개, 다섯 개. 그렇지 않으면 십구공탄 한 개씩 낱개로 사갔다. 풀빵 팔다 주문 오면 연탄 배달을 가고, 돌아와 풀빵을 팔았다. 같이 하기는 어려워 연탄 장사는 하지 않기로 결론을 내렸다. 그런데 장사 시작한 지 두 달 만에 집주인 아주머니가 이사를 간다고 우리에게 자기가 경영하던 만홧가게를 인수받으라고 했다. 우리는 '만' 자도 모른 채 만홧가게를 인수받아 칸막이를 헐고 가게를 넓혀서 장사를 시작했다. 가게 이름은 '문예당'이었다.

아르바이트 5월 17일 월요일 갬

재동이는 얼마 전부터 아르바이트 구하느라 늦게 귀가한다. 군복무 중 일터에 나간다는 것은 힘겨운 일이나 시간이 근무 시간 외인 관계로 나은 편이다.

재동이는 방위 근무를 연산동예비군중대본부에서 하게 됐다. 가정의 어려움을 생각하고 낮에는 방위병, 밤에는 화실 선생님으로 일했다. 11시 지나 집에 와서 자고, 아침 7시면 출근하고. 부지런히 노력했다.

춘추복 5월 21일 금요일 갬

오랜만에 춘추복 한 벌을 맞췄다. 10년 가까운 세월 만이다. 10년이면 강산이 변한다고 하지 않나. 정말 그간 우리 사회는 변천했다. 판잣집이 빌딩으로 바뀌어 섰으니 말이다. 남들은 그간 몇 번의 양복을 갈아입었는데, 나의 경우는 너무도 발전을 못했다. 양복 한 벌 값(2만 2,500원). 집 짓고 처음으로 장판을 샀다(스폰지 장판, 9,300원).

불친절한 병원 6월 11일 금요일 갬

민방위교육 관계로 진단서를 떼러 적십자병원엘 갔더니, 정말 듣던 그대로 불친절의 표본이라 할까? 국·공·시립병원이 모두 이렇다니 아연하다. 진찰권 200원, 진단서 500원이다. 동회에서 재차 심사를 거쳐 제명 여부가 결정된다니 환자의 설움은 가중된 셈.

자식에게 받은 돈 6월 14일 월요일 갬

오늘 재동이가 군복무 중 화실에 나가 받은 보수(월 4만 원)를 내 약대(藥代)로 내놓았다. 난생처음 자식에게 받은 돈에 얼떨떨하다. 불효자인 내가 자식의 효심에 새삼 감동한다. 부디부디 재동에게 서광이 비치길 빌고 또 빈다.

치과의 상술 6월 16일 수요일 갬

치과의원의 상술에 대한 이야기는 더러 듣기는 했어도 당하기는 처음이다. 수동이가 썩은 이를 치료하기 위해 이를 때우려고 하는데 치료 기간이 필요 이상으로 걸리고 있다. 약솜 한 번 갈아넣고는 500원이라니 정말 놀라운 일이다. 아직 며칠 더 치료를 하고 땜질을 해야 한다니, 이 하나 치료하는 데 얼마나 돈이 들지?

저는 아버지가 무뚝뚝한 분인 줄만 알았습니다. 평소 저와의 대화는 꼭 필요한 얘기 외에는 거의 없었으니까요. 그런데 졸업식 가는 서울행 열차에서 아버지는 다정다감하게 여러 이야기를 해주셨지요. 아, 아버지도 얘길 나누니 이렇게 살가운 분이구나, 그때 처음 알았습니다.

의욕적인 재동 6월 18일 금요일 흐린 뒤 비

동래여고 학생들로 원생을 이룬 화실에 강사로 나가던 재동이가 오늘 이 화실을 인수했다(46만 원에 월세 1,500원). 군복무 중 화실을 경영해보겠다니 의욕적이다. 현재 11명이라고 하는데, 앞으로 원생이 늘어날 전망이라고 하니 다행한 일이다. 돈벌이보다 경험을 쌓는 데 좋은 기회가 될 것이다. 전세금 10만 원을 지불치 못했다. 다음 7월 10일까지 지불해야 한다고.

아내의 짐 6월 24일 목요일 갬

오늘 밤도 아내는 마지막 청소를 하다가 심한 두통(수면 부족)으로 쓰러졌다. 17년간의 고된 생활이 급기야는 최후의 저력까지 앗아갔다. 원래 건강했던 아내도 이제는 더해가는 나이와 쌓이는 피로 때문에 자주 쓰러진다. 내 병간호, 생활(장사), 아이들의 교육 문제 등 안간힘을 써온 아내. 며느리, 아내, 어머니의 역할을 다 하느라 아직도 짐은 무겁다. 우리의 고된 생활이 보람으로 맺어질 그날까지 이를 악물고 살아가야지. 박토에서 좋은 꽃을 피우려면 많은 노력을 들여야 하는 것과 같이 좋은 꽃 잘 여문 열매로 결실을 맺을 때까지 물을 주고 잘 가꿔야지.

  아, 어머니, 아버지! 같이 살면서도 어머니가 쓰러지신 걸 몰랐고, 아버지의 결의를 눈치채지 못했습니다. 저도 둔하지만 두 분은 어쩌면 그렇게 내색도 안하시고 늘 제게 웃는 모습만 보여주셨습니까.

달라진 수동이 6월 29일 화요일 흐림

수동이는 학원엘 나가지 않고 조용한 도서관에서 공부한다고 나갔다. 목표가 뚜렷하지 못한 듯 갈팡질팡이다. 소년 시절의 그 활발한 기운은 어디로 가고 이제는 몸가짐이 위축되어 있으니 도시 알 수가 없다. 아무튼 마지막

진학 공부이니 좋은 결과가 나타나길 바랄 따름이다.

피곤한 재동 7월 7일 수요일 갬

재동이는 오늘 피로한 듯하다. 군복무 마치고 화실로 가니 고된 일과다. 성실하게 살아보겠다는 의지는 놀라운 일이며 나를 감동케 한다. 중간에 포기하지 않는 꾸준함이 있어 믿음직하다. 격무에 몸이 지탱할 수 있을지 염려된다. 비노니 부디 건강한 몸으로 뜻을 이루기를. 오늘도 수강료 받은 1만 1,000원을 갖고 왔다.

값 없는 생 7월 14일 수요일 맑음

오늘 저녁은 매우 피곤하다. 아내가 몸이 풀리지 않아 쉬는 시간에 좀 활동을 했더니 환부에 통증이 온다. 20년 가까운 투병 생활에서 해가 거듭할수록 병은 악화되고 용기도 서서히 잃어가는 듯. 사회 생활, 가정, 자식 등의 문제들을 신경 쓰고 각종 인적 관계에 부딪히며 살자니 50고개는 정말 힘겨운 고비인 듯. 생을 포기해볼 생각이 꼬리를 달지만 그 뒤 내 가정에 닥칠 일 등등. 값 없는 생을 이어가려니 정말 괴롭다. 삶이 무엇인지? 깊은 생각을 못하는 나 자신이 원망스럽다.

 어머니 말씀이 아버지가 늘 자신의 병으로 가족을 힘들게 한다며 삶을 포기할 기색이 은근해 항상 신경을 곤두세우며 살아왔는데 1965년도에 새 집을 짓고부터 그런 걱정이 씻은 듯 없어지셨다고 하셨어요. 그런데 이때 다시 아버지 병환이 심해지니 다시 그런 고민이 되셨군요…….

양정모 선수 8월 6일 금요일 비

우리나라에 금메달을 처음 안겨준 양정모 레슬링 선수를 환영하는 범시민

환영대회를 연다고 야단이다. 남의 자식의 출세를 보고 내 자식의 출세를 한번쯤 생각 안해본 부모는 없을 것이다. 아무튼 각자 자기 분수에 맞는 바람이어야 하는데, 모든 부모들은 그래도 제 자식들의 영광을 언제나 갈망하며 살아갈 것이다.

이발 10월 14일 목요일 갬

빵틀 손질로 오전을 보냈다. 오후에는 모처럼 이발을 했다. 모두들 농담을 건다. 곱다는 놀림이다. 별로 싫은 말은 아니지만 50이 가까운데 겉으로만 고우면 무얼 하나. 속이 단단해야지. 겉보기로는 멀쩡하면서 실상은 환자이니 역겨운 고역이다. 안팎으로 건전한 몸이 되어보았으면 하고 생각해본다.

아버지는 제 눈에 늘 매우 고운 미청년이셨습니다. 앞머리에 큰 가마가 있어 머리가 휘어져 멋있게 드리워졌고, 옷매무새도 아주 깔끔하고 세련되게 입으셨지요.

스승의 날 12월 5일 일요일 갬

재동이는 오늘 스승의 날이라고 화실 원생들로부터 선물(양말 다섯 켤레)을 받았다. 스승을 섬기고 존경하는 풍조는 옛날이나 지금이나 다름이 없으나, 그 방법이 옛날과는 다르다. 옛날에는 스승의 존엄함이 강했는데, 지금은 사제 간의 거리가 매우 가까워지고 친숙한 사이가 되었다고 할까? 그래서인지 밀가루 장난 등 오락도 곁들여져 스승의 날이 한층 더 깊은 의의를 가진다.

동짓날 12월 22일 수요일 비온 뒤 갬 (음력 11월 2일)

1년중 가장 밤이 긴 날이다. 새를 잡으러 동네 집 지붕을 누비던 소년 시절. 다시 올 수 없는 옛날. 추위를 잊고 쏘다니던 그 시절이 그립다. 벌써 내 나이 49세. 노년으로 한 걸음씩 발을 내딛고 있다. 새알심을 49개나 먹어야 하

만홧가게는 처음에는 보통 서점이었는데, 만화책이 하루에 한 권, 이틀에 한 권씩 들어오더니 나중엔 하루에 열다섯, 스무 권이 들어와 만홧가게가 되었던 것으로 기억을 합니다. 초등학교 3학년이던 저는 그때 시골 울산에서 할머니, 삼촌, 고모와 살다가 부산으로 전학을 왔는데 온 점포가 만화로 가득한, 게다가 팥빙수에 풀빵까지 파는, 그야말로 보물섬, 천국이었습니다. 그때 어머니는 하루에 세 시간밖에 못 주무시고, 너무 과로하셔서 화장실 갔다 오다가 쓰러지기도 하셨지요.

는 금년 동짓날. 해놓은 것 없이 벌써 50을 넘어다보며 말이다.

 아아, 아버지도 참새를 잡으러 다니던 어린 시절이 있으셨군요. 하기야 아버지
가 쓰시던 연 날리는 얼레를 저도 썼으니까!

크리스마스이브 12월 24일 금요일 흐린 뒤 비
통행금지가 없는 날이다. 거리를 쏘다니는 젊은이들. 교인이 아닌 우리로서
는 이브의 참뜻을 알 수는 없어도 예수 탄생일 전날이라 알고 있을 정도. TV
에서는 성탄 프로가 많다. 선의와 평화를 위하는 데는 불만이 있을 수 없다.
수동이는 자정이 되었는데 아직 귀가하지 않고 있다.

인생 50년 12월 31일 금요일 갬
1976년도 오늘로 마지막 날이다. 또 한 살 나이를 먹어야 한다. 이제 49세라
1년을 더 보내면 50세이다. 무엇 하나 해놓은 것 없이 50세가 되다보니 한
심하다. 새해는 좀 더 나은 생활을 위해 노력하고 투병에도 힘을 내야지. 온
가족이 무난히 한 해를 보냈으니 다행인 일이다.

 이 당시 〈아빠의 청춘〉이라는 노래가 있었는데 거기 등장하는 박영감이 40대였
으니, 이 시절 49세는 요즘으로 치면 65세 정도에 해당하는 나이쯤이 아니었을
까 싶습니다. 그래도 60이 넘은 제가 50고개 넘는 아버님을 뵈니 기분이 묘합니다.

1977년

우리 가정에도 서광이 비친다

수동 진학 시험 1월 12일 수요일 갬

대입 1차 수험일이라 수동이는 8시에 출발했다. 시험은 무사히 치렀는데 학교 당국의 실수로 내일 수학고사를 다시 한다고 한다. 아침에는 안경이 없어 온 가족이 찾았으나 끝내 찾지 못하고 갔는데 고사에는 별 지장이 없었다고 하니 다행한 일이다. 재동이는 원생 입시 관계로 서울로 향했다.

부채 1월 21일 금요일 갬

이달 들어서 목표한 수입이 미달해서 은행의 적금, 계금 등 때문에 적자를 냈다. 부득이하게 일금 10만 원의 부채를 져야 한다.

수동이 입시 2월 2일 수요일 갬

수동이 동아대 입시차 아침에 부산으로 향했다. 오전 10시부터 3시까지는 1부(주간), 5시부터 7시까지는 2부 시험이란다. 아직 귀가하지 않고 있다. 모쪼록 좋은 결과 있길 빈다. 추위는 오늘도 풀리지 않고 있다.

새 양복 2월 9일 수요일 갬

10년이 지난 옷이 너무도 천해 보였는지 아내는 벌써부터 새 양복 사기를 권했지만 여의치 못해 미루다가 며칠 뒤 종제(從弟) 대상일에 참례하기 위해 부득이 한 벌 맞췄다(2만 8천원). 별 나들이가 없고 경제가 허락치 못한 것이 주된 원인이지만, 나 또한 별로 사치를 원하지 않는다. 그러나 10년 넘은 옷은 너무도 초라해서 흉해 보인다. 또 언제 새 양복을 살 기회가 올지?

 아버지는 언제나 책상 앞에 앉아 계셨지요. 양복을 입으신 적도 거의 없고, 밖에 나들이도 가지 못하셨구요. 딱 한 번 같은 만홧가게 하던 김유일 아저씨 등 계 친목회원 여러 명이 남해에 가셨을 때였지요. 아버지는 술은 못 드셔도 술값은 제일 잘

내셨다는데, 몸도 아픈데 기죽으실까봐 어머니가 아버지 옷주머니에 돈을 많이 넣어두셨답니다.

재동이의 금년 목표 3월 9일 수요일 갬

재동이는 제대를 며칠 앞두고 부대엔 아예 나가지 않고 있다. 이달 말경에는 제대가 되는 모양. 금년의 목표는 공부를 하는 데 우선을 두겠다고. 예술이란 험하고 먼 길이다. 16년간의 교육 기간도 아직 모자란다면 얼마나 더 공부를 해야 하는지? 요즘 화실의 경영도 여의치 못해서 좀 불안한 모양. 모쪼록 전도가 열리길 기원한다.

자식에게 기대려는 마음 3월 11일 금요일 갬

재동이는 요즘 우리 경제(가계)가 어려운 것을 염려하는 듯. 오늘 밤도 학원비를 엄마에게 내민다. 자식에게 의존하는 것은 구시대 부모들 자세였다. 지금은 그러한 시대는 가고 각자 노력에 의한 생활 자세가 요청된다. 그러나 아직 우리에게도 구습이 남아서 마음속으로 기대하는 것은 무슨 이유인지.

재동이 화실 이전 3월 26일 토요일 흐림

재동이는 화실을 도시 중심가로 옮길 예정이다. 현 위치는 너무 변두리이고 지역적으로 외진 곳(동래)이라 원생들의 교통이 불편해서 뜻대로 되지 않는 모양. 남포동 쪽에 점포가 있다는데 세가 비싼 모양(17평에 보증금 100만 원, 월세 5만 원). 우리 힘으론 좀 과하지만 희망이 있다면 해야지.

재동이 제대 3월 29일 화요일 비

재동이는 오늘로써 군복무를 마치고 제대라는 기쁨을 안고 왔다. 이제 신성한 시민의 임무를 마쳤으니, 앞으로는 자기 발전을 위해 노력해야지. 우선 대학원을 목표로 하고 그다음 꿈이 외국 유학이란다.

 재동이는 방위를 마치자 학원도 그만두고 우선 수양을 좀 해야겠다고 후배 한 명과 같이 한 달 예정으로 여행을 떠났는데, 간 후에는 소식이 없었다. 한 달 가까이 될 무렵 후배 하나가 와서 재동이가 자기네 집에 며칠 와 있었는데 멍하니 무슨 생각을 하는지 말이 없었다고 걱정을 보냈다. 신경이 많이 쓰였는데 다음 날 아침에 돌아왔다.

생일잔치 4월 5일 화요일 갬(청명)

명이는 생일잔치를 오늘로 앞당겨 친구들을 초대했다. 조촐하게 국수를 대접했는데 자기들 나름대로 한바탕 놀고 갔다. 사춘기의 아이들이라 무엇이든 남의 흉내를 내려고 하니 부모들도 협조해야지.

저축 4월 13일 수요일 갬

저축이란 여유가 있어서 하는 것이 아니라는 말이 절실하다고나 할까? 우리 집의 경우, 수입 중에 60퍼센트가 저축이라 해도 과언이 아니다. 오늘도 6만여 원의 거금을 은행(서울신탁은행)에 넣고 왔다. 아직 끝날 날은 멀다.

4·19 4월 19일 화요일 갬

부정(不正)과 싸워 젊은 꽃들이 스러져간 4·19. 그날이 17주년을 맞이했다. 나는 비록 환자였지만 자유당의 부정선거에 마음속으로 증오심을 느꼈었지. 뜻 있는 몇몇 친구(교직원)들도 숙직실에서 정권의 지나친 행태에 통탄했지. 어언 18년이란 세월이 갔다.

셋방살이의 설움 4월 23일 토요일 흐림

내 집을 갖는다는 것은 정말 좋은 일이다. 그러나 서민에게는 어려운 일이다. 돌이켜보면 12년 전 일대 용단을 내려 이 집을 사게 되었다. 하루만이라도 내 집에서 살고자 했던 절실한 욕망. 그간 고충도 많았지만 지금껏 이 집에서 살아온 것이 다행으로 여겨진다. 앞집에서 이삿짐을 나르는 광경을 보며 10여 년 전 이 집으로 이사 오던 날이 떠올랐다. 남의 집 셋방살이의 설움이 어떤가를 또 한 번 생각해본다.

갑자기 주인집에서 집을 비우라고 성화를 부리자, 남편은 집 없는 설움을 견디지 못해 마침 동네 복덕방에 나온 하꼬방을 사자고 했다. 그래서 그 집을 12만 원에 샀다. 계 빼고 적금 찾고 해서 샀다. 동네 사람들이 난리였다. 집을 새로 지으라고. 돈은 자기들이 빌려줄 테니 결정하라고. 건축비는 단돈 10원도 없었다. 이웃들 도움으로 공사에 들어갔다. 이왕 하는 거 기와집으로 근사하게 지었다. 기와집으로는 그 부근에서 제일 좋은 집이었다. 집보다 화장실에 호감이 갔다. 다 짓고 나서 집이 좋아 몇 바퀴를 돌고 돌고 또 돌았다.

우리집이 만홧가게를 하면서 손님이 끓자, 주인들은 자기들이 한다고 두 번이나 우리를 쫓아냈었지요. 결국 새옹지마라고 덕분에 집을 갖게 되었는데 저는 그중에도 화장실이 가장 기쁜 일이었습니다. 그때는 동네에 화장실이 하나밖에 없어서 아침마다 줄을 서야 했는데, 우리집에 화장실이 생기니 얼마나 좋았겠어요.

재동 화실 이전 개업 자축 5월 5일 목요일 비 온 뒤 흐림

재동이 화실 이전 개업 자축일이다. 별로 준비한 것이 없는데도 축하객이 많았다. 경영자의 부모로서 우리 부부는 환대를 받았다. 마음 흐뭇하다. 보람을 느낀다. 아비로서 인사말과 아울러 축하 노래도 한 곡 불러서 분위기

를 좋게 이끌었다. 앞으로 재동이의 화실에 서광이 비치기를 빈다.

이날 아이들, 친구들로 온 화실이 가득하고 사회에다 행사 진행하는 친구 경화가 너무도 재밌게 오프닝파티를 열어 오랜만에 부모님도 활짝 웃고 가셨지요. 아버지가 부르셨던 노래는 〈꿈꾸는 백마강〉.

딸 둔 보람 5월 7일 토요일 갬
재동이는 오늘 오전에 귀가하여 피로를 푸는 듯. 화실을 정돈하고 정상적으로 원생 지도를 한다고 한다. 동명이는 내일이 어버이날이라고 나를 위한 양말과 손수건, 아내를 위한 머플러 등 몇 가지를 사와서 선물로 내놓는다. 딸 둔 보람을 느낀다.

제주도 5월 26일 목요일 비 온 뒤 갬
제주도에 간 재동이가 편지를 보내왔다. 제주도의 경관에 도취되었는지 그곳의 아름다움에 경탄하면서 소식을 전해왔다. 6·25 때는 한국군의 기초교육을 하던 훈련소로, 나에게도 추억이 서린 땅이다. 그 당시의 그 시절을 말하자면, 전사하고 병사하고 또 부상당한 불행한 전우들이 있었지. 아직 살아남아 50대가 된 전우들도 있겠지. 25~26년 전 일이 새롭게 기억난다.

제주도 친구 강요배가 제대를 하면서 제 화실에 들렀다가 함께 제주도로 갔던 때네요. 요배는 처음 가는 제게 제주도의 풋풋한 내음을 마음껏 선물하였고, 백록담과 만장굴까지 모든 곳을 구경시켜주고, 비행기까지 태워 보내주었지요. 어쩌면 이 때문에 제가 지금도 제주도 이야기를 주제로 작품을 만들고 있는지도 모르겠어요. 그때 너무도 기분이 좋아 부모님께 편지 쓰기를 '사랑하는 아버지, 어머니'라고 하지 않고 '사랑하는 나의 소년, 소녀여'라고 썼던 것이 기억납니다. 그리고 지금 보니까 모슬포가 아버지가 6·25 때 두 번째 싱십되어 훈련 받던 징소디고요.

수동 시화전 6월 19일 일요일 갬

수동이는 형(재동) 화실에서 시화전을 연다고 아침부터 분주히 설친다. 어릴 때의 그 우락부락하던 성격은 완전히 바뀌어, 요즘 와서는 예술적인 머리로 바뀌었다. 고등학교 때부터 취미로 하던 시(詩)가 지금은 떼어놓을 수 없는 일이 되었다.

재동이 건강 6월 28일 화요일 흐림

재동이는 화실에서 기거한 뒤로 건강이 좋지 않은 듯하다. 오늘 밤은 감기 몸살로 집으로 왔다. 수척한 모습이다. 20년 가까이 병으로 고생해온 나로 서는 병이란 것을 자식들에게 물려주고 싶지 않다. 타이르고 고심한다.

연극하는 재동 8월 5일 금요일 갬

송충이는 솔잎을 먹고 살아야 한다는 말이 있듯, 화가는 그림으로 일관해야 할 텐데 재동이가 요즘 엉뚱하게 연극을 하느라 야단이다. 물론 예술이란 서 로 통하는 점도 있겠지만 북 치고 장구 치기란 정말 어려운 일인데, 두고 볼 일이다. 요즘은 화실에서 연극 연습을 한다고 아예 집에 오질 않고 있다.

서광 9월 12일 월요일 갬

재동이 화실은 많은 진전을 해서 원생이 증가 일로에 있다. 경영이 잘되는 편이란다. 오늘도 동명이에게 시계 선물(1만 5천 원)을 하고 회비를 가져왔 다. 요즘은 가계에 많은 보탬을 준다. 벌써 자식들의 도움을 받는다고 생각 하니 늙어가는 기분이다. 우리 가정에도 서서히 서광이 비쳐오고 있다. 20년 가까이 고생을 한 결실이라고 할까? 더욱 전진하기를 빈다.

저는 동래에서 친구 딕길이가 깅사를 하던 화실을 인수받았지요. 장학생으로 공부하던 아이 하나가 부산대 수석을 하는 바람에 학생들이 많이 몰려 나중에는 양정으로 옮겼구요. 이때 친구 경화가 아예 화실 살림을 맡아주었고, 일정한 수입이 생겨 부모님께도 매달 돈을 드릴 수 있어 참 행복했습니다.

장발 10월 18일 화요일 갬

오랜만에 이발(600원)을 했다. 장발 풍조가 들어 이발 주기가 길어진다. 절약할 수 있어 좋지만, 늙은 사람도 장발을 해야 하니 유행이란 정말 이상한 것. 고향에 계시던 어머님께서 돌아오셨다.

아내의 부재 10월 22일 토요일 갬

고요한 밤이다. 아내가 없으니 집이 너무 조용한 것 같다. 주부가 없는 가정은 쓸쓸하다 할까? 머리 한구석이 비어 있는 것 같다. 가게도 문을 닫아서 어두운 빈집 같다. 아이들도 표정의 변화가 없으니, 가정을 덥히고 명랑케하는 것은 역시 주부인 듯하다. 나이가 들수록 아내가 절실해짐을 느낀다. 아내가 없으니 식사도 제대로 하지 못한다.

 어머니의 신조는 '주부는 가정의 등불이다. 주부의 얼굴이 어두우면 온 가정이 어둡다' 였습니다.

부모의 마음 10월 29일 토요일 갬

퇴근 시간이 늦은 명이를 가족들이 기다렸다. 늦게라도 들어오긴 했지만, 어쩐지 마음이 놓이지 않는 것이 부모의 마음이다. 요즘 명이는 직장이 마음에 드는지 매우 명랑한 표정이다. 모쪼록 꾸준히 노력하기 바란다.

세상은 요지경 11월 3일 목요일 갬

매상고는 점차 내려만 간다. 정부에서 대출은 않고 환수만 하니, 기업은 어렵고 시중에는 돈이 귀하다. 신문에서는 관광버스, 비행기가 동이 나고 돈을 못 써 걱정하는 사람들이 있다고 하는데, 우리 같은 서민들의 경제 사정은 가슴을 쪼여만 온다. 세상은 요지경 속.

한산한 재동이 화실 11월 4일 금요일 갬

재동이는 요즘 화실에서 자면서 작품 활동을 한다고 낮에만 온다. 항상 염려되는 일이지만 건강 문제가 어떤지. 더욱이 이달은 예비고사 때문에 원생들이 줄어들어 화실이 한산하단다. 예비고사가 끝나면 모여든다는데, 화실 경영의 애로도 많다.

〈전쟁과 평화〉 11월 17일 목요일 흐림

재동이가 나더러 극장엘 가서 〈전쟁과 평화〉를 보자고 권한다. 매우 좋은 일이다. 부자간의 거리를 좁히고 가족이 가까워지고 화목해질 수 있는 좋은 기회이다. 그러나 내 건강 문제로 가지 못하는 것이 못내 아쉽다. 언젠가는 가족 모두에게 그런 시간이 마련될 때가 있겠지.

예금 12월 14일 수요일 갬

수동이도 겨울방학을 해서 집에서 별일 없이 보내고 있다. 1, 2년 뒤 우리의 계획을 실천하기 위해 은행 예금을 하고 있다. 앞으로 고향 울산에 갈 예정인데, 최소한 몇 평의 땅이라도 사둘 계획이다. 소원을 성취하게 될 것인지.

파티 12월 23일 금요일 갬

재동이는 화실에서 크리스마스 파티를 연다고 집에서 단술을 해갔다. 원생들의 사기를 북돋우는 데도 힘이 되겠지만 입시의 무거운 부담을 안고 합격을 위해 노력하는 학생들에게 활력소가 될 것이다. 마침 서울서 대학 동기생이 찾아와서 외박을 한다고 전해온다.

 그 친구가 나중에 영화 〈달마가 동쪽으로 간 까닭은〉의 감독이 된 배용균이었어요. 용균이가 간 뒤 두 분은 제게 "너하고 똑같이 생긴 친구더구나." 하셨습니다.

송년의 날 12월 31일 토요일 갬

1977년의 마지막 날. 송년회, 망년회 등으로 여기저기에서 노랫소리가 들려온다. 해마다 찾아오는 송년의 날 밤을 같은 심정으로 맞는다. 20년간 투병생활을 하면서 항상 건강을 걱정하고, 어떻게 하면 가정을 보호할 수 있을지 염두하며 이날까지 살아왔다. 50세라는 초로의 나이. 인생의 황금기는 이미 지났고 앞으로는 한 걸음 뒤에서 일을 하는 연륜이고 보면 인생 황혼의 길이 시작되는 해를 맞아야 한다. 한 해를 그래도 무난히 보냈다고 여겨 안도의 숨을 쉬어본다. 희망의 새해를 맞이하자.

1978년

군대 가는 우리 수동이

대지 마련의 꿈 1월 1일 일요일 갬

희망찬 새 아침이다. 우리 생활에 별다른 계획은 없지만, 그래도 조그마한 소망이 있다면 우선 고향(울산)으로 가기 위해 그곳에 대지를 약간 마련하는 것이다. 욕심을 내서 100평 정도면 하는데, 지가(地價)의 상승을 우려하고 있다. 그 정도의 현금은 없지만 최저의 지가와 최대한의 융통으로 용기를 내보려는데 과연 성취할 수 있을지? 성사를 위해 최대의 노력을 기울일 계획이다.

 저는 이토록 아버지께서 고향에 가시고 싶어 하시는 줄 몰랐습니다. 저만 고향을 그리워하는 줄 알았어요.

동명이 졸업 1월 12일 목요일 갬

동명이가 내일 졸업한다고 온 가족의 참례를 바라고 있다. 갈 예정이다. 축하해주어야지. 아이들 교육이 거의 끝나고 있다.

수동이 서울 여행 2월13일 월요일 갬

수동이는 친구들과 어울려 서울로 갔다. 용돈을 1,500원만 가지고 갔는데, 차비는 친구가 대는 모양. 본래 잘 다니는 성격이라 용돈에 구애받지 않고 잘도 다닌다. 보낸 뒤에는 용돈을 더 못 준 것이 후회된다.

명이 퇴사 3월 2일 목요일 갬

명이는 회사 일로 어젯밤 동료 언니와 자고 오늘 오전에 들어왔다. CBS 방송교재처 부산지사가 문을 닫았다는 것. 봉급 4만 4천 원을 끝으로 퇴사했다고 한다. 나는 가정에서 가사일이나 익혔으면 하지만.

혼사 비용 3월 5일 일요일 갬

이웃 혼사에 참례했다. 자녀들이 커가고 혼기가 다가오니 남의 일 같지가 않다. 생활의 별다른 여유가 없는 서민들에게 자녀 혼사는 두려운 일이다. 가정의례준칙이다, 길흉사를 간소화하자 해도 생활 수준(GNP 상승)이 높아짐에 따라 잘 지켜지지 않고 오히려 지출이 더욱 심해가고 있다니 정말 두렵다. 딸 시집보내는 데 300∼500만 원이 든다고 하니(서민이야 엄두도 못 내지만) 아연하다. 물론 없는 이는 시세대로 하겠지만.

불경기 3월 14일 화요일 갬

책방 개점 이후 유례없는 불경기 날이다. 옆 가게는 평상시를 상회하는 매상이다. 해가 갈수록 책방의 경기는 안 좋아진다. 독서 인구가 주는 것도 있지만 금년의 경우는 물가 앙등과 신학기 초의 학교 단속이 점차 심해진 원인도 있겠지. 앞으로는 전망이 없을 듯.

재동이 귀가 4월 2일 일요일 갬

흐리고 한때 비가 내린다고 예보한 날씨가 쾌청하다. 사적 관광차 떠난 재동이가 돌아왔다. 객고(客苦)가 있었는지 피로의 기색이 엿보인다. 요즘 화실 운영도 제대로 되지 않고 해서 교직이나 나가 볼까 하고 뜻을 낸다. 처음부터 권한 것이지만 이제 자의에 의해 해볼 작심인데 자리가 있을지가 문제다. 모쪼록 소원 성취했으면. 꼭 되어야 한다.

운전면허학원 등록 4월 3일 월요일 갬

수동이는 현대자동차학원에 등록하고 오늘 처음 수강에 들어갔다. 2개월간 수강하면 운전면허증을 딴다고 한다. 2개월간의 수강료 8만 원(월 4만 원)으로 운전대를 잡는다고 하니 놀랄 일이다. 하기야 운전이 그리 어려운 것은

아아, 만홧가게 단속! 저는 제가 만화가가 된 후로 만화가 이렇게 천시되는 이유를 만화가 시험에 나오지 않는 것과 교과서에 만화가 실리지 않은 것에서 찾고 교과서에 만화가 실리기를 강력하게 바랐습니다. 결국 2000년 초 국립교과서 중학 생활국어에 제 만화와 그에 대한 사연이 실리게 되었고 지금은 여러 군데 실려 있습니다. 대학에 만화과가 수없이 신설된 뒤로 만화도 결국 시험에 나오게 되어 지금은 당연히 만홧가게 단속 같은 건 없어졌지요. 이때를 생각하면 겨울철, 가슴에 얼음을 넣은 듯 시려옵니다.

아니니까. 소정의 과정을 마치고 소원 성취하기 바란다.

수동이는 전문학교 1년을 끝내고 군에 입대하기 전에 운전면허 따려고 애를 썼다. 나는 반대했다. 위험이 겁이 나서. 수동이는 나를 잡고 애원을 한다. '안 된다'고 소리치면 '그럼 안할게' 하고는 10분 후면 또다시 매달린다. 몇 차례 매달리니 남편이 돈을 주라 한다. 어릴 때부터 차를 그렇게 좋아하니 할 수 없다고 주라고 허락하신다.

진달래꽃 4월 9일 일요일 갬
날씨가 포근해졌다. 진해에서는 벚꽃놀이가 한창이란다. 4월 하면 진달래와 벚꽃이다. 소학교를 다니던 소년 시절, 이달 초순(4월 1일)이면 구영동 가는 온 산길은 꽃천지였지. 진달래 꽃잎은 이루 말할 수 없이 아름다운 색채를 띠고, 아이들의 군것질 대상이 될 만큼 맛있었다. 달면서 새큼한 맛은 좀체 잊질 못한다. 이젠 그 향취를 맛보기는 어려운 형편. 자연 속에서 뛰어놀던 그 시절이 그리워진다.

인생의 황혼길 5월 5일 금요일 갬(어린이날)
어린이날이 공휴일로 정해지자 시민들의 바깥나들이가 줄을 잇는다. 우리는 벌써 초등학교 학부형의 역할에서 벗어난 지 오래이고, 사실상 어린이날엔 남의 구경이나 하게 되었으니 어쩌면 한심한 느낌도 든다. 이젠 학부형 소리를 듣는 것도 거의 끝나가고 있으니 인생의 황혼길로 가는 것인가 보다.

아아, 아버지. 요즘은 70도 황혼이라 부르지 않습니다.

화실 정리 5월 10일 수요일 갬

재동이는 화실을 완전히 인계하고 비품들을 싣고 왔다. 사후 대책도 없이 하던 일을 중단하고, 아직도 진로를 정하지 못하고 있다. 이 어려운 사회를 쉽게 생각하는 것인지, 아예 생업도 생각하지 않는 것인지 도대체 알 수 없는 행동이다. 부모의 기대가 너무 큰 탓이었는지는 몰라도, 대학을 나온 보람이 아직 별로 보이지 않으니 어느 때 그 빛을 볼 것인지?

 저는 입시생을 가르치는 화실을 운영하면서 아이들 하나하나가 돈으로 보이는 것이 괴로웠습니다. 어쩔 수 없는 현실이긴 하지만, 당시로서는 힘든 일이어서 그런 일 없는 학교 미술 교사를 해볼 생각을 가지고 있었습니다.

물 소동 5월 20일 토요일 갬

유례없는 봄 가뭄으로 식수조차 모자라 공장은 단축 조업하고 식수도 제한 급수를 하고 있다. 부산에도 제한 급수가 실시되어서 여기저기 물 소동이다. 우리는 저지대라 별 지장 없으나, 고지대는 벌써 물 배급을 한다. 도시의 물은 곧 돈이다. 이리 되면 물장수가 한몫 보는 철이 올 것이다. 고지대는 물장수가 판을 친다고 하니 대지(大地)는 온통 목이 탄다고나 할까?

자식에 대한 기대 5월 25일 목요일 갬

젊은 세대는 무엇을 어떻게 생각하는지? 기성세대와는 생활과 사고방식이 너무도 달라, 아무리 이해를 하려 해도 못하는 것이 한두 가지가 아니다. 더욱이 예술이란 관념을 지니고 사는 이들은 사회 통념과는 다른 엉뚱한 생각과 행동을 하니 가족이라도 대화가 순조롭지 못하다.

재동이는 화실도 집어치우고 유랑의 길을 떠난다고 한다. 정말 모를 일이다. 원대한 꿈을 실현하기 위함이라 하지만 나의 바람과는 너무도 멀다. 자식에게 큰 기대를 건다는 것은 도리가 아니지만, 만천하의 부모치고 자식에게 기대를 걸지 않는 부모가 또 어디 있나. 급속하게 변하는 시대의 조류 속에서 천륜이 점차 흐려지고 있다.

동명이 첫 출근 5월 27일 토요일 갬
동명이는 몇 달간 쉬고 오늘부터 취직이 되어 첫 출근을 했다. 초량에 있는 한국행정개발원이다. 가깝고 퇴근도 6시 30분이라고 하니 다행한 일이다. 급료는 받아봐야 아는 것. 모쪼록 좋은 결실 맺기를 기원한다.

재동이 사찰행 5월 28일 일요일 갬
재동이는 심산(深山)의 사찰에 가서 정신수양과 공부를 해보겠다는 뜻으로 떠날 준비를 하느라 바쁘다. 좋은 뜻이긴 하나, 결과가 문제다. 배움이란 끝이 없는 것이어서 평생 동안 배우고 익혀도 남음이 없다. 더욱이 예술(미술)이란 것은 무한히 배워야 하는 것이어서 얼마만한 노력이 쌓여야 결실로 맺어질지 또한 모를 일이다. 모쪼록 유종의 미를 거두어주기 바란다.

식수난과 불황 6월 1일 목요일 갬
날씨는 계속 가뭄으로 치닫고 있다. 농촌의 물 사정뿐 아니라 도회지의 식수난도 농촌 못지않은 어려움에 부닥쳤다. 격일제 급수를 시작한 지 몇 주가 되었는데, 우리 동네는 아직까지는 물 사정은 괜찮지만 앞으로가 문제다. 날씨가 더워서 가게에는 점차 불황이 찾아오고, 손님들은 빙과류(빙수)만 찾고 있으나 아내의 건강이 여의치 못해 아직 못하고 있다.

얼음 단팥죽 6월 12일 월요일 갬
아내의 건강 문제로 미루던 얼음 단팥죽을 오늘부터 시작했다. 학생들 기호

2020 7 6

이 무렵 저는 저 자신을 좀 찾고 싶었습니다. 친구 배용균이나 강요배에 비해 제가 너무 게으르고 게다가 저 자신이란 것이 결국 부모와 사회 그리고 친구들의 기대에 부응하려 애쓴 누더기같이 짜깁기된 것이란 생각에 '진정한 나'를 찾으러 떠나고 싶었습니다. 한편 죽음에 대해서도 도전해보고 싶었습니다. 제가 배낭 하나를 메고 떠날 때 아버지가 "어디로 갈 거냐." 하셨지요. "아무 데나 갑니다." "돈은 있냐?" "없습니다." "그러다 죽으면 어쩔라고?" "죽으면 죽는 거지요."라며 떠났지요. 어머니가 꼬깃꼬깃 접힌, 제가 쓸 만한 돈을 주머니에 넣어주셨습니다. 그때 "죽으면 죽는 거지요."라고 하는 아들의 말에 아버지 심정이 어땠을까, 나이가 들수록 가슴을 두드립니다.

품인 얼음은 우리로서는 꽤 오랜 역사다. 한때 하루 20~30판을 갈았다. 요즘은 빙과류의 범람으로 주로 어린이들만 애용한다. 그래도 여름 장사로는 이 얼음 팥죽이 불경기를 묻어준다. 빙수를 시작한 뒤로는 좀 활기를 띠는 듯하다. 책방도 점차 좋아진다. 모쪼록 그간 시달려온 불황을 만회해야지.

수동이 운전면허시험 합격 6월 15일 목요일 흐리고 비

수동이는 운전면허시험을 보러 시험장으로 갔다. 때마침 비가 내려 시험에 지장을 받은 듯. 그러나 운 좋게도 합격의 희소식을 갖고 왔다. 6월 20일경에 면허증을 교부받는다고 한다. 앞으로 취업 문제는 어떻게 할는지.

재동이 귀가 7월 3일 월요일 갬

재동이가 한 달 만에 돌아왔다. 조계암에 있다가 여러 곳으로 다니면서 바람을 쐬고 소일을 하다가 돌아와서 저녁 차로 서울로 갔다.

교사 자리 7월 11일 화요일 흐림

재동이는 학교 교사 자리를 찾아보았는데 예상대로 자리 얻기가 어려운 모양. 요즘 교육공무원의 처우가 좋아지니 너도나도 할 것 없이 지원하고 있어, 자격을 갖춘 지원자들이 임용고사까지 치르고도 차례를 기다리는 형편이다. 직장 얻기가 하늘의 별따기다.

생일 8월 7일 월요일 갬(음력 7월 4일)

50회 맞는 생일. 바쁜 중 별로 차리지 않고 생일이란 것만 가족에게 알렸다. 덕분인지 오늘은 매상이 매우 좋다. 수동이는 자동차 면허증을 발급받았다.

적금 8월 8일 화요일 갬(입추)

적금을 들러 은행에 갔다. 1년 반짜리 100만 원(월 불입금 5만 900원)을 들었다. 18개월 이후에 찾게 되면 80년대가 된다. 앞으로 무난해야겠는데.

수동이 트럭 운전 8월 9일 수요일 갬

입추가 지나니 아침저녁으로 서늘한 기운이 돈다. 무더위도 10여 일이 지나면 고비를 넘길 것 같다. 수동이는 소개료 만 원을 주고 모 회사 트럭을 운전하고 왔다. 고되다고 투덜거리지만 한 달간 해보라고 권해본다.

 수동이는 어릴 때부터 제가 자동차를 만들기만 하면 '안 준다!' 고 울고 매달렸지요. 하도 많이 뺏겨서 그 뒤로 저는 차에 흥미를 잃어버렸고, 수동이는 탈것에 대한 열정이 깊어져 남보다 일찍 자동차운전면허를 따더니 지금 60이 다 되어가는 나이에도 산악자전거를 타고 산등성이를 누비고 있습니다. 제가 울산에 내려가면 언제나 마중을 나와 온갖 군데 드라이브를 시켜주지요.

공과금 납입 8월 25일 금요일 갬

각종 공과금을 은행 창구로 납부하게 된 뒤로는 납기 내 금액과 납기 후 금액(가산금)이 달라서 모두들 기일 안에 납부하려고 신경을 쓴다. 은행 문도 채 열지 않았는데 줄을 서서 뜨거운 염천에 땀을 흘리고 있다. 꽤 빨리 간다고 했는데 한 시간이나 걸렸다.

입영을 앞둔 수동 9월 5일 화요일 갬

수동이는 입영을 며칠 앞두고 출타가 잦다. 친구들을 만나 석별의 정을 나누고 젊은이들의 대화가 이루어졌겠지. 내가 입영할 때와는 모든 것이 바뀌었고 군대란 정말 한 번쯤은 가볼 만한 곳이라는 인식이 드는 정도라니 자식을 보내도 안심을 하겠나. 그러나 어느 부모나 마찬가지로 자식을 내보낸 다는 것이 달가운 일은 아니다.

수동이 입영 9월 7일 목요일 갬

수동이는 내일 8일자로 입영이라 집합 장소로 갔다. 국민의 의무라고 하지만 자식을 군대로 내보내는 부모의 심정은 모두가 헤아려볼 일이다. 손자를 보내는 조모(祖母)의 심정이 매우 섭섭한지 어머님은 끝내 눈물을 보이셨다. 세월은 빠르다. 내가 군대에(6·25 때) 입대한 것이 엊그제 같건만 벌써 둘째 아들이 군대를 가니 말이다. 부디 건강한 몸으로 군무에 충실하길 빈다.

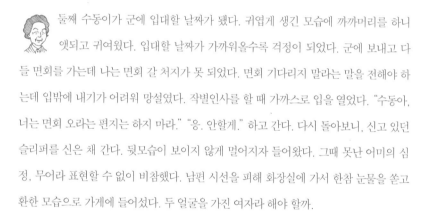

둘째 수동이가 군에 입대할 날짜가 됐다. 귀엽게 생긴 모습에 까까머리를 하니 앳되고 귀여웠다. 입대할 날짜가 가까워올수록 걱정이 되었다. 군에 보내고 다들 면회를 가는데 나는 면회 갈 처지가 못 되었다. 면회 기다리지 말라는 말을 전해야 하는데 입밖에 내기가 어려워 망설였다. 작별인사를 할 때 가까스로 입을 열었다. "수동아, 너는 면회 오라는 편지는 하지 마라." "응. 안할게." 하고 간다. 다시 돌아보니, 신고 있던 슬리퍼를 신은 채 간다. 뒷모습이 보이지 않게 멀어지자 들어왔다. 그때 못난 어미의 심정, 무어라 표현할 수 없이 비참했다. 남편 시선을 피해 화장실에 가서 한참 눈물을 쏟고 환한 모습으로 가게에 들어섰다. 두 얼굴을 가진 여자라 해야 할까.

그때 저는 담배를 여러 갑 사주었습니다. 당시의 저로서는 해줄 수 있는 일이 그 정도였거든요. 늘 웃으시던 어머니가 뒤돌아서 우셨다는 것을 이제 알았습니다.

추석 9월 17일 일요일 갬

8월 한가위다. 재동이와 둘이서 차례를 지냈다. 옛부터 제꾼이 적으면 집이 망한다는 말이 있다. 그러나 근대의 가족은 핵가족이요, 모두들 자녀의 수가 적어서 옛날 자손이 번창했던 때와는 다르다. 명절을 맞으니 군대 가 있는 수동이가 생각난다.

수동이 옷 9월 21일 목요일 맑음
오늘 수동이로부터 옷이 왔다. 논산훈련소로 입소하고 몸 성히 훈련 중이라는 반가운 소식을 들어 더욱 흐뭇하다.

 군대 간 수동이 옷과 슬리퍼가 왔다. 자식을 군에 보내고 옷만 오니 자식은 멀리 가고 허물만 온 것 같았다. 허무하고 그리운 마음 당해본 엄마만이 알 것이다.

호황 9월 23일 토요일 흐림
추석을 전후해서 장사가 순조롭다. 하기야 금년은 7월부터의 호황이 아직껏 계속되는 셈이다. 요즘은 추석 밑이라 그 영향이 있겠지만 매상에 별 차질이 없다. 그뿐 아니라 우리는 이제 별로 지출이 없는 셈이다. 교육비가 들지 않을뿐더러, 돈을 쓰는 사람도 별로 없다. 때로는 목돈이 날아가버리는 경우도 있지만. 요즘 이 호황이 앞으로 얼마나 갈지가 우려된다.

물가 9월 26일 화요일 갬
추석이 지나면 물가가 다소 수그러들 것 같더니, 계속 오름세다. 특히 양념류가 대폭 올랐는데 그중에서 고추 값은 한 근당 4천 원까지 호가해서 한 달전의 6~7배나 오른 셈이다. 앞으로 구정이 있고 해서 물가고는 예측할 수가 없다. 우리 장사로서는 제일 타격을 주는 것이 떡볶이 안에 들어가는 고추다. 값이 안정되지 않고서는 타산이 모호하다.

매상 차이 9월 29일 금요일 갬

장사란 항상 굴곡이 있기 마련이지만 어제와 오늘의 매상 차이가 심하다. 어제오늘에 있는 일은 아니지만 요즘에 와서는 처음 당하는 일이다. 앞으로가 또 염려된다. 재동이는 10월 1일에 상경할 예정으로 준비하느라 바쁘다. 만학은 아니지만 중단했던 학업이라 여간 힘겨운 일이 아닌가 보다.

부모 마음을 안다는 것 10월 3일 화요일 갬(개천절)

명이는 친구네 갔다 늦게 돌아왔다. 부모는 여식을 내보내면 항상 조바심이 나서 이 걱정 저 걱정으로 신경을 쓴다. 그러나 자식들은 부모의 심정을 만분의 일도 알아주질 못하니 먼 훗날 부모가 돼봐야 한다. 우리도 역시 그런 경위를 거치면서 알았으니까.

부산 생활의 역정 10월 14일 토요일 흐림

부산 생활 19년에 우리 생활의 우여곡절은 책으로 모아도 모자랄 정도다. 누구나 생활 역정이 있기 마련이다. 그러나 조건이 좋지 않은 가운데 역경을 딛고 살아온 우리의 역사는 어떻게 이루 말할 수 있으랴. 이제 자식들도 자라서 교육을 거의 마쳤고 해서 생활하기 위한 악착스러운 의욕도 서서히 식어가는 듯. 우리 부부의 건강도 좋지 않아 좀 가벼운 생활의 방도를 생각하건만 실현될지가 문제. 부산 생활을 청산하고 고향땅(울산)으로 옮겨볼까 하는 계획인데 막상 정든 집을 처분하려니 어딘지 모르게 서운한 기분이다. 오늘 소개자를 놓아두었다.

 오랫동안 연탄 옆에 살아서인지 조금씩조금씩 연탄 중독이 되었다. 몸도 허약해져서 앉아서 빵을 굽다가도 가슴에서 안개 같은 것이 차올라 머리까지 오르면 고개를 들 수가 없었다. 우리 부부는 둘 다 환자였다. 학비가 들어가지 않으니 몸과 마음이 한꺼번에 무너졌다. 당장이라도 쉴 곳이 있다면 들어앉고 싶었다. 남편 뜻은 죽어도 고향에 가서 죽자였다. 우선 집 전세를 뺐다.

집 손질 11월 4일 토요일 갬

좋은 날씨다. 집수리를 조금씩 해본다. 며칠 전 지붕 수리를 했고, 오늘은 책방 쪽 유리창에 새 종이를 발랐다. 누렇게 바랜 종이가 평소 보기가 너무 추해 아침부터 일 착수, 오전 일거리를 만들었다. 날씨가 따뜻해지면 방문과 가게 쪽 문도 새 종이로 단장해야지. 눈이 부실 정도로 훤해져서 한결 밝아 보인다. 역시 모든 것은 손질을 해야지 빛이 나는 모양.

재동이 소식 11월 21일 화요일 갬

인편으로 재동이 서신을 받았다. 같이 있는 친구 주익 군이 집에 오는 길에 소식을 갖고 왔다. 아르바이트는 순조로워 학원 강사로 개인 지도를 한다고 하니 다음 달부터는 용돈이 궁하지 않게 되었다고 한다. 오늘 주익 군 편으로 10만 원을 보냈다.

 이때 저는 이스라엘에 한 번 가보고 싶었는데 전쟁 중이라 가지 못하고 주익이 화실과 세형이, 지수 집을 전전하다가 후배 훈이의 소개로 종로에 있는 '향린미술학원'에 강사로 가게 되었어요.

수동이의 편지 11월 25일 토요일 갬

수동이로부터 손수 쓴 편지가 왔다. 그간 소식이 없어 무척 기다렸는데, 입대 후 처음으로 온 가정 통신이 된 셈이다. 듣자니 건강이 좋아졌다고 한다. 매우 반갑다. 전방의 포병 부대에 근무하는 모양인데 지역은 알 수 없다. 아무쪼록 건강한 몸으로 무사히 군무를 수행하길 빈다.

겨울 코트 12월 5일 화요일 갬

평소 의복에 대한 관심이 둔한 나지만 나들이옷 정도는 있어야 하겠기에 문현동 대창나사에서 겨울 코트를 하나 맞췄다. 아내의 권고도 있고 해서 큰마음 먹고 해두었다. 일금 4만 6천 원이다. 항상 궁하게 살면서도 생각은 있지만 잘 안 되는 것이 옷이다. 요즘은 별 소비가 없어 마음 내보는 것이다.

조용한 선거 12월 11일 월요일 갬

선거일을 하루 앞두고 후보자들은 안간힘을 쓴다고들 하나, 우리 동네는 너무 조용하다. 어젯밤 (공화당에서) 우리 반 사람들을 모아놓고 수건 한 장과 약간의 다과로 환심을 사는 모양. 딴 사람은 이제껏 한 번의 인사도 없다. 정말 조용한 선거다. 그러나 다른 지역은 돈봉투가 돈다는 이야기가 들려온다.

자식 자랑 12월 26일 화요일 흐림

방학으로 접어들자 가게 장사는 매상이 반으로 줄어든다. 물론 평소와는 다르지만 겨울방학에는 차이가 많다. 이제 막 방학이 시작하는데 한 달이 넘는 방학 기간의 장사가 염려된다. 저녁에는 김유일 씨 부인이 와서 딸 혼사 문제로 장시간 이야기를 나누었다. 딸 자랑이 대단한데, 우리는 자식 자랑할 만한 것이 없어 씁쓸하다.

아쉬운 한 해를 보내며 12월 31일 일요일 갬

연초의 계획이 좌절된 금년 한 해. 유한(有恨)이라 하겠다. 울산으로 생활 터전을 옮기는 계획이 좀 늦게 서두른 바람에 깨어졌다. 또 새해로 돌리는 수밖에. 그러나 가족들 건강하고 별 이상 없이 한 해를 보냈으니 다행한 일이다. 객지에 있는 자식들의 행운을 빌고, 우리 가족 모두 새로 맞는 기미년(己未年)에도 뜻한 대로 이루길 조상님과 하느님께 빈다.

1979년

객지의 자식을 그리는 부모의 마음

재동이 소식 1월 4일 목요일 갬

날씨는 많이 풀렸다. 한동안 소식이 없어 궁금했던 재동이한테서 편지가 왔다. 그간 화실 강사 등으로 별고 없이 보냈다고 하니 기쁜 일이다. 부모에게는 자식의 소식이 주는 기쁨만 한 게 없다. 부모들의 심정은 모두가 같으리라.

수동이 소식 1월 16일 화요일 갬

수동이와 같은 사단에 근무 중인 군인(고등학교 후배)이 찾아왔다. 강원도 화천 지구에서 근무 중이라는 사실을 알았다. 사단 포병부대에 있다고 한다. 본래의 주특기인 운전은 시력이 나쁜 관계로 못한다고 전한다. 별로 고되지 않다고 하니 우선은 안심이다. 부모의 마음은 모두가 그런 것. 부디 건강히 군무에 충실하길 바란다.

 수동이는 아침마다 용돈을 타갈 때 투정이 잦았다. 차비와 점심값 외에는 주지 않았다. 없어서 못 주고, 또 공부 안하고 딴짓할까봐 안 줬다. 몇 번 조르다 안 주면 화가 나서 문을 탁, 닫고 나간다. 이렇게 나가고 나면 하루 종일 장사하는 데도 힘이 안 나고 마음이 괴롭다. 가장 고마운 건 아침에 화가 났어도 밤에 들어올 땐 환한 표정으로 엄마, 하고 들어오는 거다. 괴롭고 속상했던 마음이 일시에 다 풀린다. 속으로 고맙다, 수동아, 착한 내 아들아, 해본다.

분뇨 소동 1월 26일 금요일 흐림

분뇨 소동이 났다. 부산시의 분뇨 처리장이 협소해서 분뇨를 강물에 버렸다는 혐의로 공무원이 구속되자 분뇨 수거차가 오질 않아 소동이다. 우리집도 분뇨통이 꽉 차서 걱정이다. 비상대책을 써야겠다. 도시의 수도, 쓰레기, 분뇨, 하수도, 공해 등 문제점이 많다.

근검절약 2월 6일 화요일 갬

부산은행 예금취급소가 새로 큰 건물에 단장했다. 은행 거래 손님도 붐빈
다. 우리도 적금 두 계좌를 들고 1년 전의 것은 오늘 만료되어 찾았다(50만
원). 근검절약하여 조그만 목돈이라도 마련하니 마음속 흐뭇하다.

선생님이 되는 재동 2월 23일 금요일 비 온 뒤 흐림

어제의 비바람이 오늘 종일 계속된다. 어젯밤 갑자기 내려온 재동이는 아침
부터 친구 집에 갔다. 내려온 용건은 이번 신학기부터 고등학교 교사(휘문고)
로 임용이 되어 각종 서류를 갖추러 온 모양. 학원 강사 수당으로는 생활비가
부족해서 이번에 아는 이의 청탁으로 발탁이 되었다. 아무튼 기쁜 일이다.

 향린미술학원 강사를 하던 중 대학 선배 임옥상 형의 소개로 휘문고에 들어가게
되었지요.

본적지 2월 26일 월요일 갬

재동이는 오늘 본적지에 가서 호적 초본과 신원증명서를 해왔다. 이번 취직
에 첨부해야 할 서류들이다. 우린 아직 본적을 옮기지 않아 본적 관계 증명
서를 뗄 때는 꼭 본적지로 간다. 고향을 떠나온 지 어언 20년. 이제는 자식
들이 본적지를 찾으니.

명이 퇴직 3월 13일 화요일 흐림

명이는 한 달간 근무한 대가로 일금 2만 원을 받아왔다. 실적 부진이라는 이
유로 제대로 급여를 받지 못했다. 외판원이라는 조건 때문에 그간 회사와
몇 차례 실랑이도 있고 해서 오늘로 깨끗이 퇴직한다고 한다. 한 달간 무료
(?) 봉사한 셈치고 그만두는 것이 좋겠다고 타일렀다. 본인도 적성에 맞지

않는 직업이라고 뜻이 없다고 한다. 가정에 충실했으면 한다.

 훗날 명이는 학교에서 경리로 일했는데 교감 선생이 늘 "박양, 커피 한 잔!" 하며 차를 끓이게 하자 "선생님, 저는 여기 일하러 왔지, 커피 심부름 하러 온 게 아닙니다. 교감 선생님 커피는 선생님이 끓여 드세요." 하고 말해 교감 선생이 그냥 스스로 끓여 마셨다고 했다지요. 이 말을 듣고 아버지가 "과연 내 딸이다!"라고 하셨다는 말씀이 생각납니다.

냉장고 3월 26일 월요일 갬

오랫동안 벼르고 벼르던 냉장고를 10만 원에 구입했다. 그것도 신품이 아니고 중고품이다. 유일 씨 소개로 국제시장 쪽에서 구입했다. 신품의 반값이라고 하지만 몇 년이 지난 것이라 알 수 없는 일. 상품 보증을 받을 수 있다고는 하는데. 하여간 숙원했던 일이 이루어졌으니 올 여름은 아내의 일이 좀 수월해질 것이다.

TV 수리 3월 30일 금요일 비 내린 뒤 갬, 바람

TV 수리차 국제시장에 갔다. 김씨와 함께 전번에 수리한 것이 화면(11번)이 나오지 않아 갖고 갔더니 종업원 기사의 잘못으로 도로 고장을 내서 우리는 돌아오고 기사 편으로 보낸다고 하나 아직 오질 않는다. 시간이 있어 용두산 공원에 갔는데 강풍으로 관광객도 적었다. 계획하지 않은 일이라 곧 돌아왔다.

나무 한 그루 심을 자리 4월 5일 목요일 갬

식목일이라고 하지만 집 안, 집 주위 어디를 봐도 나무 한 그루 심을 자리가 없다. 어디를 봐도 시멘트로 칠갑을 해서 흙이란 찾을 길 없다. 지금 '푸른

부산 가꾸기' 운동이란 슬로건을 걸고 식수(植樹) 운동을 전개하고 있지만, 사실은 심을 공간이 없다. 언젠가는 수목이 우거진 정원이 있는 주택을 가질 날이 오겠지.

 저는 가끔 아버지 어머니가 지은 집 지붕을 화장실 위 장독대에 올라 바라보곤 했어요. 두 분의 고생으로 지어진 집이지만 그래도 기와집이라 감개무량했습니다.

쌀통 구입 4월 12일 목요일 갬

냉장고에 이어 오늘은 모녀가 쌀통을 사가지고 왔다. 그리 크지도 않은 방에 이것저것 들어차서 보기로는 훤하지만 갑갑한 기분이 들기도 한다. 이런 것들은 거실로 나가야 하는데 언제 그 꿈이 이뤄질 것인지. 쌀통 값은 1만 3,500원.

자식을 기다리는 마음 4월 14일 토요일 갬

토요일이면 내려오던 재동이가 오질 않는다. 객지 생활이 왕래가 자유롭지 못한 줄 알면서도, 자식을 기다리는 마음은 부모의 심정이런가? 나도 소년 시절부터 객지 생활에 몸이 매어서 가정을 이룰 때까지는 부모의 심정을 잘 헤아리지 못했다. 이제 내가 그 자리에 있고 보니 역시 철부지 시절이 후회된다. 두 아이의 건승을 빈다.

어린이날 5월 5일 토요일 갬

해를 거듭할수록 어린이날 행사가 푸짐해진다. 아이들 손을 잡고 야외로 나가는 부모의 행렬이 눈에 많이 띈다. 어린이 대잔치가 있어 TV로 중계를 하는가 하면, 어린이를 위해 각종 시범 행사가 치러졌다. 어린이가 없는 가정이 되어서 그런지, 천진한 어린이들의 모습이 그립다. 지난날 우리 아이들에게 잘 못해준 것이 한이 된다.

수동이 소포 5월 7일 월요일 비

수동이로부터 소포가 왔다. 충·효·예가 적힌 수건이 들어 있다. 부대에서 보낸 것으로 어버이날을 기념하는 기념품인 것 같다. 오랫동안 소식이 없었는데 기쁘다.

빙수 시작 5월 11일 금요일 갬

오늘부터 빙수를 시작했다. 작년에 비하면 이르지만 딴 집에 비하면 늦은 편이다. 각종 재료 값이 인상된 탓으로 타산이 맞지 않지만, 여름 경기는 역시 시원한 얼음이니까. 기계가 삭아서 지호에게 수리를 부탁했는데 저녁까지 완성을 못해 내일 하루는 쉬는 형편이 될지 모르겠다.

명이 출근 5월 21일 월요일 갬

명이는 오늘부터 다시 출근했다. 자동차 보험회사 부산지점 초량대리점으로 취직되어 처음으로 하는 근무다. 그간 집에서 나가지 못해 마음을 졸이다가 출근하게 되어서 기분이 좋은 모양. 부디 좋은 성과 있기를 빈다.

빈혈 5월 23일 수요일 갬

명이는 식욕 부진으로 인한 빈혈 현상이 일어나서 약을 먹고 있다. 출·퇴근 시 버스 타기가 힘겹다고 하더니 오늘은 좀 좋아진 것 같다. 계속 약을 복용하면 좋아지리라.

 아, 명이가 이때부터 빈혈기가 있었군요…….

코피 5월 27일 일요일 갬

어젯밤 코피가 흘러 지혈제로 버티다가 오늘 오전엔 너무 많은 출혈이 있어 이비인후과에 가서 전기 치료를 받았다. 2만 5천 원의 치료비가 들었다. 코 안의 굵은 혈관이 파열되어 생긴 출혈이다. 지혈이 안 된다고 한다. 거기다가 감기까지 함께 걸려서 곤욕을 치렀다. 재동이가 동행했다가 오후에 서울로 갔다. 6만 원을 두고 갔다. 묵묵한 아들의 행동이 대견하게 여겨진다.

연뿌리 6월 5일 화요일 갬

아내는 구하기 힘든 연뿌리를 구하러 중앙시장, 서면시장 등으로 다니더니 오늘 기어코 서면시장에서 네 뿌리를 구해왔다. 철이 지난 것이라 꽤나 비싸다. 한 뿌리에 천 원씩이니 4천 원이다. 당장 즙을 내서 먹었는데 양이 많은 탓인지 소화가 되지 않아 고생했다. 코피를 지혈하는 데 좋은 식품이라고 한다. 아내의 정성을 봐서 다 먹어야지.

수동이 휴가 6월 26일 화요일 비 온 뒤 흐림

작년 9월 8일 입대한 수동이가 오늘 휴가 나왔다. 그간 건강한 몸으로 군무에 충실하고 몸도 많이 좋아졌다. 만분 다행한 일이다. 15일간의 정식 휴가를 얻어왔다. 아무튼 튼튼한 몸이 되었으니 기쁜 일. 오는 길에 서울 재동이 하숙집에 들러 하룻밤 쉬고 왔다고 한다.

울산에 온 후 수동이가 처음 휴가를 왔다. 오는 길에 재동이에게 들러서 첫 월급으로 사보내는 선물을 갖고 왔다. 내 선물은 가죽지갑. 오랜 세월이 지난 지금도 애지중지 소중히 가지고 다닌다. 자식이 준 돈은 아까워서 함부로 쓰질 못하는 것이 부모의 심정이다.

여기저기 바쁘게 나다니는 수동이 7월 4일 수요일 흐림 (낙센 복용)

수동이는 고향의 친지들을 방문하고 어제 밤늦게 돌아왔다. 첫 휴가라서인지 여기저기 바쁘게 나다닌다. 휴가 기간도 얼마 남지 않았다. 집에 있는 날이 별로 없어 별미도 못해주고 있다. 왼쪽 발목이 또 아프다.

재동이의 전화 7월 5일 목요일 갬

서울 재동이로부터 장거리 전화가 왔다. 내가 요즘 병원에 다닌다는 소식을 듣고 근무 중에 전화를 했다. 천륜은 어쩔 수 없는 일. 아비 걱정을 해주는 자식들이 있으니 50평생 살아온 보람을 느낀다. 거기다 치료비까지 보낸 모양. 자식 둔 보람을 느끼면서 병 치유도 빨리 되리라 느낀다. 아무쪼록 자식들의 앞날에 서광이 비치기를 빌고 또 빈다.

석유 파동 7월 15일 일요일 흐림

하루 종일 흐린 날씨다. 그러나 도시인들은 날씨에는 아랑곳없이 휴일에 바다로 산으로 나가는 모양. 우리 점포의 매상은 현저히 줄었다. 석유 파동으로 인한 불황과 정부의 긴축 금융 탓으로 모두들 아우성이다. 기업체와 상가 등에서는 휴업 사태가 쏟아진다. 70년대 초반의 오일쇼크 이상의 불황이 밀어닥쳤다. 우리 가계도 평소 이상으로 긴축해야지.

더위 8월 14일 화요일 갬

어제 붐빈 탓인지 오늘은 가게가 한산하다. 날씨가 다소 수그러지는 것 같지만, 길거리에서는 아직도 11시가 넘어서까지 어두운 전등 아래 장기와 바둑을 두느라 더위를 잊고 열중들 한다. 종일토록 돌려대는 선풍기 바람이 훈훈하기만 하다.

소식이 없는 재동이 8월 18일 토요일 갬

태풍이 지난 뒷날은 맑고 푸르다. 가을 같은 날씨지만 아직 남은 더위가 있으리. 방학이 다 끝나가는데 재동이는 한 번 다녀가지 않는다. 객지의 자식을 그리는 부모의 마음은 모두 같으니.

이때 저는 향린미술학원에도 같이 나가고 있었는데, 방학 때 학생들이 몰려 부산에 내려가지 못했던 것 같습니다.

집수리 8월 29일 수요일 갬

평소 벼르고 있던 집수리를 단행하기로 했다. 이번 비로 지붕이 너무 새서 점포가 온통 얼룩졌다. 예산은 140만 원을 잡고 있다. 2층을 올려 전세를 줄 예정이다.

아버지는 모든 일을 자신의 주관에 의해 기획, 결정하고 실행하는 것을 가장 중요하게 생각하셨다고 기억합니다.

말썽이 생긴 집수리 8월 30일 목요일 갬

집수리가 비공식적이어서 구청, 동회 등에서 말썽이 생겨 어려움이 좀 있는 것 같다. 청부업자(박시봉 씨)가 이리저리 알아보고 있는 중이다. 금명간 결말을 볼 예정이다. 무허가는 본래가 위법이지만 현재의 건축법으로는 만부득이하다.

재동이 전화 9월 4일 화요일 갬

어제 서울에서 재동이가 전화를 했다. 의료보험 관계로 서류(호적초본, 주민등본)를 보내달라고 한다. 무소식이 희소식이라고 항상 여기고 지낸다.

신비한 여인 9월 18일 화요일 흐림

항간에 전라도에서 신기한 화제를 낳고 있는 여인이 부산에 나타났다고 해서, 행여나 하는 마음으로 망미동까지 갔으나 허탕을 치고 말았다. '한 번 쳐다만 보면 병이 낫는다'는 이 여인이 가는 곳마다 사람들이 몰려 대혼잡을 이루고 있으니 정말 아리송하다. 사람들이 쉽게 병을 치료하겠다는 요행심은 마찬가지. 듣자니 오후에는 숨어 있던 그 여인이 나타났는데 사람들이 장사진을 쳐서 경찰까지 나와 해산했다고 한다.

점포 봐준 명이 9월 21일 금요일 흐림

성북초등학교 운동회 연습 때문에 점포가 붐볐다. 우리 부부가 오늘따라 뒷방 천장을 도배하느라 땀을 흘리는 동안, 명이가 점포를 보느라 혼자서 수고를 했다. 그 보람으로 매상이 평소보다 차이 나게 올랐다.

추석도 없는 재동 9월 29일 토요일 갬

서울 재동이한테서 전화가 왔다. 30일에 올 예정이었는데 아직 차표를 사지 못해서 모르겠다고 한다. 또한 추석에도 숙직으로 못 온다는 연락이다. 명절이 오면 객지에 있는 가족들이 모이는 것이 우리나라의 풍습이건만, 옛날과 달라 직장 따라 떠나 있으니 바랄 수도 없는 일이다.

자식에게 받는 돈 10월 7일 일요일 갬

재동이가 내려왔다. 숙직을 학교 동료에게 부탁하고 왔다고 한다. 10만 원까지 내놓았다. 추석 준비에 쓰라고 한다. 자식에게 받는 돈은 흐뭇하다. 평소 조용한 생활을 좋아하는 성미라 조용한 곳에서 자취를 한다고 한다. 교직원 급료로는 풍부한 생활은 꿈도 못 꾸지만 그래도 교직자들의 생활 수준은 되어야 하는데, 현실의 교직원 급료가 생활비에 밑도니 문제가 많다. 아직 독신이니까 괜찮지만 가족이 생긴다면 가계기 심각해질 것이다.

 제가 기억하기에 그때 교사의 한 달 봉급이 14만 원쯤 했던 것 같아요.

추석에 더 생각나는 수동 10월 10일 수요일 갬

수동이로부터 편지가 왔다. 추석을 맞으면서 향수에 잠긴 애절한 사연이다. 나도 과거 군무 당시 밝은 달을 보면서 고향의 추석 명절을 그리워했지. 그러나 군인이란 모든 것을 참아야 하니 말이다. 오늘 회답을 보냈다.

스웨터 10월 13일 토요일 갬

모처럼 스웨터(독립문)를 사왔다. 명이가 남포동에서 골라온 옷이다. 딸아이들이란 부모들의 늙음을 초조해하는지 색상 때문에 신경을 많이 썼다고 한다(5,600원). 자식이 사온 것이다. 흐뭇한 기분이다.

고 박정희 대통령 국상 11월 3일 토요일

온 국민이 호곡하는 가운데 고 박정희 대통령의 국장이 엄수됐다. 하루를 쉬려고 했는데, 예상외로 매상이 제법 올랐다. 그러나 마감 시간이 다 돼 책방의 매상금 7천 원을 날치기 당하는 불운을 당했다. 하루 종일 시달린 보람이 일순에 무너졌다. 앞으로 주의를 해야지.

특별담화문 11월 10일 토요일 갬

서울에서 재동이가 부탁한 호적등본과 주민등본을 명이가 등기로 보냈다. 대통령 서거 이후 대통령 권한 대행(최규하)의 특별담화문이 발표됐다. 빠른 시일 내(3개월 이내)에 대통령을 선출하고 헌법을 개정한다는 요지이다. 국민 모두가 환영한다는 뉴스가 나왔다.

수동이의 안부 11월 12일 월요일 갬

전방에 근무하는 수동이로부터(중대장) 안부의 소식이 왔다. 군을 신뢰해달라는 서한이다. 추위가 오니 마음이 자주 간다. 밤 기온은 한겨울을 방불케 한다. 날씨가 추우니 객지에 나가 있는 자식들 걱정이 앞선다. 직장에 있는 재동이나 군에 있는 수동이 영하 10여 도가 넘는 강추위에 몸은 성한지.

가족이란 12월 14일 금요일 갬

명이는 영숙이가 집이 비었다고 오늘 밤 같이 지내자고 해서 갔다. 재동이는 서울에, 수동이는 군에. 결국 우리 부부만 남게 된다. 어쩌면 쓸쓸한 마음마저 든다. 가족이란 같이 있을 때는 모르나, 떠나고 보면 그립고 허전한 법. 나이 때문인지 벌써 마음 한구석이 허전한 것 같다.

작은 소망들 12월 31일 월요일 흐림

저무는 1979년. 한도 많은 한 해. 무엇 하나 큰일을 이루지는 못했어도 작은 소망들을 이루었다. 첫째, 내 건강이 이 정도로 유지가 되었고 가족들 모두 무사했다. 둘째, 재동이가 취직을 했고, 셋째 수동이가 별일 없이 군무를 하고 있다. 우리 경제 사정은 다소나마 여유가 생겨 내년을 계획하고 있다. 아무튼 금년간 별 탈 없이 보냈다는 것이 다행한 일이며, 다가오는 경신년(庚申年)의 발판을 만들 수 있었다.

1980년

20여 년 만화방 생활을 마치고, 잠시 휴식

양력설 1월 2일 수요일

양력설 관습이 아직 우리 사회에서 받아들여지지 못해 일부에서만 양력설을 쇠는 실정이다. 그래서인지 3일간의 공휴일이지만 시민 대다수는 그대로 일을 하고 있다. 오랜 관습이 좀체로 바뀌지 않는 모양.

노인 취급 1월 8일 화요일 맑음

오늘은 통우회 월례회지만 잠깐 회비만 내고 돌아왔다. 그러나 뜻밖의 선물을 받았다. 성북초등학교 어린이들이 경로당에 연말 선물로 비누, 치약, 과자 등을 보낸 것이다. 벌써 노인 취급을 받는다. 언제 이렇게 노인이 되었는지 한심하다.

수동이 포상휴가 1월 12일 토요일 흐림

수동이가 급작스레 휴가를 왔다. 너무도 돌연한 일이어서 아들을 몰라보고 손님으로 착각했다. 포상휴가로 일주일 특별 휴가라고 한다. 17일에 귀대한다. 그간 군무는 무사했고 직책이 좋아서 비교적 편히 보낸단다.

귀대하는 수동 1월 16일 수요일 맑음

수동이가 휴가를 끝내고 밤차로 귀대했다. 돈이 좀 필요한지 요즘 같아서는 벌기 힘든 액수를 갖고 갔다. 요즘 젊은이들의 돈 씀씀이가 어떻게 돌아가는지 모르겠다. 아무튼 아들이 있다는 것만으로 돈을 능가하는 흐뭇함을 느낀다. 부디 건강한 몸으로 군무를 다하길 빈다.

졸업식 풍경 2월 20일 수요일 맑음

초등학교 졸업식 날이다. 학부형의 손을 잡고 입학한 지 6년, 이제는 어엿한 소년이 된 졸업생들. 그러나 아직 부모의 보호를 받으며 즐거운 졸업식을 치르고 있다. 학교의 행사를 바라볼 때마다 재직 시의 광경이 눈에 선하다. 이제는 20년 전 추억의 한 토막일 뿐 서서히 노년기로 접어들고 있으니, 열정과 노력으로 교육계에 몸담았던 그 시절이 어쩌면 나로서는 좋은 시절이었다고나 할까? 무엇보다 건강했으니. 또다시 올 수 없는 그 시절을 돌이켜보면 내 지나온 발자취가 눈에 밟힌다.

 초등학교 6학년 졸업식 때가 생각납니다. 저는 부모님이 장사를 하시느라 워낙 바쁘시기 때문에 도저히 졸업식장에 오시지 못할 걸 잘 알고 있었습니다. 그런데 여기저기 부모님과 어울려 꽃다발을 들고 사진을 찍고 있는 아이들 틈에 저는 아무데도 갈 곳이 없어 어색하게 혼자 서성이고 있는데 한 학부모가 보다못해 꽃다발을 빌려주고 사진을 찍게 해주었습니다. 그로부터 50년 가까이 지난 어느 해, 친구 상석이와 우리 자신도 다독거려줘야 한다는 이야길 하면서 문득 그날 서성이던 저 자신이 가엾어서 한참 울었던 적이 있습니다. 저를 위해 처음으로 울어준 날인데, 아버님 글을 보니 두 분을 위해서도 함께 울어야 할 졸업식이었다는 생각이 듭니다.

부모의 뒷바라지 2월 24일 일요일 맑음

춘기 방학과 일요일이 겹쳐 우리 점포는 공치고 말았다. 평소에도 학생들의 등교일이 아니면 한산한데, 더욱이 춘기 방학이라 애당초 예상한 대로 낮잠을 자도 될 정도다.

재동이는 오늘도 친구들과 약속 있다고 아침에 나갔다. 갖고 온 용돈이 떨어졌다고 제 어미에게 용돈까지 타서 나갔다. 자식이란 장성해도 부모의 뒷바라지를 받아야 하니, 30이 다 되도록 아직 토대를 잡지 못한 모양.

 이때 학교를 그만둔 때이기는 하지만 지금 생각해도 부끄럽네요.

학교를 그만둔 재동 2월 28일 목요일 맑음

연 3일째 방 안에서 시간을 보낸다. 서울에서 재동이가 전화를 했다. 화실을 경영하겠다고 150만 원을 급히 송금해달라고 한다. 세상 물정 모르는 요구이지만, 자식의 요구인지라 손을 써봐야겠다. 교직에서는 손을 떼고 화실 경영을 해볼 예정인 모양. 모쪼록 어려운 일 잘해나가길 기원한다.

 휘문고에서 제가 너무 진보적인(?) 수업을 하는 바람에 학교에서 쫓겨나 소개해준 옥상 형도 매우 곤혹스러운 처지가 되었습니다. 아이들과 수업시간에 들판에 나가 돌맹이에 그림을 그리거나 종이비행기를 만들어 날리는 등 당시 시대와 너무 맞지 않는 수업을 했거든요. 그런 방식과 태도로 결국 학교에서 쫓겨나고 말았습니다. 시대의 탓도 있지만 나 때문에 너무나 당혹했을 교장, 교감 선생님을 생각하면 죄송한 마음이 드네요. 그러나 시간이 더 흐른 뒤에 제가 한 괴팍한 수업이 나름대로 의미 있는 면이 있다고 이야기가 되면서 옥상 형의 체면이 조금은 나아졌습니다. 그 뒤 신촌에 전세로 집을 얻고 작은 점포에 화실을 얻었지요. '열매화실' 이라고 이름을 붙였어요.

재동 화실 경영 3월 10일 월요일 맑음(근로자의 날)

서울에서 장거리 전화가 걸려왔다. 재동이의 소식이다. 화실은 예정대로 세 들어서 잘 꾸미고 기거를 하게 되었다고 한다. 아직 학생들은 없어도 차츰 경영이 되리라 한다. 아무튼 건강한 몸으로 뜻하는 일을 성취하길 빈다.

벽시계 3월 11일 화요일 맑음

벽시계가 갑자기 멎어 수리하러 갔는데 수리비가 3천 원이란다. 10여 년이 지난 것이다. 이번이 두 번째 고장이다. 선전과는 달리 너무도 조악한 제품인 것 같다. 마음 같아서는 새것으로 하나 장만했으면 좋겠다마는.

어머니의 운명 3월 14일 목요일(음력 1월 28일)

청천벽력 같은 소식이 왔다. 점심식사를 막 끝낸 뒤(아내는 막 시작할 찰나) 김실[金日用]이 왔다. 머뭇하는 태도가 이상했으며, 무엇인가 심각한 낌새로 보아 중대 사안인 듯했다. 혹시 어머님 소식일까 직감적으로 생각했다. 지난밤 꿈자리가 좋지 않더니, 적중했다. 어머님이 운명하셨다는 소식이다. 아내는 식사를 하는 둥 마는 둥 서둘러 떠났다. 명이만 남겨두고 앞뒤 볼 것 없이 울산행 직행버스에 몸을 실었다. 몇 시간이 흐른 뒤의 어머니의 모습은 평온해 보인다. 아직 온기가 있는 어머님을 잡고 한없이 울었다. 졸도한 뒤 한마디 말씀도 없이 가신 어머님. 불효를 외쳤지만 들어주지 않는 어머님. 불러봐도 대답 없는 어머님 앞에 절규로 애통해했지만 소용없는 일.

 영정 사진 속 웃고 계시는 할머니 빈소 앞에 저는 앉았다가 누웠다가 했습니다. 할머니 앞에 앉아 있는 것 같아 한없이 편안했거든요. 어린 나를 다리에 끼고 '누구 강생이고?' 하면 저는 '할매 강생이' 했었지요. 첫 손자라 말할 수 없이 귀여워해 주셨고, 제가 초등학교 때 미술대회 나가 상 타는 사진이 신문에 나자 그걸 오려서 보는 사람마다 자랑을 하여서 민망하기도 했어요. 저를 괴롭히는 동네 형들도 제가 할매한테 이른다면 꼼짝을 못했어요. 당장 달려가 혼구멍을 내기 때문에. 음식 맛이 매우 좋고 춤사위도 아주 좋으며 유머 센스도 보통이 아니었던 할머니. 늘 제 곁에 계신 것 같아요.

책 분실 3월 30일 일요일 맑음

근간 책의 분실이 너무 많아 신경을 쓰고 있는 차, 믿었던 두 계집 자매(남향문 집)였음을 오늘 알게 됐다. 이 아이들은 대담하게 가방을 갖고 와서 여러 권을 훔쳐 갖고 가는 수법을 쓴 모양. 애들의 실토로는 50여 권이라고는 하지만 실제 숫자는 알 수 없고 우선 책을 찾는 방향으로 하고 가정엔 알리지 않았는데 부모들이 어떻게 나올지? 찾은 책은 10권 미만이다. 남의 아이들 교육 문제가 실로 난처하다.

큰아이 앞날 4월 11일 금요일 흐림

어젯밤 재동이가 갑자기 돌아왔다. 별 용무가 있는 것도 아니면서 왔다고. 시작한 화실 경영이 잘 안 된다고 한다. 요즘이 불경기이기도 하고 학원이 많이 신설된 이유 등으로 원생이 없어서 경영이 곤란하단다. 좀처럼 앞을 내다볼 수 없는 아이들의 하는 일이 한심하다.

이주 계획 4월 14일 월요일 흐림

어머님 삭망으로 서사 가는 길에 처제(지훈 엄마) 집에 들러 울산 이주 문제를 상의했다. 환영하고 있다. 집 정리한 돈을 잘 관리(이자)해주기로 하고 울산 이주 계획을 세웠다.

집을 내놓다 4월 16일 수요일 흐림

15년간 살던 집을 판다고 생각하니 너무도 서운하다. 우리 계획에 의해서지만. 우리가 이 집을 지을 때를 생각하면 뼈저린 사연이 너무도 많았다 하겠다. 겨우 땅만 사놓고 완전히 부채를 지고 집을 지었다. 피나는 노력으로 그 빚을 갚고 15년간을 살면서 온갖 고충을 겪으며 오늘에 이르렀다. 오늘 복덕방과 이웃들에게 부탁을 해놓았다. 땅값은 평당 100만 원 간다고 한다.

걱정 많은 아내 4월 21일 월요일 맑음

집을 내놓은 뒤로 여러 가지 궁리가 많아 아내는 수면을 거르는 듯하다. 지나친 걱정으로 건강에 안 좋은 영향을 미칠까 걱정이다. 마음을 푸근히 해야겠다. 오늘 좀체 안 가는 시장에 동부인했다. 아내도 위로가 되는 듯하다.

즉결재판 4월 24일 목요일 맑음

도로를 점유했다는 명목으로 순경이 와서 파출소로 연행해서 즉결재판으로 넘긴다고 아내는 갔다. 신병(身病)으로 나는 가질 못하고 대신 아내가 간 것이다. 이번이 세 번째이다. 저녁식사도 제대로 하질 못하고 가서 마음이 안 놓인다. 특히 요즘 건강도 좋지 않은데 경찰서 보호실서 밤을 새우는 고충은 여간이 아닐 게다. 미천한 장사를 하다 보면 본의 아닌 피해가 닥친다. 엄격히 말하자면 위반이지만, 당국의 처사는 공평치 못하고 마구잡이식이어서 그날의 운에 따라 처리하니 한심한 일이다.

 떡볶이, 오뎅을 파느라 길가로 약간 나온 것 때문에 단속을 나왔던 게 생각 납니다.

집에 돌아온 아내 4월 25일 금요일 맑음

정오경에 아내가 돌아왔다. 하룻밤 사이에 핼쑥해졌다. 측은하게 보여 미안한 마음마저 든다. 가장인 내가 겪어야 할 것을 몸소 겪고 오니 가슴이 아프다. 그러나 아내는 언제나 이런 일엔 발 벗고 나선다.

　오늘 하루는 가게 문을 닫을까 했으나 어젯밤 불 피운 것이 있어 시작했더니 보람이 있다. 성북초등학교, 동서중학교 모두 소풍이어서 별로 기대를 안했는데 의외로 매상이 좋은 편이다.

이주 계획의 지연 4월 29일 화요일 맑음

울산 이주 문제는 요즘 부동산의 경기 침체로 쉽게 이뤄지지 않을 듯하다. 우리의 계획이 늦어질 형편이다. 본래 부동산이란 그리 쉬운 문제는 아니다. 초조해하지 않고 침착하게 기다려 원만한 거래를 할 계획이다.

134

효도 5월 8일 목요일 비

가슴에 카네이션을 달아주는 딸이 있다는 사실부터가 삶의 보람을 느끼게 한다. 우리 부부는 명이가 달아주는 꽃을 만지며 서로 깊은 감명을 느끼고 뜻 있는 웃음을 지어본다. 나 자신 마음속 새겨본 효를 다하지 못해 한이 맺히는 적이 한두 번이 아니다. 내가 효도를 다 못한 주제에 자식들에게 효도를 받을 수 있을까? 이제 어머님마저 돌아가신 바람에 마음속 깊이 한이 서린다. "어버이 살아실 때 섬기기란 다하여라. 돌아가신 후면 애닲다 어찌하리. 평생에 고쳐 못할 일은 이뿐인가 하노라."

 생각해보면 아버지는 농가인 할아버지, 할머니의 집을 떠나 부산이라는 객지로 나왔고, 저는 부산인 아버지, 어머니의 집을 떠나 서울이라는 객지로 왔고 그 객지가 지금은 또 하나의 고향이 되어 있는 셈입니다. 저는 늘 멀리 있다는 이유로 제대로 도리를 다하지 못하고 항상 가까이 있는 수동이 내외가 지금도 어머니를 모시고 있네요.

점포 단장 5월 9일 금요일 맑음

부동산의 경기 침체로 집을 내놓은 지 한 달이 가까워도 아직 확실한 희망자가 없다. 이로 인해 우선 집수리부터 해서 점포를 단장하고 여름 장사(빙수) 준비를 하기로 계획을 세웠다. 100만 원 정도는 들 것 같다. 전망이 없는 만홧가게는 완전히 정리하고 빵가게를 확장하여 한 가지만 전념하기로 했다. 수일 내로 착수할 예정이다.

귀대하는 아들의 뒷모습 5월 13일 화요일 맑음

15일간의 휴가를 마치고 오늘 귀대하는 아들의 뒷모습이 매우 측은한지 아내는 마음 아파한다. 이제 1년 정도면 제대를 하는 아들이지만 군영 생활에 보내는 부모들은 모두 그러하리라. 모쪼록 건강한 몸으로 제대해서 돌아오

길 기다린다.

20년의 세월 6월 3일 화요일 맑음(장사 시작)

어제까지 집수리를 끝내고 오늘부터 장사를 시작한다. 20년간 해오던 책방은 이번 집수리와 더불어 졸업(폐업)하고 말았다. 강산이 두 번이나 변하는 20년. 그 얼마나 곡절이 많았던가. 이제 와서 생각하면 참으로 형극의 시대라 할까? 병마와 아이들 교육, 생활 등으로 그야말로 악전고투 속에 20년이 흘렀다. 그 20년이 나를 이렇게 50고개를 넘게 하고 초로의 모습으로 만들고 말았지. 그러나 아직 아내는 가게에서 아이들과 씨름하면서 하루를 보낸다.

화실 계약 6월 4일 수요일 맑음

서울의 재동이로부터 전화가 걸려왔다. 화실 경영을 위해 점포를 물색하는 중 오늘 계약을 했다고 전한다. 400만 원 전세라고 한다. 50만 원을 계약금조로 걸었고 나머지 350만 원은 우리가 마련해야 될 형편이다. 이미 약속한 바 있다. 여기저기 조금씩 대출한 돈은 있지만 10일간의 단시일에 다 받아질지 문제다. 아무튼 계획하는 일에 적극 협력해야지.

 창문여고 교사를 하던 친구 강요배가 화실을 권유해서 미아동 근처에 방을 구했습니다. 요배는 수秀화실로 이름을 지어주고 창문여고 아이들을 보내주었습니다.

화실 전세금 마련 6월 11일 수요일 맑음

서울에서 재동이가 내려왔다. 화실 시설을 끝내고 전세금 잔금(350만 원) 문제와 며칠 휴식을 취하기 위해 왔다고 한다. 그간 여기저기 흩어놓은 돈을 모으는 중이다. 오늘로 220만 원을 마련했는데 15일까지는 가능할 것 같다.

이번은 운 좋게도 점포세가 헐한 것을 구해서 다행한 일이다.

재동이 상경 6월 15일 일요일 맑음

재동이는 짐을 꾸리고 오전에 떠났다. 어제 걱정한 돈도 오늘 아침에 마련 돼서 예정대로 잘되었다. 이제는 화실 경영이 문제다. 친구들의 도움으로 원생은 다소 확보가 된다고 하나 신설이라 고충이 있으리라. 이번엔 토대가 완전히 잡히길 빈다.

화실 입주 6월 16일 월요일 맑음

서울로 돌아간 재동이로부터 전화가 왔다. 무사히 도착해서 점포 계약금을 완전히 지불하고 입주했다고 전한다. 그러나 몸이 좋지 않아 한 번 더 귀가 해서 휴양을 했으면 한다. 무엇보다 건강이 우려된다. 그리고 우리집은 우 선 점포 전세를 써붙이고 적임자를 물색해보았다. 어제 붙였는데 벌써 여러 사람이 문의하고 갔다. 전세금은 800만 원이다.

한바탕 폭발 6월 19일 목요일 흐린 뒤 비

종일토록 우울한 기분이다. 어제 저녁 재동이의 사업(학원) 관계로 좀 지나 친 언성으로 꾸짖었더니 어쩐지 마음 한구석이 빈 듯하다. 의욕이 없는 자 식의 행동에 화가 치밀어 참을 수가 없어 한바탕 바깥으로 폭발하고 말았 다. 나이 30세가 다 돼서 아직 방향을 못 잡는 자식 앞에서 무엇으로 타이르 겠나? 하기야 자식도 노력했다고는 하지만 모든 것이 소극적이었으니 말이 다. 앞으로는 잘되리라 믿는다.

기억이란 때로 고마운 것인가요. 이 일이 전혀 기억이 나시 않습니다. 하하하. 기억을 더듬어보니 휘문고에서 쫓겨나고 달리 할 일이 없어 화실을 열긴 했지만 학생도 몇 명 없고 화실에도 별 뜻이 없어 그냥 닥치는 대로 살았던 듯합니다.

거제도행 6월 21일 토요일 맑음

재동이는 거제도로 휴양차 떠났다. 정신 건강을 위해 그간 휴식을 많이 취했는데, 원생이 확보될 때(6월 말)까지 몸과 정신을 더 쉴 예정이라 한다. 4~5일간 휴양을 취하고 온다고 한다. 해금강이라는 이름이 있는 거제도는 절경이 많다고 들었는데, 나도 한번쯤 가보고 싶은 곳이다.

선박 사고 6월 24일 화요일 흐림

거제도 앞바다에서 한려수도 엔젤호가 충돌해서 4명이 사망하고 7명이 중경상을 입었다는 보도가 있었다. 21일에 거제도로 떠난 재동이가 오늘 귀가하기로 약속되어 있었다. 행여 사고 선박에 승선하지 않았나 하고 초조해서 선박회사와 부상자 치료 병원 등에 전화 연락을 해보니, 명단에 없다고 한다. 안심이 되었으나 아직도 마음이 놓이지 않는다. 무사 귀가하길 빈다.

조바심 6월 25일 수요일 비

많은 비가 쏟아졌다. 장마전선이 다가온 모양. 폭우가 쏟아져서 금세 도로가 물바다가 됐다. 어제 하루 동안 재동이 때문에 신경을 썼다. 소식은 미리 들었지만 저녁에 무사히 돌아왔을 때에야 안심이 되었다. 부모란 항상 자식에 대한 조바심이 떠나지 않는다. 이제 마음이 놓인다.

부동산 매매 불황 7월 4일 금요일 맑음

부동산 매매 불황으로 우리가 계획한 것이 점차 차질을 빚고 있다. 전세 문제도 1차 해약으로 점차 더뎌지고 있다. 그러나 적임자가 나타날 때까지는 기다려봐야지. 모든 일이 순탄치 않아 마음이 우울하다. 푸근히 기다리는 수밖에 없다.

매상 증가 7월 8일 화요일 맑은 뒤 흐림

불경기라고들 하지만, 우리집은 별로 그런 느낌이 안 들 정도로 호황(?)이라고 하겠다. 점포 수리 뒤 책방을 그만두고부터는 매상이 서서히 오른다. 한동안 우리도 불경기의 영향으로 매상이 저하했으나 요즘은 의외로 점차 좋아져간다. 그런데 집을 처분하고 떠나려니 아쉽다.

집 매도 계약 7월 10일 목요일 흐린 뒤 비

오랫동안 끌어오던 집 매도 계약이 드디어 성립됐다. 흥정이 여러 차례 있다가 오늘 계약금을 걸고 성립시켰다. 가격은 1,800만 원으로 정하고 우선 100만 원의 계약금을 받고 이달 말경 중도금을 치르기로 약속했다. 내일은 울산 집 구입(전세)차 가봐야겠다. 우리의 부산 생활이 한 달 정도 남았다.

아파트 전세 계약 7월 18일 금요일 흐린 뒤 비(삼풍아파트 205호 전세 계약)

어제 오늘 연거푸 울산에 다녀오니 좀 피곤하다. 전셋집 구입이 여의치 못해 아무래도 일반 주택보다는 아파트가 편리할 것 같아 다시 울산에 갔다. 어제도 눈여겨본 평동 삼풍아파트에 가니 신축이라 비어 있는 데가 있어 동생과 처제가 둘러보고 계약하고 말았다. 300만 원 전세가 6개월 기한이고 기름 보일러 식이다. 시장, 시외버스 터미널이 가깝고 공기가 좋아 마음에 들었다. 계약금으로 7만 원을 걸고 이달 말경에 든다고 했다.

연탄불 7월 26일 도요일 맑음 (중복)

한더위가 되는 중복이다. 맹렬한 폭염 속을 헤치며 살아온 과거. 특히 찌는 듯한 무더위에 연탄불을 안고 장사를 한다는 것은 정말 고역이다. 부산 생활 20여 년 동안 연탄과 함께해온 아내. 이제는 연탄에 중독이 돼서 머지않아 이 장사도 청산해야 할 날이 다가온다. 이번 더위를 고비로 지긋지긋한 연탄불과 멀어졌으면 하는 마음 간절하다.

  아버지의 이사 결정은 적절했던 것 같습니다. 무엇보다 어머니 연탄가스 중독 상태가 임계점에 다다른 때였으니까요. 어머니는 연탄중독으로 그 뒤로도 오래 고생하셨지요. 요즘엔 다 가스불로 하는데 그것이 좀 더 일찍 나왔더라면 얼마나 좋았을까요.

이삿짐 논의 8월 1일 금요일 맑음

송금이 여의치 못해 아내와 동반해서 울산에 직접 다녀왔다. 처제의 온라인 통장 도장을 분실해서 아침에 갑자기 전화로 연락해서 예정에 없는 여행을 했다. 간 김에 전번에 얻어놓은 아파트도 보고 평동 이서방 댁에도 방문해서 이삿짐 운반 문제를 논의했다. 늦게 귀가해서 명이가 수고를 많이 했다. 영숙이가 와 도와줘서 가게를 잘 지켰다.

  임시로 몸을 붙일 삼풍아파트에 갔다. 아파트란 곳은 처음 와본다. 들어가니 새 집이라 온갖 냄새로 머리가 띵, 하고, 방에 들어가니 옷장에 들어가는 기분이었다.

풍로와 전기밥솥 8월 10일 일요일 흐림

아파트 생활의 필수품은 여러 가지가 있겠으나 특히 취사용 풍로와 전기밥솥이 우선이다. 가스레인지를 써야 하지만 우선 경제 사정으로 석유를 쓰기로 하고, 낡은 밥통과 풍로를 새로 구입했다. 밥통 겸용 밥솥이 2만 5천 원, 풍로가 1만 원. 불경기라 소비자 가격을 밑돌고 팔고 있는 실정이다.

하직인사 8월 13일 수요일 흐린 뒤 비

부산 생활 20여 년의 장사가 오늘로 끝을 고했다. 이삿날이 임박했다. 초량 형님 댁, 김서방 댁 등을 방문하고 하직인사를 했다. 그뿐만 아니라 재부산 (在釜山) 동기생들(초등학교)에게 전화로 하직인사를 보냈다. 일찍 점포를 거두고 몇이 친구들이 모여 이별 파티를 벌여 정말 떠나는 기분이다.

 이불 한 채로 병원 입원을 시작한 세간이 22년이란 세월과 같이 큰 트럭으로 가득하다. 절반이 아이 셋 책이다. 책도 내가 구운 풀빵 수만큼 되지 않을까. 장사 밑천이던 만화책도 고물장사 리어커에 실어 보내니 딸 시집보내는 것만큼이나 서운하다.

이사 8월 15일 금요일 비

이삿날이다. 아침부터 내린 비가 이삿짐 차가 도착할 때까지 내린다. 시간을 기다릴 수 없어 비를 맞으면서 짐을 실었다. 동리 여러분들도 나와 비를 맞으면서 도와주고 석별의 정을 나눴다. 특히 필교 처남 내외, 박평선 씨 내외, 김씨 부인 등은 눈물로 전송해줬다. 눈물을 보이지 않기로 했지만 나도 모르게 앞을 가리는 이별의 눈물이 쏟아졌다.

　아파트에 도착한 뒤에도 종일 비가 내려 이서방과 동생이 큰 수고를 했다. 시간이 맞지 않아 처족들은 늦게 도착했다. 처형과 처제는 떡과 묵을 해왔다. 동생도 떡을 해와서 우리를 환영해줬다.

 억수같이 쏟아지는 빗속에 이삿짐을 실어놓고 오빠 같고 언니같이 믿고 또 도와주시던 앞집 담뱃집 내외분께 하직인사를 하러 갔다. 마시고 가라고 우유를 주시며 우리 가족을 잡고 우신다. 형제 같은 좋은 이웃이 떠나간다고 영영 이별이나 하는 것처럼 많이 울었다.

22년 전 올 때를 생각하면 지금은 부자다. 우리를 부산까지 몰고 온 끈질긴 병은 22년을 싸워도 승부를 못 내고 다시 고향땅 울산으로 붙이고 가니 마음이 즐겁지가 않다. 슬픔의 눈물인지 고생의 땀방울인지 잠시도 비가 그치지 않았다.

명이 시계 구입　9월 7일 일요일 흐림(백로)

아침저녁으로 제법 서늘하다. 명이는 지난 금요일부터 석영서점의 경리로 직장을 잡고 출근을 한다. 시계가 없다고 2만 2천 원짜리 하나를 샀다. 나도 시계가 없은 지 퍽 오래다. 이달 한 달도 긴축으로 살아야 될 것이다.

월동 준비　9월 13일 토요일 맑음

오전엔 아내와 함께 이서방 댁을 방문해서, 아내는 깻잎을 따두고 나는 소풍으로 소일을 했다. 오후에는 겨울 난방용 경유를 넣었다. 2드럼을 넣었다(1드럼 3만 8,400원). 월동 준비를 하다보니 이달 생활비가 부족할 것 같다. 최대한 절약해서 생활해야지.

명이 부산행　9월 14일 일요일 맑음

명이는 모처럼 얻은 직장도 일주일 남짓 근무하다가 사정(전에 근무한 아가씨가 되돌아옴)에 의해서 그만두고 말았다. 오늘은 부산의 친구들과 약속이 있다고 부산에 갔다. 곗돈 7만 5천 원도 보냈다.

집 문제　10월 2일 목요일 맑음

오전엔 이서방과 같이 못안(대화교 뒷동리)에 가서 몇 군데 주택을 보고 왔다. 모두가 부도(不渡)가 난 집이고 여러 가지 복잡한 문제가 내포되어 있어

아아, 우리집이 형편이 좀 되어 이때의 만화책들을 그대로 남겨두었다면 얼마나 멋진 보물이 되었을
까요. 김종래 선생, 박기당 선생, 임창 선생님들의 책과 오래된 귀한 책들! 그래도 아버지는 18년 만
홧가게를 접으시면서 그중 가장 사랑하시던 만화 〈약동이와 영팔이〉 한 질만은 남겨두셨지요. 아버지
가 두꺼운 기름 먹인 표지로 네 권씩 묶어 보관하고, 총판의 횡포에 다시 내놓아 싸웠던 그 책을 저
는 지금도 저의 보물로 보관하고 있습니다.

꺼림칙하다. 가격도 현 시세를 웃도는 금액이어서 정말 결정을 내리기가 어렵다. 오후는 김서방이 와서 전번 둘러본 교동집 문제로 숙의하다가 돌아갔다. 모두들 우리를 위해 노력을 해주고 있으나 워낙 적은 액수라 욕심을 낼 수 없다. 서서히 생각해볼 문제다.

화투 10월 10일 금요일 흐린 뒤 비

가을비가 고요한 밤을 속삭이듯 내린다. 요 며칠 동안 여기저기 다니느라 몸이 매우 피로하다. 오전엔 푹 쉬고 오후는 약간 소풍을 했다. 지난번 부동산 관계로 못안(평동)의 어떤 부도난 집을 보고 왔더니 오늘 그분들이 와서 흥정을 붙이자 했으나 예금도 했고 또 너무도 복잡한 집이라 아예 포기하고 말았다. 저녁엔 20여 년 만에 아내와 화투를 쳐보았다. 정말 오랜만의 놀이다. 그러고 보니 우리 생활에도 시간의 여유가 생긴 듯.

 아아, 두 분이 화투를 쳐보셨군요!

생활비 10월 14일 화요일 흐림

은행에서 10만 원을 인출했다. 수입은 없고 본전을 까먹는 격이다. 그러나 이제 와서 돌이킬 수 없는 일. 이달 생활비(약 30만 원)는 고스란히 생돈이다. 다음부터는 예금에서 생활하기로 했고 그나마 여력이 있다면 무엇인가 노력을 해봐야지. 우리 부부는 길을 가면서도 무심치 않고 앞으로의 생업을 논의하며 생각에 잠긴다. 금년은 추위가 다가와서 일단은 몸을 휴식하고 해동이 되면 시작해야지. 뜻이 있으면 길이 있겠지.

어머니 사망신고 10월 20일 월요일 흐림

10시경 범서면 사무소에 들러 아직까지 호적 정리(어머니 사망 신고)하지 못한 것을 신고하고 정리를 끝냈다. 돌아서는 내 마음. 이제는 어머니의 이름조차 이 세상(호적)에서 완전히 사라져버렸다. 한 많은 세상은 인간의 목숨에 한정을 두니 정말 무심도 하다. 저녁엔 때마침 '김정구쑀'에서 효도의 한 장면을 보고 쏟아지는 눈물을 가누지 못했다. 오늘은 어쩐지 슬픈 날이기도 하다. 불효한 이 자식은 어머님의 따뜻한 애정을 언제나 잊지 않고 있으니 부디 편안히 영면하소서. 불효자는 빕니다.

단기 예금 11월 5일 수요일 맑음

모처럼 아내와 함께 나들이를 한다. 조흥은행에 예금을 하고 왔다. 3개월 정기예금을 해두었다. 그때쯤 쓸 사정이 생길 것 같아서 단기예금을 단행한 것. 그래서 가옥 매도금은 완전히 조흥은행에 예치된 셈이다. 앞으로는 은행 이자로 생활하게 될 테니 세밀한 가계가 요구될 것이다. 아내가 조절을 해서 생활하니 별로 마음 쓸 것 없다. 그러나 아이들 혼사가 문제 되니 예치금의 잔고가 문제다.

석유 값 인상 11월 19일 수요일 맑음

20도 이상의 온화한 날씨다. 낮 시간은 더울 정도다. 하루 종일 집에만 있으니 별로 추운 느낌도 없다. 어젯밤 발표한 석유 값 인상의 소식을 듣고, 따뜻한 낮 시간의 기온이 계속되었으면 하는 생각이 간절했다. 우리 생활의 계획으로도 11월까지는 석유(난방)를 쓰지 않기로 했으나 날씨가 문제다. 이달의 생활비도 빠듯해서 다음 달까지의 생활비가 걱정이다. 살다보니 씀씀이가 생겨 검약의 한도도 선을 넘을 것 같다. 월부로 사놓은 서예책을 대본으로 글씨를 한번 써봤더니 좀체 마음대로 되지 않는다.

삼풍아파트의 생활은 너무도 절약해야 했기에 추운 날은 아버지가 기름 보일러를 조금 틀었다가 약간 따뜻해지면 금방 꺼버리셨지요. 어머니는 이모가 하는 가게에 나가 일을 보아주셨던 것도 생각나네요.

서예용품 11월 20일 목요일 흐림

오랜만에 흐린 날씨다. 서예용품 일체를 샀는데 선전에 완전히 넘어갔다. 품질이 신통치 않다. 기왕 산 것이니 도리 없지만. 겉만 번지르르한 상품이요 내용은 너무도 조잡하다. 먹은 순 엉터리다. 오늘은 오래 기다리던 재동이 편지가 왔다. 건강하게 잘 지낸다니 다행한 일이다.

 저는 이때 후배 상도동 김익환네 집에서 도움을 받으며 입시생 몇 명을 가르치기도 하고 겨울에는 다시 종로의 향린미술학원에 데생과 수채화 강사로 나가고 있었습니다. 이때 광주항쟁(그때는 광주사태로 불렸지요)의 진상이 서서히 전국적으로 알려지고 있는 시점이라 선배들과 그에 대한 이야기를 하곤 했습니다. 그전까지만 해도 그저 폭동으로만 보도되었고, 사람들은 그런 식으로만 알고 있었지요. 당시 활동했던 그룹전인 '12월전'을 광주에서 연 기억이 있는데, 특히 광주에 살고 있던 신경호 형의 작품이 핏빛으로 처절하였고, 저는 아직 그것이 몸으로 느껴지기 전이어서 전혀 다른 추상화를 내놓았지요.

명이 새 출근 11월 24일 월요일 흐림

명이는 면접을 마친 그곳의 승낙을 받고 아침 일찍 예정대로 출근한다고 나갔다. 점심도 집에 와서 먹고 돌아갔다. 세왕약품공업사(약 도매상)의 경리사무라고 한다. 그간 오랫동안 집에서 취직을 열망하다가 이제는 소원 성취를 한 모양. 아침 8시 출근, 오후 7시 퇴근이다. 근무처도 가까운 곳이라 좋단다. 요즘 같은 불황에 취직은 정말 어려운 일인데 윤서방의 노력에 감사한다. 오늘도 나는 종일토록 혼자서 글씨를 쓰면서 시간을 보냈다.

묵화 11월 28일 금요일 흐린 뒤 비

명이가 직장에 나가고 난 뒤부터 기상 시간을 좀 당겨서 7시에 일어난다.

오전엔 어쩐지 몸이 무거워 한잠 자고 점심 뒤에는 난생처음으로 묵화
(매·난·국·죽)를 쳐본다. 우선 난과 죽을 해보니 정말 마음대로 안 된다.
문학, 예술이란 소질과 노력이 있어야겠다. 할수록 어렵다는 말이 새삼 생
각난다.

아, 이때 제가 옆에 있었다면 좀 도와드릴 수 있었을 텐데요.

글씨 연습 12월 11일 목요일 흐림

하루 종일 방 안에서 시간을 보낸다. 어젯밤 명이가 갖고 온 종이(약 포장지)
로 글씨를 써본다. 평소 신문지로 연습하다 좀 매끈한 종이로 연습을 하니
좋은 점도 있지만 좋지 않은 점도 있다. 학문(예능)이란 정말 어렵다는 것을
새삼스레 느낀다. 벌써 한 달 정도 글을 써왔지만 발전을 했는지. 부족한 것
이 많아 갈수록 어려운 것 같다. 마음가짐이 안정되고 정성을 다해야 올바
른 글씨를 쓸 수 있으리라.

길거리 좌판이나 만화방 표지 등에 메뉴 이름을 써서 붙여놓으면 길 가는 사람
들과 빵 먹는 손님들이 글씨를 참 잘 썼다는 말을 자주 했다. 그런 말을 들으면
내 마음은 착잡하게 가라앉았다. 어머님은 자신의 아들이 만화 표지에 글 쓰는 것을 보
고 눈물을 흘리시며 "그렇게 고생하고 배운 글 이렇게 써먹나." 말씀하시곤 했다. 이런
고생을 왜 할까 생각이 들었다. 아니다. 우리는 이제 자식들 출세가 희망이다. 이런 마음

가짐에 모든 걸 잊고 열심히 일을 했다.

숯먹 12월 14일 일요일 맑음

명이는 일요일이라 오후에 아내와 함께 쇼핑을 나갔다 왔다. 쇼핑에 많은 돈을 썼는지 아내는 예상외의 지출에 얼떨떨해하고 있다. 모처럼 내가 소원 하던 먹(墨)을 하나 사왔는데 뜻밖에 숯먹이어서 실망했다. 값은 1,700원으로 고가다. 정말 상품의 질이 이렇게 가짜라야. 명이가 부산 가는 길에 좋은 것을 구해주겠다고 위로한다.

김장 12월 17일 수요일 맑음

어제 준비한 김장거리를 정리하고 마무리 짓느라고 아내는 바쁘다. 가족이 너무 단조로워 예년의 반도 하질 못했다. 나는 김치를 안 먹은 지 20여 년. 이제 김치와는 완전히 결별한 셈. 날씨는 더욱 누그러져 포근하다. 명이는 좀 추위하는 듯하나 아직은 기름을 쓰지 않기로 했다. 낮 기온이 영하로 내려갈 때 땔 것을 약속했다. 낮 시간이 짧아 독서할 시간이 없어 글씨로 하루를 보낸다.

재동 대학원 합격 12월 24일 수요일 맑음

명이는 내일 크리스마스날의 휴가를 얻어 부산 친구들 집에 갔다. 봉급 17만 원을 타와 반절을 갖고 떠났다. 의복, 선물 등을 사고 싶어도 쥐꼬리만 한 봉급이라 쓸 것도 없다. 8시가 다 돼 떠났다. 하기야 오늘 밤은 야통(夜通)이 없기는 하지만 내일 일찍 돌아오라고 당부는 했다. 처형이 서울의 재동이 전화를 받고 점포세 관계와 대학원 시험 합격 소식을 고맙게 알려준다. 전 세금은 1월로 연기된다고 하고. 대학원 입학 시험에 합격해서 매우 기쁘다. 좀 늦은 감이 있어도 목표는 달성해야지.

아버지는 붓글씨를 잘 쓰셨던 것도 생각납니다. 저 어렸을 때도 신문지에 저와 함께 글씨 연습을 하기도 하셨지요. 만화책 표지나 가게의 메뉴판에 써놓으신 글씨도 참 보기 좋았습니다. 아버지가 만화책 표지에 글을 쓰는 것을 보시고 할머니는 안타까워 하셨지만 그것은 천한 일이 아닙니다. 오히려 고매한 예술이 할 수 없는 아름다운 일이지요.

저는 익환이 집에 신세를 지면서 대학원 시험을 치렀지요. 회화과는 늘 그림을 그리면 되는 거라 미술교육 쪽으로 방향을 잡았어요. 그것이 작품과 교육이라는 제 예술의 두 가지 성향을 보여주고 있다고 생각해요.

힘들었던 한 해가 가고 12월 31일 수요일 맑음

또 한 해가 저물어갔다. 새해 새 아침이라고 적은 것이 얼마 전 같은데 벌써 1년이 흘렀다. 금년은 국가적으로나 우리 가정으로나 너무도 많은 시련이 있었다. 정초부터 계획한 가사 정리(가옥 매도)를 추진해서 그간 집수리하고 집을 사고파느라 고충이 많았다. 재동이는 서울에서 직장 잘 다니고 있고 대학원 시험 합격이라는 선물을 갖고 왔다. 수동이는 군무에 충실하고 명이는 이곳에서 직장을 얻었다. 우리 부부는 점차 건강이 좋아지고 있다. 후회 없는 1년이라고는 할 수 없어도 지금의 우리 위치가 당연하다고 자부하고 싶다. 다만 후련하지 못한 한 해였음이 아쉽다. 하나둘 늘어가는 흰 머리카락을 생각하지 않으련다. 52세라는 나이는 영원히 갔다. 언젠가는 이 책자를 들춰볼 날도 있겠지.

1981년

오뎅, 팥빙수 팔며 아내와 함께 쉰 고개를 훌쩍 넘다

마음의 안정 1월 2일 금요일 맑음

명이는 신정인데도 근무한다고 신경질을 부리고 있다. 아직 일에 숙달하지 못해 직장에 적응하기 힘든 모양. 신년 공휴라 오전에도 TV상영이 있어 띄엄띄엄 시청을 하고 오후는 붓글씨로 시간을 보낸다. 정초부터 마음이 들떠 있어 마음의 안정을 다짐해본다.

고스톱 1월 8일 목요일 맑음

어젯밤 감기기가 있어 오전에 방에 불을 지피고 몸을 풀려고 누웠더니 처형이 왔다. 처형과 함께 고스톱이란 놀이를 배우다가, 5시경에야 처형이 갔다. 서울에서 재동이가 서신을 보내왔다. 전세금 일부(350만 원)를 보냈다고 한다. 나머지 50만 원은 10여 일 뒤에 보내준단다. 아무튼 대학원도 합격하고 직장도 있어 마음 놓인다. 행운의 1981년이 되길 기원한다.

명이 결근 1월 13일 화요일 맑음

계속 맑은 날씨에 기온도 매우 풀려 영상 5~6도(낮 시간)여서 지내기 그리 괴롭지 않다. 소한이지만 큰 추위는 없는 듯하나, 이달 중은 알 수 없다. 명이는 어제 몸이 아프다고 일찍 퇴근해 저녁을 먹지 않고 자더니 끝내 오늘은 출근을 못하고 있다. 아마도 음식 때문에 체한 듯하다. 아무튼 정신력이 약한 듯. 아직 직장에서 장기간 근무한 적이 없어 극복력이 약하다. 저녁엔 몸이 회복된 듯하니 내일은 출근할 것이다. 며칠간 글씨를 쓰지 않았더니 손이 좀 무뎌진 것 같다. 별로 진취가 없는 듯해서 안타깝다.

 아버지, 계속 써야 해요. 오랫동안 진척이 없지만 계속 하다보면 갑자기 계단을 오르듯 탁 뛰어오르고 다시 진척 없이 가다가 뛰어오르고 그래요.

눈 1월 15일 목요일 눈 온 뒤 흐림

금년은 유달리 눈이 많다. 우리 지방(경남)은 20여 년 만의 큰 눈이라고 보도하고 있다. 평화로운 눈. 빈부의 차를 두지 않는 눈. 정직한 눈. 깨끗한 곳이나 더러운 곳이나 조금도 구별 없이 내려준다. 눈보라가 휘날리는 하늘, 어찌하여 한결 마음을 훤하게 해줄까. 6·25 당시 군생활을 할 때는 해마다 눈과 싸우는 게 일이었지만, 이곳에서 눈이란 시적이고 어쩌면 동경도 해보는 귀한 손님 같기도 하다. 특히 어린이들의 꿈이 담긴 눈이다. 우리 아파트 아이들은 눈사람을 만드느라고 야단이다. 20센티미터 정도 내렸다고 하니 우리 지방에서는 꽤 많은 눈이 내린 셈이다. 명이는 출근했다가 옷이 젖어서 옷을 갈아입고 갔다. 기온이 다소 내려가서 방 온도도 꽤 내려갔다. 그러나 우리 아파트는 별로 찬 기가 없어 낮 시간은 불을 넣지 않고 지낸다.

수동 휴가 1월 26일 월요일 맑음

어젯밤 10시경 수동이가 갑자기 휴가를 왔다. 정식 휴가가 아니고 부대장의 특혜로 6일간 휴가를 얻었다고 한다. 겨울의 혹한을 무사히 보냈다니 다행이다. 이제 얼마 남지 않은 군생활이다. 별다른 애로는 없다고 한다. 다행한 일이다. 29일 귀대를 한다고 하니 잠깐 동안이다. 오늘은 서사의 어머님 빈소에 다녀왔다. 내일은 부산에 갈 예정이다. 5월 말경에 제대를 한다고 하니 몇 달 남지 않았다. 어젯밤에는 제대 후의 갈 길에 대해 이야기를 나누기도 했다. 공부를 계속할 뜻을 비춰, 좀 만학이기는 하지만 학업은 계속하도록 권유했다. 오후는 글씨를 약간 쓰면서 시간을 보내고 몸을 움직였다.

명이 사직 1월 31일 토요일 맑음

오후 4시경 퇴근한 명이는 회사 상사의 불쾌한 언사로 사직하기로 결심했다고 토로한다. 평소 불평 불만이 많았지만 우리가 달래고 격려해서 억지로 출근하다시피 하다가 결국 오늘 불이 터진 모양. 그쪽의 인간적인 대우가 없는 처사가 꺼림칙했으나 우리는 베푸는 측이 아니기에 참으라고 책해왔다. 이제는 더 이상 만류할 수 없어 제 뜻에 따르기로 했다. 명이의 말로는 소위 사장이란 자가 종업원을 인간 이하로 취급하고, 너무도 지나친 격무를 강요하는 모양이다. 아무튼 근로자는 그것을 잘 극복해야 하는데 그런 성격의 소유자가 아닌 여식이라 큰 기대는 할 수 없었다. 내일은 저희들의 곗날이라고 저녁에 부산엘 갔다.

 저는 가끔 우리 가족 정체성의 핵심이 무엇일까 생각해봅니다. 결국 '불합리한 것을 참지 못하는 성향'이라고 결론을 내립니다. 아버지, 어머니의 출판업자의 횡포에 대한 저항도 그렇고 명이도 그렇고. 저 또한 결국 시사만화를 그리게 되었으니.

사무 인계 2월 2일 월요일 맑음
명이는 토요일 사퇴 의사를 표명하고 사무실을 즉각 그만두고 윤서방이 알선하는 직장(공대)에 이력서를 낼 요량이었는데, 윤서방의 권유로 사무 인계를 완전히 해주고 떠나기로 하고 오늘은 정상 근무를 해준다고 나갔다. 비록 인간 이하의 대우를 받았어도 너의 참된 마음은 보여야 한다고 타일렀다.

명이의 새 직장 면접 2월 3일 화요일 맑음
명이는 윤서방이 추천한 직장인 울산공대에 가서 면접을 마치고, 근무하던 세왕약품에서 잔무를 해주고 늦게 돌아왔다. 면접은 통과되었고 학교에 서류를 10일까지 제출하도록 지시받고 왔다. 호적등본, 주민등본, 신원보증, 재정보증 등을 해놓아야 한다. 아직 확정되지 않았지만 윤서방이 자기 근무처라 무난하리라 본다고 했다. 날씨가 매우 푸근해졌다. 앞으로 이대로 봄 날씨로 풀렸으면 한다. 명이는 그간 직장에 대한 불만으로 몹시 구겨진 모습이었는데, 오늘은 매우 명랑해 보인다. 앞으로 공대에서 직장을 얻으면 마음을 가다듬고 직장 생활을 하리라 본다.

 일찍 홀로 된 큰이모의 딸 화자 누나는 제게는 단 하나의 누이지요. 성실하고 재능 있고 열심히 공부해서 교사가 되었고, 울산대학에서 근무하고 계시는 매형, '윤서방'은 저나 동생들의 여러 문제를 항상 도와주었고, 지금도 도와주고 있습니다. 나중에는 울산시 교육의원까지 지내기도 했어요.

재동이 취직 2월 20일 금요일 흐림

재동이한테서 편지가 왔다. 대학원 등록을 하고(35만 원), 취직 문제를 해결했다는(중경고등학교) 기쁜 소식을 보내왔다. 생활비가 좀 부족하니 10만 원 정도 송금해달라고 하고 취직에 필요한 서류 중 신원증명서, 호적등본, 호적초본 등을 떼서 보내달라고 한다. 그간 걱정했던 일을 일단 마음 놓게 됐다. 그러나 현재 통장에 돈이 없으니 걱정이다. 어떻게든 구할 길이 있겠지.

 휘문고에서 쫓겨난 후 1년 동안 떠돌다가 선배 변충원 형이 프랑스로 유학을 떠나면서 제게 미술 교사 자리를 물려주었어요. 이때부터 저는 휘문고 때의 극단적인 수업 대신 창문여고에 있던 강요배와 의논해가며 매우 진보적이면서도 현실적인 수업을 했어요. 결국 토후제라는 학교 전체 축제로까지 발전시켰으며 한 반에서 한 달 동안 한 작품을 어디에 그리거나 설치해도 좋은 프로젝트 수업을 하여 매우 큰 보람을 얻었고, 대학원 논문도 그걸로 썼어요. 당시 학교 엄종기 교장 선생님께서 많이 지지해주셨지요. 고마운 분들이에요.

시계 구입 3월 11일 수요일 맑음

주차장 건너편 명금당에서 오랫동안 마음먹었던 전자시계를 구입했다. 일

금 3만 2천 원이다. 팔목시계가 없은 지 10여 년 동안 불편한 점이 많아 아쉬움을 느꼈지. 막상 구입하고도 석연치 않은 것은 진짜 가짜를 알 길 없어 궁금하다는 점이다. 저녁에 명이가 와서 이것저것 조건을 얘기해서 다시 한 번 알아보기로 했다.

시계의 진위 3월 12일 목요일 맑음

어제 시계를 구입한 시계포에 가서 시간을 맞추고 아내와 함께 반찬류를 사서 돌아왔다. 시계의 진위를 딴 시계포에서 알아봤더니 이상이 없다고 한다. 한시름 놓고 돌아왔다. 명이는 신참 환영회에 참가했다가 늦게 돌아왔다.

수동 휴가 3월 20일 금요일

정오경 수동이가 휴가를 얻어 귀가했다. 아내는 시장에 가서 없었다. 오는 길에 재동이에게 들러 첫 봉급으로 내 시계, 아내 지갑, 명이 공책 등을 사 보낸 것을 가져왔다. 자식에게 무엇을 받는다는 것은 정말 흐뭇하다. 저녁엔 아내가 쑥을 뜯어와서 봄의 맛을 보았다.

선거 3월 25일 수요일 비 온 뒤 흐림

짙은 안개가 깔린 날씨가 습도가 높아 머리가 개운치 않다. 길거리는 벌써 투표소로 가는 사람들이 보인다. 11시경 아내와 함께 투표소로 나가 유권자의 권리를 행사했다. 아직도 구태의 선거 풍토가 남아 있어 술에 취한 사람들이 있고, 몇 번을 부탁한다고 인사하는 부녀자들이 길가에 도열해 있는 풍경은 옛날 선거 때의 모습을 생각나게 한다.

명이 생일 3월 29일 일요일 맑음

명이의 생일(진짜 생일은 4월 1일, 음력 2월 27일). 부산에서 친구들 6명이 와서 생일을 축하해주었다. 요즘 별로 여유가 없어 흡족하게 대접해주지 못했다. 젊을 때 우정이란 무엇과도 바꿀 수 없지만 나이가 들고 가정을 가지고 자식을 키우고 늙으면, 마음속 친구이지 뜻대로 되지 않는 것이 세상사다. 나도 한때는 친구를 무던히도 좋아했지만. 친구들은 서로 멀어져 이제 내 곁에 친구는 없다. 어쩔 수 없는 일이다. 영원한 우정이란 정말 어려운 것.

 아, 귀여운 우리 멍이. 좀 더 귀여워해줄걸.

수동이 귀대 3월 30일 월요일 맑음

수동이는 오늘 귀대했다. 마지막 휴가라고 제대 후 문제를 논의하고 사업처를 알아본다고 쏘다니더니 제대를 몇 개월 남겨둔 부대로 갔다. 제대 후 학업 계획은 별로 없는 듯. 무엇인가 사업을 해보겠다고 한다. 자립하겠다는 뜻은 좋지만, 사회 초년생이라 너무 순진하고 귀가 얇은 것이 걱정이다. 사업이란 의욕만 가지고 하는 것이 결코 아님을 타일러도 잘 먹히지 않는다.

소풍 4월 14일 화요일 흐림

봄날 집에만 있자니 마음이 가라앉지 않아 아내와 함께 백양사에 다녀왔다. 신혼 때 갔던 곳이니 오랜만에 걸어보는 길이다. 백양사의 맑은 물과 산사(山寺)의 맑은 공기를 마음껏 마셨다. 세 시간 이상을 걸어 5시 30분경 집에 돌아왔다. 다리의 경련이 없어 천만다행한 일이다. 요즘은 뒷산에 가서 나물과 냉이를 뜯어오기도 한다. 가능하면 기분이 나는 대로 소풍을 가야겠다.

 따뜻한 봄날. 남편과 함께 백양사로 산책을 갔다. 야산에 움돋는 산나물을 캐고 모처럼 행복했다. 남편이 산나물을 퍽이나 좋아해 들판을 다니면서 나물과 쑥

아, 두 분에게 이제 이런 날도!

을 자주 캐왔다.

생활비 6월 4일 목요일 맑음

오전에 조흥은행에 가서 2만 원을 찾아왔다. 이달은 생활비가 모자란다. 아직 이자 나오는 날짜가 남아 있는데도 예산을 초과했다. 더욱이 수동이가 제대해 와서 앞으로 생활비가 많이 들 것이다.

아비 마음 6월 8일 월요일 맑음

부산에 간 수동이가 3일 만에 돌아왔다. 최서방의 새우잡이 차를 몰아주고 왔다. 제대하자마자 뛰고 있다. 무엇인가 해보겠다는 의욕은 좋으나, 아비의 마음은 편치 못하다.

수동이 대입 입시 준비 7월 20일 월요일 맑음

수동이는 요즘 대입 준비를 열심히 하고 있으나, 더위로 인한 짜증으로 능률이 오르지 않는 듯. 주로 밤에 공부를 하는 모양. 재동이는 요즘 통 소식이 없다. 전번 의료보험 관계로 서신을 보냈는데 아직 회신이 없어 궁금하다.

 수동이는 저처럼 친구를 워낙 좋아해서 공부를 할 짬이 없었어요. 그런데 울산으로 이사를 오니 부산에 있는 친구들을 만날 수 없어 만학이지만 공부에 전념하게 된 셈이 되었어요. 워낙 집중해서 하다보니 울산대에 장학생으로 선발되어 4년간 수월하게 학교를 다닐 수 있었지요.

TV 고장 7월 21일 화요일 맑음(중복)

TV 브라운관이 수명이 다 됐는지 화면이 잘 나오지 않아 요즘같이 날씨에 시달리다 보면 온 가족이 신경질적이다. 짜여진 가계로 컬러 TV는 사지 못

한다. 오후에 TV 수리차 정유소 옆 전자제품 수리점에 갔다. 브라운관을 갈고 수리를 해서 2만 3천 원이라고 한다. 내일 1시에 가기로 했다.

마땅찮은 TV 7월 25일 토요일
2시경 어제 맡겨둔 TV를 찾아왔다. 수동이와 동행해서 무거운 것을 들고 땀을 흘리면서 따라왔다. 화면은 잘 나오지만, 처음 구입했을 때와 같은 화면은 아닌 듯하다. 브라운관이 금성이 아니고 삼성 것이라 하니 만족스럽지 못하다.

 1980년에 이르러서야 컬러 TV가 등장했습니다. 그렇지만 저희는 쉽게 살 수가 없었지요. 이때만 해도 TV는 금성(GOLD STAR)이었고, 삼성은 미미했지요. 이후 금성은 럭키치약의 'LUCKY'와 합병하여 LG가 되었습니다.

무엇인가 시작할 때 7월 28일 화요일 흐림
아내는 건강이 약간 회복되었으니 무엇인가 장사를 해야겠다고 야단이다. 오늘은 자기 혼자서 다리 건너 월평 쪽으로 가서 장소를 둘러보고 왔다. 전번에 치수(致洙)가 와서 자기 집에 점포를 만들고 세를 놓는다고 해서 장소가 어떤지 가보았단다. 하기야 우리가 울산에 온 지 벌써 1년이 다 됐다. 그간 건강 문제로 놀고 지냈는데 이제는 무엇인가 해봐야지. 생활도 문제지만 무엇인가 하는 것이 있어야 할 텐데. 듣기로는 아직 경기가 풀리지 않아 장사가 어렵다고 야단인데 쉽사리 손대기 힘들다. 어제 부산 간 수동은 오늘 돌아왔다.

만나면 좋은 것, 가족 7월 31일 금요일 맑은 뒤 흐림
저녁에 서울의 재동이가 왔다. 그간 소식이 없어 궁금했는데 방학이 되고

해서 잠깐 다녀간다고 했다. 그간 몸 성히 잘 있었다고 하니 반가운 일이다. 오랜만에 전 가족이 함께했다. 이제는 모두가 성인이 돼서 아기자기한 맛은 없어도 그래도 가족이란 함께 만나면 즐거운 것.

재동이가 중경고등학교 재직하고 처음 집에 왔다. 병들고 허약해서 휴양하고 있는 우리에게 자식 만나는 것만큼 반가운 일이 더 있겠는가. 자식들을 바라보는 순간만은 골이 짙은 주름살도 잠시 펴지는 것 같았다.

쇠고기 값 자유화 8월 5일 수요일

오늘부터 쇠고기 값이 자유화되어 앞으로 소 값의 판도가 어떻게 될지 도시 알 수 없다. 아무튼 평소 정육업자의 불평이었던 것이 풀렸으니 값은 당연히 인상될 것 같다. 농가의 타산은 어떻게 될지. 수입 쇠고기로 인해 가격이 다소 규제될 것이지만, 농촌 축산은 별로 좋은 전망은 없을 것 같다.

전하동 점포 8월 12일 수요일 맑음

9시경 아내는 전하동 신축 건물을 둘러보러 갔다. 점포를 짓고 있다고 해서, 현장에 가보고 장소가 적당하면 이제 장사를 시작해볼까 해서다. 아내의 몸도 많이 회복됐으니 다시 장사를 해야 할 것 같다. 아직 완공되지 않아서 점포의 평수는 잘 몰라도 장소가 초등학교 앞이라서 문구사나 전에 우리가 하던 음식 장사 정도는 될 것 같다는 아내의 견해다. 점포세는 주인과 대화를 못해 알아보질 못했으나, 일단은 이 점포에 마음을 두고 있다.

점포 계약 8월 19일 수요일 맑음

이서방을 통해 전하동 점포를 계약했다(10만 원). 그런데 점포 계약이 월말로 끝난다고 9월 1일에 입주하도록 통고받았다. 즉 그 날짜를 기준으로 해서 집세 납기일을 간주한다는 말이다. 그러나 우리는 아파트 주인과 연락이 안 돼 언제 이사할지 기약이 없어 곤경에 빠졌다. 아무튼 계약한 것이니 그대로 밀고 나가는 수밖에 없다. 계획한 이 장사가 제대로 될지 걱정이다. 아무튼 9월 초에는 새 점포에 들어가서 해봐야지.

혈육의 정 8월 22일 토요일 맑음

서울의 재동이한테서 소포가 왔다. 그림 전시회 책자, 의료보험 카드, 편지 등이 들어 있었다. 전번 방학 때 잠깐 다녀간 뒤 소식이 없어 궁금하던 차 반가운 소식이다. 더욱이 대학원 2학기 등록금이 마련됐다고 하니 매우 기쁜 일이다. 객지 생활이 고달프고 때로는 가족이 그리울 때가 있지만 자기의 이상을 실현하자면 현실의 괴로움은 감수해야 할 것이다. 나이가 있어 안심은 하지만 부모 심정으로는 언제나 어려 보이니 혈육의 정이란 생이 있는 한 끝이 없으리라. 오후에는 집주인이 다시 와서 29일에 우리 전세금을 환급해주시겠다고 하니 고마울 뿐이다.

 저는 편지를 잘 쓰지 않았습니다. '이렇게 잘 있는데 뭐……' 하는 심정이었는데 부모님의 마음을 알 수 있는 철이 그때까지도 들지 않았던 거죠. 요 근래 와서야 어머니께 자주 전화를 드리고 있으니.

방 계약 8월 25일 화요일 맑음

아내는 전하동으로 가서 전번에 말을 해둔 방을 계약할 요량으로 갔다. 장거리 시내버스를 타느라 멀미를 해서 기가 죽어 왔다. 내용인즉 그 방은 너무 협소해서 보잘것없고 달세방이던 것을 전세 90만 원을 달라고 한다는 것이다. 계약금은 필요 없고 이사 오면 즉각 들 수 있도록 해주겠다고 한다. 방이 귀한 곳이라 만부득이 언약을 하고 왔으니 우선 이사한 뒤 시일을 두고 방을 물색해보는 수밖에 없다. 오늘 밤은 반상회 날인데 시국영화(전두환 대통령 아세안 방문)를 아파트에서 상영하느라 한때 소음으로 곤욕을 치렀다.

문방구 9월 9일 수요일 맑음

전하동 점포 위에 다락 공사를 하러 간 이서방이 늦게 돌아왔다. 일은 조금 남아서 내일 하기로 하고, 오는 길에 문구사 도매상 주인(박수덕 씨)을 대동하고 와서 앞으로 우리가 경영할 문방구에 대한 얘기를 나누고 돌아갔다. 1차 자기 집에 들러 다시 얘기하기로 했다. 처음 하는 장사이니 그분들의 도움이 필요할 것 같다. 무엇보다 자본이 많이 들게 되니 걱정이다. 내일은 아내와 함께 현장에 나가 도배를 하고 돌아와야겠다.

 아아, 드디어 어렸을 적 저의 소망이던 문방구를 우리도 하게 되었네요. 그러나 지금 저의 자랑은 도리어 어린 시절 우리집이 만홧가게였던 것입니다.

새 점포 꾸미기 9월 15일 화요일 맑음

가을 햇빛이 매우 따갑다. 오전엔 이서방과 함께 대현문구사에 가서 문방구 시렁(책꽂이), 진열대 등의 치수를 쟀다. 거기서 바로 전하동으로 가서 점포의 형태대로 시설을 해볼 양으로 설계를 짜보고 돌아왔다. 그러나 그곳엔 문방구가 많이 있어서 신설업자의 고충이 클 것 같다. 아무튼 노력해서 업소를 잘 경영해봐야지. 아내는 간이 식품(스낵 코너)을 함께 팔자고 한다. 투자가 거의 필요 없고 손쉬운 장사이고 우리가 경험이 있어서 건강만 허용하면 충분히 가능할 것 같다. 내일은 목재소에 가서 나무를 구해서 점포에 갖다 놓고 모레부터는 대목일을 해야겠다. 몸이 매우 피곤하다.

이삿날 9월 20일 일요일 맑음

삼풍아파트를 떠나 전하동으로 왔다. '정착'은 정말 행복한 말이라고 하겠다. 작년 부산을 떠나 울산의 평동으로, 오늘은 평동을 떠나 전하동으로. 마치 떠돌이 신세가 된 것 같다. 부산 생활 20여 년은 객지였어도 정착된 생활이어서 별다른 타향 의식을 느끼지 못하고 지냈는데, 울산은 막상 고향이기는 하나 타향보다 낯설다. 현대조선의 웅장한 모습은 한국의 눈부신 발전을 직접 보는 느낌이 든다. 아침부터 일가친지 여러분이 자질구레한 이삿짐을 날라 싣고 직접 이곳까지 와서 오후까지 수고를 하고 돌아갔다.

개업 준비 9월 23일 수요일 맑음

이서방이 와서 종일토록 작업을 했다. 앵글 가게에서도 와서 조립을 끝내고 천막도 제작해서 부착했다. 시설비가 엄청나게 많이 들어간다. 희망을 갖고 일을 하면서도 어쩐지 불안감이 드는 것은 무슨 이유인지 모르겠다. 이웃 점포(문화사)는 벌써 개업 준비를 하고 있다. 점포를 계약한 지 한 달여가 되어도 아직 개업하질 못해 손해가 많다. 간판도 달고 갔다.

2~3일 정리를 하고 천막 간판을 달고 앵글로 문방구 선반을 짰다. 간판은 부산서 처음 인수받은 '문예당' 상호를 썼다. 이곳은 아무리 살펴봐도 떡볶이 파는 곳이 없다. 이곳 아이들은 떡볶이를 모르는 게 아닌가 싶다. 시장에 가보니 만두, 오뎅, 떡가래 파는 곳이 있었다. 조금씩 가정에서 사가는 정도다. 곧 장사를 시작할 거니 내일부터 많이 갖다달라고 부탁을 했다. 시설을 해놓으니 인근 문방구 업자들이 와서 비웃는다. 이런 식으로 시설해서는 장사 안 된다고, 아무리 애써도 틀렸다고, 이 집 장사 잘돼도 우리집과는 관계 없으니 잘해보라고 비웃음친다. 늙고 말라붙은 두 늙은이가 시작하는 꼴이 한심했던 모양이다.

개업 9월 28일 월요일 흐림

보슬비가 내리며 바람이 세차게 불어 날씨마저 쌀쌀한 것 같다. 오늘은 우리 점포가 개업한 날이나 공교롭게도 전하초등학교의 운동회 총연습일이라 별로 팔 물건이 없다. 그러나 아내가 주로 하는 간이음식 일은 매우 바빴다. 처음 하는 데 비하면 매상이 대단하다. 그러나 문방구와 겸해서 내가 항상 같이 있어야 하는 점이 있어 4시경까지 꼭 잡혀 있어야 했다. 오늘은 수업을 하지 않아서 평소 매상을 예측할 수 없으니 앞으로 두고 봐야지.

 이곳 실정도 모르고 첫날 오뎅 100개, 떡볶이 30봉, 만두 30봉으로 시작했다. 상상외로 잘 팔려 많이 모자랐다. 다음 날부터 오뎅 300개, 떡 50봉, 만두 60봉 해도 다 팔렸다.

흡족한 매상 9월 29일 화요일 맑음

10시경 전하초등학교에 들러 전부터 안면이 있는 교장 선생님을 찾아 인사를 했다. 태화초등학교 교장으로 재직할 때부터 종종 친면이 있어 친교해오던 중 마침 이곳으로 영전해서 반가운 인사를 나누었다. 내가 하는 사업에 협조를 부탁하고 왔다.

어제부터 개업한 점포는 예상외로 손님이 많아 흡족한 매상을 올렸다. 요즘은 운동회 때문인지는 몰라도 아이들의 돈 씀씀이가 좋은 편이다. 아내는 아침부터 하루 종일 분주히 설친다. 다행히 건강이 좋은 편이어서 마음 놓인다. 문구는 아주 잘 나가지는 않는다.

 옆 점포에서 같은 문구를 한다고 시비를 걸었다. 우리는 문구 경험이 없으니 분식 가게를 하면 학교에서 단속을 할 것이고 해서 문방구는 장식이고 방패 역할만 하는 것이니 염려하지 말라고, 우리는 분식만 열심히 할 것이라고 전하고 시작했다.

166

물건 이름을 몰라 '무엇 주세요' 하면 '없다, 옆집에 가봐라' 하고 보내곤 했다. 문방구는 전혀 신경을 쓰지 않았다.

초등학교 체육대회 10월 1일 목요일 맑음

전하초등학교 체육대회 날이다. 아침 일찍부터 학교 정문 근처는 노점들이 즐비하게 늘어서 있다. 우리 점포 앞에는 좀 넓은 공터가 있어 장사꾼의 자리로는 안성맞춤이다. 8시가 넘자 학생, 학부형 등 수천 명의 인파가 밀어닥쳐 마치 운동장의 큰 경기에 가는 행렬 같다. 부산 전포동에서도 해마다 겪는 일이었지만 막상 교문 가까이서 장사를 하니 체육대회의 참모습을 보는 것 같다. 마침 본교 교장과 친면이 있어 잠깐 들러 찬조금(1만 원)을 내고, 돌아왔다. 마침 공휴일이라 서사에서 현조, 규태가 와 종일토록 돕고 갔다. 오늘은 하루 종일 분주했고 특히 하교 시는 눈코 뜰 새가 없었다. 매상도 예상대로 제법 올랐다. 온 가족이 피로를 잊고 하루를 무사히 보냈다.

교장 선생님 점포 방문 10월 2일 금요일 맑음

어제 운동회 행사로 아동들이 오늘 하루를 쉬는 날이라 별로 붐비지는 않아도, 간이음식 점포는 제법 붐빈다. 정오경에 전하초등학교 교장 선생님이 우리 점포를 방문해주셨다. 어제 찬조에 대한 인사라고 하지만, 우리 장사가 어떠한지 와보신 모양. 매우 고마운 일이다. 마침 교감, 교무 등 세 사람이 교육청으로 가는 길에 들러 세 분과 반가운 인사를 나눴다. 앞으로 우리 장사에 도움이 되리라 믿는다. 전부터 계획한 전화 청약 신청차 동울산우체국에 갔는데 너무 복잡해서 5일로 미뤘다. 피곤한 것은 여전하다.

전화 청약 10월 5일 월요일 비 온 뒤 흐림

아침은 비가 내리는 궂은 날씨여서 등교 시간의 매상은 저조했다. 그러나

다행히 정오경에 날이 개서 오후반 학생들의 등교 시에는 정상적인 장사를 했다. 오후에는 수동이가 동울산우체국에 가서 전화 청약을 마치고 왔다. 그러나 금년에는 회선이 모자라 내년으로 넘어간다고 한다. 불편하기 짝이 없는 것이 전화다. 내년엔 들어오겠지. 오후 학생들이 하교할 때는 한때 바빴다. 약간의 작업을 더 하느라 밤 11시가 넘어서 잠자리에 들었다.

 이때만 해도 집에 전화를 설치하는 일은 참 쉽지 않은 일이었지요.

남의 부러움을 사다 10월 16일 금요일 맑음

쌀쌀하던 날씨였는데 오늘 더울 정도로 기온이 높다. 가을 날씨란 한낮과 아침, 저녁의 기온 차가 있는 법이지만, 한낮의 기온은 높았다. 이웃 업자가 찾아와서 우리 점포의 실황을 묻는다. 자기 아우가 옆 점포에서 장사를 하고 있어 관심이 깊은 모양. 23개의 업소가 있는데 모두가 경영난을 겪고 있다. 그러나 우리는 예상외로 간이 식품의 매상이 잘 올라 남의 부러움을 살 정도다. 앞으로 경쟁이 치열해지고 방학엔 다소 고초를 겪겠지만. 다년간 해온 장사인데도 고되기는 마찬가지다.

수입과 쓰임새 10월 20일 화요일 흐림

이사 온 지 만 1개월이 되는 날이다. 점포 수입으론 월세(10만 원)는 충분히 되지만 지금껏 소비가 많아 부득이 은행에서 10만 원을 인출해와서 주인에게 건네줬다. 바쁘게 돌아가는 가운데 한 달이란 시간은 잠깐이다. 하루의 매상으로 따지면 충분한 수입이지만 쓰임새가 많아서 별 여유가 없다. 앞으로 정상화되면 본래의 계획대로 될 것 같다.

이곳 장사를 시작하기 전날 밤 꿈속에 살이 찌고 복스러운 개 한 마리가 꼬리를 치면서 내게 달려왔다. 나는 개를 보고 반가워서 또 미안해서 쓰다듬어주면서 "미안하다. 병들어 죽을 거라고 너를 버리고 왔는데 어떻게 죽지 않고 이런 모습으로 이곳까지 찾아왔구나" 하며 개를 잡고 눈물까지 흘렸다. 아침에 일어나니 몸이 가볍고 기분이 좋았다. 나는 꼬리치는 개처럼 아침 일찍 일어나 넓은 운동장 같은 집 앞 공간과 도로를 다 쓸고 하루 일을 시작했다.

이웃 점포들의 흉내 10월 21일 수요일 흐림

전하초등학교 6학년생의 견학으로 아침부터 관광버스 9대가 교문 앞에 모여 사람들이 아우성을 지르며 환송을 하느라 한때 주위가 소란했다. 그러나 우리 점포의 매상은 반대로 좀 준 셈이다. 역시 6학년 학생의 소비가 많았던 것 같다. 다행히 밤 8시경 학생들이 하교한 뒤 매상이 많이 올라 평소 매상을 유지했다. 간이 음식을 시작하자 이웃 점포들도 속속 흉내를 내는데 아직 우리에겐 못 따라오는 듯하다.

우리 식품이 잘 팔리고 한 달이 지나니 이웃 문구에서도 여러 집이 오뎅을 하고, 떡볶이·만두도 여기저기서 시작했다. 그리고 바로 우리 한 지붕 밑 옆집에서도 우리와 똑같이 시설을 해서 분식을 시작했다. 이제 문방구를 등한시해서는 안 되겠다는 마음에 정신을 차렸다.

녹음기 구입 11월 4일 수요일 맑음

아이들의 성화에 못 이겨 녹음기를 할부 구입했다(4만 5천 원＋4만 원＋4만 원＝12만 5천 원). 평소 필요하기는 했어도 구입하지 못하고 있었다. 요즘 하루 장사의 소득만 믿고 구입했다. 3개월 할부인 관계로 크게 힘이 들지는 않을 것 같다. 5학년 학생들이 견학을 간 관계로 간이 음식의 장사는 부진했다.

사행행위 11월 16일 월요일 맑음

계속 따뜻한 날씨가 이어진다. 한낮은 더울 정도다. 며칠 전부터 매상이 줄기 시작하더니 아직 그대로 머물고 있다. 이로 인해 이웃 점포들은 사행행위와 같은 야구놀이, 즉 일종의 '빠찡코'로 아이들을 끌어들여 동심을 흐리고 있다.

야비한 상술 11월 20일 금요일 흐림

장사를 시작한 지 2개월째 접어드는데, 벌써 이웃 간에 치열한 경쟁이 붙는 것 같다. 도매상인과 소매상인 간에 특약을 해서 이웃에게는 물품을 공급하지 않는 야비한 상술을 쓰고 있다. 추악한 경쟁 사회의 현실을 겪는 것 같다. 그러나 초연한 자세로 대처해나가야 할 것이다. 생각 같아서는 한번 대결을 해보고 싶지만 건강이 감당하지 못할 것 같다. 인내로써 이겨 나가야지.

갑작스러운 품절 11월 21일 토요일 맑음

어제 오늘 양일간은 문방구에서 물건을 파느라 분주하다. 아침 등교 시간에 밀어닥친 학생으로 정신이 없다. 어제는 그 북새통에 고급 만년필을 분실했다. 오늘 아침은 수동이가 일찍 와 세 사람이 판매를 해서 다소 나았다. 10원, 20원짜리 판매라서 그리 많은 매상을 올릴 수 있는 것도 아니다. 문구물건은 학교의 행사에 따라 쓰이는 관계로 갑자기 품절이 되는 모양. 우리는 아직 경험이 없어 품절이 되어 팔지 못하는 것이 많다. 이 집으로 이사 온 지 벌써 2개월이 지났다. 예상외로 장사는 순조로운 것 같은데, 앞으로 방학이 다가오니 어떻게 될지.

 옆집에서 분식만 같이하지 않으면 문구는 양보할 생각이었다. 하지만 이제 상황이 달라졌다. 문구도 적극적으로 살려야겠다는 생각이 들었다. 하나하나 물품

명을 익혔다. 얼마 가지 않아 거의 알게 되었다.

단속 11월 26일 목요일 맑음

학교의 단속이 심해서 오늘 매상이 많이 떨어졌다. 업자들의 지나치게 많은 군것질 물품 때문에 아동들의 교외 생활에 많은 영향을 주는 탓도 있지만, 상부의 시찰이 있는 모양. 하교 시에 담임이 직접 인술해서 정문에서 멀리 내보내고 있다. 이곳에 이사 온 뒤 발이 아프지 않았는데, 오늘은 오른쪽 발목이 아파서 몸에 안 좋지만 낙센을 복용했다.

단속 강화 12월 8일 화요일 맑음

학교 당국의 간이 식품(군것질) 단속이 계속되는 가운데도 아이들의 출입은 여전히 계속된다. 이웃 업자의 말로는 보건소에 의뢰해서 단속을 하겠다고 한단다. 부정 식품 단속법에 의한 단속을 의뢰해서 식품 판매를 금할 계획이라고 귀띔을 해주는데, 그러는 그들도 여전히 팔고 있으니 알다가도 모를 일이다. 앞으로 어떻게 단속할 것인지는 몰라도, 방학을 얼마 앞두고 심각한 문제다.

집집마다 경쟁심에 물건을 사면 티켓 1장씩 서비스로 준다. 100원어치 사면 1장, 천 원이면 10장이다. 1할로 쳐준다. 천 원이면 100원이 자동으로 에누리가 되는 거다. 우리집은 '문예당' 상호로 고무인을 팠다. 문예당 석 자를 한가운데 새기고 양옆으로 개미 한 마리씩 모두 두 마리, 짜임새 있게 도장을 팠다. 모조지에 찍으니 보기에도 좋았다. 수동이, 명이 두 아이는 저녁에 학교 다녀와서 이 도장을 찍어서 자르는 게 일과다. 이 표를 주니 우리집 단골손님이 부쩍 늘어났다. 그리고 다른 집들은 표 가져오는 학생에게는 좋은 물건을 주지 않지만 우리집은 표 가져오는 학생에게는 더 친절하게 대하고 많이 모아왔다고 인사도 했다. 표 주는 건 남의 집보다 몇 달 늦게 시작했는데 손님은 제일 많이 왔다.

점포 확장 고민 12월 30일 수요일 맑음

오전에 교재 사러 나가 조립식(4만 8천 원)을 구입하고, 완구(7,700원), 문구 등을 구입해서 2시가 넘어 돌아왔다. 수동이는 학력고사 발표로 부산에 갔다. 문광사 사장으로부터 옆집에서 점포를 내놓았다는 이야기를 들었다. 아내와 상의해서 인수하기로 결정을 하고 그 방법을 의뢰했다. 어느 정도의 예산이 들지 문제다.

 전하초등학교 정문 앞에 문방구 숫자가 20개로 늘어났다. 네 집 내 집 할 것 없이 장사 안 된다고 아우성이었다. 옆집도 장사가 되지 않아 문방구를 판다는 말이 들렸다. 인수를 받아 같이 해보자고 권하는 이도 있었지만 손이 모자라 우리는 불가능했다.

신유년의 마지막 밤 12월 31일 목요일 맑음

1981년. 오늘까지 시간이 어떻게 흘렀는지조차 모를 정도로 신경을 쓴 한 해이다. 정신적으로 10년은 더 노쇠했으리라. 한 해가 저물어가는 오늘 밤, 우리집은 조금도 다른 바 없다. 세 아이는 모두 부산으로 가고, 우리 부부만이 신유년(辛酉年)의 마지막 밤을 보낸다. 전하동으로 이사한 일과 문방구를 개업한 일이 뚜렷하게 기억에 남는다. 1981년이 막을 내리는 이 시간, 온 가족이 건강하고 우리 가정에 행운이 깃들기를 마음속 깊이 빌어본다.

1982년

나를 위해서라면 못할 게 없는 아내

소망 1월 1일 금요일 맑음

임술년의 새 아침이 밝았다. 새해가 밝으면 항상 새로운 각오를 하고 한 해의 계획을 세운다. 어젯밤에 두 아이가 늦게 돌아와서 잠깐 망년회를 했다. 명이가 부산에 가서 귀가하지 않고 있어, 온 가족이 함께하지 못한 것이 아쉽다. 금년에도 온 가족이 건강하고 가정에 행운이 깃들며, 성실하게 사업을 해나가야 하는 것이 우리의 유일한 소망이라 하겠다. 큰 바람과 큰 계획은 도리어 좋은 결과를 다 얻을 수 없게 하기에, 가족 모두가 조그마한 소망이라도 꼭 이루기를 기원한다.

부산행 1월 8일 금요일 맑음

9시가 조금 지나 부산으로 향했다. 3년 동안의 각고 끝에 210만 원이라는 목돈을 찾기 위해 가슴 뿌듯한 느낌으로 부산에 닿았다. 최내과에 들러 2주 일분의 약을 짓고, 20년간 정들었던 전포동으로 갔다. 별다른 변화는 없어도 변한 듯한 느낌이 들었다. 마음속으로는 점차 멀어지는 감이 든다. 그래도 20년간 살아온 체취가 스며 있다고나 할까. 많은 고생을 한 곳이라 잊히지 않는다. 부산은행에 들러 현금으로 교환하는데, 고액권을 받기 위해 숱한 애원을 한 끝에 겨우 5천 원권으로 바꿨다. 며칠간 계속 나다니는 바람에 건강이 좀 상한 것 같다. 며칠간 쉬어야겠다.

 최내과는 최하진 박사님의 병원이지요. 아버지가 1960년경 간경화를 앓기 시작할 때 같은 병으로 병상에 있는 사람들이 하나씩 죽어나가고 있었고, 병원에서도 손을 놓고 있었는데 부산의 최하진 박사님은 "걱정 마라. 내 말만 들으면 30년은 살어!" 하고 치료를 받고 살아오셨지요. 그리고 말씀대로 꼭 30년 후 아버지는 돌아가셨네요. 저는 후일 우리 가족의 은인인 최박사님께 그림을 그려드렸습니다.

신학기 준비 1월 15일 금요일 맑음

방학이지만 우리 점포는 별다른 일이 없다. 다만 학생들의 수가 줄어들었을 뿐이어서, 계속해서 문을 열고 장사를 한다. 방학도 반을 넘어 3주 후 정도면 다시 등교하게 되니, 준비를 시작해야겠다. 신학기를 준비하기 위해서 학용품들을 구입해야 하는데, 자금이 여의치 못해 좀 걱정이 된다.

어느새 고참 2월 17일 수요일 맑음

우리가 개업한 뒤로 이웃 동업자들이 많이 바뀌었다. 옆집을 비롯해서 건너편의 셋집도 주인이 바뀌어, 고참이 된 기분이다. 그러나 아직 우리도 문구에 대한 것은 잘 몰라 지도를 받고 연구를 해야 한다. 날씨는 계속 포근하다.

다른 문방구들은 아이들에게 매우 고압적이고 불친절했고, 티켓을 모아오면 매우 싫어했지만 우리집에서는 '아이구 많이 사줘서 고맙다!' 하면서 충분히 보상을 해주었지요. 특히 수동이는 친절하고 사근사근해서 아이들이 많이 따랐어요. 아이들이 자꾸 우리 문방구로 몰리자 수동이가 자전거를 타고 물건 받으러 울산으로 다녔는데 한번은 자전거가 넘어져 싣고 오던 구슬이 땅바닥에 흩어져 황망하던 날을 기분 좋게 회고하곤 해요. 우리 문방구는 아이들로 북새통을 이루고, 코웃음치던 앞집의 큰 문방구와 인근의 작은 문방구들은 속속 문을 닫았지요. 이웃에서도 어머니를 흉내 내어 떡볶이, 오뎅을 팔았지만 맛도 그렇고 아이들에게 성의껏 항상 친절한 어머니를 당할 수는 없었지요. 몸은 바쁘지만 그래도 우리집 사상 최고의 호황을 누린 잠깐의 시절이었네요.

입학식 2월 26일 금요일 맑음

전하초등학교 신입생 입학식 날이다. 어머니 손을 잡고 처음으로 교문을 들어오는 아이들 모습은 정말 천진하다. 40여 년 전 그때가 기억난다. 산골길 20여 리를 걸어 학교에 갔다가 어리다는 이유로 입학이 허용되지 않아, 한 해 동안

한학을 공부했지. 당시는 열 살 정도는 되어야 학교(소학교)에 들어갔다. 이제는 먼 옛날이 되어가고 있다. 머지않아 손자 입학식이나 지켜볼는지.

반구동 땅 계약 2월 27일 토요일 맑음
오전에 대지 구입차 반구동 현지를 답사하고 오후에 대구에서 내려온 소유주와 대면하여 계약을 체결했다. 평당 15만 5천 원으로 계산해서 806만 원으로 계약을 완료하고, 계약금 80만 원은 3월 2일, 중도금 400만 원은 3월 15일, 잔금 325만 원은 3월 31일에 지불하기로 했다. 울산 온 뒤 오랫동안 계획한 일을 이제 반 정도나마 성취한 셈이다.

새 집 마련의 기초 3월 2일 화요일 맑음
약속한 대로 12시경에 투자금융에 가서 80만 원을 빼고, 반구동의 구교부동산으로 가 계약금을 건네주고 귀가했다. 내 집 마련의 기초를 이루었다는 마음에 피로도 잊었다. 오늘은 신학기 첫 등교일이라, 점포가 붐볐다. 개업 뒤 최고의 매상을 올렸다. 온 가족이 모두 피로에 지쳤다.

쉬지 못하는 휴일 3월 21일 일요일 맑음
춘분답게 포근한 날씨다. 어제까지 흐리고 비가 오던 날씨가 오늘은 매우 좋다. 수동이는 동문들과 축구대회에 나가고 명이는 부산의 친구들과의 계 모임에 간다고 나갔다. 한산한 일요일에도 우리는 쉬지 못한다. 다만 매상 이 좀 줄어들었다는 것뿐이다. 20여 년간 장사를 해오면서 휴일은 손에 꼽을 정도였으니, 정말 시종일관 일만 해왔다고 할 수 있다.

 아버지, 어머니는 정말 휴일이 없으셨지요. 일요일은 당연하거니와 추석이면 추석 대목, 설이면 설 대목으로 장사를 해야 했기 때문입니다. 저도 생각해보면 지

나온 20년 동안 휴가다운 휴가라고는 나흘 정도였으니 일요일도 쉬지 않는 제 습관을 생각하면 부모님의 습성과 문득 오버랩이 됩니다.

새 집 공사 착공 4월 2일 금요일 흐린 뒤 비
반구동 신축 기공식을 오후 1시경에 올렸다. 끝나기가 바쁘게 비가 쏟아져 오후 작업은 중단되었다. 내일 일하기로 하고, 여기저기 물품을 구입해서 3시가 넘어 귀가했다. 그간 집 건축 문제로 무던히도 애를 썼다. 이제 착공을 하게 되어서 다소 마음이 놓이지만, 마무리하기까지 많은 애로가 있으리라. 앞으로 돈 쓰임이 잇달아 있을 것이다. 오늘은 우체국에서 전화 가설 승낙서가 와서 30만 원의 가설비가 들었다.

 울산 중구 반구동에 터를 사서 건축을 시작했다. 남편은 전하동에서 울산까지 하루 한 번씩 출퇴근했다. 내 집을 짓는다는 안정감에 피곤함도 잊은 듯했다.

전화 개통 4월 19일 월요일 맑음
메마른 봄바람이 불어와서 점포 앞이 온통 먼지투성이다. 3일째 현장에 가 보질 못해 궁금하다. 하기야 슬래브 작업이 끝나고 콘크리트가 굳어질 때까지는 딴 공사를 못해 한 10일간은 기다려야 한다. 그래도 그간 한번 돌아봐야 할 텐데. 몸이 아직 풀리지 않아 며칠 더 쉬어야겠다. 월말이 가까워서 매상이 다소 주는 느낌이지만, 아직 별다른 차이는 없다. 그간 공사 문제로 지출이 많아 아직 집세도 못 내서 신경이 쓰인다. 오늘 처음 전화가 개통돼서 여러 친지들에게 연락을 했다.

전화기 불통 4월 21일 수요일 맑음
개통된 전화가 고장이 나서 종일토록 신경을 썼다. 저녁엔 전화기 고장이라

고 전화기 회사까지 갔다 왔으나, 전화기에는 이상이 없었다. 그런데 우연의 일치인지는 몰라도 통화가 돼 마음을 놓았다. 저녁엔 서울의 재동이한테도 서신을 보냈다. 월말이 돼가니 매상이 서서히 내려간다.

전복 4월 25일 일요일 맑음

아내는 아침 일찍부터 시내로 나가 내가 평소 먹고 있는 전복을 구해왔다. 일요일이 아니면 좀체 시간이 없는 아내는 일요일마다 중앙시장에 나가 구해온다. 아침식사로 꼭 먹는 전복은 비싼 수산물이기도 하지만, 나에겐 유일한 영양식이다. 벌써 전복을 장복한 지 10여 년이 넘어간다. 평소 잘들 먹지 못하는 것이지만, 나는 약인 양 먹고 있다. 경제가 허용되면 좀 많은 양을 먹었으면 하지만, 현실에선 이것도 과한 편이다.

 간경화가 재발이 되어 입원했을 때 옆방 환자 부인이 전복죽이 환자에게 좋다고 했다. 그날 시장에 가서 전복을 500원에 세 마리 사왔다. 참기름에 섞어서 찹쌀죽을 끓여 세 끼를 전복죽을 먹었다. 이튿날도 전복을 500원어치 사와 또 죽을 끓여 사흘간 먹으니 거짓말같이 기운을 차린다. 희망이 보였다. 열흘 이상 전복죽을 먹다 밥을 먹기 시작했다. 환자는 급속도로 회복이 되었다. 싱싱한 전복을 장만할 때면 '전복아, 고맙다.' 하고 마음으로 감사를 전했다. 그때부터 전복은 우리 그이의 필수 식품이 되었다.

 전복은 그래서 우리 가족의 은인인 셈이어서 저도 너무나 좋아합니다. 지금도 제가 울산에 가면 어머니는 항상 전복을 사다 죽을 끓여주세요.

아내와의 나들이 5월 9일 일요일 맑음

좋은 날씨다. 어제 감기로 고역을 겪은 아내가 오늘 아침은 몸이 좀 풀리는 모양이어서, 신축 공사장에 나가 집 짓는 현황을 돌아보고 오기로 하고 떠났다. 동부인해서 나들이하는 것도 퍽 오랜만이다. 장사하느라 같이 다니는 기회가 적어 동반하는 것을 무엇보다 좋아하는 아내다. 30여 년의 결혼 생활에서 같이 소풍 나가본 적이 거의 없는 우리에겐 오히려 어색할 정도다. 오늘은 두 아이에게 가게를 맡기고 나간다. 공사는 잘 진척되어가고 있다. 늦어도 이달 중에 끝낼 예정이다. 둘이서 외식도 하고 귀가했다.

스승의 날 5월 15일 토요일 맑음

15년 만에 부활되는 스승의 날이라 한다. 한때 부작용 때문에 중단되었는데 다시 부활한 것이다. 학생과 자모들이 선물을 사들고 선생님의 노고를 위로하고 학생들, 학부형과의 유대를 더욱 가깝게 하는 모양. 그로 인해 오전 수업만 하고 학생들이 한꺼번에 쏟아져 나와 한때 분주했다.

빙수 기계 6월 20일 일요일 흐림

중앙시장으로 나가 대구에서 제작한 희남빙수기를 3만 5천 원에 구입해 진광문구 편으로 부탁해서 수월하게 운반해왔다. 인수자에게 중고품을 줄 수 없어 신품을 일부러 구했다. 기술까지 가르쳐줄 예정.

빙수 6월 27일 일요일 맑음

일요일인데도 빙수 때문에 손님이 다소 붐빈다. 평소와 별다를 것 없는 매상이다. 머지않아 인계해야 할 형편이라도 끝까지 해야지.

점포 인수 계약 7월 1일 목요일 맑음

점포 인수 관계로 밀양에서 아주머니의 시아버지가 오셔서 계약 체결을 하고, 우선 293만 원을 받았다(총액 650만 원, 전세 포함). 미리 얘기하지 않아 집주인이 매우 서운하게 여기고 있다. 점포 월세가 13만 원으로 인상되었다.

점포 인계 7월 2일 금요일 맑음

계약대로 점포를 인계하고 오늘부터 인수인이 경영하게 됐다. 그러나 아직 내용을 잘 몰라 우리가 며칠간 알려주기로 했다. 인수인 측에서는 아주머니와 시동생이 같이 일을 하게 되어 장사하기가 좀 수월할 것 같다.

전하동의 마지막 밤 7월 3일 토요일 맑음

전하동 생활이 오늘로 막을 내리고 내일부터는 내 집으로 옮긴다. 한편 기쁘고 한편 서운하다. 작년 9월에 와서 1년도 못 돼 다시 이사를 하게 되니 너무 자주 옮기는 인생이다. 그간 고된 생활이었으나 손실은 별로 없다. 전하동의 마지막 밤을 보내면서 감회가 깊다.

새집 이사 7월 4일 일요일 맑음

착공한 지 3개월이 지나 오늘 반구동 새집으로 이사했다. 동생 가족을 위시해서 온 문중이 방문해주어서 흐뭇했다. 가족 모두가 피로해서 쓰러질 정도다. 저녁엔 이웃 몇 분들이 와서 주석(酒席)을 같이하고 돌아갔다.

퇴거 신고 7월 5일 월요일 맑음

주민등록 퇴거 신고를 하러 전하동에 갔다. 전화 이전 신고도 겸했다. 점포를 인수한 아주머니는 꼬마 손님들 맞기에 바빠 정신이 없다. 장사는 여전하다고 하는데, 우리가 잡고 있던 단골들이 그대로 유지될지 걱정이다.

수동이 친구들 7월 11일 일요일

이사한 지 일주일째. 아직 정리를 다 하지 못했다. 오늘은 유리창과 새시를 닦았다. 저녁엔 수동이 과 학생들이 몰려와서 저녁을 같이했다. 나이가 들어가니 내 손님보다 자식들 손님이 차츰 많아진다. 나쁜 현상은 아닌 듯.

인수자의 걱정 7월 12일 월요일 맑은 뒤 흐림

아내는 오늘 전하동 업소에 도와줄 양으로 갔다 왔다. 우리가 경영하던 때
와 매상 차이가 커 인수자가 걱정을 하고 있단다. 손님들이 많이 흩어지는
모양. 몇 번 더 돌봐줘야 하겠다.

잠시 휴식 7월 23일 금요일 비

오늘부터 개업을 할 예정이었는데, 방학 동안 과외수업이 없다고 해서 방학
동안은 푹 쉬기로 했다. 오늘은 비도 오고 해서 집에서 종일토록 시간을 보
냈다. 한 달간 절약하는 생활을 해야겠다.

반구동 새집은 울산여중 근처였는데 문방구는 그만하고 역시 분식집을 내기로
하셨지요. 저는 반구동 집에서 세수를 할 때마다 바닥과 벽에 붙어 있는 타일을
보면 늘 이 타일 한 장 한 장은 그야말로 부모님의 정직한 땀임을 느꼈습니다. 하나하나
피의 탑으로 이루어진 반구동 집. 여전히 힘겨운 분식집이었지만 그래도 2층엔 세를 주
고 뒷켠엔 작은 화단도 있는 꽤 큰 집이었습니다.

장학금 받는 수동이 8월 11일 수요일 맑음

재동이는 오늘 서울로 돌아갔다. 부산의 전시회에 참석하러 재차 내려온다
고 한다. 한 가지 반가운 소식은 수동이가 성적이 우수해서 장학금(등록금
면제)을 타게 된 사실이다. 우리 가계에 큰 도움이 될 것이다. 정화조 필증이
나와 설계사무소로 아내가 직접 가서 준공 검사 신청을 했다.

아내의 머리 염색 8월 16일 월요일 흐림

아내는 머리가 어느덧 백발(부분)이 되어서 염색을 하고 있다. 난생처음으로
아내의 머리를 손질(염색)해주었다. 이제 나이가 들어 서로 몸을 돌봐주는

부산 전포동 시절에 어머니가 떡볶이, 오뎅, 만두, 팥빙수 등 장사를 하면 손님이 많이 왔지요. 그리고 주위에 같은 장사가 연이어 늘어났습니다. 그러나 어머니가 떠나고 나면 시들해져 전체적으로 하나씩 문을 닫았어요. 어머니의 원칙은 첫째가 손님은 왕, 항상 웃으며 맞이하는 친절, 아무리 바빠도 잔돈 바꿔달라면 다 바꿔주셨고, 둘째는 음식의 질은 높이고 이익은 적게 남기되 많이 파는 전략입니다. 다른 집은 불친절한 데다 재료는 적게 쓰고 많이 남기려다보니 잘되지 않은 것이죠. 음식점 맛은 반이 사람 맛이기도 하지요. 저는 학교 수업시간에도 늘 이 이야기를 해주었습니다.

치지가 되었다. 나아 평소 언제나 아내의 극진한 간호를 받고 있으니.

명이의 생일선물 8월 21일 토요일 흐림, 비
내일이 내 생일이라고 명이는 와이셔츠를 하나 사왔다. 자식들에게 선물을
받는다는 것은 기쁜 일이다. 아이들에게 사주는 시절이 지나고 이제는 받는
때가 되고 보니, 차라리 사주던 그 시절이 그립다. 이제 서서히 자력이 약해
져서 아이들에게 의지하는 나이가 되었다니, 늙음이 한스럽다.

개업 준비 8월 31일 화요일 맑음
내일 개업을 앞두고 오전부터 하루 종일 아내와 둘이서 이것저것 미비된 것
을 갖추고 살 것들을 구입했다. 하루 종일 쉬지도 않고 바쁜 시간을 보냈으
나 아직 미비된 것이 몇 가지 남아 있다. 사전에 준비하지 못한 것이 후회스
럽다. '유비무환'이라는 말뜻이 실감이 난다. 피곤한 하루다.

 1982년 7월 4일 입주를 해서 두 달 동안 집 마무리하고 준비해서 학생들이 개학
하는 9월 1일부터 장사를 시작했다. 식탁 10개, 의자 40개, 여중생 상대라 그릇
도 제법 예쁜 것으로 사고 빙수 그릇도 모두 유리그릇으로 준비했다.

주문 독촉 9월 4일 토요일 맑음
장사 시작해서 토요일을 처음 겪는지라, 하교 시간을 몰라 미처 준비도 못
한 채 학생들이 들이닥쳤다. 우리 부부는 두 시간 동안 쩔쩔맸다. 한꺼번에
몰려와 여기저기서 주문을 독촉하는 아우성이 터져나왔다. 오늘은 좀 여유
있게 물품을 넣었으나 모두 동이 나고 오뎅 몇 개가 남았을 따름이다.

타자기 9월 17일 금요일 맑음

추석을 앞두고 점포 매상이 줄어들고 있다. 2학년 학생들의 수학여행 탓도 있는 듯. 하기야 순 군것질거리이기에 여유가 있어야 사먹기도 하겠지만 추석의 원인도 다분히 있다 하겠다. 수동이는 타자기를 원해 수차 조르다가 결국 내 허락을 받고 구입했다(9만 원). 기쁨을 감추지 못하고 있다.

매상 좋은 날 9월 23일 목요일 맑음

개업 이래 매상이 제일 좋은 날이다. 앞으로도 점차 손님이 불어날 전망인 것 같다. 오후 4시 30분부터 저녁 8시경까지는 분주히 설쳤다. 나도 피로하지만 아내는 할 일이 너무 많아 몸이 지쳐 있다. 경험이 있어 잘해나가지만 나이가 있으니 한계가 없을 수 없다.

 장사는 제법 잘되는 편이었다. 하교 시간에는 40개 의자가 모자랄 지경이었다. 선생님들도 우리집을 많이 이용하셨다. 점심때면 라면 드시러 20~30분씩 오셨다.

아르바이트 여학생 9월 28일 화요일 맑음

그저께 울산여중 여교사의 부탁인 자기 반 학생(불우 학생)을 써달라는 요청을 받아들여, 여학생이 오늘부터 점포에 와서 일을 시작했다. 매우 부지런한 학생이다. 건강하고 말없이 충실히 잘한다. 오늘은 시험날이라 전교생이 한꺼번에 나와서 일찍 마쳤다.

떡볶이와 오뎅으로 올린 최고 매상 10월 6일 수요일 맑음

만두 업자가 작업을 못해 시장에서 만두를 구입하기로 했다. 어제 사전 주문을 했는데, 단골이 아닌 우리를 등한시해서 만두 한 조각도 구하질 못해 떡볶이와 오뎅으로 장사를 했다. 다행히 매상은 개업 후 최고액을 올렸다.

동네 산책 10월 18일 월요일 맑음

약간의 시간을 내서 동리 주위를 산책해보니, 이 동리는 건축 공사가 한창이다. 머지않아 추위가 다가오는데 이제 막 공사를 시작하는 곳도 있다. 가지각색의 건물 구조를 한 집들이 여기저기 서고 있다. 우리집에 부족한 부분이 많아 남의 공사를 눈여겨보고 또 보곤 한다.

아르바이트 급료 10월 30일 토요일 맑음

월말이라 인자(아르바이트 학생) 급료를 줬다(3만 원). 한 달간 수고한 대가다. 우리의 형편으로는 급료를 주면서 아이를 데리고 있는 것은 무리지만, 학교 선생님이 간곡하게 부탁을 한 것이고 아내의 지나친 과로를 생각한다면 부득이 작은 수입에서 할애하는 수밖에 없다.

 처녀 때 본 어머니의 당사주에는 어머니가 높은 자리에서 신하들을 거느리는 장면이 있었는데 어째서 지금 떡볶이, 오뎅 장사를 하고 있나 생각하다가 문득 아이들이 항상 앞에서 줄을 서고 인자 같은 아르바이트생을 거느리고 있으니 그게 틀린 건 아니라며 웃으시곤 했어요.

화단 가꾸기 11월 2일 화요일 맑음

국화 화분(1천 원)의 국화 잎사귀가 시들고 있다. 서리가 온다고 양지 바른 쪽에 두었는데 햇볕이 너무 셌는지 시들고 말았다. 오늘은 좀 쌀쌀하지만, 그늘진 곳으로 옮기고 물은 듬뿍 줬다. 이제 꽃 봉우리가 필 무렵이다. 이번에도 기침감기로 부종이 와서 이뇨제를 먹었더니 소변이 많이 나와 몸이 좀 풀리는 듯하다. 자주 반복되는 일이다.

집 앞 축담이 넓으니 수동이가 자전거로 시내 가서 하나하나 사오고 친구 집에서도 꽃 모종을 얻어오고 해서 긴 축담에 줄을 지어 화분을 진열했다. 남편은 아침마다 화분에 물 주는 것을 낙으로 삼아 하루도 거르지 않았다.

새 업종의 등장 11월 17일 수요일 맑음
요즘 인근 점포에서 새 업종의 장사가 생겨 손실이 많다. 고구마튀김인 모양인데 우리도 부득이 시작을 해야겠다.

감기를 해결한 모과 몇 조각 12월 6일 월요일 맑음
한 달 이상이나 기침으로 고통을 주던 감기가 아내가 구해온 모과 몇 조각으로 거뜬히 가셨다. 정말 기적이다. 20여 년이나 계속된 나의 병을 이렇게 싹 가시게 하는 영약은 없는지? 오늘 같은 차가운 날씨에도 기침이 오질 않으니 살 것 같다. 오후에는 최근에 계획한 대로 점포에 난로를 놓았다. 난로(금성) 1만 2,500원, 연통(2,500원).

불황 12월 10일 금요일 맑음
계속되는 불황으로 매상이 저조하다. 여기저기 새로운 업소가 생겨서인지 아니면 연말 경기 때문인지 알 수 없다. 점차 추위가 다가오는데, 우리 점포는 난로 하나로 준비를 끝냈다. 서울에 있는 재동이가 장거리 전화로 안부를 물어왔다. 객지에 나가 있는 자식의 무고함을 듣고 마음이 놓인다.

 처음 우리 환경이 바뀌고 무일푼으로 새 삶을 시작할 때만 해도 천박한 풀빵 장사 내 꼴을 고향 사람들에게 보이지 않으려고 일가친지 하나 없는 부산 땅에서 모질게 살았는데, 결국은 고향땅에 와서 밀가루에 얼룩진 호떡 장사 초라한 내 모습을 고향 사람들에게 보여주게 되었다. 그러나 지금은 부끄럽지 않다. 떳떳하다.

1983년

나는 아파도 아이들은 건강했으면

절름발이 명절 1월 2일 일요일 맑음

요즘은 겨울 날씨답지 않게 포근하다. 그러나 나는 밖을 잘 나가지 않고 방 안의 생활로 하루를 보낸다. 신정은 쇠지 않는 우리로는 월력으로 연초일 뿐, 명절의 기분은 아니다. 뿐만 아니라 우리 사회가 아직 통일된 설을 쇠지 않고 있어, 신정은 절름발이 명절이다. 일요일이라 매상은 조금 나은 것 같다. 신년이 되면 모두들 그해의 계획을 세우고 목표를 향해 줄달음질치는데, 나로서는 별다른 계획도 없고 기대도 없다.

비싼 전복 1월 7일 금요일 흐린 뒤 비

아내는 아침 6시에 시장에 가서, 내가 항시 먹고 있는 전복을 구해왔다. 겨울철이어서 매우 비싸다. 만 원어치가 겨우 4마리여서 요즘 같은 불황에는 사먹기가 힘에 겹다. 수동이는 겨울방학 동안에 여행을 한다고 야단이다. 장학금을 탔다고 5만 원의 여행비를 요구해서 오늘 은행에서 뽑아왔다.

 수동이는 열심히 공부를 해서 2학기 등록금은 장학생이기에 내지 않는다고 했다. 또 하나 기쁨이 더하니 더없는 행운이었다. 늦게나마 대학에 들어가서 열심히 공부하니 기특하기 이루 말할 수 없었다.

몸살 1월 18일 화요일 맑음

심한 열과 기침으로 지난밤 잠을 제대로 자질 못해, 부석부석 부은 얼굴로 병원에 갔다. 그러나 의료보험 카드가 새로 발급한 것이 아니라고 진료를 받지 못했다. 무거운 몸을 끌고 귀가해서는 눕고 말았다. 저녁에 수동이가 여행에서 돌아왔다. 다행히 서울의 형 집에 갔다가 의료보험 카드를 받아왔다. 저녁엔 한기가 들고 몸살이 나서 일찍 누웠다.

살얼음판 같은 인생 1월 29일 토요일 맑음

종합진찰 결과는 절망적이다. 의사의 설명대로라면, 시한부 인생이다. 착잡한 심경이다. 귀가해서 아내에게 결과를 설명하고, 지금껏 정성들여 간호해 준 결과가 허무해서 나도 모르게 그만 낙루하고 말았다. 아내도 울었다. 25년간의 투병 생활과 우리 삶을 돌이켜본다. 정말 살얼음판을 딛고 살아왔다. 내일은 부산 최하진 박사에게 가서 다시 진찰을 받아볼 예정이다.

착잡한 마음 1월 30일 일요일 비 온 뒤 흐림

어제의 충격적인 진찰 결과가 어쩐지 믿기지 않아 부산의 최하진 박사를 찾아가서 다시 진찰을 받기로 했다. 심각해하는 아내의 배웅을 받으며 택시를 타고 시외버스 정류소로 향하는 내 마음은 착잡하기만 하다. 25년간의 투병이 이제 종막을 내리려는지. 20여 년의 생활 터전이었던 곳을 지날 때는 새삼 내 투병을 위해 역경을 헤쳐온 아내의 피나는 생활이 선연히 떠올랐다. 다행히 최박사의 진단은 대단히 충격적이지는 않았다. 타 지역의 진료 승인서를 받아와서 백병원에 입원을 하면, 자기가 잘 돌봐주겠다고 한다. 일단은 안심을 했다.

이뇨제 복용 1월 31일 월요일 맑음

어제 저녁부터 최박사가 조제한 약을 먹었더니, 부기가 많이 빠져 얼굴이 홀쭉할 정도다. 앞으로 입원할 것을 대비해서 미리 목욕을 했다. 체중이 58킬로그램이다. 부기가 빠지니 체중도 2킬로그램 정도나 주는 모양. 오늘도 계속 이뇨제가 든 약을 먹어서 이제 뱃집이 들어간 것 같은 기분이다. 서울에서 재동이가 전화를 걸어왔다. 타 지역 진료 승인서는 현지(부산)에서 발행해준다고 해서, 내일 내려온다고 전한다. 제수씨가 곗돈 관계로 다녀갔다.

입원 준비 2월 2일 수요일 비, 흐림

예정대로 가락병원으로 가서 진찰을 받고 의사의 소견서를 받아와 수동이가 마산으로 떠났다. 재동이는 부산 상석 집으로 가서 내일 백병원에서 만나기로 했다. 그러나 마산에 간 수동이가 시외전화로 친구를 만나 내일 온다고 연락이 왔다. 승인서는 한 모양. 입원해야 할 일로 출타해서 도중에서 외박을 하니 기가 막힌다. 내일 9시까지 오도록 야단을 쳤다. 내일은 9시경 출발해서 백병원으로 바로 가기로 했다.

백병원 입원 2월 3일 목요일 맑음

아내와 함께 부산 백병원을 향해 집을 떠났다. 한두 번 입원하는 게 아니지만, 이제 초로의 몸으로 새삼 입원 치료를 한다는 것이 어쩌면 지나친 욕심 같기도 하다. 그러나 아직도 나에겐 할 일이 있고, 가족(아내)의 염원이니 한번 더 치료를 해서 생을 유지하는 방법을 택했다. 다행히 의료보험 카드가 있어 우리 경제에 큰 지장은 주지 않을 것 같다.

12시가 넘어 백병원에 도착. 오늘은 내가 입원한 병실의 옆 침대에 간장병 환자가 있어, 말벗이 돼서 좋다. 입원실(침대)이 부족한 상태로 겨우 입원을 했다. 환자들에 묻혀 생활을 당분간 해야 하니, 어쩐지 새삼 환자 된 슬픔이 절실해진다. 13인의 입원실은 언제나 소란하다. 돌아서서 가는 아내의 뒷모습이 선하다. 재동이와 상석이가 와서 많이 도와주고 있다.

반가운 우리 딸 2월 6일 일요일 맑음

명이가 친구와 함께 면회를 왔다. 며칠간의 헤어짐이 아쉬웠는지 무척 반갑다. 딸아이가 귀여운 것은 누구나 한가지지만, 나로선 하나밖에 없는 딸이어서 마음속 더더욱 귀엽다. 자식도 많지 않은 처지인지라 병환 중에도 자식들의 건강을 기원해보지만, 바라는 정도로 건강한 몸들이 아니라 걱정이다.

남편이 병원에 입원했다. 환자들 틈에 남편을 두고 내일을 살기 위해 돌아서는 내 마음은 너무나 참담했다. 아이들 학비, 병원비, 생활비 걱정만 아니면 남편 곁에서 따뜻하게 간호를 하고 싶은 마음 간절했다. 집에 와서 내일 장사할 물건 주문하고 잠자리에 들어도 잠은 오지 않고 마음은 남편 곁에 가 있었다.

수술 2월 18일 금요일 맑음

예정대로 오후 1시경 수술을 시작해서 약 2시간 이상이나 걸려 병실로 돌아왔다. 본래 세 개(오른쪽 두 곳, 왼다리 하나)였는데, 막상 시작하니 네 곳을 한꺼번에 제거해버렸다. 그래서 침대에 누우면 꼼짝 못해 견디기 힘들다. 수동이가 와서 시중을 들어 한결 수월하다. 어제 오늘 금식을 해서 속이 텅 비었다.

친지들의 위문 2월 20일 일요일 맑음

아내가 왔다. 명이도 친구 집에 왔다가 합류해서 우리 가족이 다 모인 셈이다. 재동이는 서울에서 걱정만 하고 있겠지. 얼마 뒤 상석 군이 방문을 해서 반찬까지 만들어왔다. 정성이 대단하다. 왕복하는 시간이 있어서, 아내는 아쉬움을 남기고 귀가했다. 일가친지 몰래 입원을 했는데도, 가까운 친지는 모두 다녀갔다. 그간 입원의 경력이 많아서 이제는 숫제 살짝 다닌다. 고마운 분들이다.

 일요일을 애타게 기다려 가게 문을 닫고 병원에 갔다. 남편은 두 다리 모두 붕대를 감고 누워 있었다. 여보, 어때요? 견딜 만해. 서로 닿는 눈빛에는 눈물이 글썽인다. 그이가 좋아하는 물김치와 고기와 야채를 갈아 동그랑땡을 구워 갔다.

걸음마 연습 2월 28일 월요일 맑음

재동이는 서울로 떠났다. 이번 학기가 마지막인데, 등록금이 좀 모자란다고 해서 집에 가 20만 원을 빼갖고 귀성토록 했다.

수술(18일자)을 받은 이후 어제 처음으로 몇 걸음을 옮겨 화장실 벽을 잡고 천천히 걸어보았다. 마치 어린아이의 걸음마 연습 같다. 이 정도 경과면, 이번 주말은 퇴원이 가능하지 않을까 한다. 조금만 이동이 가능하면 퇴원해서 가정 치료를 해야시. 경비가 예산을 훨씬 넘을 것 같다.

 제가 중경고등학교 미술 교사로 있었을 때네요. 하숙을 하고 있었는데 그때 받은 월급은 대부분 저를 위해 쓰지 않고 모두 학교와 학생들을 위해 쓰고는 매우 개운하고 행복해했어요. 지금 생각하면 부모님께도 적게나마 부치고 제 장래를 위해서도 저축을 했어야 했는데. 그렇지는 못하더라도 대학원 등록금까지 집에서 가져갔다니 지금 생각해도 이해가 안 갑니다. 그때 저는 낭비도 하지 않았는데 대체 저는 어떻게 산 것일까요.

아내의 서글픈 인생 3월 2일 수요일 맑음

어제 귀가할 예정인 아내는 왼쪽 발의 미치료로 하루를 더 보내고 오후에 귀가했다. 근 일주일간 내 병간호에 시달리다가 다시 장사의 문을 열어야 하는 아내의 뒷모습이 어쩐지 서글프다. 반백이 다 된 나이에 남편과 가족을 위해 고된 생활전선에 뛰어들어야 하는 여자의 서글픈 인생. 아쉬움을 남기고 떠나는 아내의 발걸음은 마냥 무겁기만 하다. 나도 이번 주 내로는 퇴원을 해서 가정 치료를 해야겠기에 준비를 서두르고 있다. 잠이 오지 않는 저녁시간은 왜 이다지도 긴지 모르겠다.

 환자를 혼자 두고 장사를 하기 위해 집으로 왔다. 버스를 타고 오는데 내 자신이 미웠다. 나는 왜 이래야 하나. 그저 눈물이 줄줄줄 흘렸다.

퇴원 3월 5일 토요일 맑음

활짝 갠 좋은 날씨다. 오늘은 퇴원하는 날. 아침부터 수속 절차를 밟아 1층 원무과로 내려가 입원료를 문의하니 입원료(39만 5,170원)가 나와 있어 즉시 집으로 알렸다. 수동이가 1시 30분경에 내려왔다. 한 달간의 병원 생활을 하다가 맑은 공기를 마시니 꽤 차가운 느낌이다. 아직 보행이 자유롭지 못해 터미널까지 택시로 겨우 와서 시외버스에 몸을 싣고 울산으로. 집에 도착했을 때는 4시가 넘었다. 조용하다. 아무튼 내 집이라는 안도감에 오늘 밤은 마음 놓고 잘 수 있을 것이다. 아내는 나의 빠진 체중을 올리기 위해 노력하겠다고 다짐한다.

 남편이 퇴원을 했다고 집에 손님들이 많았다. 나는 그분들 대접도 만족하게 해 드리지 못하고 만다. 시간이 없어 손님 뒷모습을 보고 나면 언제나 떠오르는 생각. 나는 언제 손님과 같이 앉아 대화도 나누고 시간을 보내보나. 아쉬운 마음이었다.

회복 기간 3월 7일 월요일
종일 방 속에 틀어 박혀 있으니 정말 무료하다. 아직 다리의 통증이 가시지 않아 바깥출입을 못하고 이불 속에서 시간을 보낸다. 그러다 보니 잠이 드는 시간이 많다. 몸도 아주 허약해져서 매사에 의욕이 현저히 줄었다. 신문도 겨우 볼 정도다. 수술이란 정말 무서운 것. 회복하기까지 많은 시간이 소요된다. 동분서주하는 아내의 노고가 크다. 거기다 나까지 부자유한 몸이 돼서 이 모양이니 미안하기 짝이 없다. 그러나 아내는 내가 무사히 귀가해서 있는 것이 마냥 기쁜지 항상 밝아 보여서, 내 마음이 놓인다.

수동이 작품 당선 3월 9일 수요일 맑음
수동이가 학보사(학교 신문)에 낸 작품이 당선돼서 상금(10만 원)을 탔다. 우리 부부와 명이 선물을 사왔다. 나는 와이셔츠, 아내는 상의 드레스, 명이는 원피스 등으로 온 가족을 기쁘게 했다. 저녁엔 서울에서 재동이가 전화로 안부를 물어왔다. 그간 결혼 문제를 논의해왔는데, 아직 종결되지 않아 서운한 생각이 든다. 금년엔 성취시킬 예정이었으나, 그것도 뜻이 잘 이뤄지지 않을 듯싶다. 몸이 아직 풀리지 않았다. 다리가 아프다.

 수동이가, 아버지가 이번엔 어렵지 않겠느냐 얘길 했지만, 전 이상하게 아직은 괜찮다는 믿음을 갖고 있었어요.

아침 청소 3월 28일 화요일 맑음

오랜만에 아침 청소를 했다. 아침 청소는 마음을 개운하게 한다. 아내가 만류하는 것도 뿌리치고 점포와 앞 도로 일부를 적당히 청소했다. 화분을 털어 국화꽃 뿌리를 분갈이를 할 예정이었으나, TV로 축구 구경을 하느라 내일로 넘겼다. TV 시청료를 오늘 새로 등록하고 1년분(9,600원)을 냈다. 몇년간 이사를 다니느라 시청료를 내지 않아 다시 등록한 것이다.

수동이 당선작 4월 6일 수요일 맑음

수동이가 문학상 당선(최우수작)을 알리는 학교 신문을 갖고 와서, 온 가족이 한때 즐거운 시간을 보냈다. 소설 부문이고 작품명은 「에덴의 동산」이다. 심사한 교수의 호평을 받았다. 고등학교 때부터 평소 문학한다고 많이 노력을 해왔다. 앞으로 진력해야지.

화단 가꾸기 5월 7일 토요일 맑음

작년 가을에 사서 월동에 성공한 국화 화분이 있는데, 이른 봄에 새싹이 돋아나는 것을 많이 번식시킬 요량으로 새순을 잘라서 뿌리를 분갈이했더니 모두 죽었다. 오늘 여학생이 국화 모종을 가지고 가면서 몇 포기 주기에 화분에 옮겨 심었다. 이곳은 흙이 좋지 않아 이곳저곳으로 다니며 흙을 모아 연탄재와 섞어 겨우 심어두었다. 꽃을 키우는 것도 정성이 깃들어야 하는법. 앞으로 화분을 하나씩 사 모아갈 예정이다.

어버이날 5월 8일 일요일 맑음

어제 저녁 명이는 오늘 어버이날의 선물로, 카네이션 두 송이와 우리 두 내외의 속옷 몇 가지씩을 사왔다. 역시 여식 아이의 섬세함은 남자에 비할 바가 아니다. 그뿐만 아니라 하루 종일 집안일을 거들고 집 안의 청소도 훤하게 해놓아서 대견하다.

화단에 씨를 뿌리다 5월 18일 목요일 맑음

조그마한 화단에 무엇을 심어야 할지 망설여진다. 그간 이것저것 생각하다가 마침내 호박과 상추를 심기로 하고 오늘 오후에 아내와 함께 씨를 뿌렸다. 스스로 키워서 먹는다는 뜻을 갖기 위해 우리가 물을 주며 가꿔보기로 했다. 오랜만에 호미를 쥔 아내는 지난날 밭일을 하던 때를 회고한다.

재료 값 도난 6월 15일 수요일 흐림

음산한 하루다. 어제보다 현저히 기온이 내려가고 오후 하교 시간에는 비마저 내려 하굣길 학생들의 점포 출입이 줄어들어 어제에 이어 오늘도 더욱더 매상이 저조하다. 명이는 오늘이 봉급받는 일인데, 중간(6월) 보너스를 받았다고 TV를 하나 사왔다(1만 6천 원). 그간 큰방 치장이 없어 아이들이 불평하고 있었다. 명이가 가구를 들여온 대신, 내 순간의 부주의로 2만 2천 원을 도난당했다. 아내가 옥상에서 젓국을 담는 곳에 가는 찰나 방을 비웠더니, 그사이 지갑에 든 재료 값을 도난당했다.

돈 잃고 실없는 일 6월 20일 월요일 비

오후에 울산경찰서에서 15일에 우리 현금(2만 2천 원)을 절도한 소년 두 명을 데리고 와서 진술서를 받아갔다. 돈 잃고 실없는 일이다. 아무튼 유비무환이다. 부주의가 일을 일으킨다. 청소년 비행이 국가적인 문제다.

호박 덩굴 6월 30일 목요일 맑음

손바닥만 한 화단에 봄부터 씨앗을 뿌려놓았는데 실패다. 상추도 고추도 별로 신통치 않다. 다만 옥수수와 호박만 제대로 씨앗이 잘 솟아나와 지금 한창 자라고 있다. 호박은 무성히 자라 뻗어나갈 길을 찾고 있다. 이곳저곳을 다니며 건축 공사장에서 부러진 각목을 주워 와서 호박 덩굴이 타고 올라갈 수 있도록 만들었다. 햇볕도 따갑고 해서 땀이 뒤범벅이 됐다. 오늘 밤부터는 호박 순이 마음껏 뻗어 올라가겠지.

얼음으로 쩔쩔 매는 재동 8월 6일 토요일 맑음(기온 36도)

재동이가 귀가했다. 때마침 얼음 구하기가 힘든 시간이라 자전거로 아내와 같이 얼음 창고까지 가서 얼음을 구해왔다. 평소 별로 건강하지 못해 쩔쩔맨다. 작품 활동을 하기 위해 오후에 서울로 돌아갔다. 명이는 부산의 친구를 만나러 간다고 떠나고, 수동이는 어제 부산에 갔다가 귀가했다. 몇 안 되는 아이들이 분주히 나들이를 한다. 요즘은 장사도 되지 않는데.

KAL기 격추 9월 1일 목요일 맑음

아침부터 불길한 뉴스가 전해져서 우울했는데, 결국 격추 가능성을 발표해서 온 나라 전체가 침울한 하루가 됐다. 아직 확실한 것은 밝혀지지 않고 있지만, 실종된 것은 사실인 모양. 민간 항공기가 격추된 일은 아직 없다고 하니 알 수 없는 일. 오늘 우리 KAL기(機)가 뉴욕에서 출발하여 일본 북해도 상공을 날아가던 중 교신이 두절되고 실종된 것.

명이 남자친구 9월 11일 일요일 비

어젯밤 늦게 대구에서 전화가 왔다. 명이가 자기 남자친구와 함께 있다고 한다. 즉각 귀가하라고 했더니, 자정이 넘어서 못 오고 오늘 오후 함께 귀가

우리집 뒤에는 조그만 화단이 있었지요. 삼촌은 아버지 말이라면 뭐든지 해주셨는데 아버지의 부탁으로 대추나무를 심어놓았고, 아버지 어머니가 이것저것 가꾸셨지요.

했다. 평소 말은 듣고 있었지만 초년이다. 아무리 개방된 사회라 하지만, 딸을 가진 부모는 항시 염려가 되는 법. 공대를 졸업해서 취업할 예정이고, 가족은 편모슬하에 형이 둘이 있고 형제는 모두 6남매라고 한다. 아직 결혼 문제는 거론하지 않고 있다.

 명이의 본명은 동명이었는데 오래전에 박동명 사건(1975) 때문에 시달리다가 결국 나중에 명희로 이름을 바꿨던 게 생각납니다. 그러나 우리 가족끼리는 언제나 명이라고 불렀지요. 귀여운 우리 명이.

장사의 어려움 9월 16일 금요일 맑음
만두를 배달하는 편으로 오뎅을 보내왔는데, 기한이 지났는지 부패해서 냄새가 난다. 알면서도 보내준 상인의 상도의가 의심된다. 우리가 소량을 주문하기 때문에 평소 배달해주길 꺼려하고, 신의가 별로 없는 사람들이다. 중간에서 심부름해주는 분들께 미안하다. 오후에는 점포가 복잡한 가운데 학생들과 돈 문제로 서로 오해가 생겼다. 3학년 담임까지 와서 항의를 하고 학생 출입을 금하겠다고 으름장을 놓고 갔다. 정말 어려운 장사다.

컬러 TV 9월 18일 일요일 맑음
흑백 TV를 구입한 지 근 10년 가까이 되었다. 이제는 시대에 뒤떨어진 고물이다. 요즘은 KBS1만 시청할 수 있을 뿐이다. 이번에 명이가 보너스를 타서 용기를 내어 컬러 TV(금성)로 바꾸기로 했는데, 계약금 5만 원을 내고 6개월 할부해서 사기로 했다. 저녁 늦게까지 가지고 오질 않아 이상한 감이 든다.

TV 할부금 걱정 9월 19일 월요일 흐리고 비
어제 저녁 가져오기로 한 컬러 TV를 오늘 오전에 갖고 왔다. 켜보니 잘 나

온다. 전파사 주인은 바쁘게 돌아가고 종일 오질 않는다. 시대에 따라 살려니 힘이 든다. 앞으로 낼 6개월간의 할부금이 걱정된다. 오늘 오후에는 한 달 만에 백병원으로 가서 또 한 달치 약을 지어 왔다. 다음에는 타 지역 진료 승인서를 받아와야 한다고 한다. 시효가 6개월이라 다시 해야 되는 모양. 내가 하는 일은 사사건건 어렵다.

눈코 뜰 사이 없는 아내 9월 23일 금요일 흐림

어제에 이어 오늘도 추석 전에 들여놓았던 물품(떡, 오뎅)의 처리 때문에, 아내는 오전 중에 눈코 뜰 사이 없이 바쁘다. 그러나 많은 불량품을 냈다. 부패된 것은 아예 폐기처분했다. 수동이는 작년에 이어 금년에도 다방(세례쟈 다방)에서 시화전을 연다고 그간 준비한 것을 싣고 오전에 떠났다.

수동이 시화전 나들이 9월 25일 일요일 맑음

며칠 전부터 시화전을 열고 있는 수동이를 방문해서, 행사를 축하하고 격려해주었다. 저녁식사 값을 주고 돌아왔다. 좀처럼 동부인하지 못하는 형편인데 명이가 점포를 봐주기로 하고 오후 5시에 집을 나섰다. 아내는 몹시 즐거운 표정이다.

호떡 추가 11월 24일 목요일 맑음

메뉴(호떡)가 한 가지 더 늘어나서 아내는 바쁜 가운데 더욱 바쁘다. 오늘 3일째 하고 있는 호떡은 점차 좋은 반응을 얻고 있다. 조금씩 매상이 올라가서 앞으로 전망이 있을 것 같지만, 장사란 알 수 없는 일이다. 앞으로 추위가 닥쳐오면 또 어떻게 될지. 학교의 강력한 단속은 여전히 풀리지 않고 있다. 여중학생들의 점포 출입이 아주 뜸해서 큰 지장을 주고 있다.

외출복 하나 없는 아내 11월 25일 금요일 맑음

오전 중에 처형이 다녀갔다. 바쁘게 사느라고 외출복(한복) 하나 제대로 없는 아내는 자존심을 죽여가며 언니의 나들이 한복을 빌렸다. 모레 운동이 결혼식에 참례할 예정이었던 것. 형제간에 의복을 빌려 입는 거라 조금도 거리낌이 없다고는 하지만, 나로서는 정말 낯 뜨거운 일이다. 남들은 우리 나이에 다소나마 안일한 생활을 하고 사람다운 짓(예절)을 제대로 하고 있다고 하는데. 그러나 우리 부부는 이러한 것들을 크게 신경 쓰고 살아가지는 않을 것이다.

그만두는 아르바이트생 12월 5일 월요일 맑음

아르바이트하는 중학생 아이(인자)가 오늘로 일을 그만둔다. 작년부터 시작해서 근 2년간 우리집에서 가족처럼 지내오다가 막상 떠나게 되니 서운하다. 특히 인자는 성실하고 부지런해서 자기 일같이 일을 해주고, 불평 불만을 추호도 하지 않는 심력이 좋은 아이다. 가정이 좀 여유가 없어 자기 스스로 아르바이트를 해서 자립하려고 한다. 앞으로도 취업을 해서 고학을 한다니 대견하다.

1984년

우리 명이가 시집을 가네

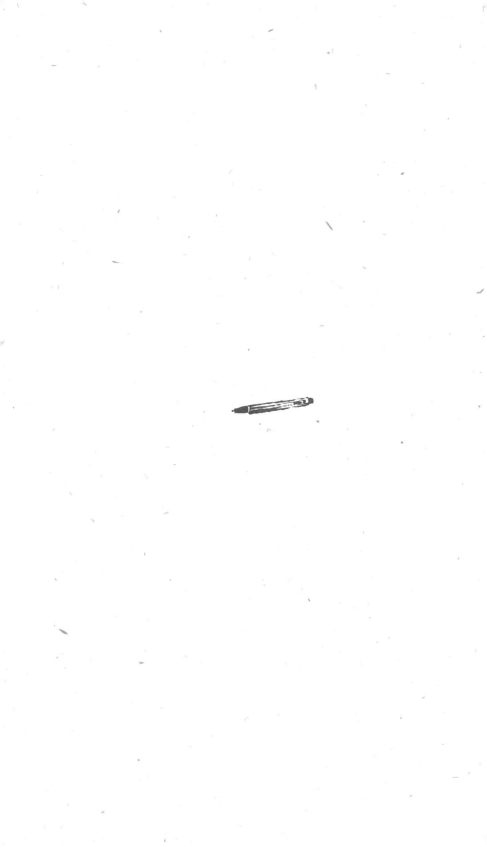

새해 아침 1월 1일 일요일 맑음

별 다름 없는 아침을 맞는다. 어젯밤 늦게까지 TV를 시청해서 늦잠을 잤다. 새해를 맞는 소감, 희망, 각오 등등, 누구나 한번쯤 이런 걸 생각하는 날이다. 나는 별다른 소망도, 꿈도 없다. 다만 금년도 무사히 한 해를 보내는 것 외에는 아무것도 없다. 거창한 계획을 세워도 제대로 성취해본 일이 별로 없기에, 차라리 계획을 너무 의식해서 일을 그르치는 것보다는 구차하게 갖가지 구상을 하지 않는 편이 낫다. 구정을 쇠는 사람이 많아, 설다운 풍경은 없다. 금년 한 해도 별 탈 없이 연말을 맞기를 빌 따름이다.

자식 뒷바라지의 보람 1월 9일 월요일 맑음

어제 온다고 전화로 연락한 재동이가 오늘도 내려오지 않고 있다. 내가 전화를 잘못 받았나?

오늘 저녁 TV에서 대입학력고사 전국 수석을 소개하는 프로가 방영되었다. 학생이 평소에 얼마나 노력했는지 그리고 홀어머니가 어떻게 피눈물 나는 뒷바라지를 해주었는지를 보여주었다. 뭇 부모들은 자식이 공부 잘하기를 바라지만, 마음대로 되지 않는 것이 학문이라 하겠다. 그들의 생활과 노력이 끝내 결실을 맺은 것 같다. 아직도 사회로 나가기까지는 길이 멀겠지만, 탄탄히 다져진 그 토대를 바탕으로 좋은 결과를 얻을 수 있으리라.

25년간의 투병 생활 속에 아내가 혼자서 악전고투하면서 자식들의 학업을 뒷바라지해왔다. 우리 가정에도 비록 최고는 아니더라도, 언젠가 그 보람이 찾아오리라.

 얼고 떨고 잠 못 자고 노력해서 사회에 부정한 일 부끄러운 일 하지 않고, 돈 많고 건강한 집 아이들 못지않게 우리 아이들 고등교육 받아 착하고 건전한 마음으로 자라고 있으니 풀빵 장사 호떡 장사도 부끄럽지 않았다.

늘 외로운 아내 1월 15일 일요일 맑음

심하게 나오는 기침이 어젯밤으로 고비를 겨우 넘겼다. 일시적인 것인지 아니면 또다시 재발을 할지는 알 수 없다. 기온이 조금 높아 그리 차갑지 않으나, 꾹 참고 방 속에 틀어박혀 밖에 나가지 않고 견뎌본다.

아내는 여느 날과 다름없이 종일토록 점포에 나가 손님들과 씨름을 하고 있다. 요즘은 수동이가 방학이어서 조금씩 거들어주는 셈이기는 하지만 잠깐이고, 명이는 일요일에도 이것저것 구실을 대서 부산에 들락거린다. 아내는 언제나 외롭게 혼자다. 더욱이 요즘 내가 들어앉고는 더하다. 날씨가 풀리면 도와줘야겠는데.

불편한 몸 1월 19일 목요일 맑음

어젯밤 서울에서 재동이가 내려왔다. 밤늦게까지 결혼 문제 등을 논의하다가 자정을 넘겼다. 어제부터 재발한 기침감기가 밤엔 제법 심해져 고통을 받았다. 거기다 부기마저 와서 더욱 부자유스럽다. 그래서 오늘은 종일토록 방에서 시간을 보냈다. 오랜만에 이뇨제를 먹고 부기를 많이 뺐다. 왼쪽 오금도 통증이 좀 있으나 참을 수밖에 없다.

부녀 사이 1월 22일 일요일 맑음

어제 경주에 간 명이가 저녁 늦게 전화를 걸어왔다. 자기들끼리의 계모임에 간다고 토요일에 떠났는데, 오늘도 늦어서 막차가 없어 못 온다고 한다. 요즘은 휴가라서 여기저기 자유분방하게 다니고 있다. 평소 당부를 해왔는데, 오늘도 친구들과 어울려 놀다가 늦어서 귀가를 못하는 모양. 가족들은 내가 너무 관용한다고 하지만, 심하게 타이르면 잔소리로 받아들여 부녀간의 대화가 끊기니 정말 어려운 일이다.

새학기 시작 3월 2일 금요일 맑음

새학기가 시작하는 날이다. 각급 학교가 일제히 등교한다. 수동이는 어제 수강 신청을 끝내고 오늘부터 3학년 첫 강의에 나갔다. 아직도 2년의 기간이 남아 있어 어쩌면 지루한 감도 든다. 그래서인지 오늘도 아르바이트를 한 군데 한다고 귀가 시간이 좀 늦는 것 같다. 아내는 오후에 피로가 쌓여 기진했다. 저녁에는 녹아 떨어졌다.

새로운 경쟁자 등장 3월 7일 수요일 맑음

얼마 전 학교 앞에 분식집이 하나 생겼다. 경쟁자가 또 하나 생긴 셈. 도로가에 큼지막한 선전 간판과 점포 유리창의 식단표 등 큰 기대를 걸고 시설을 했으나, 이 지대가 보는 것과는 달리 힘든 곳이어서 귀추가 주목된다.

김밥 메뉴 추가 3월 8일 목요일 맑음(김밥 시작)

신학기가 되면서 불황이 거듭되어서 부득불 새로운 것을 해야 했기에, 좀 일이 많은 김밥을 시작했다. 마침 우리집에 물품을 맡겨두고 있는 베지밀 배달 아주머니의 지도를 받아 오늘부터 김밥을 만들어 점포에 내놓고 팔았더니 의외로 반응이 좋다. 봄이 다가오고 있어서 그런지 추운 겨울보다 더 피곤한 것 같다.

인기 많은 김밥 3월 10일 토요일 맑음

월요일부터 침체되었던 점포가 오늘은 토요일이라 왁자지껄하다. 전교생이 한꺼번에 쏟아져 나와 정신이 없다. 오전 중에 난생처음 김밥을 말아보았는데, 삽시간에 나가버렸다. 재료 준비가 부족했던 것 같다. 다음 주부터는 토요일을 명심해야겠다. 하교 시간부터 몇 시간 동안 움직였더니 오늘은 매우 피로하다.

화초 가꾸기 3월 30일 금요일 맑음

겨울 동안 실내에 넣어두었던 화분을 밖으로 낼 예정이었으나, 국화 화분만 몇 개 내고 당분간 마루에 두기로 했다. 4월이 곧 다가올 텐데 화분도 포근한 봄바람을 쐬어야지. 겨울 동안 관리를 잘 못해서 화분 몇 개를 죽였다. 금년은 실수 없이 화초를 가꿔야겠다.

단체 김밥 4월 6일 금요일 맑음

주문한 도시락(김밥)을 만드느라고 수동이와 가족들, 그리고 베지밀 배달 아주머니, 새댁, 처남댁 등이 10시가 넘도록 작업을 했다. 처음 생각한 것보다는 잔 손실이 많고 시간이 무척 오래 걸려, 수월한 일은 아니다. 110명분이 네 박스나 돼서 무게가 상당하다.

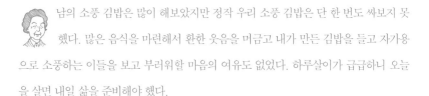 남의 소풍 김밥은 많이 해보았지만 정작 우리 소풍 김밥은 단 한 번도 싸보지 못했다. 많은 음식을 마련해서 환한 웃음을 머금고 내가 만든 김밥을 들고 자가용으로 소풍하는 이들을 보고 부러워할 마음의 여유도 없었다. 하루살이가 급급하니 오늘을 살면 내일 삶을 준비해야 했다.

공동목욕탕 4월 27일 금요일 맑음

오후의 따가운 햇살을 맞으면서 목욕탕에 갔다. 밀린 때를 깨끗이 씻고 나니 날아갈 것 같다. 목욕을 하고 나서 가정에도 목욕탕 시설이 필요하다고 생각했다. 언젠가는 온수가 나오는 목욕탕을 갖게 되길.

　오늘 밤은 흐뭇하다. 수동이가 아르바이트로 받은 보수(5만 원)를 갖고 왔다. 지난달 친구와 어울리면서 돈을 써버려 몹시 꾸짖었지. 얼마 안 되는 돈, 사실 쓸 것도 없다. 그러나 일단 가정에 들여놨다가 쓰라고 일렀더니 수긍을 하는 듯하다. 아무튼 자식의 돈을 받으니 흐뭇하기 이를 데 없다.

아버지, 그래요. 그때는 목욕 시설이 없었지요. 지금은 저도 수동이도 모두 따뜻한 물이 넘치게 나오는 실내 욕실에서 매일 샤워를 한답니다.

돌냉이 4월 29일 일요일 비

아내는 아침에 시장에 가 돌냉이를 사와서, 좋은 것은 김치를 담그고 나머지는 얼마 전에 확장한 화단에 심었다. 오늘 마침 비가 내려서 잘 살아날 것 같다. 지난번 화분에 심은 돌냉이는 꽤 많이 자라서 머지않아 잘라 먹을 수 있을 정도다. 새로 만든 화단에는 꽃 대신 이것저것 양념되는 채소를 심을 계획이다.

안경을 끼다 5월 4일 금요일 맑음

근래에 들어 시력이 급작스레 나빠져 고충을 겪다가, 오늘은 안과를 찾았다. 근시 진단을 받았는데, 안질은 없다고 한다. 의사의 검사 결과를 가지고 동일안경원에서 안경을 맞췄다. 처음 끼는 안경이라 좀 이상하고 어지러운 기마저 있어, 여간 주의가 가질 않는다. 시력은 별 이상이 없었는데 이제 시력마저 약해지니 이제 완전히 노인이 된 기분이다. 오늘은 여중 학생들이 도민체전 폐회식에 참가하느라, 점포는 한산했다.

어버이날, 부처님 오신 날 5월 8일 화요일 맑음

부처님 오신 날을 맞아 어머님께서 잊지 않고 절을 찾아 나를 위해 염불해 주시던 것이 기억난다. 더구나 어버이날인 오늘 새삼 어머님이 생각난다. 가슴에 꽃을 꽂고 절을 향하는 어머니들은 마음속으로 무엇을 그리고 있을까? 하나같이 자식의 건강과 성공을 비는 사랑의 마음이 아니겠는가? 우리 부부도 두 아이에게 꽃을 받아 흐뭇하다. 그런데 서울의 큰아이에게는 전화 연락도 없어 서운하다. 내 마음에 등불 하나 켜고 가족들의 무사를 빈다.

정직한 학생, 속이는 학생 5월 23일 수요일 맑음

순진하고 정직한 학생들이 있다. 깜박 잊고 음식 값을 내지 않은 학생이 다시 와서 값을 치르거나, 다음 날 와서 미안해하면서 음식 값을 치르고 가기도 한다. 정말 천사의 모습이다. 그러나 간혹 계획적으로 깜찍하게 속이는 학생을 볼 때면 실망스럽다. 여러 사람을 상대하다보면 착각하게 되어 서로 실랑이를 벌이기도 한다. 그때는 우리가 져주는 것이 장사하는 요령이다. 어제 오늘 연속으로 라면을 먹고 살짝 가버린 학생이 있어, 아내는 화를 참지 못하고 신경질을 낸다. 정말 장사란 어렵다.

과거사 5월 24일 목요일 맑음

과거는 잊고 살아야 한다는 것이 나의 신조다. 현실에 만족하면 그만이다. 과거를 되짚어봐야 이로운 것은 조금도 없다. 부산, 방어진 또 이곳으로 와서도 현 직업 이상을 생각해보질 않았다. 그런데 요즘 점심시간이면 여중 교사들이 점포를 이용한다. 그들과 대화를 나누다가 병력(病歷)을 얘기하면서 지난날을 회상했다. 대화 중에 무심코 과거의 직업을 이야기한 것은 후회스럽다. 묵묵한 생활에 익숙해야겠다.

괴로운 학생들 5월 27일 일요일 맑음

시험을 앞둔 일요일은 라면 끓이느라 정신이 없다. 오늘도 시험 공부를 하느라 등교한 학생이 많아 분주했다. 학생들은 학교 내 경쟁 속에서 피나는 노력을 한다. 공부벌레인지 점수 따기 벌레인지 모를 정도다. 점수를 중시하여 온종일 조금의 휴식도 없이 몰아붙이니, 학생들도 이제 노이로제에 걸린 듯 공부를 오히려 지긋지긋한 흉물로 보는 것 같다. 과다한 학부형들의 욕심, 학교 측의 명예 때문에 요즘 학생들은 정말 몸살이 날 정도다.

아버지, 요즘은 그때보다 훨씬 더 경쟁이 심해서 자살자가 속출하는 지경입니다. 그래서 저는 경쟁보다는 협동과 자기 꿈 찾는 교육을 하는 서울교육청의 혁신학교 일을 좀 돕기도 했어요.

재동이 편지 5월 28일 월요일 흐림

서울의 재동이가 오랜만에 편지를 보내왔다. 등기로 보낸 편지 속에는 2만 원의 송금권이 들어 있어 의아해하면서 내용을 읽었다. 딴 사연은 없고 근무가 이제는 숙달이 되고 여유가 있어 공직의 보람을 느낀다고 하니 다행한 일이다. 그뿐만 아니라 자식의 도리가 허술한 점(불효)을 강조하고 가족이 그립다고 한다. 오래전부터 당부하고 있는 결혼 문제는 신붓감을 구하는 중이라고 한다. 혼기가 늦어지는 감이 있어 부모로서 안타깝게 여긴 지 벌써 오래다. 금년에 부디 성혼하길 기원한다.

 중경고등학교 미술 교사로 있었을 때네요. 휘문고 때와는 달리 아주 성공적인 교육을 하고 있었지요. 창문여고의 강요배와 같이 의논해가며 한 반 단위로 한 달 동안 같은 작품을 하는 등 학생들이 매우 좋아하고 보람 있었던 수업을 했고, 그 협동 제작 수업으로 석사 논문을 쓰기도 했어요. 결혼이 늦어져 걱정을 많이 하셨던 거 알고 있었어요. 저도 우리집을 위해서 결혼을 빨리 해야 한다고 늘 생각하고 노력했는데 생각처럼 잘되지 않더라고요.

명이 가슴의 종양 5월 31일 목요일 맑음

내 가정과 인생을 망쳐놓은 것은 두말할 나위 없이 한 맺힌 병마다. 반평생 동안의 투병 속에서 오직 바란 것은 가족의 건강이었다. 그런데 요즘 명이가 유방에 조그마한 종양이 생겨 여러 병원으로 진찰을 하고 다닌다. 그 신경을 쓰고 있는 모습을 보노라니 말 못할 고통이 가슴을 후려친다. 발병 이

후 태어난 단 하나뿐인 딸이어서 더욱 소중한데, 내 가슴은 쓰리고 아프다. 다행히 진찰 결과는 양성 종양 정도며 별다른 이상은 없다고 해서 한시름 놓았다. 앞으로 기회 봐서 정밀검사를 받아봐야겠다.

기나긴 대학교 여름방학 6월 21일 목요일 흐림

시험을 다 치고 방학이 시작된다고 수동이는 저녁 늦도록 귀가하지 않고 있다. 금년부터는 대학의 방학이 연장돼서 일찍부터 시작되는 모양. 원래의 목적은 대학생들의 부업을 위한 것이라 하지만, 방학 기간에 취업이란 하늘의 별따기다. 그러니 결국 수업만 단축되고 대학생들은 무위도식하는 여름을 보내는 수밖에. 물론 취미 활동과 여행 등으로 긴 방학을 보내는 학생들도 있겠지만, 경제가 좋지 않은 학생은 어떻게 긴 여름을 보낼지.

교장의 엄포 6월 26일 화요일 비

인생이 짧다고들 하지만, 지루한 시기도 있다 하겠다. 직업을 마음먹고 택하기란 어렵다고들 한다. 우리도 우연한 기회에 빈손으로 시작한 직업이고 보면, 자연 미천한 장사일 수밖에. 이곳에 온 지도 벌써 2년이 돼간다. 부산에서 지겹도록 해온 업종을 청산하고 이곳으로 왔건만, 어찌하다보니 또다시 이 직업은 버릴 수 없었다. 학교 근처라 학생들의 출입을 제재하는 것은 당연한 일일지도 모른다. 오늘은 교장까지도 직접 점포에 들러 엄포를 놓고 간다. 정말 무엇이라 말할 수 없을 정도로 치욕스럽다. 매사에 둔한 감정으로 살아가는 것이 현명한 처세술인지 모른다.

 아아! 제가 초등학교 다닐 때 학교 선생님이 제게 불량식품 먹지 말자는 포스터를 그리게 하더니! 라면·김밥·만두·오뎅이 그 무슨 불량식품이라고!! 이 무렵 아버지, 어머니와 일 때문에 함께 나들이를 간 적이 있었어요. 두 분이 정말 이 세상 사람이 아닌 천사 같다는 생각이 들었어요. 어머니는 우리를 괴롭히는 사람들을 보고는 '남한테 해 끼치지 않고 천사같이 사는 우리에게……' 하시곤 했는데, 정말 이날은 그렇게 보였어요.

자식들이 사준 옷 6월 30일 토요일 맑음

얼마 전에는 재동이가 보낸 돈(2만 원)으로 바지를 맞추고, 오늘은 명이가 준 돈(1만 5천 원)으로 구두를 맞추고 오후에 찾아왔다. 매우 흐뭇하다. 자식에게 받은 돈이나 선물은 정말 귀중하고 정감이 오래도록 남는다. 그간 의복과 장신구를 갖지 못했다. 아내도 마찬가지다. 한두 가지로 몇 년을 입다 보면 유행도 몇 번 바뀐다. 형편도 형편이지만, 사치를 별로 좋아하는 편이 아니고 나들이를 잘하질 않아 무난히 지내온 셈이다.

수동이의 외박 7월 1일 일요일 맑음

어제 오후에 나간 수동이가 밤새 귀가하지 않아 신경이 몹시 쓰인다. 평소 그런 일이 더러 있었지만 방학하고부터는 부쩍 외출이 잦다. 대학 생활이란 그런 것인가. 나는 경험하지 못해 잘 모르겠다.

결혼이 늦어지는 재동 7월 8일 일요일 흐림

어제는 서울에서 재동이가 편지를 보내왔다. 전시회를 두 번씩이나 해서 요즘은 매우 바쁘단다. 금년엔 결혼 문제를 매듭짓도록 독촉을 했더니 조금만 기다려달라는 부탁이다. 부모의 심정은 누구나 마찬가지. 33세면 결혼이 늦은 감이 있다. 금년에는 성혼해서 성인이 되길 원한다.

 저는 이 무렵 강요배의 권유로 우리나라 민중미술의 효시라 할 수 있는 〈현실과 발언〉 동인으로 참가해서 전시를 했네요. 거긴 오윤, 김정헌, 김용태, 임옥상, 민

정기, 성완경 등 정말 좋은 선배들이 많았어요.

한여름 주말 하루 8월 12일 일요일 맑음

종일토록 (LA)올림픽이 방송되고 있다. 우리 선수들이 3개의 금메달을 안겨 줘서, 온 국민의 환호가 하늘을 찌를 듯했다. 오늘은 일요일이어서 손님이 적다. 주로 빙수로 매상을 올린 셈이다. 찌는 듯한 날씨는 여전하지만, 다행히 약간의 바람이 불어서 견디기 괜찮았다. 그러나 목욕 횟수는 어제와 다름없다. 수동이는 대구에서 전화 연락을 해왔다. 차가 없어 밤늦게 귀가하겠다는 소식이다. 일요일이어서 차 타기가 힘이 드는 모양이다.

가을배추 심을 준비 9월 16일 일요일 맑음

파종 시기가 이미 지났으면서도 앞 화단에 가을배추를 심을 요량으로, 오전 중에 장군(명이 남자친구)과 함께 정리를 하고 오후에는 수동이와 같이 서쪽의 아카시아 숲에 가서 썩은 낙엽을 끌어와서 퇴비를 만들었다. 내일 아침이면 파종할 예정이다. 이달에 상여금을 탄 명이가 책상(1만 5천 원)과 스탠드(7천 원)를 사왔다. 나에게 필요한 물건이 하나씩 모이는 것 같다.

아내의 정성 9월 19일 수요일 흐림

월요일부터 아내의 정성으로 곰국을 해먹고 있다. 아직 효력이야 알 수 없지만 마음만이라도 몸이 가벼워진 것 같다. 요즘 계속 몸이 좋지 않아 쥐가 잘 나서 거동이 어려웠다. 비싼 바나나가 좋다지만 우리 형편에 자주 사먹을 수가 없어 부득불 곰국을 해먹기로 했다. 퇴원한 뒤부터 몸이 좀 좋지 않은 것 같아, 주의를 해도 회복이 잘 안 된다. 마음 같으면 입원이라도 해서 좀 더 푹 쉬었으면 좋겠다. 요즘은 학교 단속이 계속 심해져, 매상이 하루하루 달라진다.

매일 같은 생활이었다. 물건 주문하고 탄불 피우고 집 안팎 청소를 하며 하루 일과가 시작되었다. 아이 둘 학교에 보내고 장사를 시작했다. 학교 단속이 심해 장사가 잘 안 됐다. 잘될 때보다 안 될 때 훨씬 피곤했다. 온종일 설쳐도 수입은 기천 원. 병원도 학교도 돈 달라고 입을 벌리고 있어 애간장이 다 탔다. 의논할 상대도 없다. 또다시 모든 일이 얽히고설키고 정말 마음 붙일 곳이 없었다.

사춘기의 마음 9월 24일 월요일 맑음

듣자니 지난 토요일 울산공전 운동장에서 '조용필쇼'가 있었다고 한다. 애송이 팬들이 쇄도하여 세 사람이 졸도를 하는 소동이 벌어졌다고들 야단이다. 이곳에서 지척에 있는 운동장이라 여중 학생들이 점심시간에 살짝 빠져나와 오후의 보충수업을 까먹어서 또 한 가지 소동이 났다. 그래서 오늘 등교하고 나서 따끔하게 벌을 받았다고 한다. 사춘기의 마음은 좀 엉뚱하리만치 산만하다. 여자가 아닌 나도 그런 감정을 느껴본 일이 있는데, 하물며 개방된 현실에서 소녀들의 가슴은 더욱 그러하리라 짐작된다. 그래도 일부의 학생들이라 하니 다행한 일이다.

혼수 문제 9월 28일 금요일 흐림

언제부터인지는 몰라도 혼수가 사회문제로 대두하고 있다. 과년한 딸자식을 가진 부모들은 항시 혼수 문제만 나오면 신경이 쓰인다. 형편에 맞춰 치른다 하지만, 하다가 보면 항시 초과하는 것이 혼사다. 우리같이 아무 준비가 없는 형편으로는 무엇을 어떻게 해야 하는지조차 구상이 떠오르지 않는다. 나이로 봐서 머지않아 명이도 시집을 보내야 하는데, 경제적인 준비가 없어 그저 막연히 당하는 대로 하는 수밖에. 어제는 일상 사용하는 밥상을 월부로 구입했다. 거금 10만 원이다. 매달 만 원씩 열 달이니, 생활에 약간의 압박을 주는 셈이다.

며느리, 손주 욕심 10월 4일 목요일 맑음

서울에 있는 재동 앞으로 서신을 띄운다. 이번 명이 혼사 문제며 자기의 결혼 문제까지를 겸해서 안타까운 사연의 편지를 쓴다. 33세라면 적은 나이가 아니다. 본인이 뜻이 있어 만혼을 하는 것도 있지만, 부모의 책임도 있다고 하겠다. 남들은 벌써 손자를 봐서 자랑을 하는 것도 많이 봐오고 있다. 며느리를 보는 것도 기쁜 일이 아닐 수 없다. 내심 손자를 한번 안아봤으면 하는 생각이 안 드는 것도 아니다. 더욱이 나 같은 환자는 더욱 절실할는지 모르겠다.

장남 재동이가 33살 고비를 넘어도 결혼을 하지 않았다. 막내는 결혼 상대가 나섰다. 딸이기에 아버지 생전에 시집을 보내야겠다고 판단하고 혼사하기로 마음먹고 총각네를 만났다. 33, 29 두 아들을 제치고, 남편은 중환자로 입원해 있는데 막내딸을 시집보내는 내 마음도 야속했다. 단지 아버지 살아생전에 결혼시켜야겠다는 욕심 때문에 하나밖에 없는 딸 시집보내는 데도 따뜻한 마음으로 말 한마디 해주지 못했다.

우리 부부의 서럽고 뜨거운 눈물 11월 4일 일요일 맑음

복수가 찬 지 오래인데 좀체 빠지질 않는다. 기력도 회복되지 않고 있어, 퇴원한 뒤에도 몸이 개운치 않고 숨가쁜 증세가 계속되어서 고통이 심하다. 그리고 간의 상태도 눈에 보일 정도로 악화되었다. 내 인생 최대의 위기가 온 것 같다. 나의 극기도 한계가 있는 것이지 25년의 긴 투병 생활에서 한결같을 수가 있나. 지나간 추억을 되씹으면서 내 인생의 슬픔을 실컷 울고 싶다. 마음껏 울어야 시원할 것 같아, 아내가 보는 앞에서 서럽게 울었다. 아내의 뜨거운 눈물은 너무도 애처롭다. 나를 위해 일생을 희생한 몸. 내가 지은 죄가 너무도 크다. 나는 이대로 간다고 해도 아내의 그 거룩한 정성은 품고 가리라.

나를 닮은 듯한 국화 11월 9일 금요일 맑음

올 여름 정성들여 가꾼 국화가 볼품없이 쓰러지고 있다. 내 솜씨도 좋지 않았지만, 국화 품종도 매우 나쁜 것이었다. 멋없이 키가 커서 아름다워야 할 꽃송이가 엉성하다. 나와 같은 신세가 된 국화에 물을 뿌려주고 어루만져본다. 말없이 바람에 흔들리는 국화는 그래도 자기들대로 최선을 다해서 꽃을 피운다. 그런데 나는 무어냐 말이다. 종일토록 방 안에서 시간을 보내고 있으니. 기적을 기다리기 전에 최선을 다해 투병해야겠다.

답사 떠난 수동이 11월 15일 목요일 비

하루 종일 궂은비가 내린다. 수동이는 아침부터 비를 맞으면서 고적 답사를 간다고 떠났다. 날씨가 좀 쌀쌀한 것 같은데 내의도 입지 않고 가서 걱정이다. 2박 3일의 숙박비도 제대로 주질 못해 아쉽다. 학사와 관계된 금년의 마지막 여행이라고 해서, 우리 힘에 부치지만 보냈다. 종일토록 비가 내려 염려된다. 비가 와서 단속이 덜한지, 오늘은 학생 출입이 조금 많다. 아직도 학교에서 강력하게 단속을 하는 모양. 명이는 봉급날이라고 '천수경' 테이프 하나를 사다준다.

비교되는 장군과 수동이 11월 18일 일요일 맑음

명이 남자친구 장군이 와서 점포 청소를 하고 가게도 봐주는 성의를 베푼다. 평소 부지런한 성품이어서 이것저것 잘 거들어준다. 고마운 일이다. 반대로 수동이는 12시가 다 되도록 늦잠을 자고 일어나서 밥도 먹지 않고 학교로 간다. 평소 늦잠 자는 버릇은 고칠 수가 없는 모양. 늦잠은 생리적 문제가 아니고 나태함 때문이다. 아침잠을 좋아하지 않는 사람이 누가 있으랴. 단순한 마음가짐이다. 특히 젊을 때의 아침시간은 얼마나 좋은가. 맑은 공기를 뒤로하고 활동을 하면 밥맛도 꿀맛이었지. 이제 와서 생각하니 새삼

그 시절의 생활이 그립다.

 수동이나 저나 아침잠이 참 많아요. 그래도 수동이는 늦게 일어나서도 할 일은 잘해서 직장에서도 항상 신임을 받았죠.

인생의 마지막 준비 11월 26일 월요일 맑음

저녁식사 때마다 고통이 주기적으로 온다. 복부가 팽창해서 식사를 하게 되면 속이 편치 못하다. 3~4시간을 시달리다 소화가 좀 되면 통증이 조금 가라앉는다. 그러나 허약함은 날이 갈수록 심해지는 것 같다. 오늘 저녁에도 아내를 울렸다. 내 인생의 마지막을 얘기해서 가느다란 희망마저 무산시켜 놓았다. 또다시 죄를 지었다. 내친 김에 장례 문제까지 평소 생각한 대로 얘기했다. 인생의 최후란 비참한 것. 그래도 자기 나름대로 남겨야 할 말은 남겨야 하는 법. 훗날은 산 사람들의 몫이다. 매상은 회복할 기세를 보이지 않고 저조하다.

 어머니 말씀이, 너무 고통스러울 때는 아버지가 "아버지, 어머니, 나를 이제 데려가십시오."하고 소리치셨다고 하셨는데…….

헛된 희망 11월 29일 목요일 맑음

하루 종일 몸 상태가 좋지 않다. 서사의 제수씨 소개로 우정동의 점쟁이를 데리고 와서 간단한 푸닥거리를 하고 부적을 써와서 몸에 지니는 일을 했다. 평소 미신을 싫어하지만, 가족들의 간절한 소망이라 뿌리치지 못하고 나로서도 최후의 수단으로 막연히 응해본 것이다. 인생의 마지막이라고 생각하면 누구나 생에 애착이 가는 모양. 정신적 위안이 좀 되었는지는 모른다. 이래저래 돈이 든다. 오후에 병원으로 보낸 수동이가 귀가했다. 내일 무조건 입원하라는 최박사의 지시다. 내일 입원하기로 했다.

다시, 입원 11월 30일 금요일 맑음(입원)

또다시 입원하는 신세가 됐다. 3시 30분에 최박사님이 진찰하고 곧장 10층 병동(1010호)으로 옮겨졌다. 간경화 증상이다. 예상한 대로다. 암으로 변하지 않았나 했는데, 경화 증세다. 상태가 좋지 않아 장기간 치료를 받아야 한다고 한다. 그러고 보니 지난번에 성급하게 퇴원한 모양. 아내는 귀가하고 수동이가 남아서 간호하기로 했다. 너무 피곤해서 그런지 잠이 잘 안 온다.

 남편이 다시 입원을 했다. 병세는 갈수록 심해지는 것 같았고 남편은 맥을 못 추었다. 애타는 내 마음 하느님이나 아셨을까. 남편은 보호자 없는 외로운 환자다. 나도 잠을 쉬 이룰 수가 없었다. 우리는 전생에 어떤 인연으로 만난 부부인가 싶기도 하고. 그이가 한없이 가여운 생각에 베개를 적셨다. 어디 하나 흠잡을 데 없는 사람이 병마에 발목을 잡힌 것은 내 잘못이 아닌가 싶어 한밤을 지새웠다.

명이 결혼 준비 12월 16일 일요일 흐림

오후에 동생이 왔다. 명이 결혼 청첩장 문제로 내려오도록 지난번에 일러두었다. 평소 길흉사에 많이 출입은 못했어도 어머님 생존 시 간접으로 봉투를 보내왔다. 동생이 고향에 와 있어서 많은 역할을 하고 있다. 고향의 아는 분들은 모두 청첩하기로 했다. 모든 것을 동생에게 맡겼다. 접대 절차는 현실에 맞도록 해달라고 부탁했다. 나는 당일날 가기로 약속해놓고 있다. 날짜가 임박해서 몸의 회복도가 문제다.

결혼식 참석 준비 12월 22일 토요일 맑음(동지)

내일 아침 기온이 영하 6도까지 내려간다고 한다. 수동이가 렌터카를 직접 운전해서 일을 치를 계획을 세웠다. 수동이의 의지를 꺾을 수 없어 일임하기로 했다. 24일 오전 8시부터 저녁 8시까지 외출 허가를 받아놓았다. 추위가 대단한데 어떻게 이겨낼지 문제다. 그 밖의 준비는 거의 끝나가고, 오늘 명이가 구입한 가구를 신접살림집에 옮긴다고 수동이는 다시 울산으로 되돌아갔다. 주사를 맞은 뒤로 원기를 다소 회복하고 있으나, 아직도 요원하다. 그 옛날 소년 시절의 동짓날이 생각난다.

우리 명이 시집 가네 12월 24일 월요일 맑음
계획한 대로 수동이가 8시가 넘어서 차를 몰고 왔다. 새삼 용기를 내서 차에 올랐다. 마음가짐 때문인지 예상외로 큰 지장은 없었다. 영하 6도의 강추위다. 집에 도착했을 때는 10시 정도가 되었다. 벌써 집안사람들이 음식물을 정리하고 있다. 온 집안사람들이 걱정해주는 가운데 따뜻한 방에서 우선 몸을 쉬었다. 2시가 다 돼서 식장에 도착하니 이미 하객들이 장내를 메우고 있었다. 휘청거리는 걸음을 옮기면서 딸아이를 인도했다. 몸은 말을 듣지 않았지만 나도 모르는 사이에 무사히 신랑한테 넘겨주었다. 지금도 그 순간의 느낌이 어떤 것인지 잘 모르겠다. 예단실에서 사돈과 처음으로 대면했다. 간단한 인사 절차를 끝내고 귀가했다.

저녁에 병원에 돌아오니 8시 30분이었다. 잔치 음식을 갖고 와서 우리 병실에서 한때 간단한 연회를 했다.

수동이가 전세차를 빌려 백병원에 가서 아버지를 모시고 왔다. 잠시 후 예식장에서 딸의 손을 잡고 입장할 아버지 꼴이 말로 표현할 수 없이 추한 중환자였다. 만사를 접어두고 환자 머리부터 이발하고 따뜻한 물에 반목욕을 시키고 양복 넥타이를 갖췄다. 조금 보기가 나았다. 아들 둘이 부축해서 더듬거리고 오는 아버지를 맞는 딸 명이의 눈에 눈물이 줄줄줄 흘렀다. 그러고 끝난 뒤 병원으로 떠났다. 허전한 마음 감추

느라 애를 썼다. 결혼식 끝난 뒤 손님들도 떠나고 수동이도 병원 아버지에게 가고 넓은 집에서 나 혼자 맞는 적막한 밤. 정말 쓸쓸했다. 병상에 누운 남편 모습을 그리면서 베개를 적셨다.

무사히 치른 결혼식 12월 25일 화요일 맑음

추위는 어제에 이어 여전하다. 어제는 피로한 탓인지 잠을 푹 잤다. 이 추위에 아내는 혼자서 뒷일을 어떻게 하나. 그간 딸 혼사가 우리 부부에게는 큰 과제였는데 결과가 어떻게 되었든지 잘 치러서 좀 가벼운 기분이 든다. 우리 경제 사정이 그저 빠듯한데 아내는 어떻게 혼자서 처리를 했는지. 평소 나는 집안 경제 문제는 크게 깊이 관여하지 않고 있다. 아내가 주로 다루는데, 차라리 모르는 것이 좋다. 며칠 뒤면 아내가 경과를 이야기할 겸 오겠다고 하니. 꼭 들여야 하는 것은 들여야 하고, 검소하게 형편에 맞게 하는 것이 혼사라 하지만, 일단 시작하면 뜻대로 안 되는 것이 혼사다. 우리도 도리가 없는 일. 아무튼 결혼 생활이 원만하기만 기원할 따름이다.

병실에서 만난 아들, 딸 12월 26일 수요일 맑음

오후 6시경 재동이가 왔다. 내일 상석 군과 함께 서울로 간다고 한다. 곧이어 신혼여행 갔던 딸아이와 장서방이 제주도에서 이제 막 도착했는데, 우연의 일치로 상봉했다. 재동이는 오늘 밤 병실에서 자고 내일 8시경에 상석 군의 집으로 간다고 한다.

오늘은 방문객이 많다. 작은처남이 목사님과 함께 와서 완쾌를 기원하는 기도를 해주고 갔다. 평소에 교회에 나가지 않지만, 교인이 와서 굳이 기도를 올리는 데는 그저 감사할 따름이다.

명이의 대학동기인 장서방은 포크레인 유압 기술을 가지고 있었지요. 참 성실하고 맘씨 좋은 사람인데 명이가 나중에 재생불량성빈혈로 세상을 떠나 참 안됐습니다. 그래서 제수씨가 친구를 소개해서 아이들과 함께 지금 잘살고 있습니다.

많이 회복된 몸 12월 27일 목요일 맑음

재동이는 8시경에 상석이 집으로 갔다. 둘이서 서울에 간다고 한다. 어제 귀가한 딸아이와 장서방은 집에서 기다리는 손님들과 어울려 잘 놀고 지냈는지 궁금하다. 장서방은 휴가가 아직 많이 남아 당분간 쉰다고 한다. 마침 연말과 연시가 겹쳐 기회가 좋은 편이다. 그간 딸아이 혼사로 인하여 신경을 아니 쓸 수 없었는지, 혼삿날 다녀온 뒤로는 상태가 좋아졌다고 진단한다. 뿐만 아니라 그간 허약했던 몸도 많이 좋아졌다. 이제는 이것으로 만족하지 않고 상당히 좋은 상태가 될 때까지 치료를 받을 예정이다. 요즘은 병실에서 대화가 잘되어서 시간이 잘 간다.

결혼식 비용 결산 12월 30일 일요일 맑음

날씨는 아직 풀리지 않고 있다. 일요일이라서 면회 오는 분이 많다. 울산에서 아내가 왔다. 혼사 치르느라 동상도 걸리고, 매우 피로해 보인다. 그러나 평소 그런 표현을 잘하는 성격이 아니어서 별로 나타내지는 않고 있다. 하객들의 명단을 확인하고 경비를 전부 결산했다. 돈의 출처와 차용 등을 살피고 계산만 대략 맞추어보았다. 우리의 형편으로는 좀 과한 액수지만 꼭 들여야 했을 경비란다. 500만 원 정도가 들었다. 혼사란 서민에게 큰 부담을 준다. 앞으로도 내 입원비가 남아 있으니 이번에 많은 돈이 드는 셈이다. 그러나 이것이나 저것이나 모두 꼭 들여야 할 돈이니.

병원에 누운 남편에게 가 명이 혼사에 쓴 경비, 들어온 부조금 등 모든 일을 설명했다. 새벽 5시에 가게 문 열기 위해 병원을 나왔다. 동상에 걸려 시퍼렇게 부은 내 손등을 만지면서 남편이 "혼자서 수고했소." 한다. 이 한마디에 내 마음이 꽉 차게 부푼다.

1985년

지난 시절, 우리 참 부끄럽잖게 살았네

새 아침 1월 1일 화요일 맑음

어느 해치고 다사다난하지 않은 해는 없지만 그래도 사람들은 이 문구를 잘 쓴다. 나야 어느 해나 그렇게 일이 많지는 않았지만 지나간 1984년은 일생의 큰 고비를 겪었다고 할 수 있다. 사경을 헤매다가 입원으로 겨우 약간의 효험을 봤다 해도 과언이 아니다. 또 한 가지는 하나 있는 딸아이의 혼사를 무난히 치렀다는 것. 내가 주례 앞까지 인도한 것만 해도 다행이라 하겠다. 오늘 1985년 새 아침을 맞이하니 지난 일이 꿈만 같다. 이제는 상태도 매우 좋아져 병실, 복도, 1층 매점 등을 오르내릴 수 있으니 큰 성과라 해도 과언이 아니다. 올해는 나 개인이나 가족에게 행운이 오리라 믿는다.

성실한 장서방 1월 8일 화요일 맑음

장서방이 저녁에 문병을 왔다. 과일을 부탁했더니 명이는 친구가 와서 오질 못하고 자기가 왔단다. 사람됨됨이가 성실해서 조금도 허세가 있는 사람이 아니다. 내 성격이 그런 점을 좋아하기에 결혼 전부터 호감을 가졌다. 다행히 직장도 그런대로 마련되고 해서 쉽게 신접살림도 차려 희망을 갖고 생활하고 있다. 회사가 경기도 쪽으로 이전해간다고 하니 먼 객지 생활이 좀 어려운 점도 있으리라. 딸아이를 보내고 보니 섭섭하기 짝이 없는데 그런대로 걱정은 던 셈이다.

아내 덕분 1월 13일 일요일 맑음

12시가 지나서 아내가 왔다. 요즘은 방학 기간이다. 장사도 제대로 되질 않고 해서 일요일에는 쉰다고 한다. 뿐만 아니라 내가 입원해 있으니 마음이 항시 편치 못해 여가만 나면 부산으로 내려온다. 입원한 지 벌써 한 달 반이 돼간다. 입원비 때문에 나의 심정은 편치 못한데 아내는 입원비 정도는 신경 밖이다. 지금껏 아내의 권유가 내 생명 유지에 크나큰 도움이 되었고 또

한 전부 아내 역할이었다. 이번에는 주치의도 그렇게 권하고 아내도 바라고 있어 장기 입원으로 들어갈 계획이다. 4시경에 처형이 계모임에 갔다 오면서 문병을 오셨다. 문병하면서 돈 만 원까지 주고 간 고마운 분이다.

> 일요일. 남편이 좋아하는 찬거리를 장만해서 백병원에 갔다. 남편은 꽤나 반겨준다. 가볼 데가 있다더니 1층 병실로 간다. 남편은 목에 힘을 주더니 자신이 홀아비가 아니라고 오늘 일요일이라 아내가 면회왔다고 자랑을 하듯이 말한다. 처음 입원해서 홀로 지낸 병실이라고 한다.

재동이 편지 2월 12일 화요일 맑음

서울에서 재동이가 편지를 보내왔다. 나의 건강 상태와 가족들의 안부 등을 묻고, 특히 혼사 문제는 춘기 방학 때 다시 논의하기로 하자는 사연이다.

구정도 다가오지만 나는 아직 퇴원의 소식이 없다. 해마다 당하는 것이지만 명절이 나에겐 오히려 달갑지 않은 날이다. 금년은 병원에서 명절을 보내고 오라고 아내는 당부하고 갔다. 충분한 치료를 해서 오라는 바람이겠지.

퇴원 2월 25일 월요일 맑음

기다리던 퇴원 날이다. 작년(11월 30일)에 입원해서 금년에 퇴원하게 되니 햇수로 따지면 2년간의 입원이었다. 입원 당시 나의 심정은 착잡했다. 생과 사의 기로에 선 이 몸은 언젠가는 한 번 가야 하는 하잘것없는 인생이지만 그래도 세상살이에 아쉬운 것이 많다. 그로부터 3개월. 아직 완쾌는 못 됐지만 그래도 내 발로 집에 간다는 것이 얼마나 감격스러운 일인가. 그간 몹시도 그리던 내 집으로 돌아와 문을 여니 이제 살아서 귀가한 것을 실감했다. 다시는 병원 신세를 지질 말아야지.

병원에서 돌아온 남편의 회복은 내 손에 달렸으니 신경을 더욱 많이 써야 했다. 생활에 여유가 있다면 가게 문을 닫고 최대한의 간호를 해보겠지만 여의치 않아 안타까웠다. 언젠가 나도 생활에 얽매이지 않고 남편만 보살필 때가 오겠지, 기대해보기도 했다.

요즘 젊은이들 3월 11일 월요일 흐림

서른이면 완숙한 청년이다. 가정이나 사회에서 한창 일할 때라 하겠다. 그러나 요즘의 젊은 세대는 어찌된 일인지 나이는 전혀 생각도 아니 하는 모양. 나이 서른에 부모의 간섭을 받으면서 학업을 계속한다는 것은 한편으로는 한심스러운 일이다.

수동이는 아직도 학업이 1년 남았다. 황금 같은 시기를 허송하다 지금에 와서 대학이니 하고 공부를 하고 있지만 나이 차가 많은 학생들과 잘 어울리고 있는지는 모르겠다. 30대라 늦은 감도 들리라. 오늘 저녁에도 TV를 보다가 후배의 전화를 받고 12시 다 된 시각에 나간다. 심한 꾸중을 듣고도 그대로 나가버렸다. 잠깐이라고 하지만 밤을 새울 것이 뻔하다. 나의 가정교육의 부족도 있지만 도대체 요즘 젊은이들은 처신을 어떻게 하는 건지.

아버지. 친구가 그렇게 좋은 것이더라구요. 저는 대학 다닐 때 방학 때 부산에 가면 집에 바로 가지 않고 상석이 집에서 하루를 묵혀 얘기를 다한 다음 집으로 갔지요. 하도 친하게 지내니까 석이 어머니가 우리집에도 오시고…….

고장난 냉장고 3월 16일 토요일 흐림

어제부터 냉장고가 가동되지 않는다. 냉장고 생명도 다 된 것 같다. 10여 년이 넘어갔으니 그럴 만하다. 그러나 지금 우리 경제력으로는 힘겹다. 할부로 구입할까 해서 금성대리점에 전화를 했더니 200리터가 34만 7천 원이라고 하고 구형과 교환하면 3만 원을 저준다고 한다. 월요일에 오기로 했는데 앞으로 불입하자면 여간 힘이 드는 일이 아닐 것이다. 그래도 냉장고는 현대 생활의 필수품이라서 출혈을 하더라도 구입은 해야 한다.

딸이 아니면 4월 2일 화요일 맑음

책읽기도 피로하다. 지난 토요일날 친정에 온 명이가 두 권의 책을 사왔다. 월간지를 보고 있는 나는 3월호를 못 봐서 서운하다. 그나마 딸이 아니면 사다주는 사람이 없다. 아들이 없는 것도 아닌데 아직 그런 생각까지는 미치지 않는 모양.

 아, 아버지가 책을 읽으실 수 있다는 생각을 못했군요!

딸의 정성 4월 28일 일요일 맑음

기다리던 딸이 왔다. 장서방은 오늘 저녁이 숙직이어서 동행 못했단다. 나를 위해 두 가지 선물을 사가지고 왔다. 하나는 문발이고, 하나는 지금 읽고 있는 잡지를 사왔다. 아무리 단조로운 살림이지만 그래도 돈씀씀이란 한이 없는데 절약해서 성심을 보이니 정말 안쓰럽다. 아직 며느리를 보질 못한 나로서는 출가한 딸의 정성이 자랑스럽다. 그리 넉넉하지 못한 월급으로 한 달을 살자면 빠듯할 것이다. 그런데도 그 정성을 받으려니 손이 오그라든다. 모쪼록 좋은 신혼살림이 되길 바란다.

자식 키운 보람 5월 4일 토요일 흐림

재동이가 요 며칠 전에 약을 보내면서 안부를 묻는 서신을 보내고 오늘 또다시 편지를 보냈다. 나도 오늘 전번의 답장을 써보냈다. 오늘의 사연은 별

것 아니고 결혼 성사가 늦은 것에 대한 죄스러움과, 노부모가 수월치 않은 장사를 하고 있는 것을 보고는 새삼 불효라는 생각이 들었는지 은혜에 대한 얘기를 했다. 받아 읽고 있는 나는 자식 키운 보람을 느낀다. 30이 넘고 하니 인생살이에 대한 것도 조금은 깨쳤는지 근간에 와서는 그런 표현을 많이 한다. 생각이라도 그렇게 해주니 무엇보다 흐뭇하다. 모쪼록 하는 일이 성공하기를 빈다.

 그때 저는 중경고등학교 미술교사를 하면서 창밖을 내다보며 우리 집안, 아버지, 어머니를 생각해서 이제 장남인 내가 결혼을 해야 하는데, 해야 하는데 하는 생각을 많이 했습니다.

아이들 용돈 5월 8일 수요일 맑음

수동이가 자기 고등학교 동문회에서 카니발을 한다고 만 원을 요구했지만 요즘의 우리 사정이 너무 딱해서 주지 못했다. 마음이 아프다. 대학생이면 용돈도 좀 가지고 다녀야 하는데 우리집 아이들에게는 한 번도 만족할 만치 줘본 일이 없다. 우리 생활이 빠듯해서 그 뜻을 충족시켜주지 못함이 부모로서도 가슴이 미어지는 것 같다. 지금도 별 변동되는 것이 없어 마음속 서운하다. 우리집 아이들은 알뜰한 용돈 씀씀이가 몸에 배서 허비는 없으리라 믿지만 알 수 없는 일이다. 큰아이는 용돈이 과하면 도로 내놓을 정도였고, 지금도 박봉에 낭비할 형편이 못 된다. 요즘은 나에게 약까지 보내서 혼자 지낸다고 해도 넉넉하지는 못하리라.

큰아들 혼처 5월 19일 일요일 비

매우 궂은 날씨다. 많은 비는 아니지만 하루 종일 지루하게 내린다. 재동이는 어젯밤 내려와서 수동이 시화전이 열리는 다방으로 갈 예정이다. 그런데 같은 동리의 부인으로부터 전번 얼른 이야기한 혼사 문제를 적극적으로 추진할 요량으로 오늘 상봉하게 하자는 제의다. 부산에서 초등학교 교사로 근무 중이고 28세의 좀 나이가 든 아가씨인 모양. 그 뜻을 재동이한테 전했더니 보는 것은 좋은데 마음에 들지 않는다면 거절할 용기가 나질 않을 거라고 한다. 하기야 그것은 난처한 문제지. 나도 그 당시 선본 뒤의 처리가 무척 어려웠던 것은 사실이다. 나이가 많아 혼기가 넘으니 이제는 온 가족이 초조해지는 느낌이다. 그러나 신중을 기해야지.

다 큰 자식 걱정 5월 25일 토요일 맑음

수동이가 아침까지 소식 없어 궁금해서 윤서방 댁으로 전화를 했더니 모르고 있고, 어제 데모에는 가담하지 않았다고 안심하라고 한다. 얼마 뒤 병영의 수동이 친구로부터 행방을 찾았다. 전화 연락을 해줘서 안심을 했다. 귀가한 수동이는 적반하장으로 화를 내고 야단이다. 나이깨나 먹은 것이 아무런 목적 없이 맹목적으로 휩쓸리지 않을까 걱정돼서 찾은 나에게 추궁을 하기에 몇 마디 타일렀다. 아무튼 무사했으니 다행한 일이다.

가족 잃은 슬픔 5월 29일 수요일 맑음

어제부터 불기 시작한 바람은 점차 약해져가나 여전히 비포장 도로를 온통 먼지투성이로 만든다. 오늘 밤은 '이산가족을 찾습니다'의 그때 그 장면을 다시 TV 화면으로 비추면서 아직 찾지 못한 가족을 애타게 기다리는 사연들을 들려주었다. 상봉 당시의 눈물겨운 장면을 보고 또다시 눈시울을 적셨다. 누구나 언젠가는 부모를 잃어야 하는 것이건만 그래도 나이가 들수록 부모가 그리운 심정은 다를 바 없다. 장면 장면을 보면서 돌아가신 부모님이 다시금 그립다.

취직난 6월 9일 일요일 맑음

한 발 한 발 사회와 가까워오는 수동이는 교생실습으로 더욱더 좁은 취직 문을 느끼는지 사회 진출 문제를 놓고 고심하는 말을 한다. 학교 성적으로는 장학생이다 학교 일에 업적도 좀 있고 해서 유리한 점은 있지만 너무나 좁은 문이라 예측할 수가 없다고 한다. 사실이다. 해마다 많은 대학생이 쏟아져 나오고 있어 실력으로 각축하고 있다. 더욱이 지방대학이란 불리한 여건도 있어 더욱더 실력을 쌓아야 하겠다. 자기의 뜻은 교직 쪽을 원하고 있지만 교직은 더더욱 어려운 문이다. 절망할 것은 아니라고 말은 하지만 다가올 문제를 어찌 점치랴. 모쪼록 충분한 실력을 쌓아야겠다.

건너편 업소 6월 15일 토요일 흐림

기대해보는 토요일 매상도 예상을 뒤엎고 만다. 건너편에 업소가 하나 생겨서 많은 영향을 주는 것 같다. 업종 중에 우리와 좀 다른 것이 몇 가지 있어서 호기심에 그쪽으로 가는 모양이다. 그러나 그들이라고 매상 인상은 없을 것이다. 그래도 그쪽 길을 학생들이 많이 다니는 장점이 있어 잘만 하면 유지가 될 가능성도 있다 하겠다. 뿐만 아니라 그들은 20대 젊은이들이라 하니 끈질기게 밀고 나가면 우리는 치명적인 타격을 받을 것이다. 그러나 듣자니 아직 음식솜씨가 손님을 끌 정도는 아니라 하는데, 두고 봐야지.

딸아이 집 장만 6월 23일 일요일 비

새벽이 조금 넘어 장서방이 창원의 회사에 출근했다. 어젯밤 늦게 왔다. 그간 이사하느라 오질 못해 일요일에 출근하는 몸이면서 내외가 시간을 내서 온 것이라. 창원은 공단지대라 방이 매우 귀해 부득이 주공아파트를 사서 입주했다. 아직 상환일이 아득하지만 내 집 장만은 된 것이다. 남의 집 셋방보다야 얼마나 좋으랴. 그러나 매달 상환비가 많다. 저소득층으로는 막대한 돈이다. 관리비 등 모두 합하년 10만 원 가까이 된다고 하니 월세로는 좀 과한 폭이다. 아무튼 직장과 주택을 마련했으니 건강한 몸으로 성실한 삶을 영위해나가기 기원한다.

수동이 취업 6월 26일 수요일 흐림

저녁 늦게 기쁜 소식을 들었다. 수동이가 울산대 출판부에서 근무한다는 희소식이다. 아직 학생 신분이어서 급료는 적지만 7월 1일부터 근무를 시작하도록 지시를 받았다고 한다. 정식 발령은 내년 3월이지만 현재 계원이 비워 있어 근무에 들어가는 모양. 지금같이 어려운 취직난 속에 정말 행운의 여신이 손을 뻗친 것이다. 그간 졸업 뒤의 문제로 고민을 해왔고 자기의 진로가 자칫 딴 곳으로 흐를 뻔한 일도 있었다. 아무튼 울산으로 오고 좀 만학이기는 해도 줄곧 장학생으로 계속해와서 학교에서는 좋은 평가를 얻은 것 같다. 아무튼 이제 좋은 열매를 맺었으니 기쁜 일이다.

 수동이가 본교 출판부에 취직을 했다. 졸업생 일자리 구하기가 하늘의 별따기라는데 4년 장학생에다 취업까지 했으니 기특하고 장하다.

재동이의 정성 7월 3일 수요일 비

오늘은 빗속에 소포가 우송되었다. 서울의 재동이가 내가 즐겨 먹고 있는 영지를 부쳐왔다. 그간 거르는 날이 있어 아직 전번 것이 남아 있는데 날짜를 따져서 다 먹은 줄 알고 보내왔다. 나이가 들어가고 더욱이 교육계에 몸담고 있으니 가정과 부모에 대한 것을 많이 이해를 하는 것 같다. 재동이는 본성이 착해서 진심으로 정성을 다하는 성격이지만 말수가 적어서 처음 사귀는 사람들은 정 붙이기 힘들 것이다. 아무튼 정성에 감사한다.

적당한 때마다 제가 영지버섯을 사서 부쳐드렸죠. 이것을 드시면 꼭 좋아질 것 같은 믿음이 있었거든요. 실제로 아버지는 드시고 많이 좋아지셨는데 나중에 담당의사가 먹지 말라고 해서 몸이 다시 안 좋아지고 결국 돌아가셨어요. 저는 그게 한이 될 정도로 지금도 안타까워요.

이사 3주년 7월 4일 목요일 비

전하동에서 이 집으로 이사 온 지 3주년이 되는 날이다. 부산에서 울산으로 온 지는 얼마 뒤(8·15)에 5주년이 된다. 부산에서 살았던 세월도 점차 잊혀 가고 있다. 우리가 울산으로 와서 잃은 것도 있지만 얻은 것도 많다. 우여곡절 끝에 이 집이 생겼고 동명이도 공대에 취직되고 수동이도 울산대학에 입학하고 장학생으로 4년간 공부했다. 명이는 좋은 사람 맞아 결혼까지 했고 수동이도 졸업을 앞두고 직장(대학 출판부)을 구해서 무에서 유로 좋은 결과를 맺은 셈이다. 나도 그간 몇 번의 입원을 했지만 건강 상태가 괜찮은 편이어서 다행이다. 그러나 아내는 일의 양이 너무 많아 피로를 풀지 못하는 것이 유감이다. 이제는 무거운 짐에서도 서서히 벗어나는 것 같다.

20여 년이 지나도 생활은 조금도 달라진 게 없었다. 환자였던 남편은 지금도 환자고 그때 풀빵 장사였던 내 모습도 바뀐 건 없었다. 달라진 것이 있다면 아이들이다. 한 살짜리, 다섯 살짜리, 초등학교 3학년짜리던 우리 아이들이 가난 속에서도 잘 자라 지금은 대학생, 대학원생이니 여기에서 보람을 느낀다. 남편 건강만 좋아진다면 나 또한 무엇을 바라겠는가 싶다. 해가 거듭할수록 남편 병은 깊어지는 것 같아 애가 탄다.

시계 고장 7월 7일 일요일 흐림

전하동에서 문방구를 시작할 때 문구도매상(문광사)이 기증한 전자시계가 고장나버렸다. 전자시대의 대표 상품인 전자시계가 4년 정도에서 고물이 되다니 알다가도 모를 일. 손질을 잘못해서인지는 몰라도 제 기능을 하지 않는다. 그래서 20년 전에 사서 고물이라고 버려둔 벽시계를 다시 끄집어내서 점포에 달아두었다. 이 추시계는 부산에서 처음 우리집을 장만할 때 사서 달아서(1966년) 근 20년을 흔들렸다. 그간 몇 번의 수리도 했지만 꾸준히 우리에게 시간을 알려주었다. 그러다가 전자시계가 두 개 생기는 통에 근무(?)를 쉬었다가 또다시 취업한 셈이다. 외제니 국산이니 떠들면서 국산품을 애호하자고 하는데 좀 더 좋은 물건을 만들고서 애호를 부르짖어야 하겠다.

냉방 택시 7월 11일 목요일 맑은 뒤 비

병원에 다녀오는 귀갓길의 택시가 냉방이 갖춰 있어 시원하게 잘 왔다. 울산에는 아직 냉방 택시가 몇 대 안 된다고 한다. 시설비가 50만 원이라고 하니 회사 택시는 어려울 것 같다. 개인 택시가 냉방 시설을 주로 갖추고 있다고 한다. 여름은 여름대로 고역이고 겨울은 겨울대로 지겹다. 머지않아 복(伏)이 다가오는데 이제부터 본격적인 여름이 올 것이다.

사위 노릇 7월 13일 토요일

저녁 나절에 장서방 내외가 왔다. 창원서 이곳까지 2시간이 넘는 길을 달려와서 매우 피로한 듯. 더군다나 정상적인 오전 근무를 하고 왔으니 피로할 밖에. 올 때면 언제나 꼭 무엇을 사가지고 온다. 명이는 내가 보는 책을 한 권씩 사다준다. 출가 전에는 성가실 때도 있었지만 출가한 뒤에는 달라졌다. 사위도 사람됨됨이가 원만해서 믿음직하다. 나도 한때는 남의 집 사위로서 술을 좋아하는 빙장님께 술을 제대로 대접하지 못해 지금 와서도 그때의 소홀함이 송구하기 짝이 없다. 도리어 내가 항시 특별 대접을 받았으니 돌아가신 두 분께 새삼 죄를 지은 것 같아 사위가 올 때마다 옛 생각이 난다.

외할아버지는 울산에서 이름 있는 선비셨는데 술을 매우 좋아해서 늘 집에다 술을 담아두고 집 앞을 지나가는 과객을 불러 대작을 할 정도였지요. 술 잘하는 사위를 봐서 대작하는 것이 소원이라고 말씀하셨다는데, 사위인 아버지는 술을 못하셨으니.

말라빠진 자존심 7월 15일 월요일 맑음

소란스럽던 운동장이 조용하다. 동네 아이들이 몇몇 공을 굴리면서 놀고 있다. 몇 군데의 커튼이 걷어져서 조용히 공부하는 학생도 보인다. 이곳으로 이사 온 뒤 아직 학교 정원 구경을 못했는데, 어제는 일요일이어서 옛 생활을 상기하면서 학교 정원의 꽃과 나무들을 구경해보았다. 우리집 옥상에 오르면 한눈으로 볼 수 있는 이곳도 좀체 발길이 옮겨지지 않는 것은 어쩐 일인가. 말라빠진 자존심 때문인가. 자존심이니 위신이니 하는 단어는 이미 내 곁을 떠난 지 오래다. 그러나 아직 그 못난 생각이 어느 구석에 좀 남아 있었는지 자신을 힐책한다. 모든 잡념을 버리고 일개 떡볶이 장사의 일원이 되어야 할 것이다.

수동이의 옷 선물 7월 31일 수요일 맑음

수동이가 첫 월급 탄 것하고 합해서 1만 8천 원짜리 하복을 맞춰놓았다. 그간에도 아이들이 용돈도 줘서 흐뭇했는데 옷을 맞추게 되니 더욱 보람을 느낀다. 또 한편 내가 그만큼 늙었다는 느낌이 들어 인생 황혼을 절감한다.

딸네집 방문 8월 11일 일요일 맑음

8시가 좀 넘어 시외버스 정류소로 향했다. 마산행 직행버스에 몸을 싣고 장거리의 여행을 떠나는 일행은 다섯 명이다. 냉방이 잘된 좌석에 올라 창원까지의 여행을 그려본다. 우리가 저 사는 집에 와보기를 그렇게도 바라던 명이의 소원을 풀어주고 딸이 사는 것을 돌아보고 올 심산이다. 동래에서 쥐가 내려 곤욕을 치렀으나 무사히 잘 도착해서 환영을 받았다. 10평짜리 아파트라 해도 홑가족에 방이 두 개가 있고 해서 생활에는 조금도 불평이 없단다. 다행한 일이다. 평소 내가 항시 염려했던 명이가 이제 점차 살림꾼이 되어간다. 뜻 있는 하루가 되어 마음 가볍다.

사위 자랑 딸 자랑 8월 18일 일요일 맑음

창원에서 장서방 내외가 왔다. 얼마 전 우리가 갔는데 내일이 내 생일날이라 축하차 왔단다. 나도 기억을 못하는 생일을 어떻게 기억하고 있었는지. 역시 여자란 섬세한 점이 있다. 평소 내가 하나뿐인 딸이라고 유달리 귀여워해준 보람이라 하겠다. 출가하기 전에도 기억을 해서 조그마한 선물을 주곤 했는데 막상 헤어져 살다보니 더욱 가족이 간절했겠지. 내 와이셔츠와 넥타이를 선물로 사왔다. 정말 어린이같이 기쁘다. 실은 생일이 내일(음력 7월 4일)인데 오늘이 일요일이어서 당겨서 왔단다. 다들 출가한 딸자식의 선물을 자랑하더니 정말 사위 자랑 딸 자랑도 할 만할 것 같다.

수동이 마지막 등록금 8월 27일 화요일 맑음

수동이는 오늘 2학기 등록금 4만 7천 원을 갖고 갔다. 이것으로 대학 공납금은 끝이 난다. 4년간 장학생으로 공부를 해서 가계에 큰 도움이 됐다. 뿐만 아니라 요즘같이 어려운 취직난 속에 직장까지 얻게 돼서 마음 흐뭇하다.

수동이 봉급 8월 30일 금요일 흐림

수동이가 지난달부터 대학 출판부에 나가면서 이달 말로 두 번의 봉급을 받아왔다. 이달은 방학 기간이어서 월말에 낼 각종 공납금에 차질이 생겨 수동에게 미리 부탁을 해서 봉급 전액을 우선 가정에 쓰기로 했다. 다음 달 수시로 쓸 돈을 주기로 하고 간곡히 부탁을 했더니 어제 퇴근하면서 전액(9만 원)을 갖고 왔다. 평소 여유 있는 용돈을 주지 못해 마음 아픈 일이 한두 번이 아니었는데 몇 푼의 봉급을 부탁하니 미안한 감마저 든다. 앞으로는 가급적 자기가 필요한 것을 구입하도록 해야겠다.

수동이 생일 9월 5일 목요일 맑음(음 7월 21일)

7시가 넘어 친구 또는 후배들이 모여들어 자리를 잡고 앉았다. 우리는 수동이의 생일은 알았으나 별다른 준비를 하지 못해 이것저것 해서 친구를 대접하는 수밖에 없다. 해마다 학교 친구들이 생일을 축하하며 하룻밤을 잘 놀다가 간다. 부모로는 푸짐한 대접을 해서 모두들 흡족하게 해줘야 할 텐데 미흡하니 마음 한구석 서운하다. 금년으로 대학 생활도 끝나고 하니 자기 일생의 한 추억이 되길 바랄 따름이다. '손님 덕에 이밥'이라고 이것저것 얻어먹어 배가 부르다.

 어머니가 꾼 수동이 태몽은 나무에서 빨간 뱀이 머리에 떨어지는 꿈이었지요. 수동이는 매우 지혜롭고 재미가 있어요. 저는 온 천지 사방에서 벌들이 어머니 얼굴로 몰려들어 정신이 없었다고 하셨지요. 그래서 저는 매스컴을 통해 작품도 하고 사람들에게 많이 알려진 모양이에요.

부부의 정 9월 8일 일요일 맑음

아침 5시경 시장엘 간 아내가 8시가 다 돼도 귀가하질 않아 청소를 끝내고 밖에 나가서 아내의 귀가를 바라보곤 한다. 요즘 아내의 건강이 좋지 않아서 마음이 놓이지 않는다. 더욱이 차멀미를 많이 해서 보행으로 역전시장을 왕복하기 때문에 더욱 마음이 쓰인다. 장거리는 6시 반경에 떡차를 보내놓은 소식이 없어 안달이 난다. 평소 별로 관심이 없어도 이런 경우는 나도 모르게 신경이 쓰인다. 남남끼리 만나 부부의 정을 두면 세상에 그 이상의 사랑은 없다고 한다. 바른 말이다. 나같이 정과 사랑이 무딘 사람도 별로 없는데 왜 이렇게 마음이 쓰이는지 모를 일이다. 8시경에 귀가하는 아내 모습을 바라보는 반가운 심정은 무엇이라 설명할지 모르겠다.

옛시절 옛이야기 9월 18일 수요일 비

평소 별로 대화가 없는 우리 부부가 요즘은 흘러간 애기로 시간을 보낸다. 주로 우리가 살던 부산의 전포동 얘기다. 자식 키울 때의 갖가지 고초, 영업상의 애로, 대인관계의 수난 등등으로 20년 세월을 보낸 전포동을 지금도 못 잊어 그때를 되풀이 얘기한다. 어떻든 우리 청춘을 다 보낸 곳이다. 어려운 고비를 수없이 넘기면서 끈덕지게 살아온 그곳의 기억은 우리 머릿속에서, 아니 영원히 지워지지 않는 생활의 기록이 되리라. 풍전등화 같았던 우리 가족이 무사히 살았고 교육도 남들 정도는 시켰으니 별로 후회될 것도 없다. 또한 우리 삶을 부끄럽잖게 살아서 값진 추억의 땅이 되리라.

 남편은 늙어가면서 내 건강을 염려해주고 도와주려고 애를 많이 썼다. 한편 나는 부모님, 남편, 자식들에게 인정받는 가모가 되려고 노력하고 애썼다.

수학여행도 못 간 우리 아이들 9월 19일 목요일 비

2학년 학생들은 내일 수학여행을 가느라고 오전 수업을 끝내고 삼삼오오 떼를 지어 희희낙락하며 귀가한다. 꿈 많은 소녀 시절이라 얼마나 부푼 가슴들일까? 그런데 우리집 일 거드는 인경은 가정형편이 안 돼서 수학여행을 못 간다고 하니 안타깝다. 돌이켜보면 우리집 아이들도 형편이 안 돼 수학여행을 포기한 일이 있었는데 지금 생각하면 부모로서 몹쓸 짓을 한 것 같아 마음이 항시 아프다. 큰아이와 둘째는 고등학교 여행을 포기하고 명이는 초등학교 때 못 보내서 수학여행 시즌만 되면 자식들에게 죄스럽다. 이 아비를 원망해도 할 말이 없다.

 고등학교 때 수학여행을 제주도로 갔는데 저는 집 형편을 봐서 저 스스로 가지 않았어요. 아버지가 가지 말라고 하신 적은 한 번도 없어요.

혼사란 정말 모를 일 10월 4일 금요일 흐림

혼사 관계로 하루에 여러 번 전화를 주고받는 것은 처음이다. 재동이의 혼기가 늦어지니 자기 작은이모(처제)가 중매를 서는 격이 되었다. 부산의 규수를 소개해서 일단 서로 맞선을 보게 하자는 건의다. 그래서 서울의 재동이에게 연락을 했더니 내일 토요일에 내려와서 일단 보기로 했다. 재동이 혼사가 이렇게 까다로울 줄 생각 못했다. 자기가 좋은 위치에 있고 해서 안심하고 있었는데 뜻밖에 부모까지 신경을 쓰게 된다. 애당초 선을 본다든가 하는 절차 없이도 재동이는 충분히 결혼 문제를 해결할 줄 알았는데 끝내는 맞선까지 보는 형편이 되었으니 혼사란 정말 모를 일이다. 아무튼 금년은 성취되기 바라며 순조로운 혼사가 되길 원한다.

재동이 맞선 10월 6일 일요일 흐림

예정대로 아내와 재동이는 약속한 다방에 가서 맞선을 보고 돌아왔다. 상대가 29세의 아가씨고 직업도 지금은 갖고 있지 않은 숙명여대 출신인데 가정은 유복하다 한다. 그러나 경제력에 대한 것은 별로 개의치 않기로 하고 서로 보기로 한 것. 맞선이란 상대적이어서 어느 한쪽 유리한 것을 택하지 흠잡을 여건은 취하지 않기 때문에 성혼하기 전에는 귀한 아들 귀한 딸이기에 성립이 좀 어려운 것이다. 재동이는 오늘 본 아가씨에 대해 호감이 가는 것 같다. 아직 확답은 하지 않고 서울로 갔는데 곧 결단의 결과를 알리겠다고 하니 기대해본다.

사위를 보았으니 며느리를 보려고 애를 썼다. 좋은 규수가 있어서 서울 재동이에게 연락해서 선보기로 했다. 재동이는 멋을 부리지 않는 사람이라 선을 본다고 해도 잠바 차림으로 올 것이라고 미리 아가씨 측에 이해해달라고 부탁을 해뒀다. 재동이는 예상대로 잠바 차림으로 내려왔다.

마음만은 아저씨 10월 8일 화요일 맑음

우리집에 오는 학생들이 간혹 나보고 할아버지라고 부른다. 나는 농으로 아저씨라 부르라고 하지만 나이는 속이지 못하는 법. 초등학교 학생들은 대다수 할아버지라 부른다. 그것도 그럴 것이 자기들의 할아버지가 우리 나이 정도니까. 사람이란 누구나 늙는 것을 좋아할 리 없다. 내 비록 오랜 투병으로 내일을 기약할 수 없지만 늙어가는 것이 한스럽고 슬프다. 그러나 내 생활이 어린 학생을 접할 때가 많아 마음은 좀 젊어지는 것 같다. 어린 학생과 곧잘 농담을 하고 해서 주책이라 할 정도다. 그래서 우리집에 오는 학생들에게는 대다수 아저씨로 통한다.

 아버지는 이따금 농담 반 개그도 곧잘 하셨죠. 할머니도 얘기를 아주 웃기고 재미나게 잘하시고 저도 잘해서 시사만평 그리는 데 매우 도움이 되었어요. 그런데 아버지도 할아버지 소리가 싫으셨군요. 이때 아버지는 57세였는데 지금 저는 그보다 다섯 살이나 더 많습니다만 저 역시 할아버지 소리가 듣기 싫습니다.

자주 봐도 보고 싶은 딸 11월 2일 토요일 맑음

저녁 늦게 장서방 내외가 왔다. 요즘 회사일이 바빠 퇴근도 8시가 넘어야 한다고 하는데 오늘은 토요일이어서 6시에 퇴근해 곧 달려온 길이라 한다. 한 달에 한 번 오는 딸이지만 그래도 먼 곳에 있으니 매일 보는 것과 다르다. 부모는 항상 자식을 품고 다니는 격이라 해도 과한 말은 아니다. 마음속 언

제나 깊이 간직하고 하루에도 몇 번을 생각하는 마음이기에 먼 곳이나 가까운 곳이나 함께 있는 것.

엄청난 약값 11월 6일 수요일 흐림

의료보험의 혜택을 1년간 180일을 초과해서 받지 못하는 제도가 금년 1월부터 시행이 되어 초과분은 과태료를 내야 한다고 한다(과태료는 가입자가 냄). 오늘 병원엘 갔더니 내가 금년 한 해 동안 진료받은 날이 220여 일이나 된다고 해서 초과분은 피보험자 과태료를 물고, 금년 말까지는 급여 정지가 돼 사용을 못하게 된다고 통고를 받았다. 일반으로 약을 지어가겠느냐고 하는데 엄청난 약값이 짐작이 되어서 그대로 시내로 나와 약방에서 의사의 처방대로 약을 사서 귀가했다. 약국에서 파는 약은 병원과 달라서 우선 3일분 정도만 구입하고 비상약은 다음에 사기로 했다.

할 일 많은 재동이 11월 12일 화요일 맑음

서울의 재동에게 아침에 전화를 냈다. 마침 자리에 없어 옆 직원에게 부탁을 했더니 얼마 뒤 전화가 왔다. 이번 맞선 문제는 뜻이 있는 것으로 연락을 하라고 한다. 편지도 보내놓았다고 한다. 논문 기한이 금년 안으로 한정되어 있어 그 일부터 해야 하기에 꼭 다그칠 수는 없다. 일단 이달 말까지는 상념을 버리고 논문에 몰두해서 석사 과정을 꼭 획득해야 하기에 전력을 기울여야 할 것이다. 좋은 일이 한꺼번에 이뤄질 날도 오겠지.

 저는 대학원 논문을 제가 수업했던 내용으로 '협동제작 수업에 관한 연구'를 쓰고 있었어요.

마음은 백만장자 11월 16일 토요일 맑음

호떡을 시작한 지 일주일이 됐다. 한 개 50원이란 점도 유리하지만 우리는 금년으로 3년을 하는 셈이다. 우리의 경험과 기존 손님의 확보 등으로 유리한 고지에 서 있어서 신설한 건넛집을 서서히 누르고 있다. 그러나 그 이상의 노력이 큰 밑바탕이 되었으니, 즉 아내의 꾸준한 끈기로 항상 타 업소를 제압해왔다. 또한 우리의 유일한 신조는 손님의 권위를 절대 존중하는 것. 코흘리개 꼬마부터 성인에 이르기까지 차별 없이 접대하기 때문에 알게 모르게 우리 업소는 항상 성황을 이룬다. 그로 인해 일개 떡볶이 장사의 노부부에게 정중한 인사를 하는 행인들. 특히 어린 꼬마들의 인사는 정말 자랑할 만한 이 동네의 자랑거리라 하겠다. 그래서 경제적으로는 영세해도 마음은 백만장자 부럽지 않다.

명이의 퇴거신고 11월 19일 화요일 맑음

명이 퇴거신고차 동사무소에 다녀왔다. 우리 주민등록 카드에서 또 한 사람 줄을 긋게 된다. 명이는 이제 다시는 이 장부에 기록될 수 없다. 딸이란 이렇게 해서 출가라 하겠지. 퇴거신고를 접수한 내 심정은 그리 유쾌하지는 못하다. 물론 내 주민증에 영원히 남아 있어도 안 되는 일이지만 어쨌든 내 품을 떠난 여식이 호적으로도 완전히 떠난 것이다. 여자란 어차피 선택된 남성과 어울려 또 한 세대가 되는 법이니 당연지사라 하겠으나 그래도 이제 이름 석 자마저도 없으니 서운하다. 돌아오면서 자식도 크면 다 떠나는 법이란 말이 새삼 내 가슴을 울린다.

딸이 좋다 11월 25일 월요일 맑음

예고도 없이 창원의 명이가 왔다. 무슨 일인가, 하고 우선 마음이 흔들린다. 딸이란 희소식은 좋은데 출가 후에 작은 일이라도 부모의 마음을 흔들어놓

246

는다. 용건은 연말정산으로 자기 앞으로 넣고 있는 보험 영수증을 회사에 제출하기 위해 왔다고 한다. 그리고 연말을 기해서 전자제품을 팔아오라는 회사 지시를 받고 권하러 왔다. 마침 자기 외숙모가 한 군데 소개하고 자기 이모가 VTR을 하나 구입하기로 약속해줘서 기쁜 마음으로 돌아갔다. 오늘은 올 때 드라이기를 하나 사왔다. 딸이 좋다는 말이 이래 두고 하는 소리인지 모른다. 그러나 자기들의 생활 안전과 화목이 첫째가 되어야 하고 언제나 한결같은 삶이 돼야겠다.

머리깎기 12월 5일 목요일 맑음

몇 달을 깎지 못한 머리를 오늘은 큰 결심을 하고 깎았다. 그간 아내가 시간이 없어 늦춰온 것이다. 요즘은 나이 많은 사람들도 장발을 하는 시대라 웬만큼 머리가 길어도 큰 흉은 되지 않는다. 오랫동안 유행하던 장발도 서서히 식어가는 것이 세계적인 유행이라고 뉴스에서는 전하고 있지만 우리나라는 항상 늦게 뒤따르는 풍조가 있어 아직도 장발이 많다. 나도 이용원에 안 간 지가 10년은 넘었으니 그 유행은 꽤 오래 갔으며 골고루 번진 것이다. 그래서 이발 요금도 비싸고 해서 집에서 아내가 적당히 깎아준다. 따져보면 오늘도 3천 원 정도는 번 셈이다.

새 일기장 12월 26일 목요일 맑음

수동이가 86년도 새 일기장을 사줬다. 규격이 좀 크고 내용도 다양하다. 그래서 값도 3,500원이나 줬다고 한다. 내년에 기록될 새 일기장을 보면서 또한 해를 투병 기록으로 적어나가야 하는 내 신세가 한심하기도 하다. 투병 기록이 아닌 일기가 담긴다면 얼마나 좋으랴? 요즘은 방학이어서 우리 점포는 한산하다. 앞으로 한 달 넘게 이렇게 보내게 되면 우리 생활에 많은 지장을 줄 것이다. 그러나 도리가 없는 일이다.

신정, 구정 두 번 명절 12월 30일 월요일 비 온 뒤 갬

연말이 되니 신정을 쇠는 가정에서는 떡국거리를 뽑아오는 사람도 있고 신정 연휴를 고향에서 보내려는 귀향객도 보인다. 그러나 우리집은 소식이 없다. 방학이면 귀향하리라 믿는다. 우리는 신정, 구정의 두 번 명절을 겪고 있어 이중 과세를 하는 셈이나 근간에 와서는 신정 과세도 늘어나고 있는 추세다. 그러나 아직도 대다수는 구정 과세를 하기 때문에 신정은 새해로 맞이할 따름이다.

새해 설계 12월 31일 화요일 맑음

운명의 갈림길에 섰던 1985년도 무사히 넘긴 데 감사한다. 입원 중 새해를 맞아 죽음의 갈림길을 헤치고 오늘까지 1년을 간신히 넘긴 것은 나로서는 행운이요 가족들에게는 크나큰 곤욕을 끼친 것이다. 아무튼 지난 바람은 후하다는 속담과 같이 이해를 무난히 보내도록 나를 아껴주신 모든 분에게 감사드린다. 그리고 우리 가족들이 모두 건강하게 이해를 보내게 된 것도 평소 우리의 생활신조를 십분 지켜온 결과라 하겠다. 오늘 밤은 서울의 재동이도 내려와서 모처럼 온 가족이 모여 다가오는 새해의 설계를 주고받는 뜻있는 밤이 됐다. 재동이는 방학 중에는 결단코 결혼을 해야 하고 이제 논문도 통과돼서 석사학위도 얻었으니 대학 강사라도 물색해야 한다는 점, 수동이는 예정대로 울산대 취직, 우리는 가급적 장사를 그만두는 일 등을 얘기했다. 욕심을 내지 않는 새해 설계를 해본다. 지금 시각은 이미 85년을 지난 86년의 시간, 오전 3시가 넘었다.

1986년

장가 든 재동이, 엄마가 된 명이

새해 계획 1월 1일 수요일 맑은 뒤 눈

또 한 해를 맞는다. 1985년은 나에겐 잊지 못할 한 해였다. 병원에서 새해 아침을 맞았고 어쩌면 다시 못 보는 먼 곳으로 가는 기로에서 내 영혼은 정리되지 않은 심정이었다. 그러나 온 가족과 나를 아껴주신 여러분의 지극한 성의로 다시 귀가해서 아직까지 무난히 보내고 있으니 나를 격려해주신 여러분께 진심으로 감사한다. 새해 새 아침을 맞는 나의 감회는 매우 기쁘다. 별다른 새해 계획은 없고 나의 제1조는 역시 투병이다. 둘째는 가족 건강, 셋째는 며느리를 보는 것이다. 작년에는 사위를 봤으니 금년은 기필코 자부를 맞아야 한다. 또 한 가지는 보험이 끝나는 대로 2층을 올리는 일이다. 아내의 건강도 이제는 한계가 온 것 같아 25여 년의 고된 장사를 쉴 때가 온 것이다. 좀 벅찬 계획일지 몰라도 가능하리라 생각된다. 금년도 부디 온 가족이 건강한 몸으로 욕심내지 않고 성실히 살아주길 바란다.

아들들과의 대화 1월 2일 목요일 맑음

어제 두 형제가 부산으로 친구를 만나러 갔다가 늦게 돌아와서 오늘은 종일토록 집에서 쉰다. 다 큰 자식들과 함께 TV를 보면서 대화를 하는 것도 나로서는 즐거운 시간이다. 부자간에 서로 대화가 부족한 우리집이라 함께 모이는 기회가 있으면 평소 간직한 문제들을 애기한다. 오늘은 장서방 내외가 올 듯도 한데 아직 오질 않고 있다. 명절이라고 하지만 구정을 으뜸으로 생각하는 뿌리 깊은 관습이 있어 신정은 별로 명절답지 못하다.

닭 반 마리 회식 1월 3일 금요일 흐리고 눈과 비

부산을 거쳐 서울로 돌아가려던 재동이가 표가 매진돼서 집으로 되돌아왔다. 시장에서 아내가 닭튀김을 사가지고 왔다. 그래서 세 부자가 둘러앉아 회식(?)을 해본다. 닭 반 마리로 흡족하게 먹었으니 경제적이라 할까? 항상 최소의 경비로 최대의 효과를 얻는 시혜를 짜내다보니 이 정도는 진수성찬이 된다. 기왕이면 명이 내외도 합석을 했으면 좋은 자리가 되었을 텐데.

언젠가 명절에 혼자 고향에 다녀온 남편이 한숨을 길게 내쉬며 이런 말을 했다. "내가 장남 구실, 가장 구실을 못해 모두가 고생이지. 당신은 이렇게 장사를 하고, 나는 능력이 없고……." 한참 숨을 죽이다 입밖에 새어나오는 소리. "차라리……." 무겁게 끝나는 말끝을 흐린다. 그다음 생각이 무엇인지 느낄 수 있었다. 말머리를 돌려서 "당신, 오늘 많이 피곤하지요. 다리 아프지요?" 하고는 두 다리며 어깨 팔을 주물러준다. 그이 뺨에 얼굴을 비벼본다. '당신이 고향에 갔다올 수 있는 것만도 나는 행복합니다.' 이건 내 마음 깊은 곳의 소리였다.

동생네 전화 개통 1월 12일 일요일 맑음

서사의 동생 집에서 전화가 왔다. 오늘부터 전화가 개통됐다는 소식이다. 모래골 골짜기라고 부르던 때가 엊그제였는데 버스가 다니고 전기가 들어가고 이제는 전화까지 통화가 돼서 이제는 촌이란 개념조차 바뀌어야 할 때가 왔다. 해가 뉘엿뉘엿 지는 무렵에 울산읍을 출발하면 산길을 2시간은 걸어 저녁이 되어서야 겨우 집에 도착했다. 뿐만 아니라 장날이면 지게짐을 지고 질매재(서사에서 울산으로 넘어가는 고개)를 넘어 울산까지 가려면 아침 일찍 출발해야 했다. 우리보다 먼 곳의 사람들은 새벽에 와서 밤중에 돌아가기도 했다. 그런데 그 길도 이제는 30분 정도면 충분하니 정말 세월은 많이 변천됐다. 농촌의 생활도 서서히 도시화돼서 연탄을 때고 더러는 가스를 쓰는 집도 있으니 도농의 격차도 점차 좁혀졌다. 이것이 불과 20년도 안 된 세월에 이루어졌으니 앞으로 10년 뒤는 어떻게 변할지 누구도 모를 일이다. 아무튼 흐뭇한 일이다.

아내의 투지 1월 16일 목요일 맑음

"여한 없이 살았다"는 아내의 독백이 골수에 사무친다. 20대 후반 청춘이 아니었던가? 사경을 헤매는 남편과 철부지 3남매를 데리고 산 설고 물 선 타향살이 20여 년. 이제는 반백이 다 된 50대 후반. 이불 하나, 동이 하나, 솥 하나 들고 부산의 빈민지대 전포동에 자리를 잡으면서 고생길을 열었다. 서툰 풀빵 장수라 몸빼는 밀가루투성이였지. 눈물을 삼키면서 살아온 아내, 한 맺힌 내 가슴을 한없이 울린다. 그래도 "여한 없이 살았노라" 하니 더욱더 한이 맺히는구나! 오늘 밤도 선잠을 깨서 내일 장사 준비로 차가운 손을 불면서 밀가루 반죽을 하는 아내의 투지는 나의 투병도 상대가 될 수 없다.

 좁은 방에 다섯 식구가 누우면 빈틈이 없었다. 비만 오면 줄줄 샌다. 아이 셋은 재워두고, 세숫대야, 바케쓰, 다라이를 받쳐놓고 우리 부부는 비 새는 소리에 잠 못 이루고 앉아 있었다. 잠든 아이들 모습을 지켜보며 희망의 꿈을 다졌다. 오래 살다 보면 언젠가 오늘을 이야기할 날이 오지 않겠느냐고 했다. 그러나 지금은 집은 마련했으나 당신은 떠났으니 상상하는 사람도 나뿐. 내 마음속에 잠자는 옛이야기로만 남아 있구려.

 지금도 어머니는 그때 하루 세 시간밖에 못 자며 고생은 했어도 내 한 몸 꿈적거려 온 식구를 살릴 수 있다는 사실이 너무 신기하고 또 감사해서 피곤한 줄 몰랐다고 말씀하세요.

명이의 임신 1월 19일 금요일 맑음

창원에서 장서방이 전화를 했다. 오늘 우리집으로 올 예정이었으나 명이가 갑자기 열이 나고 심한 통증으로 못 온다고 한다. 듣자니 임신 중이라 장거리 여행은 금물이고 과로도 삼가야 하는데 좀 무리를 한 모양. 연약한 몸이라 임산부 노릇을 잘해낼지 염려된다. 여자란 시집을 가면 당연히 출산을 해야 하는 것이니 스스로 자기 몸을 돌봐야 하겠다.

재동이 혼사 2월 22일 토요일 맑음

저녁에 서울의 재동이가 전화를 걸어왔다. 어제 대화하던 혼사를 결론지었다는 소식이다. 내일 일단 내려와서 구체적인 것을 상의하고 앞으로 남은 행사를 치르도록 일러주었다. 막상 혼사를 치르려니 당장에 돈이 문제가 된다. 최대한 간소하게 하지만 기본 될 것은 있어야 하니 돈 마련이 어렵다. 우리 내외는 며느릿감 구하기도 힘들지만 혼사 치르기도 힘들다. 아무튼 당해보는 수밖에 없다. 지금 이 글을 쓰면서도 우리 부부는 예물에 대한 논의를 하고 지혜를 짜보지만 현실의 물정에는 맞추기가 힘들다. 어쨌거나 당사자들과 양측의 협의 아래 실속 있는 혼사를 치르도록 하는 수밖에 없다. 이웃의 혼사를 많이 봐오고 있지만 혼수의 과다로 돋보이는 혼사이기 전에 참된 혼사가 이룩되는 것을 나는 원한다. 즉 허영이 없고 예를 중히 여기는 혼사가 되었으면 한다. 그러나 모두가 우리의 일방적인 생각이고, 서로 받아들일 수 있는 아량의 도가 얼마나 넓은지는 지내보지 않고는 알 수 없는 일이다. 아무튼 이제는 절차만 남았으니 기쁘다.

며느리를 보려고 애를 썼지만 혼사를 정하고 보니 돈이 없었다. 학교 단속으로 장사는 지독한 불경기라 하루 매상이 2만 원에서 3만 원 미만이었다. 건강과 경제 어느 한쪽도 우리 마음을 너그럽게 해주지 않았다. 다만 이번 혼사는 남편과 같이 의논할 수 있는 것이 나의 큰 기쁨이었다. 재동이가 결혼날 잡고 한 주 후 내려왔을 때 저축한 돈 조금 있느냐고 하니 한푼도 없다고 말했다. 남편이 항상 하는 말이 총각 돈은 호주머니 재산이라고 했다. 재동이에게 일러두었다. 장가는 보내주지만 집 얻을 돈은 없으니 달셋방을 구해서 살도록 하라고. 그러마고 했다.

254

결혼식 비용 마련 2월 27일 목요일 맑음

아내가 보험회사에 대부관계로 가서 12시가 다 되어 왔다. 아끼던 보험금도 여러 번 대출을 해서 전액 수령은 어렵겠다. 이렇게 되면 우리의 꿈이 무너질지도 모르겠다. 그간 별도로 저축한 것이 없으니 부득이한 일이다. 평소 간소화라는 말을 많이 하고 있지만 최저라 하더라도 기본만 해도 몇백만 원이 소요되는 현실이다. 무엇보다 혼수품이 지나치게 고가인 것이 큰 원인이라 하겠다. 평생에 한 번뿐이란 구실로 가급적 좋은 것으로 선택하기 때문에 하다가 보면 오기도 생기고 해서 무리를 한다고들 한다. 우리에겐 그런 것이 통하지 않지만 그래도 꼭 해야 하는 것은 해야 하니 부담이 크다.

 저는 서울에서 고등학교 교사로 있으면서 부모님이 너무도 일이 고되어 힘드신 줄은 늘 느끼고 있었지만 매상이 저조해서 힘들어 하시는 줄은 몰랐습니다. 지금 생각해도 참 철없고 어리석었던 때였어요. 맘 좋은 하숙집 주인 아주머니가 적금 들어놓으라고 할 때 적금이라도 부어놓았어야 했는데!

학교를 그만둔 재동 3월 1일 토요일 맑음

재동이가 저녁 11시가 돼서 내려왔다. 듣자니 학교도 사표를 내고 출판사로 자리를 옮겼다고 한다. 요즘같이 어려운 때 직장을 버리고 딴 곳으로 직장을 옮기는 것은 자기도 어떤 소신이 있어서 하는 것이니 가족이 너무 관여하지는 못하지만 아쉬운 마음이 든다.

 중경고등학교에서 수업을 잘하고 나서 교무실에 와 넘어가는 노을을 보니 밀려오는 행복감을 주체할 수가 없었어요. 그야말로 '이보다 더 좋을 순 없다'였지요. 그러면서 한편 불안감이 밀려왔어요. 교사로서는 더 바랄 것 없이 행복하지만 화가로서는 그림을 그리지 않아도 행복하다는 것이 위기감으로 밀려왔어요. 화가는 그림을 그리지 않으면 부끄럽고 불안해야 하는 섯인네, 이러다가 화가로서의 나는 죽는 게 아닐까! 그런 차에 친구 강요배가 일러스트레이션 회사인 금성아트프로덕션으로 옮기자고 하여 학교 사표를 내고 같이 옮겼지요.

혼사 준비 3월 3일 월요일 맑음

변두리의 양복점은 매우 한산하다. 작년 명이 혼사 때 받은 양복지를 꺼내서 이번 혼사에 입을 요량으로 양복점을 찾았다. 양복 만드는 값이 6만 5천 원이라 하니 그것도 부담이다. 그간 양복을 해 입은 지가 10년도 넘었다. 10년이 넘는 세월 동안에 유행이 몇 번 지났는지도 모른다. 이번 혼사가 아니면 양복 정도는 안중에도 없었는데 아무튼 딸 덕에, 아니 사위 덕택에 양복을 입어본다 하겠다. 이번 사돈댁에서는 한복을 한 벌 해주겠다니 고마운 일이다. 서울의 재동이로부터 전화를 받았다. 어제 가지고 간 돈(350만 원)도 건네주고 방 얻을 값도 보내주겠다고 하니 마음을 놓는다. 그러나 아직도 많은 돈이 필요한데 빌리지 못하고 있다.

재동이 결혼 3월 9일 일요일 흐리고 비

오랫동안 기다리던 날이 왔다. 평소와 별 다름없는 마음가짐을 가지고 오늘 하루를 보내야만 내 건강에 지장을 주지 않으리라 생각하고 가급적 유연한 자세로 식장을 향했다. 예상외로 많은 하객이 입장해주셔서 송구할 정도로 흐뭇하다. 평소 건강관계로 길흉사에 잘 다니지 못해 많은 손님을 초대하지는 못했다. 축하객 여러분께 진심으로 감사드린다. 식을 진행하면서 내 머리를 슬쩍 지나가는 생각이 자칫하면 감격의 눈물로 변할 뻔했지만 잘 참아준 것이 지금도 다행이다. 내 스스로를 칭찬하고 싶은 생각이 든다. 긴 투병 생활에서 오늘 같은 영광된 자리를 상상도 못했다. 일말의 가느다란 희망은 있었지만 실현의 가능성은 매우 희박했다. 세상만사 새옹지마라 했다. 좋은 규수를 맞아 우리로는 성대한 결혼식을 치르니 감개무량하다. 어쨌든 딸에 이어 큰아이를 결혼시켰으니 앞으로 수동이만 장가 보내면 나의 의무도 끝나지 않을까 한다. 사랑하는 재동이 내외의 앞날에 언제나 행운이 따르길 천지신명께 기원한다.

첫째 내외는 서울 신혼살림터로 새출발하러 떠났다. 선머슴아가 얻은 방이 어떠하랴. 여름이면 루핑으로 덮은 지붕이 불같이 더워서 견디기가 어렵다고 며늘아기 편지로 전해들었다. 세상 물정 모르는 남편과 새살림 꾸려가기가 힘드는 모양이었다. 자다가 물을 들통에 떠서 지붕에 뿌리고 잠을 청한다고 했다. 미안하고 마음이 아팠다.

아들 며느리 편지 3월 19일 수요일 맑음
집배원이 두툼한 봉투를 던져주고 갔다. 보지 않아도 서울서 온 기쁜 소식임을 직감했다. 평소 얄팍한 봉투였는데 이제는 그 부피가 불어났다. 두 사람이 보낸 사연이기에 당연하리라. 무사히 도착해서 가구들을 정리하고 새 직장으로 출근한다는 소식과 며느리가 보낸 서신이 별도로 있다. 또렷또렷한 글씨로 내가 준 돈에 대한 감사와 좋은 며느리가 되겠다는 내용이 담긴 기특한 글이다. 마음 흡족하다. 부디 알뜰한 내조자가 돼서 우리 가정을 이끌기를 거듭 당부한다.

새로 옮긴 금성아트프로덕션이 마포에 있어 살림집을 구하러 도화동 산등성이로 올라가다가 맨 처음 본 복덕방에서 가리키는 집으로 그냥 정했어요. 손바닥만 한 부엌에 장롱을 놓고 둘이 누우면 꼭 끼는 좁은 방이었고 화장실은 여러 세대가 함께 썼으며 학교 앞이라 이따금 축구공이 날아와 부엌 창문을 부수기도 했어요. 저는 신혼살림이란 으레 그런 거니 생각했는데 조그만 연탄 아궁이에 냄비로 밥을 하는 걸 본 장모님이 싱크대를 놓아주고 가셨지요. 이후 집사람은 집 구하는 일은 도저히 맡겨서는

큰며느리의 편지 3월 25일 화요일 맑음

서울의 며느리로부터 편지가 왔다. 기특한 일이다. 서로 소식을 전하는 것은 생활인의 참모습을 보여주는 것이다. 주로 잘 모르는 것을 묻는 좋은 자세다. 물론 교육수준이 높고 나이도 들었다 하지만, 요즘 젊은이들은 일을 시작할 때는 독자적으로 했다가 결과가 빗나가면 그때야 어른들에게 상의하는 방법을 쓰는데 아기는 근본 정신이 올바른 점을 엿볼수 있다.

달셋방 생활이 불편하지만 이제 좀 숙달되어서 지낼 만하다고 한다. 그러나 재동이의 작업실이 없는 것이 안타까워 계라도 들어 마련해보는 것이 어떠냐고 물어왔다. 갸륵한 뜻이다. 경제적 힘이 되어주지 못함이 안타까울 뿐이다. 건강한 몸과 건전한 정신을 갖고 열심히 살아가면 좋은 결과가 오리라 본다. 아무튼 흐뭇한 편지다. 아직 살림도 제대로 갖추지 못하고 재동이도 회사에 처음 나가는 형편이라 저축의 정도는 알 수 없으나 알뜰하게 살아갈 거라 생각된다. 모쪼록 기대하는 대로 이루어지길 바란다.

> 서울 큰며느리는 가끔 남편 마음을 깜짝 놀라게 할 안부 편지를 적어 보내는 모양이었다. "고생 많으신 어머님 손을 꼭 잡으시고 사랑한다는 말씀 해드리세요." 했다며 히히 웃었다.

눈 가리고 아웅 4월 9일 수요일 비

시청 청소부들이 비를 맞으면서 포장도로변을 청소하고 있다. 듣자니 건너다보이는 언덕에 세워진 MBC방송국 개국식에 높은 사람들 행차가 있다고 눈가리개로 보이는 곳을 청소하고 있다. 사또 행사에 길 닦는 식의 행정은 어제오늘이 아니다. 대통령 행차하는 도로변의 초가를 페인트칠을 해서 속이는 수법은 이미 오래전의 일이다. 전시효과를 노리는 지방 행정은 여전히 구습을 그대로 답습하고 있다. 왕조시대라면 능지처참할 일이지만 요즘의 국가 원수는 곁눈질을 못해서 도로가의 예술작품(?)을 진짜로 감상하고 지나가버리니 그 행정에 그 상전이라 하겠다. 한때는 상관을 잘 속이고 뇌물을 잘 납품하는 공무원이 능력자였던 시대가 있었다. 그러나 이제는 그런 시대는 가고 청백리상을 주는 제도까지 생겨 부정은 많이 추방됐으나 아직도 그 뿌리는 남아 있으니 오랜 세월이 흘러야 하리라.

명이 입덧 4월 12일 토요일 맑음

저녁 11시가 넘어 창원의 장서방 내외가 왔다. 근무를 끝내고 곧 달려오는 길이란다. 임신 중이어서 차 타기가 곤욕스러워 나들이는 힘이 든다고 한다. 옛날 같으면 아이를 몇이나 두었을 나이지만 요즘은 적령이라 하겠다. 입덧이 날 때는 여러 가지로 몸이 좋지 않았다고 하는데 지금은 식사도 잘하고 잘 지낸다고 한다. 다행한 일이다.

아직 신혼살림이라 각종 부담 등이 많고, 봉급에서 뜯겨 나가는 것이 많아 생활에 여유가 없어 쪼들리며 살아가고 있어 애처로운 점은 있으나 궁색하게 살면서 생활의 지혜를 배우는 좋은 기회가 될 것이다. 앞으로 한 가정의 주부로서 또는 어머니로서 검소하고 요령 있는 생활을 잘 익혀 생활화해야 할 것이다.

단조로운 우리 가족이라 서울의 큰아이 내외만 있으면 온 가족이 모이는 셈이 되는데 오늘따라 그런 자리가 그리워진다. 머지않아 그런 기회가 자주 오리라 믿는다. 나이 탓인지 아이들이 한자리에 모여 담소하는 시간이 즐겁다. 앞으로 손자라도 생기면 더욱 정겨운 시간이 되리라 생각된다.

배우지 못한 아내의 한 4월 19일 토요일 맑음

며칠 전부터 쓰기 시작한 편지 답장을 아직 마무리하지 못하고 있는 아내가 오늘 밤에는 결단코 결판을 낸다고 초저녁부터 펜을 들고 이 방 저 방을 다니면서 쓰고 있다. 짧은 글이지만 30여 년간 연필과 멀리해온 아내는 며늘아기로부터 편지를 받고 답장하는 일에 매우 고심이다. 이른 새벽부터 밤늦도록 점포에서 헤매다보니 글 쓸 시간도 없고, 눈도 어두워 편지를 받고도 기어코 답장을 못 쓰고 말았다.

아내의 한은 한두 가지가 아니지만 배우지 못한 한이 제일 크다 하겠다. 그럴 때마다 나는 안타까움이 앞선다. 지금의 현실로는 불가능하며 이미 나이도 지났다. 나의 지병이 아니었다면 가정을 지켜나가면서 그 한을 조금이라도 풀 수 있었을 텐데 하고, 때 늦은 후회가 든다. 아내는 좋은 머리의 소유자다. 기억력도 좋고 지능도 높아 학문에 전념한다면 분명히 성공할 인재가 될 텐데. 여자에게 완고한 봉건적 시대에 태어난 탓에 여자를 경시하는 시대의 희생물이 된 것이다. 60을 바라보는 지금으로는 성취하기는 힘들 것 같아 안타까운 마음 간절하다.

곡예하는 버스 4월 22일 화요일 맑음

요즘은 시내 나들이를 자주 하는 폭이다. 서울의 며느리가 보내준 자기앞수표를 환불(조흥은행)해서 경남은행의 내 예금통장에 넣을 요량으로 시내로 나갔다. 마침 좌석이 없어 서서 가는데 대형버스가 일방로에서 수없이 밀린 차들을 욕하면서 곡예라도 하듯이 요리조리 헤쳐나가고 급정거 또는 급히 속력을 내는 등 야단을 친다. 그 바람에 몇 번인가 차 속에서 미끄러지는 변을 당했다. 참지 못해 "운전수 양반, 아침부터 술을 먹었나!" 하고 핀잔을 주고 내린 일이 아직도 불쾌하다. 운전도 미숙한 작자가 무슨 모험을 하듯 운전을 하는가. 자기가 손님이 아니라 아마 짐을 싣고 간다고 착각을 하는 게 아닌가 싶어진다. 특히 노인들의 경우는 변을 당하기 십상이다.

조흥은행은 역시 손님이 많다. 즐비한 창구는 언제나 바쁜 일손이다. 아이들이 보내온 돈이라 더욱 소중히 간직했다가 유용하게 써야겠지. 내 약값으로 보내왔지만 차마 쓰기가 아깝다.

세월의 속임수 4월 29일 화요일 맑음

작년 가을에 사놓았던 빙수 기계를 풀고 청소를 하고 빙수 갈 준비를 하느라 오전 시간을 다 보냈다. 이 집에 올 때 중고품을 사와서 지금껏 사용하고 있다. 그간 몇 번의 수리는 했지만 아직은 그런대로 쓸 만하다. 그러나 기계의 수명도 거의 다 된 것 같아 사용을 하면서도 우려를 하고 있다.

우리의 빙수 역사는 길다. 60년도에 부산에 내려가서부터 시작했으니 26년의 경력이다. 그 당시는 수동식이어서 힘이 많이 들었다. 그러나 아내는 갓 서른의 나이였고 나도 간혹 돌리는 경우가 있었다. 그때의 얼음관수는 정량이어서 지금보다는 월등히 커서 큰 그릇에 수북 갈아주고 1원을 받은 것 같다. 하루 20관 이상을 갈다보면 아내의 오른쪽 팔은 힘이 쭉 빠져 피로가 연속됐지만 그때는 그래도 젊었으니 피로는 그때뿐이고 자고 나면 또다시 활기찬 하루를 보낼 수 있었지. 그러나 지금은 26년의 세월이 흘러 의욕은 있다 해도 몸이 말을 듣지 않아 곧 지치고 만다. 그래도 아직 빙수기를 안고 씨름을 해야 하는 아내의 처지가 딱하기만 하다. 세월에 속아 살아온 지 그 몇 년이 되었던가. 오늘도 내일도 세월의 속임수에 살아야 하는 것이 인생일는지.

 어머니가 갈던 옛날 수동식 빙수 기계를 서울 인사동 '토토의 오래된 물건'에 가서 20만 원을 주고 사다놓았습니다. 옛날 물건, 책, 노트, 인형, 딱지, 장난감 등을 파는 가게인데 거기서 우리집에서 쓰던 것과 똑같은 빙수 기계를 발견하고 사서 보관하고 있는 거지요. 정든 어머니의 빙수 기계. 우리집 역사이자 보물인 빙수 기계!

재수 없는 날 5월 2일 금요일 맑음
오늘 하루는 속된 말로 재수가 없는 날이다. 오전에는 매상도 제대로 올리지 못하고 우울한 가운데 아내는 속이 좋지 않다고 식사도 잘 못하고 피로해 있었다. 8시가 넘어 고등학생 아이들 4명에게 아픈 몸을 이끌고 라면을 3,500원어치를 해줬는데 잠시 한눈파는 사이 도망치고 말았다. 울고 싶은 차에 뺨 맞은 격으로 울화통이 터져 그 너그럽던 성품이 대경실색을 한다.
　요즘 청소년 문제가 심각한 것은 주지의 사실이다. 아직 별로 우려할 정도는 아니라고들 당국은 말하고 있으나 우리는 이번이 처음이 아니고 여러 번 당한 장본인이라 그럴 때마다 개탄을 하지만 이미 사라진 뒤여서 소용없다. 경찰에서는 접수도 되지 않는다. 지난번에는 현금을 분실했는데 딴 사건으로 우리집 사건까지 자백해서 현장 답사까지 온 일도 있었다. 아무튼 오늘은 일진이 매우 좋지 않은 날이니 빨리 잊어버려야지.

오랜만의 며느리 편지 5월 3일 토요일 맑음
요즘 좀 뜸하던 서울의 며느리로부터 편지가 왔다. 결혼 후 처음으로 남편과 함께 야유회를 다녀온 것이 자랑스러운지 꼼꼼하게 잘 적어놓았다. 부디 건강하기를.

일주일에 한 장씩 받는 며느리의 서신을 남편은 무척 기뻐했다. 고부간에 마음 열어놓고 하고 싶은 말을 서슴없이 할 수 있는 큰며느리가 대견하기도 했다.

어린이 없는 어린이날 5월 5일 월요일 맑음
기온이 상승해서 낮 한때는 초여름의 날씨가 완연하다. 더불어 오늘은 5월 5

262

일 어린이날이라 그 열기가 더욱더 기온을 상승시키는 기분이다. TV 화면으로 비춰지는 광경은 대단하다. 경향 각지의 그 행사는 한결같아 이곳 울산도 공설운동장에서 어린이를 위한 행사가 펼쳐진다고 부형의 손을 잡고 아침 시간부터 서두르고 있다. 어제에 이어 연휴인 오늘은 온 가족이 소풍을 가는 날이다.

어린이 없는 우리집은 평소와 다름없이 하루를 보내고 있다. 오늘부터는 빙수를 시작해서 아내는 한 가지 일이 더 생겨 더욱 바빠 설쳐야 한다. 지금부터 빙수를 시작하면 온 여름을 빙수기와 씨름해야 하고 잠깐의 쉬는 시간도 없다. 여름이면 꼭 얼음과 싸워야 하는 아내는 이제는 경력이 20여 년을 넘어서 맛을 내는 데는 제법 기술자라 할 정도다. 그래서 여름 한철은 매상도 제법 올렸는데 금년은 어떨지 알 수 없다. 그러나 점차 기력을 잃어가는 아내도 옛날과 같지 않아서 지친 모습을 하루에도 몇 번씩 보여 언제까지 계속할지 알 수 없다.

부족한 아버지 노릇 5월 9일 금요일 맑음, 바람

서울의 아이들과 창원의 딸아이가 우편을 동시에 부친 것인지 동시에 도착했다. 우연일치라 하지만 매우 기쁘다. 서울의 며느리는 안부를 물으며 재동이가 그린 카네이션 그림 한 장을 보내면서 어버이날을 맞아 흡족히 못해 드려 죄송하다는 말을 첨부했다. 창원의 딸은 우리 두 부부의 속옷 두 벌씩 싸보냈다. 그리고 새삼 키워준 부모님의 은혜를 느낀다는 사연이다. 머지않아 아기 어머니가 되겠지만 그때가 되면 더욱더 부모의 정을 절실히 느끼리라. '아버지 되기는 쉬워도 아버지 노릇하기는 어렵다'라는 말이 있듯이 나는 아버지로서 구실을 한 것이 없다.

아버지는 우리에게 이렇게 해라, 저렇게 하지 마라, 하신 적이 없지요. 제가 고1 때 전교에서 꼴찌를 했을 때도 "1등이 있으면 꼴찌도 있는 법이지."라고 하셨지, 다른 말을 하지 않으셨지요. 다만 이곳 전포동에서 이렇게 고생하며 사는 보람이 너희들에 대한 기대가 있다는 말씀을 하셨을 뿐이죠. 말씀은 안하셨지만 스스로 알아서 사는 법, 그리고 정직, 성실하시고, 불의에는 굴하지 않으시고, 끝까지 싸우셨지요. 그런 삶이 우리들에게 큰 기둥 같은 것이 되어주신 거지요. 아버지의 글을 보는 이 순간도 그렇습니다. 그리고 제가 도저히 배우고 싶어도 안 되는 것은 어머니의 언제나 우리들에게 화 안 내시는 모습과 아버지의 자상한 편지 쓰기입니다. 정말 어렵고 또 부러워요.

손님 대하기 5월 17일 토요일 맑음

팥빙수 가는 일이 하나 더 생겨 만두 떡볶이는 내가 맡는 수밖에 없다. 하나같이 "많이 달라", "한 개 끼워달라", "서비스 하라" 등 애교를 부린다. 귀여운 애걸이다. 그러나 장사이기에 한두 사람도 아니고 많은 학생들에게 공평한 서비스는 어렵다. 정이 약한 나지만 꾹 참고 거절한다. 어쩌다가 허술한 것을 덤으로 주면 그렇게 좋아할 수가 없다.

아직 소년 시절이기에 더욱이 13~15세 정도의 나이여서 어린이도 아니고, 그렇다고 아가씨도 아니어서 대하기가 매우 어렵다. 사람마다 다른 성격과 그 개성이 있기에 다루기가 매우 힘들다. 어제는 쥐가 지나가는 것을 보고 큰 충격을 받아 우는 아이도 있었다. 너무도 연약한 심장이어서인지 이럴 때면 어떻게 해야 될지 알 수 없다. 결국 그 쥐는 잡고 말았지만 내 마음은 편치 않다. 이렇듯 손님 대하기가 매우 어렵다. 특히 말썽이 많고 변덕이 심한 여학생들이라 조그마한 일에도 뽀로통하는 시기여서 더 그렇다. 우리는 다년간의 경험과 과거의 직업에서 얻은 경험으로 그런대로 잘 넘긴다.

2층 증축 5월 19일 월요일 비

아침 시간에 이서방이 와서 2층 증축 문제를 놓고 협의를 했다. 처남 매부 간이지만 이서방은 청부업자이니 그의 희생을 바랄 수는 없다. 그 대신 하자가 없는 공사, 즉 부실 공사는 없으리라 믿는다. 평당 55만 원을 책정했는데 에누리를 할 수도 없고 해서 그대로 추진하기로 했다. 우리는 아직 돈이 나오지 않아 이서방이 당분간 부담을 하고 7월경에 돈이 나오면 전세를 뽑아 청산하기로 했다. 4년 전인 1982년 4월 1일에 했던 단층 건축은 청부업자가 부도가 나서 부실 공사를 했기에 이제는 하자 없는 공사를 하고자 한다. 5년의 긴 세월 동안 적금을 입금할 때마다 고충을 겪었는데 그 결실이 1천만 원 전액이 아니고 700만 원 정도다. 그러나 큰아이의 혼사로 요긴하게 썼기에 후회는 없다. 건축비의 반을 가지고, 나머지는 전세를 내서 충당할 예정이다. 서울의 큰아이에게도 이 사실을 전하고 우리의 현실과 앞으로의 대비책을 적어서 자부에게 적어 보냈다. 이제 우리도 노동하는 데 한계가 온 것 같으니 노후 문제도 고려해야겠기에 무리를 하더라도 강행할 예정이다.

아아, 제 결혼 비용이 5년의 적금이었군요.

사돈 내외 방문 5월 23일 금요일 맑음

오후 4시경 동래의 사돈 내외분이 오셨다. 얼마 전에 다녀가겠다는 전화 연락은 받았어도 갑작스러운 방문이어서 다소 당황했다. 때마침 나는 오후 쉬는 시간이어서 깜박 잠이 들어 있었다. 자가용차(봉고)가 있어 손수 운전을 해서 언제나 동부인해서 다니신다. 이달 초순경 서울에 갔다 온 이야기로 꽃을 피웠다. 사돈께서는 사위가 퍽 마음에 드는 모양이어서 칭찬이 자자하다. 우리는 우리대로 좋은 며느리를 얻어 흡족한데 양가가 서로 좋게 봐주니 그 이상 행복할 수가 있나. 우리 두 집이 좋은 인연으로 보고 있으니 흡족하다. 언젠가 같이 동행해서 서울에 가기로 약속하고 돌아가셨다.

공사 착수 6월 18일 수요일

날씨가 제법 덥다. 오늘부터 본격적으로 공사에 들어갔다. 빠른 시일 내에 공사를 한다고 부실 공사를 하면 안 되지만 공기(工期)를 단축해야 할 것이다. 나는 별 할 일도 없으면서 2층으로 오르내린다고 피로해서 오후는 제풀에 지쳤다. 아직 시작이라 앞으로도 자주 오르내려야 하는데 건강을 해칠까 미리 겁이 난다. 4년 전 이 집을 지을 때는 방어진에서 왔다 갔다 해서 얼마나 피로했는지 지금 생각하면 끔찍하다. 그래서 감시마저 소홀해서 부실 공사가 되고 말았다.

그래도 4년 뒤에 다시 2층을 올린다는 것이 우리로서는 대단한 일이다. 그간 아내의 노고가 커서 5년짜리 보험을 무난히 끝내고, 공사비 반액이나 가지고 공사를 착수한 것이다. 그래도 완전히 우리집이 되려면 더 기다려야 할 것 같다. 그렇지만 우리는 본래의 계획대로 일을 추진하고 있으니 좋은 결과가 오리라 생각된다. 장사는 갈수록 저조해가고 있어 현상유지가 어려울 정도다.

큰며느리 임신 7월 12일 토요일 흐린 뒤 갬

오랜만에 햇빛 구경을 하겠다. 이렇게 좋은 날씨인데도 오늘은 작업을 안 하고 있다. 아마 아침 시간에 비가 좀 온 것으로 오늘 하루를 점친 것 같다. 예보도 그러했고 요즘은 날씨가 하도 변덕스러워 믿을 수가 없다. 오늘은 미장 일을 하게 되었는데 미장공들은 아침에 비가 오면 아예 작업을 시작하지 않는 것이 불문율로 되어 있다고 한다. 그래서 전기공과 새시 하는 분이 와서 작업을 하고 돌아갔다.

서울에서 며느리가 편지를 보내왔다. 어제는 동래 사돈댁에서 전화가 왔다. 사부인께서 서울에 다녀오셨는데 며늘아이가 임신을 해서 잘 먹지 못해서 요즘 수척하다고 한다. 아무튼 기쁜 소식이다. 늦은 희소식이다. 언젠가는 할아버지가 되기는 하겠지만 남들에 비하면 좀 기다려지는 정도라 할까. 좀 심한 입덧이라 하는데 건강이 염려된다. 정말 기쁜 소식이 또 오리라.

셋방 광고 7월 25일 금요일 흐림

어제 처음으로 셋방 광고를 써붙였다. 하루에도 여러 사람들이 와서 방을 보고 갔는데 계약은 없다. 아직 미완성인 집이라 결정을 잘 못하는 것 같고 사람마다 사정이 있어 경제적 여건을 맞추다보니 잘되지 않은 점도 있다. 우리도 남의 집에 살아본 적이 한두 번이 아니었는데 여러 가지로 주저하는 경우가 많았다. 그래서 가급적 세 들지도 않고 세 주지도 않는 것을 생각했는데 막상 살다보니 우리도 남에게 세를 주는 형편이 되는 모양. 이번의 증축은 반액을 전세에 의지하고 있어 세가 빨리 나가야 한다.

저녁에는 서울의 재동이 내외가 휴가를 얻어 내려왔다. 3일간의 휴가다. 다가오는 내 생일을 미리 축하할 겸 선물도 사가지고 왔다. 며늘아기의 정성이 놀랍다.

 우리 집사람은 정말 부지런합니다. 잠시도 손을 쉬는 법이 없어요. TV를 보면서도 뜨개질을 하구요.

셋방 8월 9일 토요일

잠깐 동안 기온이 내려갔다가 다시 30도를 웃도는 더위가 시작된다. 어제가 입추라지만 그 빛은 보이질 않고 내일부터는 무더운 날씨가 당분간 계속된다고 한다. 셋방은 단칸방이 하나 남아 하루에도 몇 사람이 오르내리고 해도 아직 계약은 없다. 방을 세놓는 것도 매우 어려운 일이다. 집이 없는 사람들에게는 서러운 일이겠지만 입주시키는 것도 선별해야 할 것 같다. 그래서 아이가 있는 가족은 그냥 돌려보낸다. 가족 수가 많아서가 아니라 2층이어서 특히 난간이 낮고 통로가 좁아 사고가 우려되어서다. 우리도 마음 편치 못하다. 과거 우리가 남의 집 신세를 질 때를 생각하면 차별하지 않아야 하는데 막상 입장이 바뀌니 마음대로 되지 않는다.

전포동으로 이사 와 살던 집 주인과 사소한 오해 때문에 껄끄러운 사이가 되었다. 집 없는 설움을 이때부터 겪었다. 며칠 후 오해해서 미안하다는 말 대신 집 비워달라는 서릿발 같은 말을 들었다. 장사도 문제지만 중환자가 더 큰 걱정이었다. 조금 안정을 찾는 듯한데 신변에 변화가 올까봐 두려움이 앞섰다. 집주인에게 사정을 말했으나 들어줄 리 없다. 새로 집을 구하니 위치가 좋지 않아 걱정이었다. 이웃 아주머니들이 용기를 주셨다. 재동이 엄마 같은 사람은 저 산꼭대기 가서 장사해도 손님이 가게 되어 있으니 주저 말고 이사를 가라고 했다. 이사한 집에서는 다행히 장사가 잘됐다.

오래된 살림 정리 8월 20일 수요일 맑음

어제부터 아침 시간에 그간 흩어진 가구와 기타 물건을 정돈했다. 2시간 정도를 땀을 흘린다. 오늘은 옥상에 있던 옹기를 정돈하고 큰 것은 1층 추녀 밑에 두고 작은 것은 옥상으로 옮기느라 온 가족이 동원됐다. 그리고 기타 아직 미정돈된 것을 모두 창고에 옮겨두고 필요 없는 것은 모두 쓰레기로 버렸다. 그래도 지금껏 집에 있던 물건이어서 버리려니 아쉬운 마음이 들어 다시 한쪽 구석에 끼워둬본다. 그래서 오래된 살림, 즉 구닥다리 살림은 별로 쓸모도 없으면서 수만 쌓여가는 것이다. 편리한 시대에 살고 있는 현실이라 자꾸 새로운 것을 구입해 쓰다보니 옛 물건은 쌓이기 마련이다. 그간 하나둘 사모은 옹기그릇이 제법 많다. 언제부터 것인지는 몰라도 햇수로는 몇십 년은 됐으리라 본다. 정작 우리의 신접살림 때의 물건들은 어디로 갔는지 알 길이 없다. 우리가 부산으로 떠난 뒤 흩어진 것으로 본다. 말 못하는 가구도 손때가 묻은 것이 정이 드는데 사람이야 두말할 나위가 있으랴!

전세방 입주 8월 24일 일요일 맑음

전세방 입주를 우려하고 있던 차 다행히 오늘 오전에 이삿짐을 싣고 왔다. 무척 반갑다. 너무 오랜 기간이어서 건축비 자금을 지불하지 못해 아쉬워했다가 완전히 청산하게 돼서 마음 가볍다. 갓난아이가 하나 있는 오붓한 가족이다. 아직 젊은 사람들이어서 우리 자식과 같이 돌봐줘야 하겠다.

그간 우리가 꿈꾸던 것을 달성하고 말았다. 울산으로 귀향해서 한때 절망도 하고 좌절도 했지만 아내의 꾸준한 노력과 굳은 신념으로 오늘의 결실을 본 것이다. 다소 미흡한 점도 있지만 그래도 우리는 귀중하고 값진 것이니 불만을 말아야지. 우리 부부의 노후가 이 집에 달려 있기에 더욱 값지다 하겠다. 사람의 욕심이란 한이 없는 것. 2층이면 3층으로 더 올리고 싶은 것이 모두가 갖는 욕심인데 우리는 이것으로 만족을 하며 우리 힘에 겨운 일은 절대 안하기로 했다.

손주가 태어남 8월 26일 화요일 흐림

오늘은 수동이 생일날이라 자기들 친구가 와서 생일 축하를 해주고 갔다. 친구들이란 이렇게 해서 좋은 것이다. 그러나 세월이 흘러가면 그 좋은 친구도 생활에 얽매여 이리저리 흩어지면서 자연 가족 위주의 생일잔치가 되는 것. 이것이 당연지사가 아닌가. 창원의 명이가 생남을 했다는 반가운 소식이다. 오늘 수동이 생일이 겹쳐 마음 흐뭇하다.

명이의 산후 통증 8월 31일 일요일 흐림

하루 종일 심상이 좋지 않다. 창원의 장서방이 보낸 소식이 내 마음 한구석을 어둡게 하고 있어 아비 된 자로 마음 심히 괴롭다. 명이의 산후가 매우 좋다는 소식을 듣고는 무척 기뻐했는데 오늘의 소식은 여러 가지로 내 머리를 어지럽게 한다. 산후 탈장 증세인지, 치질 증세인지 통증이 심하다고 한다. 산후에 이상이 생겼다는 것은 듣기 괴롭다.

돌이켜보면 딸아이는 내가 투병 초기에 태어나서 제대로 키우지 못해 평소 몸이 왜소하고 연약했다. 그러나 좀체로 앓아눕지는 않았다. 지금껏 이렇다 할 병이 없었고 대체로 건강한 편이었다. 그래서 직장 생활에도 결근이 없었다. 시어머니가 그렇게 기다리던 아들도 낳았으니 만사형통이었는데 오늘의 소식은 뜻밖이어서 종일토록 그 잡념이 내 머리를 감돌고 있어 괴로운 하루가 됐다. 별 큰 것이 아니기에 치료를 좀 하면 원상으로 돌아올 것으로 믿는다. 다음 주에는 아내가 직접 가볼 예정이다.

아내의 나들이옷 9월 4일 토요일 흐림

다가오는 일요일에 몸을 푼 창원의 딸아이에게 간다는 아내는 나들이옷이 없어 이것저것 케케묵은 것을 내놓고 선별을 하느라 야단이다. 본인도 그렇게 생각하는 것이지만 남들과 같이 나들이옷 한 벌 변변한 것이 없다. 항시 집에서(점포) 생활하다보니 나들이옷이 별로 필요치 않았고 또한 그런 여유도 없었다. 유행이 몇 번 바뀌고 천과 칼라 등이 완전 옛것이 된 것을 입을 수밖에 없다. 이제는 사돈도 생기고 해서 외관 치장도 좀 해야 하는데 잘되지 않는다. 나는 그래도 가끔씩 해 입는 편인데, 몹시 미안한 마음이 든다. 요즘은 여성이 남성보다 더 잘 입고 다니는 시대다. 나이 든 사람들도 화려한 의상으로 단장하고 다녀도 흉 보는 이 없다. 남들은 자식들이 선물한 것이라고 자랑도 하고 야단이지만 우리 형편은 아직 그렇게 되질 못하고 있다. 좋은 의상으로 외형을 나타내기보다 내실 있는 생활을 신조로 하고 지내야 하겠지만 나들이옷 한 벌은 있어야 할 것 같다.

면할 길 없는 할아버지 9월 6일 토요일 맑음

창원의 딸아이에게 몇 자 글을 써보내려니 별로 쓸 문구가 없다. 몇 자 적고 보니 미흡한 데가 있어 재차 쓸까 하다가 그대로 보낼 작정이다. 내일 아내는 딸아이의 출산을 축하하는 방문을 한다. 나도 동행했으면 하지만 아직은 이르다. 더구나 사부인께서 산후 간호를 하고 계셔서 가볼 수도 없거니와 우리나라의 풍속으로 남자가 산후에 방문하는 것은 그리 좋게 여기지 않고 있다. 아무튼 시댁의 대를 이어준 딸에게 격려를 보내고 싶다. 그러나 산후 후유증이 있어 고통을 겪고 있다니 염려가 된다. 내가 벌써 3대라는 계보를 생각해보니 이제는 도리 없이 노인이 되었다. 아직도 노인이란 생각은 나 스스로 느껴보지 못했고 그런 행세를 잘 하진 않고 지내고 있기에 청춘을 간직한 것같이 나 나름대로 생각하고 있었는데 이제는 손자가 생겨 어떻게 변명해도 할아버지는 면할 길이 없다.

명절 풍경 9월 17일 수요일 맑음

늦게 오리라던 며느리가 정오가 지난 뒤 내려왔다. 재동이는 오늘 근무를 끝내고 저녁 차로 온다고 한다. 아기는 친정 가족들과 같이 부산으로 내려와서 어젯밤 친정에서 쉬고 오늘 왔다고 한다. 홀몸이 아니어서 부산 와서 병원 진찰을 받았다고 한다. 그래서 금년에도 산소에 가는 것은 포기해야 할 것 같다. 평소 건강한 몸이라고 하는데 임신한 뒤로는 몸의 상태가 조금 좋지 않다고 하니 염려가 된다. 그래도 추석 음식 만드는 데 거들고 일을 잘 한다. 제수씨는 오전부터 와서 예년과 다름없이 하루 종일 분주하게 잘도 한다. 이제는 우리가 며느리를 봐서 한숨 돌리는가 싶더니 그 짐을 아직 벗지 못한다고 농도 하신다. 생활방식이 옛날과 달라 먼 곳으로 나가 사는 자식들은 손님 같은 인상을 준다. 명절이면 귀성객이 한꺼번에 움직이다 보니 예정대로 집에 못 오는 원인도 있다. 아무튼 1년에 한두 번이라도 온 가족이 모이는 것만도 좋은 현상이라 하겠다.

아시안게임 9월 25일 목요일 맑음

요즘은 아시안게임 중계 보느라 TV와 마주하는 시간이 많아졌다. 감격적인 장면과 아쉬운 장면 등등을 보면서 마치 내가 그 자리에 선 듯한 느낌으로 마음 졸이는 때가 많다. 잠시나마 젊은이가 된 듯하고 나도 모르게 건강인이 된 것 같아 뒷맛이 만족스럽다. 특히 세계를 제패한 중공(중국)을 물리치는 장면(탁구)은 정말 감격적이었다. 온 국민이 환호하는 그 장면은 영원히 잊을 수 없다. 뿐만 아니라 일본과 중공을 꺾고 금메달을 따는 장면도 뇌리에서 사라지지 않는다.

그러고 보니 지금껏 내가 생을 유지해온 것이 또 하나의 감격적인 일이다. 내 일신상의 일이지만 내가 생존함으로써 첨단기술의 시대에 살아남아 좋은 장면을 보게 되니 비록 건강하지 못한 몸이지만 다가오는 88올림픽도 봐야겠다는 욕심이 생겨서 삶의 의욕을 북돋아주는 것 같다. 그러나 사람의 운명은 누구도 점칠 수 없는 것. 주어진 생명을 최선을 다해 잘 보전해나가는 길밖에 없다.

수동이 애인 10월 4일 토요일 맑음

오늘 수동이가 평소 좋아한다는 아가씨를 데리고 와서 인사를 받았다. 영리하고 똑똑한 것 같은데 진가를 알 수야 있겠는가. 내일 그쪽 부형과 상면을 하자고 해서 한번 만나보기로 했다.

좋은 인연 10월 5일 일요일 맑음

어제 인사차 왔던 아가씨의 오빠 되는 분이 오늘 서울로 귀성한다고 가기 전에 면담을 요청해서 태화호텔 커피숍으로 나갔다. 양친은 서울에서 아들과 같이 기거를 하고 있어 이번에 오질 못했고 또한 고령이어서 어렵다는 말이다. 오빠 되는 분도 52세라고 하니 같은 50대여서 대화 상대가 됨직했다. 초면이면서도 대화는 별 어려움 없이 전개되었다. 그쪽의 의향은 혼사를 성사했으면 좋겠다는 단호한 의사이고 머지 않은 날에 희소식을 기다린다는 100퍼센트의 승낙이다. 그러나 나는 확답을 하지 않고 좋은 인연이 되길 원한다고 얼버무리고 왔다. 부형이나 당사자도 좋은 점이 많음을 발견하고 성사하기로 일단 마음을 굳히고 귀가해서 아내와 의논을 해서 결단을 내렸다. 혼비가 문제가 되는데 이 문제도 연구해봐야겠다.

 수동이의 혼처도 정해졌다. 3년을 줄지어 한 해 한 번씩 혼사를 치르려니 빚으로 쪼들렸다. 그래도 당연히 치러야 할 일이고 며느리 맞는 대사라 즐거웠다.

외손주 10월 11일 토요일 맑음

창원의 장서방 내외가 왔다. 그간 산고로 시달리다가 이제는 회복이 되고 아이도 한 달이 넘어서 안고 왔다. 포동포동한 사내아이가 잘생겼다. 더욱이 사부인께서 많이 기다리던 참이었다. 명이는 이제 장씨 가문의 떳떳한 며느리가 된 셈이다. 시대가 아들딸을 구별하지 않는다. 하지만 아직도 남아 선호 사상이 뿌리 깊게 박혀 있어 아들을 낳은 며느리는 조금 미숙하다 해도 애교로 봐주는 경향이 있다. 부디 건강한 몸으로 기왕 얻은 아들을 잘 키우길 바란다.

붓글씨 10월 31일 금요일 맑음

먹을 갈고 붓을 잡아본다. 실로 오랜만의 붓글씨다. 그것도 서도를 위해서가 아닌 쪽지에 음식명(식단)을 적기 위해서다. 5년간의 묵은 유리창 종이(비닐)를 뜯어내고 흰색으로 단장해놓고도 아직 식단표를 써붙이지 않아 장사하는 것 같지 않다는 말들이어서 오늘 큰맘 먹고 써보는 것이다. 먹물을 먹지 못한 붓은 딴딴하게 굳어 있고 벼루는 먼지가 소복하다. 잘 쓰는 글씨는 아니지만 간혹 쓸 일이 있었는데 벌써 5년이 지났다. 오늘은 울산시의 각급 학교 교직원 체육대회가 개최되어 학교는 휴교지만 공부하러 온 학생이 많아 제법 분주하다. 방에서 글자를 몇 자 쓰고 있는데 위층 새댁들이 내려와서 아내와 같이 거들어줘서 많은 도움이 됐다. 오후에는 별로 잘 쓰지 못한 쪽지를 창문에 붙이고, 밖에서 자기 솜씨를 보면서 미숙함을 새삼 느껴본다. 닦아야 보배가 된다는 말이 실감난다. 평소 시간을 내서 몇 자씩이라도 써볼까 한다.

 아버지는 제가 어릴 때 신문지에다 붓글씨 쓰는 연습을 자주 하셨어요. '조국강산'이라든가 그런 것을 쓰신 것 같았는데 제가 그때 신문이 동아일보여서 '동아일보'라고 썼더니 아버지가 "이름에 있다고 동 자는 잘 쓰네." 하셨던 기억이 나요. 저는 그때 제가 나이에 비해 너무 잘 쓴 글씨라 아버지가 약간 당황하신 것을 느꼈어요. 초등학교 1학년 때 쓴 글씨가 6학년 교실 뒷벽에 붙어 있기도 했었지요.

우량아 손주 11월 5일 수요일 맑음

창원의 딸아이가 연락도 없이 찾아왔다. 장서방이 서울서 교육을 받느라고 며칠간 우리집에 머물기로 한 것이란다. 그간 아이는 별 탈 없이 잘 자라 이제는 제법 귀엽게 토실토실하다. 딸자식이란 출가하면 출산을 하는 것이 첫째의 의무이기에 우리로도 매우 흐뭇하다. 더욱이 아들까지 낳아서 더없는 기쁨을 인겨주었다. 시가 쪽에서는 얼마나 좋아했는지 한 달도 안 된 것을 두 번이나 대구까지 데려갔단다. 저녁이면 잘 자지 않고 보채는 것이 흠이라면 흠이란다. 그러나 잘 먹고 살이 찌는 것이 정상이며 우량아다. 모쪼록 무럭무럭 자라주길 바란다.

내 딸 명이 11월 8일 토요일 맑음

딸아이는 아기를 안고 창원 자기 집으로 떠났다. 돌도 지나지 않은 아이를 업고 부산으로 내려가서 내 병 치료와 먹고사는 일에 급급해서 인간 대접을 제대로 받지 못하고 자란 딸이다. 혹독한 장티푸스마저 들어 이승을 떠나려는 길목에서 천우신조로 살아난 내 딸이 이제는 자기도 의젓한 어머니가 되어서 아이를 안고 여기저기 다니면서 친구를 만나고 아들을 낳은 큰 자부심을 갖고 기뻐하는 모습을 볼 때마다 나는 죄의식에 사로잡혀 가슴을 조이는 아픔을 참을 수가 없다. 그래서 이번 기회에 보약이라도 한 제 지어줄까 계획을 했는데 이래저래 시간을 보내고 그대로 돌아갔다. 우편으로라도 꼭 보내줘야겠다. 연약한 몸으로 시집을 가서 시가 쪽의 인정도 완전히 받지 못할 처지였는데 이번 득남으로 크나큰 사랑을 받게 된 셈이다. 다행히 사위도 원만한 사람이어서 평소 우리 부부가 염려했던 것이 완전히 풀려 마음 놓인다. 부디 건강한 몸으로 현모양처가 되길 거듭 당부한다.

며느리의 성의 11월 21일 금요일 맑음

또박또박 보내오는 서울의 며늘아이 편지가 오늘은 등기로 왔다. 돈을 보내올 줄은 미처 몰랐다. 시어머니 생일을 생각해서 미리 보내온 것이고, 또 하나는 창원 딸아이의 아기 백일에 약간의 선물을 보내달라고 5만 원을 보내왔다. 봉급이 좀 많다고 하지만 작품을 하느라면 필요 이상의 돈이 드는 법. 그리고 재동이의 이 치료 등으로 많은 돈이 소비돼서 여유도 없는 줄 안다.

그러니 그 성의가 대단하다. 아직 신혼살림이고 해서 구입할 것도 많겠지. 달셋방에 살림을 내주고 아직 한 번도 가보지 못한 것이 안타깝다. 내년 봄에는 서울에 가볼 예정이다.

 제가 이가 안 좋아 치료를 받았는데 집사람은 속아서 결혼했다며 농을 합니다.

아내 생일 12월 7일 일요일 맑음

결혼한 뒤에 제일 성대한 생일이라고 아내는 자랑 아닌 자랑을 하고 있다. 실로 부끄러운 일이다. 사느라고 생일 정도는 잊고 살아온 세월이 아니었던가. 세월이 가고 자기의 생일을 찾아주는 사람들이 생기게 되었으나 몸은 이미 황혼에 들어서고 있다. 축하받아야 할 생일날이지만 새벽부터 음식 장만하느라 혼자서 평소보다 더욱 바쁘다. 처남 내외와 아침식사를 같이하고 사위 딸이 같이 식사를 하니 그래도 생일 기분이 나는 것 같으나 서울의 큰애 내외, 대구에 출장 중인 수동이가 동석하지 못해 서운하다. 서울의 재동이와 며늘아이가 전화로 생일 축하 인사를 해왔다. 그래서 사는 맛이 난다 할까, 자식 둔 보람이 난다고 할까. 점심이 끝나고는 창원의 장서방 내외가 떠났다. 고추장, 김치, 보약 등 짐이 많아 여행에 힘이 들었을 것이다. 아이는 잘 자라 이제는 하루가 다르게 성장해가고 있어 외손자라도 볼수록 귀엽다.

결혼일자 12월 27일 토요일 흐림

수동이는 결혼일자를 내년 1월 18일로 정하고 오늘 대화예식장을 예약해놓고 왔다. 무일푼인 우리로서는 돈 마련이 우선 걱정이 된다.

혼사 비용 12월 28일 일요일 맑음

오늘 저녁에는 아내와 수동이가 혼사에 관한 여러 문제를 상의하기 위해 저쪽 측과 그랜드호텔 커피숍에서 만나기 위해 떠나고 나 혼자 TV를 보며 시간을 보냈다. 해마다, 즉 작년에 이어 연속으로 혼사를 치르다보니 또다시 무일푼으로 시작한다. 큰아이 수준과 똑같이 하기로 하고 그 이상도 그 이하도 안하기로 했다. 그런데 우선 돈을 마련해야겠다. 여기저기 알아보는 중인데 서사의 제수씨께서도 구해보기로 했다.

모두 성인이 된 3남매 12월 31일 수요일 맑음

어떻게 보냈든 오늘로 1986년의 1년을 다 보냈다 하겠다. 재동이의 결혼으로 좋은 며느리를 맞았고 여름에 시작한 2층 증축 공사를 무사히 끝내 3세대를 입주시키고 5세대가 같이 사는 집이 됐다. 다행히 입주한 분들이 모두가 좋은 사람이어서 정말 한가족 같은 생각으로 지낸다. 1년을 회고한다면 우선 나의 투병 생활이 순탄했고 가족 모두가 건강한 몸으로 한 해를 보낸 셈이다. 서울의 재동이가 이빨 치료에 좀 고통을 겪었다 하나 치료 효과가 좋다고 하니 다행이다. 그리고 며느리가 임신을 해서 머지않아 손자를 보게 될 것이다. 뿐만 아니라 다가올 새해 1월 18일에는 둘째 며느리를 맞이하는 혼사 일정이 정해져서 내년이면 우리 3남매는 모두 성인이 된다. 우리를 떠나가는 허전한 감도 들지만 언젠가 한 번은 겪어야 할 일이다. 어버이 된 모든 이의 공통점이리라. 아무튼 이해는 다사다난한 한 해였지만 결실을 맺었다 생각하니, 마음 흐뭇하다.

1987년

새끼들이 모두 떠난 낡은 둥지

새해 아침 1월 1일 목요일 맑음

정묘년의 새 아침이 밝았다. 한 해를 보내면서 연초에 별다른 계획을 세웠던 것은 아니지만, 그래도 성취하고자 하는 바람은 한두 가지가 아니었다. 이제는 성취를 했든 못했든 과거로 흘러간 일이 되고 말았다. 어느새 59세의 노인이 되고 말았다. 언제나처럼 나의 조그마한 소망은 일신상의 투병 생활이 순조로운 것이다. 그리고 가족들의 건강과 행운이다. 다가오는 둘째 아이의 결혼식이 원만히 치러지고, 머지않아 큰며느리가 무사히 출산하기를 기원한다. 손자를 안아보는 꿈도 꾸어본다. 그리고 자식들이 순조롭게 직장 생활하는 것을 뺄 수 없다. 한 해의 계획은 연초에 있다고 하나 우리에겐 별다른 계획이 없다. 다만 현상유지를 바랄 뿐이다.

오늘 서울의 며느리로부터 서신을 받았다. 신정에 올 예정이었는데 몸이 무거워 수동이 혼사 때 오기로 한 모양. 아침에는 재동이가 직접 전화 연락을 해와서 이해 새 아침에 우리 가족 모두가 무사함을 다시 한 번 확인했다. 금년도 초지일관하길 기원한다.

  언젠가 TV에서 김영삼 대통령이 매일 아침 자기 아버지께 문안 전화를 드리는 장면을 본 적이 있어요. 그 뒤로 저도 한 번 해봐야겠다는 생각이 들었지요. 서울에 있다보면 1년에 명절 때만 부모님을 보게 되고 평소에도 전화는 있지만 그냥 전화하기도 그렇고 해서 늘 마음 한켠이 어두우면서도 그냥 지냈던 것이죠. 처음엔 좀 쑥스러웠지만 계속하니 오히려 애깃거리도 더 생기고 어머니도 좋아하시고 저도 마음이 가벼워졌어요. 그러나 그 일은 아버지가 돌아가시고 난 뒤에 시작된 일이죠. 지금 생각하면 아버지 계실 때 그랬다면 얼마나 좋았을까 싶어요.

토끼 사냥 1월 2일 금요일 비 오고 흐림

중부 이북지방은 많은 눈이 내린다는 보도다. 어릴 때를 생각해보면 지금쯤

이면 눈 쌓인 산에 토끼 사냥을 하느라 뛰어다닌 기억도 나고, 새를 잡느라 바지개덫을 놓고 부엌에서 망을 보며 오돌오돌 떨던 기억도 난다. 근년에 와서는 눈이 쌓인 것을 볼 수가 없다. 우리가 초등학교에 다닐 때만 해도 눈 길에 허술한 신발을 신고 다녀서 손발이 동상에 걸려 봄이면 발갛게 붓고 가려워서 큰 고통을 받은 일이 있었다. 지금이야 옛이야기지.

　수동이는 서울의 자기 형 집으로 가고, 장서방 내외가 밤늦게 왔다. 대구 의 본가는 신정을 쇠기에 다녀오면서 들렀다는 것. 도형이는 날이 갈수록 살 이 쪄서, 이제는 얼굴이 둥글넓적하다. 건강하게 자라줘서 고마운 일이다.

　아, 그래요. 아버지도 어린 시절이 있었지요. 우리처럼…… 그래요……!

텅 빈 둥지 1월 8일 목요일 맑음
짧은 하루를 방 안에 틀어박혀 청첩장 쓰는 데 시간을 보냈다. 청첩장을 쓰 고 보내는 일도 이제 마지막이다. 3남매를 모두 시집장가 보낸 것이다. 우리 부부는 서서히 외로운 노인 대열로 들어가는 것일까. 근래 와서 많이 쓰이 는 문구 중 '쓸쓸한 노년'이 떠오른다. 구시대의 노인들은 대가족의 울타리 속에서 외롭지 않았다. 3대가 한 집에 사는 것이 보통이어서, 손자손녀와 더 불어 황혼의 외로움을 달래고 가족들의 존경 속에서 삶의 보람을 느끼며 여 생을 편히 보냈다 할까? 경제적인 궁핍으로 힘들었지만, 마음만은 풍요로워 가족과 더불어 산다는 것이 무엇과도 바꿀 수 없는 크나큰 재산이었다. 오 늘날은 자식들이 결혼과 동시에 모두들 둥지를 떠나버리는 새처럼 집을 나 간다. 텅 빈 둥지에 쓸쓸히 두 늙은이만 우두커니 남는 꼴이 된다. 우리도 머지않아 빈 둥지에 남아 있는 어미새가 되겠지.

댕기풀이 1월 10일 토요일

수동이는 부산으로 친구들을 접대한다고 떠났다. 듣자니 '댕기풀이'를 내기 위한 용무라나. 시대가 바뀌면서 댕기풀이의 절차도 바뀌는지 몰라도 아직 성례도 올리지 않았는데 댕기풀이라니 좀 이상하다. 아무튼 자기들의 전례가 그러하니 거기에 준해야 한다고 하는데 더는 말릴 수도 없고 책할 수도 없다. 이런 관습은 예부터 있던 것이고 또 친구끼리의 재미있는 장난이라 하겠다. 당시는 아기씨의 댕기를 풀어줬다 해서, 즉 어른이 되었으니 한턱 내라는 부담 없는 장난이었고 이를 당연히 받아들여 제법 재미있는 자리를 만들었다. 어른들도 기쁘게 허락해줬다. 그런데 요즘은 어떻게 자리를 만드는지 모르겠다. 자기들끼리 모여서 현대적인 판을 어떻게 벌이는지 알 수 없다. 아무튼 혼사에 앞서는 행사로서 결혼을 축하하는 좋은 뜻이다. 저녁에는 동생이 와서 고향에 보낼 청첩장을 가지고 갔다. 우리가 오랫동안 부산 생활을 한 이유로 공백이 있어 청첩장 내기가 좀 쑥스러우나 고향사람들이기에 그대로 넘길 수 없어 보내본다.

 우리 삼촌은 정말 아버지의 좋은 동생이었습니다. 아버지의 말씀이라면 거역하는 게 한 번도 없었으니까요. 물론 제 동생 수동이도 그렇습니다. 제가 울산을 가면 언제나 차를 몰고 마중을 나오고……

둥지를 떠나는 새끼들 1월 17일 토요일 맑음

내일 잔치를 위해 집안사람들이 모여서 이것저것 음식을 만드느라 분주하다. 서울의 자부가 오후에 오고 이어서 장서방 내외가 오고 12시가 넘어서 재동이도 내려왔다. 우리 가족 전부가 한자리에 모이게 됐다. 자정이 넘었는데도 좌담이 끝이 없다. 2시가 넘어서 잠자리에 들었다. 작년에 이어 또다시 혼사를 치르게 돼서 우리로서는 부담이 크다. 우리 형세에 맞추느라 무던히도 애를 쓰고 있지만 힘이 든다. 3남매를 모두 성혼시켜놓은 뒤를 생각하면 너무도 허전하지 않을까 하는 생각이 뇌리를 떠나지 않는다. 그렇다고 그대로 언제까지나 집에 붙들어 매놓을 수 없는 노릇. 둥지를 떠나는 새끼들은 낡은 둥지의 어미 아비를 어떻게 생각하고 있을는지.

 자식이란 제 살 길이 바빠 정신이 없어 부모님은 그냥 언제나 그대로 계시는 줄만 아는 것이 아닐까요…….

수동이 결혼식 1월 18일 일요일 맑음
춥겠다는 예보와는 달리 그리 차갑지 않고 바람도 고요하고 또한 청명한 하늘이어서 매우 기분이 좋다. 아침식사가 끝난 뒤로 속속 집안사람들이 모여들었다. 11시까지의 시간은 너무도 짧다. 예식장 도착 시간이 임박하니 모두들 비상이 걸린 듯 야단이다. 옷을 챙겨 입고 두서없이 식장을 향했다. 마침 부산에서 장서방이 승용차를 몰고 와서 요긴하게 사용했다. 다행히 장서방은 성격이 매우 너그러워 성의가 대단했다. 세 번째 앉아보는 부모석이다. 이번이 마지막이다. 사회자와 주례 선생의 낭랑한 목소리가 내 심금을 울린다. 사돈을 대하면서 인연이란 엉뚱하게 맺어지는 것이라고 생각해본다. 동래 사돈과 대구 사돈을 한번에 맞이해놓고 사돈끼리 즐거운 대화를 나눴다. 예상외로 하객이 많아 축의금도 예상을 뒤엎고 200만 원선을 넘겼다. 저녁에는 집안 분들이 모두 모여 노래를 부르며 오랫동안 시간을 보냈다. 홀가분한 마음이 들지만 마지막이라 생각하니 아쉽기도 하다.

새아기 1월 25일 일요일 맑음
요사이는 새아기가 있어 아침 기침도 신경이 쓰인다. 아침 인사는 이틀간으로 생략하고 약식으로 바꿔서 서로가 편하도록 했다.

오늘은 첫 근친 가는 날이어서 간단한 예물을 장만해서 수동이와 같이 떠나보냈다. 서울에서 오신 사돈께서 아직 상경을 하지 않고 계시기에 날짜를 당겨서 보낸 것이다.

새아기는 매사에 재빨라서 아침 5시경이면 꼭꼭 일어나서 부엌일과 청소 등으로 세심하게 행동을 한다. 매우 흡족하다. 몸이 좀 연약해서 염려된다. 그래서인지 식성도 소식이다. 큰아기와는 대조적이다. 하기야 사람이란 천차만별이니 같을 수야 없지만 가급적 듬직했으면 하는 욕심이 든다. 어쨌거나 두 며느리가 다 대졸인 교양인(지성인)들이어서 매사를 슬기롭게 해나가리라 믿고 싶다.

며느리 복 1월 31일 토요일 맑음

큰며느리에 이어 둘째 며느리의 손을 꼭 잡으면서 가정을 이루고 처음으로 살림 나는 시점에서 몇 가지를 당부해보았다. 집보다 가정이 중요하다는 점과 주부·아내·며느리·어머니가 되는 중요한 위치에 있음을 다시 한 번 일깨워주었다. 우리 부부의 노후도 너의 손에 달려 있다는 무거운 짐까지 지워주면서 약간의 살림 밑천을 건넸다.

새아기는 우리 부부의 따뜻한 손을 어떻게 생각했는지 눈물을 지어 보인다. 지혜롭고 빈틈없는 새아기의 성품에 벌써부터 마음 놓고 있다. 그러고 보면 폭넓고 대범한 큰며느리와 야무진 작은며느리를 맞아들인 우리 부부는 행복하다고 할 수 있겠다. 이 순간 허전한 일면도 있지만, 나에겐 분에 넘치는 며느리 복이라 새삼 느껴진다.

작은며느리네 전화 가설 2월 5일 목요일 맑음

작은며느리로부터 전화가 왔다. 전화를 가설했다는 소식이다. 처녀 시절 언니네 전화를 썼는데 아직 별로 쓸 일이 없어 그대로 옮겨온 것이란다. 전화란 현대사회의 필수석 이기다. 요즘은 시방 구석구석까지 통화가 되는 세월인데, 도시에서야 당연한 일이다. 그러나 아직도 남의 집에 세 든 사람들은 자주 집을 옮길 수 있어 가설을 기피하고 있는 실정이다. 어쨌거나 좋은 시대에 살고 있다. 나날이 발전하는 사회이고 보면 앞으로 몇 년 뒤 혹은 10년 뒤의 사회는 예상하기 어려울 것 같다.

아버지, 정말 많이 변했어요. 불과 20여 년 만에 손바닥 안에서 전화, TV, 카메라, 신문, 영화…… 그 모든 것을 다 볼 수 있게 되었으니까요.

큰며느리 아들 분만 2월 19일 목요일 흐린 뒤 비

우수(雨水)에 내리는 비와 더불어 기쁜 소식이 전해왔다. 동래의 사돈댁에서 며느리가 순산했다는 소식이다. 내 생애 처음 느껴보는 야릇한 충격이다. 조부가 되는 순간의 기쁨과 이제 후대를 이어놓고 간다는 안도감을 동시에 느낀다. 정말 오늘까지 나를 있게 해준 조상님들과 가족, 도움을 주신 여러분들께 감사드린다. 손자까지 본다는 것을 꿈에도 생각하지 못한 내가 아니었던가. 다만 자식이라도 이 세상에 남겨놓고 간다는 것을 감사해야 했는데, 막상 오늘의 기쁨을 맛보니 꿈 같기도 하다. 노욕인지는 몰라도 손자를 얻을 것이라고 마음속으로 믿고 있었다. 그러나 창조의 신은 인간의 조그마한 소망도 저버릴 수 있기에 반신반의했다고 할까? 아무튼 조상님들께 후대를 이을 씨앗을 얻었다고 아뢰고, 가족들과 집안 친지들 그리고 우리를 아껴주신 여러분들과 더불어 자축의 기쁨을 나눠야겠다. 기쁜 하루다.

고생 끝에 낙이라는 말이 있듯이 우리 부부도 꾸준히 외길 인생을 살다보니 좋은 일도 속속 보게 된다. 지난 3월에 큰며느리를 맞고, 8월에는 외손자를 얻고, 금년 1월에는 둘째 며느리도 맞았다. 또 2월에 큰며느리가 우리의 대를 이을 장손을 안

거주었다. 이 이상 바란다면 욕심이지.

아들을 얻은 아들의 기쁨 2월 21일 토요일 흐림

저녁에는 서울에서 재동이가 내려왔다. 요즘은 토요일이면 꼭 왔지만, 이번은 특히 아들을 얻은 기쁨이 더해 가벼운 걸음으로 내려왔겠지. 태어난 아들 이름을 논의할 요량으로 집으로 오라고 했다. 이름을 짓지는 못했다. 요즘은 부모 위주의 시대여서 할아비의 권한이 절대적이지는 않다. 내외가 상의해서 연락하라고 했다.

　재동이는 막차로 부산으로 떠났다. 내려오면 꼭 우리에게 알리고 급한 일이 없으면 울산을 거쳐 간다. 그러고 보면 우리 가정은 아직도 전통적인 효심이 살아 있다고 여겨져서 흐뭇하다.

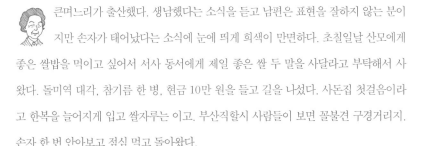

큰며느리가 출산했다. 생남했다는 소식을 듣고 남편은 표현을 잘하지 않는 분이지만 손자가 태어났다는 소식에 눈에 띄게 희색이 만면하다. 초칠일날 산모에게 좋은 쌀밥을 먹이고 싶어서 서사 동서에게 제일 좋은 쌀 두 말을 사달라고 부탁해서 사왔다. 돌미역 대각, 참기름 한 병, 현금 10만 원을 들고 길을 나섰다. 사돈집 첫걸음이라고 한복을 늘어지게 입고 쌀자루는 이고. 부산직할시 사람들이 보면 꼴불견 구경거리지. 손자 한 번 안아보고 점심 먹고 돌아왔다.

자식 울타리 3월 5일 목요일 맑음, 바람

새아기가 동사무소에 가서 퇴거신고를 하고 갔다. 그러고 보면 내 세대에는 우리 내외만 남고 모두 떠나갔다. 예상은 하고 있었지만 막상 자식들이 하나둘 다 떠나고 나니 허전한 느낌이 든다. 이제는 법적 기록부에서마저도 모두 떠나갔으니 실감이 난다. 그러나 그들이 비록 떠났다 해도 우리를 울타리처럼 둘러싸고 있으니, 마음 든든하다.

시현이 출생신고 3월 7일 토요일 비

아침부터 궂은비가 내린다. 그러고 보니 제법 자주 비가 내리는 폭이다. 부산의 친정에 와 있는 큰며느리로부터 또 편지가 왔다. '시현'(時賢)이 출생신고를 본적지에서 할지 아니면 서울의 현주소에서 할지를 알려달라는 사연이다. 그리고 시현이는 잘 자라고 있다는 반가운 소식이다. 출생신고는 내가 가서 하겠다고 평소 말해왔다. 몸이 불편해도 꼭 내가 해야겠다. 이제는 몸도 좀 풀리고 앞으로 날씨도 풀릴 것 같으니, 며칠 뒤에 면사무소에 직접 가 꼭 신고할 예정이다.

오늘은 토요일이어서 평소보다는 학생의 출입이 조금 많다. 오랜만에 매상이 흡족하지는 않지만 괜찮은 폭이다. 그러나 아내는 힘에 겹다. 아직은 무엇인가 우리 힘으로 경제를 유지해야지 자식들에게 손을 내밀 수도 없다. 또한 소일감도 있어야 하기에 힘이 닿을 때까지 좌판 앞에 앉아야겠다.

 시현이 이름은 장인어른이 작명하는 곳에 가서서 지어오셨어요. 저는 한글 이름을 생각했지만 이미 지어진 이름이라 따르기로 했어요.

바쁜 하루 3월 9일 월요일 흐림

11시경에 집을 나와 범서면사무소로 향했다. 오늘은 여러 가지로 바쁘다. 우선 면에 가서 손자 출생신고를 하고, 현대약국에 가서 약(해파프랙스 2만 5천 원)을 사고, 전화 요금도 내야 한다. 호적계에 갔더니 본적지에서 신고를 해도 되긴 하는데, 여기서 서울로 보내서 거기서 출생자 시현의 주민등록번호를 등재하고 또다시 본적지로 되돌아와야 하는 불편과 불합리한 점이 있어 현주소지의 동회에서 신고하는 것이 좋다고 해서 그대로 왔다. 서울과 동래의 주소로 며느리에게 편지를 보냈다.

손자를 만날 날 3월 13일 금요일 흐린 뒤 갬

동래의 큰며느리로부터 서신이 왔다. 17일에 시현이를 데리고 온다고 한다. 그러고는 22일경에 서울로 올라갈 예정이라고 한다. 손자를 본다니 기다려진다. 특히 요즘은 심신이 편치 못해 이따금씩 내 인생이 초조해지는 것 같아 손자라도 안고 싶어진다. 이번은 통증이 너무 오래 계속돼서 모든 것이 싫증이 난다. 물 마른 고목이 돼가는지 회복이 더디다. 빨리 이 굴레를 벗어나서 나를 잊는 시간을 가졌으면 한다. 오후에는 작은며느리가 다녀갔다.

손자를 안아본 순간 3월 17일 화요일 비 오고 흐림

약속한 대로 사돈 내외분과 큰며느리가 시현이를 데리고 우리집에 왔다. 사돈 내외분은 고향분의 결혼식의 참례로 농소면 사청으로 떠나고, 서사의 제수씨, 처남 내외, 수동이 내외가 와서 점심식사를 함께했다.

한 생명의 탄생은 얼마나 값진 것인가. 모두들 기쁜 마음으로 아이를 맞아주고 대화의 꽃을 피운다. 당연한 일이다. 내 생에 가장 기쁜 날이 될지도 모른다. 꿈에도 생각하지 못한, 내 생전에 손자를 안아본 순간이 아닌가? 어느 누가 손자 없는 이가 있을까마는 내 경우와는 다르지 않겠는가? 여러 사람의 축복을 받고 태어난 시현이는 그 보답을 꼭 하리라 믿는다.

오후 4시가 넘어 사돈이 다시 와서 며느리와 시현이를 데리고 부산으로 떠났다. 월말에는 서울로 돌아갈 예정이란다. 몇 시간 동안의 만남이 너무도 아쉬워, 지금도 손자의 귀여운 모습이 아련히 떠오른다. 부디 건강히 자라주기를 기원한다.

 시현이가 할아버지를 뵈러 왔다. 손자를 안은 남편 손은 떨리고, 눈물이 글썽하다. 워낙 중병이기에 발병 초부터 주위 사람은 물론 본인도 오래 살지 못한다는 생각을 염두에 두고 있었기에 상상도 못한 손자를 안은 현실 앞에서 눈물이 나는 모양

이다.

새 양복 3월 25일 수요일 맑음

며칠 전에 양복감을 가지고 간 양복집 주인이 직접 와서 가봉을 하고 갔다. 이달 말에는 완성된다고 한다. 나야 별로 나갈 데가 없지만, 그래도 어쩌다 나들이를 가자면 옷 한 벌 정도는 갖춰야 할 것 같다고 며느리가 해온 것이니 고맙게 맞추어 입는다. 오랫동안 양복 걱정은 없을 것 같다.

딸 걱정 4월 4일 토요일 맑음

저녁 11시경에 창원의 장서방 내외가 왔다. 오랜만에 안아보는 도형이는 제법 커서 이제는 앉기도 하고 방바닥을 기어다니는 정도로 자랐다. 금년 여름이면 돌이 되는데, 그때는 꽤 클 것 같다. 장서방은 봉급도 오르고 차츰 회사에서 기반을 잡아가고 있다고 하니 반가운 일이다. 딸이 못사는 것도 큰 근심거리라는 말을 평소 듣고 있었는데, 이제 나도 실감할 때가 왔다. 딸 걱정도 하나의 걱정거리가 되는 것 같다. 그러나 장서방이 착실하게 생활하고 있어 마음 놓인다.

언제나 궁금한 자식들 소식 4월 26일 일요일 흐림

서울의 큰아이는 4·19날 딴 집으로 이사를 한다고 연락 오고 지금껏 아무런 소식이 없다. 자식에 대한 부모의 염려야 항시 마음속에서 떠날 날이 없지만, 자칫 자식들은 부모에 대해 무관심한 것 같다. 우리의 과거 생활을 돌이켜보거나, 현재 우리가 당하고 있는 현실은 언제나 그런 궤도에서 벗어나질 못한다. 더구나 핵가족 시대에는 부모에 대한 관심도가 더욱 낮다는 애기들이다. 그러나 우리집 아이들은 아직 부모에 대해 무심하다는 소리는 안 듣는 것 같다. 우리의 자랑이다. 서울의 큰며느리는 사흘이 멀다 하고 서신을 보내는데, 하필 이사 뒤의 소식이 없어 궁금하다. 오늘내일 하고 기다린 지 일주일이 지났는데 아직 연락이 없어 궁금하다.

　오늘은 수동이 내외가 와서 함께 식사를 하고 집안일을 거들고 갔다.

이사 후 재동이 소식 4월 28일 화요일 맑음

서울의 큰아이로부터 편지가 왔다. 어제 궁금해서 전화로 연락해서 소식을 들었으나, 그간의 사연을 잘 기록해온 것을 보고 이제는 마음 놓겠다. 다행히 좋은 집을 얻고 주인마저도 괜찮은 분이어서 마음에 든다고 한다. 그러나 전세비가 거액인 관계로 부담을 안고 살아야 한다. 우리가 힘이 돼주지 못하는 것이 미안스럽지만, 자기 성장을 위해서는 누구의 도움도 바라서는 안 될 것이다. 과거나 현재 어디까지나 자조 자립의 신념으로 앞날을 헤쳐 나가야 한다는 데는 변함이 없다. 성실한 생활의 연장에서 얻어지는 대가가 자기의 귀중하고 참다운 재산이 된다는 점을 다시 한 번 깨우쳐주고 싶다. 아무튼 기쁜 소식을 들어 흐뭇하다.

　첨부터 좋은 집에 사는 것보다 오히려 처음에는 살림이 없다가 조금씩 불려나가는 재미가 더 좋지 않으냐고 하시던 아버지 말씀이 생각납니다. 저는 그때도 그렇게 살긴 했지만 뭔가 환상이 있었던 듯 잘되겠지, 하고 살았어요.

영리한 작은 며느리 5월 2일 토요일 비

봄비가 잦다. 부슬비가 내리는 가운데 작은며느리가 왔다. 토요일이라고 점포가 붐빌 거라고 생각하고 온 것 같다. 여러 가지로 영리한 우리 며느리가 알아서 잘한다. 그런데 수동이가 아직도 가정에 완전히 충실하지 못해 애태우는 것 같아 몹시 가슴 아프다. 내 딸도 남의 집에 보냈는데 처지가 다를 바 있나. 그래도 나는 행복하다. 며느리 둘을 모두 잘 봐서 마음속 흐뭇하다.

며느리가 달아준 카네이션 5월 8일 금요일

작은며느리가 와서 빨간 카네이션 꽃을 달아주었다. 우리 내외는 자랑스럽게 가슴에 달고 자식 둔 보람을 느껴본다. 딸아이가 있을 때는 해마다 잊지 않고 우리 내외를 외롭지 않게 해주었는데, 이제는 며느리가 들어와서 정성껏 꽃을 달아준다. 이제는 딸보다는 오래도록 우리와 함께 살아야 하는 며느리에게 더욱 정감이 간다. 정이란 일방적인 게 아니라 오고 가야 하는 것인데. 정말 내가 어른 구실을 하고 있는지도 반성해야겠다. 작은며느리는 요즘 임신 중이라 매우 수척하다. 우리에게는 또 한 번의 경사가 생길 것 같다. 벌써 할아버지가 된 것 같아 기쁘다. 약간의 간식비를 건네줬더니 기쁜 표정이다. 모쪼록 건강해서 손자를 안겨줬으면 한다. 오늘은 2층의 선철네도 양말을 사와서 건강을 기원해주었다. 정말 고맙다. 작은 선물이지만 그 정성이 대단하다. 그들의 장래를 빌어준다.

 늦은 봄 어느 날 수동이가 김밥을 말고 있는 내 곁에 슬며시 다가와서 나직한 목소리로 "엄마, 집사람 임신했다." 한다. 응, 그래 축하한다. 잘해줘라, 힘들겠다. 할미가 되는 것도 좋았지만 수동이는 아비가 돼가는 게 흐뭇한 표정이다. 인생은 이렇게 한 단계 한 단계 밟아 올라가다 황혼을 맞는 법이다.

내 핏줄 5월 17일 일요일 맑음

아내는 새벽시장으로 내가 언제나 먹고 있는 전복을 사러 나갔다. 요즘은 전복 값이 올라서 종전의 배 정도의 값이라 하니, 전복 먹기가 점점 어려워지는 것 같다. 아침식사는 9시가 넘어서 하고, 바로 장사에 뛰어들어 종일토록 점포에서 시간을 보내느라 장사가 끝난 뒤에는 완전히 녹초가 됐다. 작은며느리가 와서 장서방 내외와 함께 정담을 나누다가 갔다. 자식들의 방문은 반가운 일인데, 그때마다 아내는 좋은 음식을 거두어 먹이느라 반가운

만치 피로하다. 그러나 자식들이 떠나가는 뒷골을 바라보면 역시 서운하다. 딸자식은 출가외인이라 하지만, 그래도 오래도록 소식이 없으면 궁금하고 보고 싶은 것은 천륜이라 할까? 핏줄은 어쩔 수가 없다고 하겠다. 6시가 넘어서 창원으로 돌아갔다.

옷 한 벌 변변치 못한 아내 5월 27일 수요일 맑음

어제부터 오늘 저녁까지 내일 있을 서울행을 준비하느라 법석이다. 준비를 많이 하지도 못했는데, 하도 오랜만에 하는 나들이라 생각도 많다. 여행을 자주 하는 사람들은 돈만 있으면 쉽게 떠나는데 우리 부부에겐 갖출 것도 많다. 나는 우선 와이셔츠가 필요하고, 아내는 옷이 없어 이것저것 생각을 하다가 유범 엄마(처남댁)의 권유로 처형 옷을 빌려 입고 가기로 했다. 처형에게 전화를 걸어 약속해서 오늘 밤 처형이 직접 갖고 왔다. 나는 극구 반대했다. 내 조그만 자존심은 살아서, 자기 아내가 옷 한 벌 변변한 것이 없어 남의 것을 빌려 입는다는 사실이 수치스러웠다. 그런데 갑자기 구입하려니 막연했다. 처형이야 우리 사정을 십분 이해할 분이지만 나로서는 그리 즐겁지가 못하다. 아무튼 기왕에 준비된 것이니 고맙게 여기고 잘 다녀와야겠다.

서울 큰손자 시현이 백일이라고 큰마음 먹고 서울 여행을 한다. 마음이 들뜬다. 얼마나 컸을까. 보고 싶다. 오랜만에 여행을 하려니 우선 입고 갈 옷이 마땅치 않다. 나들이를 하지 않는 탓도 있지만 옷 사입을 형편도 못 됐다. 농 속에 있는 옷을 모두 꺼내 입어봐도 석연치 않다. 남편은 빚이라도 내서 한 벌 사입으라고 하지만 살림은 내가 하는데 그럴 수는 없고, 고민을 하다가 염치 불구하고 언니에게 전화로 계절에 맞는 옷 한 벌 빌려달라고 해서 언니가 가져왔다.

어머니는 젊은 시절부터 경대(화장대)가 없으셨지요. 장사하느라 바빠서 화장할 시간이 없었던 것이지요. 화장품이라고 있는 것이 그 안에 거울이 붙어 있고, 빰에 바르는 분통 하나가 있을 뿐이었지요. 물론 극장 한 번 가볼 수 없었구요.

시현이 백일 5월 29일 금요일 흐림

시현이 백일날 아침이다. 별로 차린 것은 없어도 우리 가족끼리 오붓하게 기념이 되는 식사를 했다. 백일날이라고 여러 곳에서 선물이 많이 들어와서 백일 반지가 제법 많다. 우리는 이것저것 식료품을 가지고 가느라 힘만 들었지, 기념이 될 별다른 선물은 하지 못했다. 5만 원을 건네주고 기념이 될 만한 것을 사라고 했다. 자식에게 주는 것이야 얼마든지 한이 없지만, 우리 형편이 그래서 가서 보는 것을 뜻있는 것으로 여기는 수밖에 없다. 서울 올 때는 둘째 며느리 사돈도 만나고 여기저기 전화라도 해볼 작정을 했는데, 막상 와보니 계획한 일들이 무산되었다. 무료하게 아들 집에 있을 수 없어서, 1시 45분 차로 돌아왔다. 내 집이 아닌 번화한 서울에서 나그네의 심정이 된 것 같아 하루바삐 포근한 울산으로 돌아오고 싶었다. 잘살든 못살든 자기 집이 유일한 안식처라는 것을 새삼 느껴본다. 무엇보다 이번 여행을 무사히 해냈다는 것이 나로서는 용기가 난다.

차 안에 나란히 앉아 차창을 내다보니 산천은 온통 녹색으로 물든 나무들이 싱그럽게 춤을 추며 우리 부부 오랜만의 여행을 반기는 듯 마음을 즐겁게 해줬다. 골짜기를 지날 때마다 남편은 여기는 무슨 도, 무슨 도라고 기운도 없을 터인데 일일이 설명을 해주곤 했다. 우리집 잠자리에 든 남편은 잘살든 못살든 내 집이 가장 포근한 안식처구나, 했다. 당신 떡볶이 팔고 얼음 갈아서 마련한 우리집이란 말을 하기도 했다.

효도관광 6월 11일 목요일 맑음

건강하게 오래 사십시오! 큰며느리가 보낸 편지 속에서 자주 읽을 수 있는 말이다. 지극한 효심이 담긴 말이어서 언제나 고맙게 여긴다. 막상 내가 낳은 자식들은 별로 그런 말을 하지 않는데 피도 살도 섞이지 않은 며느리가 나를 위로하고 격려해주면 정말 감격스럽다. 하기야 자식들인들 왜 그런 마음이 없을까마는 너무 가까운 관계(혈육)여서 발설하지 않는다고 여겨야겠다. 오늘 서울의 큰며느리가 보낸 서신에는 내 건강이 허용된다면 내년 봄에는 효도관광을 시켜주겠다는 내용이 있다. 그때 사정이 어떻게 되든 간에 계획을 미리 세우고 우리 부부를 위안해준다는 데는 기쁘지 않을 수 없다. 하기야 평소에도 농담 삼아 늘그막에 여행 한번 하자고 부부가 계획을 세워보기도 하지만, 그것이 쉬운 일은 아닐 것 같다. 서로 웃고 마는 때가 한두 번이 아니다. 경비가 많이 드는 관광보다 가까운 곳으로 온천이라도 하러 갔으면 한다.

 몇 년 전 방송에서 어버이날을 맞아 아버지에 대한 인터뷰를 하러 왔어요. 자식에게 모든 것을 내준 텅 빈 뒷모습의 아버지 등에 관한 이야기들이었지요. 그때 저는 이렇게 말했어요. "우리 아버지는 모든 삶을 우리를 위해 사셨고 그 결과 저의 오늘이 있습니다. 그래서 저는 아버지의 삶을 반복해서는 안 된다고 생각합니다. 그것은 우리들 아버지의 보람이 아닙니다. 저는 저의 삶을 열심히 살고, 제 자식을 위해 희생하는 것이 아니라 자식과 삶을 두고 경쟁하는 그런 삶을 살고 싶습니다."라고.

언제나 옆에 있는 수동이 내외 6월 14일 일요일 흐림

그간 방치하다시피 두었던 화단을 수동이 내외가 와서 정리했다. 어린 묘목일 때 심은 사철나무가 너무 크게 자라 담 쪽으로 옮기고, 작년에 2층을 증축할 때 인부들이 무자비하게 시멘트 등속을 화단에 버려놓았는데 오늘 깨

끗이 걷어냈다. 그간 우리 부부의 힘으로는 손을 대지 못해 아이들이 와서 해주기를 기다렸는데, 수동이가 마음이 내켰는지 한참 동안 작업을 했다. 문과 벽도 수돗물로 깨끗이 씻어냈다. 자식이란 이래서 좋은 것인가. 식탁이 항상 단조로웠는데 저녁에는 수동이 내외가 외로움을 달래준다. 그래서 자식 없는 사람들은 외롭다 하는지? 3남매를 가진 우리로는 한 집에 같이 살지 않아도 언제나 함께 있는 마음이다. 혈육이란 무서운 것이다. 나로서는 투병 중에 자식들, 특히 자부들이 항시 걱정해주니 더욱 흐뭇하다.

부지런한 큰며느리 7월 2일 목요일
서울 큰며느리로부터 편지가 왔다. MBC방송국 '여성살롱'에 투고했는데 당선되어 상까지 탔다고 한다. 7월 4일 10시에 직접 방송국에 나가서 출연을 한다고 하니 기쁜 소식이다. 아내는 여기저기 자랑을 하고 창원의 명이에게도 전화를 내서 소식을 전했다. 여러 가지 바쁜 가운데 방송국에까지 투고하다니 여간 부지런한 며느리가 아니다. 고부간의 갈등은 지금도 엄연히 존재하고 있는데, 아내는 완전히 현대인의 사고방식으로 며느리들을 대하니 흐뭇할 따름이다.

단란한 시간 7월 5일 일요일 맑음
오늘 밤은 우리 가족 모두가 한자리에 모였다. 시현이를 안고 저녁에 온 큰아이 내외와 그 이전에 와 있던 작은아이 내외가 한자리에 모여 시간이 가는 줄 모르고 그간의 생활담을 나누는 단란한 시간을 가졌다. 기왕이면 창원의 장서방 내외도 같이했으면 하는 생각이 간절했다.
  어린 시절, 학창시절 그리고 최근의 생활까지 3시가 다 되도록 이야기를 그칠 수 없었다. 특히 큰며느리의 달변으로 더욱 분위기가 고조되었다. 종내는 과감하게 남편 용돈까지 이야기하는데, 현대의 젊은 주부들의 생활태도를 알 수 있을 것 같았다. 하기야 계획성 있고 절약하는 생활을 해야겠지. 더구나 도시 생활을 하는 사람들은 자고 나면 돈이 필요할 텐데, 훗날 후회하지 말고 가능할 때 저축을 해야 하는 것은 당연지사. 그러고 보니 우리 아이들은 용돈을 적게 쓰는 줄 알았는데, 아무래도 계획성 없는 소비를 하고 있는 모양. 앞으로 규모 있는 소비를 하지 않으면 안 될 것 같다.

손자 시현 7월 6일 월요일 흐림

시현이는 며칠간의 여행에서 몸살이 났는지 열이 심하게 나서 근처에 있는 소아과 의원에 가서 진찰을 받고 약을 지어왔다. 열이 없으면 잘 놀고 방글방글 웃기도 하는데 열이 있으니 시무룩하고 짜증을 부린다. 살이 제법 오르고 자주 설치는 통에 나는 안아주기가 힘이 든다. 그래도 손에서 떼어놓기 싫은 것은 무슨 이유인지? 혈육이란 무서운 것이 아닌가. 새삼 느껴본다. 영원히 사는 방법 중 혈육을 남기는 일이 가장 쉬운 것이다. 그러나 그것도 뜻대로 안 되는 사람들도 있으니 조물주는 공평하지 않은 면도 있는 것 같다. 인류 역사에 빛을 남긴 사람은 혈육을 남기지 않고도 영원히 사는 사람들이지만, 범인들이야 혈손을 남겨두는 것으로 족하리라. 이제 우리 부부도 손자까지 얻었으니, 별 공도 없으면서 조상이 되어 마음이 놓인다. 조상들을 부끄러움 없이 대할 수 있으리라.

자꾸 보고 싶은 시현이 7월 12일 일요일 비

장마 속 가뭄이 계속되다가 오늘부터는 본격적으로 장맛비가 내리기 시작한다. 어제 동래 처가로 내려갔다가 가족을 데리고 서울에 무사히 도착했다는 재동이의 전화를 받았다. 재롱을 부리는 시현이의 귀여운 모습이 눈에 삼삼하다. 뛰고 싶어하면서, 활달하게 웃는 그 뚜렷한 얼굴이 나를 사로잡는다. 남들은 늦게 본 손자라고 하지만, 우리 시현이가 다른 성숙한 아이들보다 더 돋보인다. 가족계획이라는 국가 정책에 따르는 차원도 있지만, 요즘 젊은 세대들은 많은 자녀를 원치 않는다. 생활의 여유가 생기면서 부부 위주의 생활을 즐기는 풍조가 생기고, 서구인들의 생활도 탐을 내는가보다. 어떻든 우리 시현이가 충실하게 자라나주기를 기원한다. 아내는 요 며칠(아버님 제사 뒤) 동안 건강이 매우 나쁘다. 평소보다 일찍 점포 문을 닫아도 피로하기는 마찬가지다.

나이가 들어가니 천덕꾸러기 내 몸도 자주 잔꾀를 부린다. 팔목이 아파 움직이기가 거북하다. 2~3일 한의원에 가서 침을 맞고 치료하니 조금 효험이 있는 듯하나 이번에는 발목이 아프기 시작한다. 발목도 침을 맞기 시작했다. 남편은 쉬라고 하지만 우리 형편이 허락하지 않는다. 돈으로 생명을 이어가는 중환자 남편이기에 오래 같이 살려면 내 고통쯤은 참아야 한다. 며칠 있으면 여름방학이 오기에 그날이 오기 전에 한 푼이라도 더 벌어야 한다.

늙어가는 육신 7월 24일 금요일 흐리고 비

3학년 보충수업을 하고 있는 요즘은 학교에서 분식류를 팔지 않아서 그런지 점심시간이면 한때 요란하다. 주로 라면 그리고 역시 떡볶이가 최고 인기다. 오히려 평소보다 소비가 많아진다. 그래서 오늘도 품절이 됐다. 날씨가 좀 서늘해서 빙수는 좀 뜸해지고 주로 떡볶이다. 방학이어서 각급 학생들의 유동이 많아 소비를 가중시키는 것 같다.

아내는 오늘도 한의원에 가서 침과 뜸 치료를 받고 왔다. 차도가 좀 있는 듯하다는 반가운 이야기다. 빨래조차 제대로 하지 못하고 옆방 새댁의 탈수기 신세를 지고 있다. 나이깨나 먹은 부부라 살아가는 데 건강이 더욱 절실하다. 어느 한 사람이라도 몸이 불편하면 둘 다 고역이다. 30여 년을 하루같이 노력해온 아내이기에 건강이 더욱 절실하지만 이제 남은 것은 병뿐일 것 같다. 남들은 재미 삼아 장사를 한다고 여기겠지만, 그들이 어찌 우리 사정을 알랴? 이래저래 한세상을 보내는 것이지.

 언젠가 저는 아버지가 편찮으신 것이 절 위해서가 아니었나, 하는 이야기를 한 적이 있습니다. 아버지가 편찮으시지 않았다면 울산에 있었을 테고 그러면 대학을 가기도 어려웠을 테고, 무엇보다 만홧가게를 하지 않아 제가 그런 문화적 혜택을 받지 못했을 것이기 때문입니다. 어머니는 저의 그 말이 쉽게 납득되지 않으셨다고 하네요. 너무도 고생스러우셨기 때문일 겁니다. 그리고 저는 일 때문에 너무 피곤이 계속 가중되면 몸의 위험한 지점을 느끼곤 합니다. 간이 굳어버리기 직전이랄까. 이럴 때면 저는 '아, 나는 아버지처럼 되면 안 된다, 아버지처럼 되면 안 된다……' 하고 다시 쉬면서 회복을 하곤 합니다. 아버지가 아니었으면 저도 아버지처럼 간경화에 걸렸을지도 모를 일입니다.

사이좋은 아들들 8월 2일 일요일 흐림

덥지 않은 하루다. 그래서 지내기는 마치 가을 같은 날씨다. 서울 친정집에 갔던 작은며느리는 오늘 저녁 늦게 도착해서, 바로 전화로 인사를 한다. 사돈 내외를 비롯해서 댁내가 모두 무사하고, 상도동의 큰아이 집에 들러서 하룻밤 자고 왔다는 소식이다. 형제가 멀리 떨어져 있으니 자주 상봉할 기회가 없어 대화도 못하다가 오랜만에 만나 정담을 나누었으리. 그런데 큰며느리는 또다시 임신을 했단다. 평소 둘 정도는 낳을 계획이라고 하더니 뜻을 굳힌 모양. 아무튼 반가운 일이다. 신체가 좋은 편이어서 큰 지장은 없어도 연년생이니 키우기가 힘들지 않을까 염려된다. 어쨌거나 손자가 하나 더 늘게 돼서 기쁘다. 시현이도 탈 없이 잘 자라고 있다니 더욱 반갑다.

아내의 화상 8월 3일 월요일 맑음

우당탕, 하는 소리와 함께 아내가 아픈 소리를 냈다. 깜짝 놀라 일어나서 나가니 아내는 발을 절면서 연탄재를 버리려고 나가고 있다. 즉시 나머지를 차에 올려주고 점포에 와보니 아내의 발은 팔팔 끓는 물에 완전히 삶아진 격으로 화상을 입었다. 급하게 서두르다가 온수 물통을 엎지른 것이란다. 급한 김에 감자를 긁어모아 붙이고 하루를 지냈는데, 결국 오후에는 열이 심하게 나고 몸살마저 나서 저녁식사도 제대로 못했다. 병원에 못 간 것이 한이 된다. 내일은 꼭 병원으로 가서 치료를 받아야겠다. 그 통증을 무릅쓰고 종일토록 장사에 매달리다보니 결국 복합적인 증세를 얻은 것 같다. 그러나 감자를 붙여서 통증은 그리 심하지 않고 화기는 거의 빠진 것 같다. 결과가 좋아야 하는데 이 밤을 지내봐야 알 수 있을 듯.

아내 화상 치료 8월 4일 화요일 흐린 뒤 밤에 비

앞집 김씨의 오토바이 뒤에 실려 병원으로 가는 아내의 모습은 정말 보기 딱하다. 길 건너 외과(김청길의원)에 가서 어제 다친 두 발의 화상 부위를 치료받았다. 즉시 오지 않았다고 의사가 힐책했지만, 감자의 덕도 많이 본 셈이다. 간단히 치료를 받고 귀가했다. 의료보험 혜택을 받아 치료비는 저렴하다. 약속대로 정오경에 작은며느리가 와서 시중을 들었다. 아내는 오후에 접어들면서 몸살이 더욱 심해져서 소리를 지르고 통증 때문에 인상을 쓴다. 인근 한의원에 가서 증상을 이야기하고 취한제를 두 첩 지어 와서 즉석에서 다려 먹였다. 그렇게 심했던 진통은 이제는 가라앉는 모양. 편안하게 잠이 들게 되고 한결 좋아졌다고 한다. 오늘은 아예 휴업했다. 찾아오는 단골손님에게는 미안한 감이 든다. 당분간은 쉬어야 할 것 같다.

아내의 입원 8월 10일 월요일 흐린 뒤 비

오늘따라 방이 넓게만 보인다. 아내는 병원의 침대에서, 나는 혼자서 쓸쓸히 이 방을 지키고 있으니. 나를 멀리 부산의 병원에 보내놓고 밤마다 허전했을 아내의 심정을 피부로 느껴본다. 라면 한 봉지로 저녁을 때우고 TV 앞에 앉아도 아내의 모습이 떠올라 그저 화면만 건성으로 봐버린다. 부부란 무엇인고. 남남끼리 만나 굽이굽이 인생길을 함께하며 고락을 함께 겪고 언젠가는 또다시 각각의 자리로 돌아간다. 그동안 깊이 스며든 정은 무엇과도 바꿀 수 없다.

10시경에 동강병원에 갔다. 마침 담당의사(일반외과)가 수술에 들어가서 오후 3시경에야 입원을 했다. 특히 작은처남이 동행해서 크게 수고했다. 3도 화상이어서 치료를 잘 받아야 한다고 한다. 통증이 심해 응급실에서 간단한 치료를 받고 입원했다. 시일이 좀 걸릴 것 같다. 오늘 밤은 수동이 내외가 같이 와서 자고, 나는 내일 오전에 병원으로 가고 며느리는 오후에 갈 계획이다. 처음부터 입원하지 못한 것이 후회된다.

1987년 8월 3일. 연탄을 갈아넣으려고 찜통 끓는 물을 겨우 내려놓고 한 발 내딛다가 몸뻬 자락이 찜통 귀에 걸려 끓는 물이 발에 쏟아졌다. 급한 김에 아이스박스 얼음물을 대야에 담아 발을 담그니 한결 시원했다. 열을 식히고 감자를 긁어서 발에 붙였다. 마음속으로 중얼거렸다. 아무리 아파봐라, 내가 장사 안하고 눕는가. 종일 장사를 했다. 그러나 결국 입원을 했다. 3도 화상이라 시일이 오래 걸릴 거라 한다. 병실 침대에 누우니 오랫동안, 그것도 먼 부산의 병상에서 외롭고 적적했을 남편의 심정을 내 몸으로 실감했다. 병원으로 서울 큰아들 재동이가 내려오고 창원 딸과 사위가 왔다. 자식들을 보니 서러움인지 반가움인지 눈물이 난다. 남편은 출근하듯 환자의 몸으로 매일 오시니 건강이 걱정되면서도 10시까지의 기다림이 지루하기도 했다. 매일 아침마다 보는 남편의 얼굴인데 병실 문을 열고 들어올 때 반가운 마음 이루 말할 수가 없었다.

아내의 심정 8월 15일 토요일 흐림

서울에서 재동이가, 창원에서 장서방 내외가 자기들 어머니의 화상 소식을 들고 문병차 내려왔다. 아내는 입원하면서 자식들을 기다리는 눈치였다. 당연한 심정이다. 여러 번의 입원 경험으로 그 심정을 느껴본 내가 아닌가. 말로는 문병을 오지 말라고 하지만 외로운 병상에서 허공을 바라보면 제일 먼저 떠오르는 것이 가족이다. 병원에 입원이라고는 처음 하는 아내인데 얼마나 쓸쓸했으랴. 30년 가까운 세월 동안 나 때문에 자기 모든 것을 희생하면서 살아오다 끝내는 병원 신세를 지고 마는 한 많은 여인. 살아갈수록 내 임무를 다하지 못한 죄책감에 가슴 깊이 응어리가 진다. 3남매를 만나 즐거워하면서도 서울의 큰며느리가 오지 않아 매우 섭섭해하는 눈치다.

 제가 일곱 살 무렵, 아버지가 처음 각혈을 하셨을 때 누군가 폐결핵에 좋다고 지방이 많은 오소리를 먹으라고 권한 적이 있었지요. 어머니가 울산 장에서 오소리 한 쌍을 사오시다가 짐꾼이 괜히 구경하려고 상자를 열어보다가 한 마리가 산으로 도망을 갔잖아요. 사람을 풀었지만 결국 잡지 못했지요. 두 마리가 서로를 찾아 얼마나 울었는지. 어머니는 오소리가 가엾긴 했지만 아버지께 삶아드리기 위해 솥에다 물을 붓고 거기다 오소리 한 마리를 넣고 불을 지피셨어요. 점점 뜨거워지자 오소리가 날뛰고 날뛰다가 죽고, 그걸 아버지와 몇 명이 나눠 먹었어요. 어머니는 나중에 물을 먼저 팔팔 끓인 다음에 넣었으면 금방 죽었을 텐데 그걸 몰라 오소리가 너무 고통스러워했다고 미안해하셨지요. 오소리 고기를 먹었던 아버지는 결핵은 나았지만 간을 다치게 되셨고, 같이 먹었던 사람들도 병이 났다고 들었어요. 저는 어머니가 팔팔 끓는 물에 발을 온통 데었을 때 이 오소리가 생각이 났어요. 그때 어머니는 발등의 뼈가 다 드러날 만큼 화상을 입으셨지요.

아내 수술 8월 19일 수요일 흐림

오후 4시 정각에 아내는 3층 수술실로 실려갔다. 동행한 나는 수술실 통제 구역에서 닭 쫓던 개가 지붕 쳐다보듯이 멍청히 바라보다가 회복실 입구에 와서 착잡한 마음으로 기다렸다. 수동이와 며느리도 마침 도착해서 아내가 나오기를 기다렸다. 지루한 시간이다. 그곳이 중환자실과 같이 있어 소독약과 마취제 냄새로 코를 찌른다. 오전부터 수술을 대비한다고 계속 병실을 지켰더니 두통이 나고 피로가 밀려온다. 그사이에 아내는 회복실로 나와 대기하고 있다가 7층 입원실로 올라갔다. 아내는 핏기 없는 얼굴로 마취에서 완전히 깨지 못하고 몽롱한 정신 속을 헤매는 것 같다. 바른쪽 대퇴부의 피부를 떼서 이식했다고 한다. 조그마한 상처가 이렇게 엄청난 일로 확대될 줄은 미처 몰랐다. 아이들의 권유로 귀가해서 피로에 쓰러졌다. 하룻밤이라도 함께 지내고 싶었는데 건강이 미치지 못하니 죄스러울 따름이다.

아내 퇴원 8월 27일 목요일 흐림

아침 먹는 시간에 아내가 직접 전화를 걸어왔다. 화장실도 잘 못 가는데 어떻게 전화를 하느냐 했더니, 주의해서 6층 계단의 전화부스에 왔다고 한다. 의사의 말이 오늘이라도 퇴원해도 좋다고 해서, 너무 좋아서 전화를 한다고 한다. 반가운 일이다. 곧장 갔더니 아내는 매우 기분이 좋은 상태다. 상처 부위도 많이 아물어가고 있다는 희소식이다. 5시가 넘어 퇴원 수속을 끝내고 귀갓길에 올랐다. 마침 제수씨가 오셔서 같이 동행을 했다. 입원료(23만 4,930원)는 예상한 정도여서 다행이었다. 내일부터는 통원치료를 해야 하는데, 앞으로 간격을 두고 치료받아도 된다는 의사의 말이다. 입원한 지 꼭 18일 만이다. 그래도 빨리 치유되어서 다행스러운 일이다.

남편 생일날이다. 밤새 잠은 오지 않고 가족도 없이 혼자서 쓸쓸히 생일을 맞을 남편을 생각하니 상처보다 가슴이 더욱 아팠다. 일찍 간호실 병동에 가서 퇴원하겠다고 하니 담당의사와 상의해서 말씀드리겠다고 한다. 아침 먹고 퇴원한 뒤 당분간 통원치료를 하라고 한다. 이것이 남편에게 최고의 생일선물일 것 같았다.

장사 준비 9월 9일 수요일 흐림

아내와 시장에 갔다. 앞으로 가게 문을 열어야 하기에 그간 노후된 장식을 새로 포장하고 점포를 청소하는 등 소위 신장개업하는 마음으로 준비하고 있다. 우선 좌판에 깔 비닐 장판지를 구입하고 유리창에 바를 흰색 비닐을 사왔다. 몇 년간 갈지 않아 식단표의 쪽지도 누렇게 변색되어서 오랜만에 붓을 들고 몇 가지를 썼다. 아내는 다음 주부터 점포를 열 계획을 하고 있는데 아직 몸이 온전치 못해 어려울 것 같다. 그러나 쉬고 있을 때 정리를 해놓을 작정이다. 지나다니는 여중생들이 언제 가게 문을 여느냐고 물어보고, 또 꼬마들은 아예 사먹으러 들어오고 있어 더욱 초조하다. 아내는 너무 오랫동안 가게를 비운 탓에 앞으로의 장사를 걱정하고 있다. 하지만 우리가 이곳에 다년간 가게를 하고 있었기에 점차 회복되리라 생각한다.

너무 일이 많아 피곤에 지쳐 쉬어야 하는데, 쉬지 못하고 약을 먹고 다시 일을 해야 하는 저 자신을 보면 그때 어머니 생각이 납니다. 저보다 더 힘드셨을 어머니.

아내 걱정 9월 10일 목요일 흐림

예정대로 아침식사가 끝나기 바쁘게 점포에 나가 녹이 슬어 잘 올라가지 않는 셔터를 기름칠을 해서 힘이 덜 들게 해놓고, 유리창을 깨끗이 닦고 흰 비닐을 바르기 시작했다. 생각보다 시간이 많이 들었다. 아내와 둘이서 바르고 자르고 하느라 법석을 떨었어도 오후 1시가 넘어서 끝났다. 한결 깨끗하고 훤하다. 가능하다면 1년에 한 번 정도는 새로 단장을 해야 하는데 장사를 계속하다보니 잘되지 않았다.

오후에는 앞집 아주머니와 함께 시장에 나간 아내가 4시간이 지나도 귀가하지 않아 걱정이 됐다. 아직 발도 온전하지 못한 데다가 몸도 허약해서 염려를 했다. 이번 토요일에 창원의 도형이 돌에 가기 위해 옷을 사러 간 것인데 마음에 드는 것이 없어 온 시장을 누볐다는 것이다. 간신히 마음에 드는 옷 한 벌을 구입해와서 흐뭇해하고 있다. 모쪼록 아내의 건강이 좋아지길 바란다.

수동 생일 9월 13일 일요일 흐림

오늘은 수동이 생일날이다. 결혼 전에는 아내가 잘 기억을 했다가 생일국을 꼭 잊지 않았는데, 살림을 차리고부터는 그것이 잘되지 않는다. 부모가 자기 생일만 받으려고 하기 전에 가족(자식들)의 생일도 유념해야 하는데, 우리나라 관습은 살림 나간 자식 생일은 신경을 쓰지 않는다. 특히나 며느리의 생일은 숫제 생각도 하지 않는다. 그래서 그 며느리가 며느리를 봐야 생일상을 받을 수 있을 정도였으니 말이다. 앞으로는 자식들에게 받기에 앞서 먼저 잘해주는 것이 중요하다고 본다. 오늘은 미리 알고는 있었는데 직접 가보지는 못하고 전화를 걸어 생일 축하를 해줬다. 지금껏 아내의 생일을 소홀히 해왔다는 것도 반성해보고, 앞으로는 가급적 자부들의 생일도 기억했다가 축하해줘야겠다.

장남과 차남 10월 18일 일요일 맑음

수동이 내외가 왔다. 가까이 살고 있으니 자주 만나서 생활담을 나누고, 다가올 문제도 상의할 수 있어 우리 부부는 외롭지 않다. 지금 사회는 장남 차남을 가르는 시대가 아니다. 어느 자식이건 차별 없이 대하고 사랑해야 한다. 그러나 우리나라의 오랜 관습은 장남에게 치우치는 경향이 아직 남아 있어 장남을 편애한다. 더욱이 부모의 유산을 균일하게 분배하지 않는 대신 장남의 책임 한계는 대단하다. 장남이 아닌 다른 자식들은 부모에 대한 책임감을 별로 느끼지 않게 된다. 우리 시대에는 부모님의 의향에 따라 자식들에게 재산 분배를 했지만, 다음 세대에게는 균일한 분배 원칙을 적용해야 할 것이다. 이것이 나의 소신이다. 핵가족 시대에 살고 있는 현실에서 구태의연한 관습은 과감히 시정해야 할 것이다. 오늘도 수동이는 우리의 노후 생활 문제를 걱정해주고 갔다. 다소의 위안을 받은 것 같다.

 아버지는 핵가족주의자이셨죠. 대단히 진보적인 분이셨어요. 제사 때 읽는 축문도 사실은 한글로 써야 한다고 하셨던 말씀도 생각이 나요. 그래서 저는 제사 축문을 한글로 그때 상황에 따라 지어서 쓰고 읽어요.

큰아들의 내 집 마련 10월 26일 월요일 맑음

서울의 시현이 어미로부터 편지가 왔다. 지난 18일에 새로 구입한 아파트로 예정대로 이사를 했다는 소식이다. 완전히 자기들 소유가 된 것은 아니지만 그래도 소유주가 됐으니 내 집 마련의 꿈을 빠른 기간에 이룬 셈이다. 물론 여러 사람의 협조가 있었지만, 무엇보다도 시현이 어미의 절약으로 빨리 해낼 수 있었다. 창원 딸도 임대아파트이기는 하지만 마음 놓고 살 수 있는 곳이다. 한데 유독 수동이가 10평짜리 전세 아파트에 살고 있어 퍽이나 안쓰럽다. 아직 젊으니 여유를 가지고 꾸준히 노력하면 머지않은 장래에 내 집 마련의 꿈을 이룰 것이다.

 집사람이 아니었으면 아마도 저는 지금까지 작은 셋방을 전전하고 있거나, 노숙자가 되어 있을지도 모르겠어요.

완전한 자립 11월 6일 금요일 맑음

둘째 며느리가 지금 살고 있는 아파트는 좁기도 하지만 방이 추워서, 출산 달이 다가오는 즈음에 방을 새로 얻어야 되겠다고 한다. 그렇게 하자면 300만 원이 더 있어야 한다고 한다. 몹시 가슴이 아프다. 자식들에게 자립을 하라고 타이르고는 했지만, 이런 일이 생기면 나의 무능함이 새삼 원망스럽다. 우리처럼 살아라 할 수 없는 것이 지금껏 우리가 살아온 과정이 너무도 고달프고 처참했기 때문이다. 자식들을 조금이라도 돌봐주었으면 하는 생각이 들지만, 나의 소신에는 변함이 없다. 그래도 어떻게 되었든지 10평짜리 전세 아파트라도 있으니, 참고 살아야 한다는 것이다. 떳떳하게 자기 것을 만들려면 완전히 자립을 해야 하니까. 지금은 막 시작하는 시기이니 서두르지 말고 살아가라는 것 말고는 할 말이 없다.

손주들 11월 28일 토요일 흐림

창원의 장서방 내외가 왔다. 장서방은 근무 시간이 길어서 매우 수척하다. 못 온 지 오래되어 궁금하던 차에 왔단다. 도형은 무척 자라서 이제 잘 걸어 다닌다. 자라나는 아이들이란 모르는 사이에 자라고, 걱정하는 가운데 성숙하는 것. 병치레를 잘하던 도형이도 이제는 건강하다. 서울의 시현이 어미한테서도 오늘 편지가 왔다. 시현이도 몇 걸음씩 걷는다고 하니 성숙하는 것 같다. 돌이 되려면 3개월이 남았는데 그때 가서는 걸어다니지 않을까 생각된다. 그때면 제 동생이 태어나니까 형 구실을 해야 할 것이다. 작은며느리도 내년 1월경에 출산을 한다고 하니 한꺼번에 손주들이 쏟아지겠다. 모쪼록 산모가 튼튼한 몸을 가졌다가 출산하기를 기원한다.

아내가 하는 일 12월 4일 금요일 맑음

움츠리고 있으면 고슴도치 모양으로 오그라드는 것이 사람의 몸이다. 오늘은 방 안에 있으면서 부엇인가 할 일을 찾아야겠다고 생각한 나머지 지금껏 준비하지 못한 커튼을 달아볼 요량으로 방에 커튼을 펴놓고 하나하나 걸이에 꿰어본다. 여자가 하는 일이 따로 있나. 누구나 하면 되는 거지.

나는 요즘 와서 간혹 아내 하는 일을 해보기도 하며 역시 이제는 늙었구나 하는 생각을 한다. 젊었을 때는 빨래 등속은 아예 손을 대지도 않았고 부엌일은 더욱 손대기 싫어했다. 특히 부엌일은 학창시절과 총각 때 시달려온 일이어서 딱 질색이었다. 결혼한 뒤로는 부엌에 잘 들어가지 않았다. 간혹 아내가 없을 때는 미리 준비해놓고 가기 때문에 손에 물을 별로 묻히지 않은 셈이지. 이제는 경우가 달라 때로는 손수 취사도 하고 빨래도 정리하는 경우도 많아 늙었음을 스스로 느끼게 된다.

김장 소동 12월 13일 일요일 맑음

예정대로 작은며느리와 수동이가 와서 오전부터 김치를 담그느라 종일토록 분주하다. 작은며느리는 출산일이 임박해간다고 하는데 좀 무리하는 것 같다. 잘 참고 끝까지 잘해냈는데 시간이 길어지니 매우 피로한 모양이다. 저녁도 먹지 않고 귀가했다. 핵가족으로 변해가면서 단출한 가족이 되면 김장도 단출해질 줄 알았는데 도리어 더 많이 담그는 형편이 됐다. 큰아이, 작은아이, 딸 등에게 나눠주려면 평소보다 많이 담그는 수밖에는 없다. 지금은 신혼이어서 그렇지만 차츰 이런 김장 소동도 없어질 것 같다.

아내의 섭섭함 12월 26일 토요일

아내 생일이다. 서울 큰며느리는 편지로 생일 축하를 해오고 재동이는 전화를 걸어왔다. 창원의 명이는 감기몸살로 못 오겠다는 전화 연락이 왔고, 어제부터 오리라 믿었던 작은며느리도 깜깜무소식이니 오전 중에는 기분이 매우 상했던 모양. 그래서 과거 내가 아내 생일을 등한시한 것까지 겹쳐져서 설움 타령을 늘어놓는다. 아이들이 미혼일 때는 별로 그런 빛이 없었는데 며느리를 보고부터는 대우를 받고 싶은 모양. 우리가 언제 걸게 생일상을 차려본 일이 있을까마는, 금년에는 자식들이 아무도 오질 않으니 매우 섭섭한 것 같다. 나는 핀잔을 줬지만 사실은 나도 아내에게 뭐 하나 베푼 일이 없으니 내심 퍽이나 죄스럽다. 다행히 오후에 수동이 내외가 선물(스웨터)을 사들고 와서 저녁을 함께 먹으니 흡족해하는 것 같다. 이것이 다 늙었다는 징조인가. 아무튼 그대로 넘어가지 않아 다행이다.

 아침 일찍 일어나 청소하고, 팥 삶고, 팥빙수, 오뎅, 떡볶이, 만두, 도너츠 팔며 오며 가며 만화방 보며 아침에 우리들 밥 해먹이고, 도시락 싸주며 아버지는 특별한 음식 따로 해드리며, 그렇게 바빠 하루에 4시간 자기 힘든 그런 중에도 어머니는 우리 생일 때는 꼭 미역국 한 그릇 끓여주셨지요. 게다가 어머니가 싸준 도시락은 고급이었어요. 반드시 노랗고 동그란 보름달 같은 달걀이 밥 위에 놓여 있었지요. 막내 명이 담임선생이 우리집에 가정방문을 와보고 놀란 일도 있었잖아요. 명이는 옷 입음새나 도시락이나 모두 부잣집 딸 같았는데 집에 와보니 너무 달라서 놀랄 만도 했지요. 어머니는 우리들 기죽지 않게 하려고 일부러 도시락을 정성들여 쌌다고 하셨어요.

길운의 해 12월 31일 목요일 맑음

보신각 종소리가 서른세 번 울려 퍼졌다. 1988년 새 아침이 밝아온다. 정묘년 한 해의 삶도 은은히 퍼져가는 저 종소리에 묻혀 허공 속에 사라지고 말았다. 우리 가정을 돌이켜보면 정초(1월 18일)에 수동이가 결혼을 하고, 작년에 결혼한 재동이가 2월 19일에 득남을 했다. 나로서는 두 가지 경사를 한꺼번에 안은 셈이다. 그러나 그로 인해 자식들은 모두 우리 곁을 떠나고 말았다. 큰아이는 서울, 둘째는 야음동, 딸아이는 창원으로 모두 직장 따라 흩어졌다. 나는 예년과 다름없는 투병 생활을 해오면서 별 이상 없이 보냈다.

그러나 몇 달 전부터 시력이 매우 약해져서 돋보기를 끼는 신세가 됐다. 금년은 부산에서 울산으로 온 지 7년째가 된다. 아내는 올 여름 액운을 당했다. 뜻밖의 화상으로 입원치료를 하는 곤욕을 치렀다. 아직도 그 후유증으로 몸이 많이 쇠약해 있다. 그래도 건강에 별다른 지장은 없어 또다시 점포에서 뛰고 있으니 다행이다. 아쉬운 일도 많았지만, 작은며느리를 보고 손자를 얻게 됐으니 금년은 길운의 해다. 59세의 나이도 이 시각으로 허공 속에 사라지고 60의 고지에 올라섰다. 정말 나는 늙어가는 것인가.

아버지도 이제 60고개로 올라서셨군요. 지금 저는 63세로 향해 가고 있습니다. 그래도 두 분 덕에 탄탄한 시절 보내고 요즘은 또 세월이 좋아 수명이 많이 길어졌으니 훨씬 몸 상태는 젊은 편입니다. 지금 나이에 열다섯을 빼라고 하는 말도 있으니까요. 그래도 아버지처럼, 저도 정말 늙어갈 것인가 하는 생각이 들곤 합니다. 그러면서 운동도 조금씩 해가면서 나이와 싸우고 있습니다. 아버지, 저는 건강히 오래 살게요.

1988년

입원, 퇴원, 다시 입원, 다시 퇴원

둘째 손자 출생 1월 1일 금요일 맑음

무진년 첫날부터 경사가 났다. 오후 5시경에 작은며느리가 옥동자를 낳았다. 나에게는 둘째 손자다. 친손자 둘과 외손자를 합하면 손자 셋을 보게 되었다. 다음 달은 큰며느리가 출산한다고 하니 손자 복이 한꺼번에 터진 것이다. 아무리 딸이 좋은 시대라고 하지만 아직 우리 사회에는 남아를 선호하는 옛 잔재 의식이 남아 있어 모두들 아들 낳기를 은근히 바란다. 어쨌거나 나로서는 60평생을 유지하는 내 생명도 기적일 수 있는데, 손자들을 이렇게 쉽게 얻을 줄은 꿈에도 몰랐다. 애당초 투병 초기에는 마흔까지만 마음 놓고 살 수 있으면 눈을 감으리라 했던 것이 60까지 살아서 3남매를 결혼시키고 손자까지 얻게 되었으니 기적이라고 할 수밖에 없다. 새해 첫날부터 기쁜 소식이 찾아왔으니 금년은 우리 가족 모두 만사형통하리라.

 작년에 이어 두 번째 큰 선물을 받았다. 둘째 며느리가 옥동자를 분만했다. 급히 가보니 갓난아기가 팔을 들어 옷소매로 눈을 닦고 또릿또릿한 눈으로 전깃불을 쳐다보곤 한다. 신기하기도 하다.

 어머니는 어머니의 기도와 정성이 오히려 떠나는 아버지를 힘들게 붙잡아놓진 않았나 하시기도 했습니다.

손자 이름 1월 3일 일요일 맑음

수동이 내외 소망대로 둘째 손자 이름은 내가 짓기로 했다. 작명소가 아니므로 음양오행에 맞춰 지을 수는 없다. 출생자가 원단(元旦)에 났기에 금년 간지의 '진'(辰)자를 따고 1월 1일의 '일'(一)자를 따서 '진일'이라고 지었다. 물론 금년 1월 1일에 출생한 이가 한두 사람이 아니겠지만, 그 숫자가 많지는 않을 것이고 남자이기에 길조라는 생각이 들어 '진일'로 결정지었다.

작명은 할아버지가 해달라고 해서 남편은 매우 흐뭇한 표정으로 둘째 손사 이름을 지었다. 남편은 자기가 오늘까지 살아서 친손, 외손, 손자만 셋을 얻었고 손자 작명까지 한다는 것이 감개무량하다고 했다. 30년을 하루같이 어떤 시련도 감당하며 오뚝이 인생을 살아온 대가다.

고향땅의 쌀 1월 10일 일요일 맑음

그간 보내주지 못하고 미루고 있던 쌀을 장서방이 온 김에 서울의 큰아이 집과 장서방 집으로 탁송했다. 많은 쌀은 아니지만 고향땅의 쌀이라는 뜻이 깃든 것이어서 고향을 생각하며 먹어보라고 보낸다. 날씨가 풀리지 않아 장서방더러 빨리 귀가토록 독촉했는데, 온 김에 진일을 보고 간다고 신정동 수동이 집에 갔다 와서 5시가 넘어 돌아갔다. 어린애를 업고 우리집에서 담가둔 김치 등속의 무거운 짐을 들고 가느라 꽤 힘이 들었을 것이다. 손자들이 집에 있을 때는 분주하지만 막상 떠나보내니 또 허전하다. 이제 머지않아 여러 손자들이 우글대면 귀찮기는 하여도, 얼마나 흐뭇하랴 싶다. 모두 건강히 잘들 자라기를 기원한다.

창원 사위와 딸이 온다는 전화를 받고 새벽 일찍 역전시장에 가서 찬거리, 김칫거리를 사가지고 왔다. 시간에 쪼들렸어도 김치를 담가서 보내니 마음이 조금은 후련하다. 우리 부모님들도 우리를 이렇게 거두었을 텐데, 부모님 뜻과 사랑을 깨닫지 못하고 살아온 듯하다.

살기 좋은 세상 1월 16일 토요일 맑음

저녁 늦게 전화가 걸려왔다. 오랜만에 들어보는 누이동생 목소리다. 전화를 놓았다는 반가운 소식과 더불어 안부를 묻는다. 이제는 농촌 구석구석에도 전화가 가설돼서 세상은 정말 편리해졌다. 금년 들어와서는 전화 채권이 없

어짐으로써 전화 가입 신청이 줄을 잇고 있다고 한다. 가설하는 데 그리 큰
돈이 들지 않을뿐더러 자기 집이 아니더라도 가설을 할 수 있으며 이사할
때는 전화를 즉시 옮길 수 있으니 정말 살기 좋은 세상이다. 60년대에 전화
는 재산 목록에 들어갈 정도여서 웬만한 집은 전화 가설은 엄두도 못 내었
고 회선은 당첨을 해야 할 정도였으니, 그때와 비교하면 정말 격세지감이
든다. 오늘 밤 서울의 큰아이 집에 전화를 냈더니 시현이가 홍역을 앓고 있
다고 한다. 염려된다. 며느리는 출산달이 다 됐는데 간호가 문제여서 상의
했다. 출산일은 미정인 것 같다. 여기서 보낸 쌀은 아직 찾지 못했다 한다.

진일 세칠날 1월 21일 목요일 맑음
진일 세칠날이다. 아내는 쇠고기와 과일 등을 사들고 신정동 작은아이 집에
다녀왔다. 나이가 들면 누구나 손자가 생기게 마련이지만, 벌써 손자가 둘
외손자가 하나 생겼으니 우리 스스로 늙었다는 감이 없어도 손자가 있다는
사실부터가 늙었다는 증거다. 나도 동행을 해야 하는데 장사 때문에 못 가
보니 더욱 보고 싶다. 다녀온 아내의 말을 들어보면, 아이가 숙성하고 똘똘
해서 여간 귀엽지 않다고 한다. 그리고 나를 꼭 닮았다고들 하는데, 듣기 싫
지는 않다. 나보다는 몇십 배나 나은 손자가 되어야지. 손자가 할아비 닮는
거야 흉될 것 없지만 할아비의 부족한 점은 절대 닮지 말아야지. 원컨대 건
강하게 자라서 사회의 유능한 인재가 되기를 바랄 뿐이다.

 진일이는 크면 클수록 생김새도 그렇고, 손주들 중에서 아버지를 가장 많이 닮
았어요.

부동산 투기 1월 26일 화요일 맑음
울산에서는 처음으로 초고층 아파트가 생겼다. 공업탑로터리에 올림푸스아

파트가 들어서 부유층의 사람들이 입주한다고 한다. 완공도 안 된 상태에서 분양이 끝났다는 여론이다. 내일 이곳에 처질서(윤서방) 가족이 입주한다는 연락이 왔다. 처형이 아직 딸네 집에 같이 기거하기 때문에 처형댁이라고도 할 수 있다. 그들은 둘이가 맞벌이하는 중산층이다. 저축도 많이 하고 딴 곳에 부동산이 있기도 하고 현재 사는 아파트를 처분하면 고가 빌라를 충분히 살 수 있는 모양. 딸 하나에 평생을 걸고 살아온 처형인데, 지금은 무엇 하나 부족함이 없이 산다. 노년의 행복이라 하겠다.

요즘 한창 부동산 투기로 말썽이 많다. 부동산을 재산 증식 수단으로 여기는 것이다. 지금의 주택난이 점차 해소된다면 집의 개념이 주거의 공간으로 바뀐다고 하는데, 지금의 울산 사정으로는 오랜 기간이 걸리지 않을까 싶다.

 큰이모는 이모부를 결혼하자마자 보도연맹 사건으로 잃고, 홀몸으로 방물장수를 하며 외동딸인 화자 누나를 키우셨는데 누나는 좋은 신랑(윤서방) 만나 잘살고 있고, 큰이모는 몇 년 전에 세상을 떠나셨어요.

자동차 1월 29일 금요일 맑음

두 달 만에 나들이를 해본다. 그것도 별로 먼 곳이 아닌 반구동사무소까지다. 걸어서 간 것이 아니고 택시를 잡아타고 갔으니 나들이라고 말할 수도 없다. 한산하던 동사무소 도로가에는 틈도 주지 않고 차를 주차시켜놓고 있으니 정말 놀라울 지경이다. 주차장도 없는 곳이어서 교통이 여간 불편하지 않다. 이런 추세라면 머지않은 장래에 자동차 홍수가 지지 않을까 우려된다. 과거와는 달리 자동차가 부의 상징이 아니라 생활상 또는 사업상 필요한 이기로 인식되고 있다. 교통 문제로 신음하지 않는 마이카 시대가 되기를 기원한다.

아내를 위한 봉사 2월 1일 월요일 맑음

서울의 시현이 어미로부터 편지가 왔다. 편지 내용 중에서 우리 부자들의 아내를 위한 봉사가 너무 인색하다고 지적한다. 좋은 충고다. 나는 시인한다. 지금껏 살아오면서 아내를 위해 이렇다 할 봉사를 한 일이 없고 줄곧 받는 것으로 일관해왔다. 건강 때문이 아니라 천성이 그렇게 자상하지 못해 부엌일이나 빨래는 멀리했다. 그런 일들을 남자와는 거리가 먼 것으로 생각하고 살아왔는데, 지금부터라도 솔선수범해보라는 것이다. 며느리의 말을 애교로 받아들이더라도, 난생처음 듣는 소리여서 찔끔한다. 우리 아이들도 좋지 못한 영향을 받았는지 자기 내자에게는 점수를 못 따는 모양이다. 시대의 변화에 부응해서 노력해봐야 할 것 같다.

 뜨끔하네요. 저 역시 월급 갖다주면 되지, 뭐 하는 생각으로 가끔 설거지 조금 하는 걸로 때우고 있거든요. 겉보기는 화려해서 동네 아줌마들이 집사람에게 "박화백님하고 딱 한 달만 살아봤으면 좋겠다."고 말하면 집사람은 '데리고 가서 반품이나 마시라'고 해요.

손녀 출생 2월 17일 수요일 맑음

섣달 그믐날이다. 장사하랴 설 차례 제수 장만하랴, 아내는 종일토록 바쁘다. 진일 어미도 오고 서사의 제수씨도 오셔서 분주하다.

어제는 서울에서 좋은 소식이 왔다. 시현이 동생이 태어났단다. 이번에는 딸이라고 한다. 딸도 있어야 하기에 반갑다. 지금 시대는 아들도 좋지만 딸이 더 좋다고들 한다. 병원에서 출산했다 하니 별일은 없을 것 같으나, 그래도 직접 간호해주지 못해 안타까울 뿐이다. 시현이 돌도 머지않아 다가온다. 직접 가봐야 하는데 건강이 별로 좋지 않은 상태여서 마음만 태울 뿐이다. 어쨌거나 새 생명을 얻었으니 행운의 해다. 진일이가 정초부터 우리에 세 기쁜 소식을 주있는데, 이렇게 기쁜 소식이 잇따르니 마음 흐뭇하다. 지녁에는 창원의 장서방 내외가 와서 갑자기 집이 떠들썩하다. 장서방은 신정을 쇠었기 때문에 구정 때는 직접 우리집으로 온 것이란다.

저는 아이들 이름을 꼭 한글로 짓고 싶었어요. 큰애 시현이는 제 외할아버지가 지어주셔서 둘째만큼은 꼭 한글로 지어주겠다고 생각했어요. 그런데 아버지가 둘째는 딸이니까 물처럼 지혜로우라고 수현(水賢)이가 어떠냐고 하시기에 저는 한글로 짓고 싶다고 했지요. 아버지는 "아, 알았다." 하셨지요. 그래서 딸아이 이름이 '솔나리'가 되었지요. 그나저나 아버지가 솔나리 태어날 때 서울까지 오시고 싶어하셨다니 놀랐어요. 저는 아버지가 편찮으시니 아예 생각도 못했거든요.

아내 향한 그리움 2월 28일 일요일 맑음

아내는 10시가 조금 넘어 고속버스 터미널을 향해 떠났다. 혼자 가는 모습이 매우 측은하다. 언제나 무뚝뚝한 성품이지만 이런 경우에는 안타까움을 느낀다. 가지고 갈 물건이 별로 없어도, 작은 박스를 하나 채워 택시에 실어주면서 잘 다녀오라고 하는 나의 마음속은 나이 탓인지 새삼 아내를 의식하게 된다. 30여 년간의 투병 생활로 인해 언제나 집에서 같이 생활해왔기에 따로 떨어진다는 것이 이상하게 여겨질 정도다. 이제 노년에 접어들면서 더욱 서로를 절실하게 필요로 하는 모양. 점심은 아내가 준비해둔 대로 손수 차려 먹었다. 저녁은 작은아이 내외가 와서 함께해 외로움이 덜어지는 것 같다. 외롭고 고요한 이 밤, 멀리 가 있는 아내를 그리면서 인생을 다시 한번 생각하는 시간을 가져본다.

설 이틀 전 서울 큰며느리가 출산했다고 전화가 왔다. 딸이라고. 딸도 있어야 하니 기쁜 소식이다. 우리 부부가 끈질기게 살다보니 손자손녀가 다 생겼다. 남편은 꿈 같은 현실이라고 말한다. 아들들이 장가를 가지 않아 속을 태우더니 어느덧 손자 손녀 속에 파묻히게 되었다. 그리고 며칠 후 서울을 잠시 다녀왔다. 솔나리 출생을 축하하고 시현이 돌 전에 얼굴도 볼 겸 해서다. 남편은 건강이 좋지 못해 나 혼자서 서툰 서울길을 갔다. 시현이 백일 때는 우리 부부가 함께 외국 여행이나 가는 것처럼 들뜬 마음 술렁이면서 희망찬 기분으로 갔다. 그런데 1년도 되지 않아 그때보다 남편의 건강은 말할 수 없이 나빠졌다. 내 마음 착잡하기만 하다.

수동이 창원행 3월 25일 금요일 흐림
시현이 돌잔치에 참석할 요량으로 휴가를 신청한 수동이는 서울의 행사가 4월 5일로 바뀌는 바람에 계획을 따로 세워 창원 장서방 집으로 가기로 했다. 친구에게 빌린 차로 오후 4시경에 떠났다. 아내는 고추장, 김치 등등 여러 가지를 올목졸목 봉지에 싸서 실어준다. 자식에게 주는 것인데 무엇이 아까우랴. 딸자식을 곁에 두지 못하고 살다보니 그립기도 하고, 주고 싶은 것도 많다. 그간 한번 다녀간다는 소식이 있었지만 보지 못해 보고 싶기도 하다. 장서방이 잘해줘서 생활에 별다른 벽은 없지만, 그래도 많은 용돈을 받을 때는 어쩐지 안쓰럽다. 어려울 때 자란 여식이라 세월이 갈수록 아쉬운 점이 하나둘이 아니다. 언제나 건강하고 행운이 따르기를 기원한다.

아내의 집안일 3월 27일 일요일 맑음
아침 6시경에 아내는 새벽시장(번개시장)에 간다고 집을 나선다. 얼마 뒤 문을 두들기는 요란한 소리에 잠을 깨니 6시 30분. 만두 장사 박씨가 기다리고 있다. 오늘 아침은 좀 일찍 일어나서 아내가 하는 아침 일을 대강 해본다. 연탄을 4개나 갈아넣어야 하고, 쓰레기를 버려야 한다. 점포 청소와 집 앞의 도로 청소, 빡빡한 셔터 올리기 등등 자질구레한 일이 많다. 그러고 보면 아내는 아침에 일어나서 아침식사 전까지 많은 일을 해야 한다. 모든 가정주부가 매일의 일과처럼 되풀이하는 일이다. 거기다 장사 준비까지 겸해야 하니 아침식사는 언제나 8시가 넘는다. 차를 잘 못 타는 아내는 시간이 급해 택시로 왔는데 어지럽다고 한다. 시장에서 사온 여러 가지 물건을 정리하느라 무척 피곤한지 저녁에는 계속 끙끙 앓고 있다. 아무리 정신력이 강하다 해도 체력에는 한계가 있는 법인데. 나는 딱하다 못해 괴롭다.

초등학생, 중학생들이 몰려와 아줌마 이것 주세요, 저것 주세요 부르는 소리에 나 혼자 뛰는 것이 안타깝고 빨리빨리 달라는 소리에 가슴이 찢어지는 듯 아프다는 말이 남편 일기장에 종종 쓰여 있다. 당신 건강보다 내 걱정을 많이 한 것 같다. 평소 말하지 않아도 내 걱정을 많이 했나보다.

아버지, 어머니는 아주 정갈하신 분들이었지요. 아무리 바빠도 집 안은 언제나 깨끗이 정돈되어 있었어요. 그런데 저는 왜 이럴까요. 우리집은 토요일마다 항상 유리창까지 닦는 대청소날이었는데 제 중고교 시절은 늘 건성으로 하는 척하다가 친구들 만나러 도망을 가버렸지요. 지금은 청소도 하며 살아야겠다고 하는데 아직 잘 안 됩니다.

손자 보기 3월 29일 화요일 맑음

점심시간이 약간 지난 뒤 신정동에서 작은며느리가 왔다. 창원의 장서방 집에 다녀왔다는 말을 전하며, 서울에 보낼 선물을 갖고 왔다. 진일이는 언제 봐도 야무지다. 자기 자식, 자기 손자 안 좋은 사람이 어디 있으랴마는 우리 진일이는 볼수록 호감이 간다. 그래도 어린이인지라 변덕이 심하고 잠시도 할아비하고 같이 놀아주지 않으면서도 깽깽거리고 안절부절못한다. 남자들이란 본래 아기 보는 데는 소질이 없을 뿐 아니라, 아이들이 좋아하는 요건도 갖추고 있지 못하니 말이다. 그래서 "부생아신(父生我身) 하시고 모육아

신(母育我身)"이란 말이 생겨난 것이다. 저녁에는 수동이까지 와서 저녁식사를 하고 이것저것 가지고 갔다.

장서방 승진 4월 8일 금요일 흐림

창원에서 도형이 모자가 왔다. 자주 오질 않는 외가여서 그런지 이 할아비를 무서워하고 품에 안기지도 않는다. 어릴 때야 모두가 그러하지만 도형이는 유달리 낯을 가리는 편이어서 한시도 제 어미에게서 떨어지지 않으려고 한다. 가까이에서 자주 만나면 낯을 익힐 것인데 먼 데 있고 보니 얼굴 익히기가 힘이 든다.

내일 진일이 백일에 참석하기 위해 오늘 미리 온 것이다. 장서방은 내일 오후에 온다고 한다. 올해 4월에 대리로 승진했다고 하니 반가운 일이다. 봉급의 차이도 있지만 직무가 평사원 때와는 달라져서 책임이 무거워질 것이다. 평소 성실하여 신임을 얻은 덕분에 딴 동료보다 빨리 승진한 모양이다. 사회는 바야흐로 능력 위주의 시대로 변해가고 있다. 성실히 노력하는 자만이 살아남을 수 있을 것이다.

할아비, 할매 4월 9일 토요일 맑음

진일이 백일잔치 날이라 오전에만 장사하고, 오후에는 신정동의 둘째 아이 집으로 갈 예정을 했다. 학생들의 하교 시간에 맞춰 준비를 하고 4시경에 서사의 동생 내외와 함께 수동이 집으로 갔다. 우리가 오기를 기다리고 있었는데, 오늘 하루는 손자를 위해 쉬었으면 좋았을 것을 하고 후회가 된다. 우선 백일잔치 상 앞에서 손자와 우리 내외가 사진 촬영을 하고, 저녁식사를 했다. 처가 쪽에서도 처남(정웅)과 처가댁의 처제들까지 와서 성황을 이뤘다. 여러 가지를 잘 차려놓은 진수성찬이다. 시대의 변화에 따라 옛날에는 있는 사람들만 하던 백일잔치를 이제는 서민층까지 성대히 치르게 되니 격세지감이 든다. 우리 부부는 근래 몇 년 동안 이런 행사를 여러 빈 당한다.
외손자, 친손자 둘, 또 머지않아 손녀의 백일도 치러야 하니까. 즐거운 비명
이다. 그러고 보면 이제는 완전히 할아비, 할매가 되었다.

진일이 백일날. 손자를 안고 기념사진을 찍었다. 우리에게도 좋은 일이 자주 오
니 살아온 보람은 있다. 어떻게 살아왔든 건강한 사람들과 마찬가지로 때가 되
니 할매 할배가 자연스럽게 되고 있구나 싶었다.

장서방 내외와 외손자 4월 10일 일요일 맑음

단둘이서 조용히 살다가 외손자가 와서 온갖 분탕질을 치니 외로움은 가시
지만 피로한 점도 있다. 또 아내는 사위를 위해서 뭘 좀 해먹이려고 애쓰다
보니 새벽부터 바쁘다. 그래도 딸을 보낼 때는 몇 가지라도 넣어줘야 마음
이 편안한 것이 부모의 마음이다. 어제 저녁 늦게 온 장서방은 수동이 집에
서 자고 점심시간이 지난 뒤에 이곳으로 왔다. 6시경에 창원으로 돌아갈 때
는 그래도 이것저것 갖고 가는 것이 많다. 창원에 다녀가라고 하지만 마음
뿐이다. 건강이 웬만히 좋아지면 한번 다녀와야겠다. 어제 백일잔치로 둘째
아이 집은 손님 접대하느라 꽤나 지쳐 있겠지. 진일이 어미가 큰 수고를 했
을 것이다. 그래도 기쁜 행사이니까 흐뭇하다.

해가 갈수록 남편의 건강은 점차 나빠졌다. 건강 때문에 좋아하는 김치를 반평
생 동안 못 먹고 살았다. 천지신령이 있다면 먹고 싶은 음식 먹을 수 있도록 도
와주었으면 하는 소원이었다.

조바심 4월 21일 목요일 맑음

공연히 화가 났다. 어제 서울로 간 작은아이들이 돌아왔는지 궁금해서 전화

를 내봤다. 그런데 뜻밖에 전화를 받는다. 무소식이 희소식이라고는 하지만, 부모는 언제나 조바심이 난다. 다녀왔으면 왔다는 소식이 있어야 하는데, 생각과 달리 부모에 대한 관심이 너무도 적은 자식들에게 화가 난다. 어찌 부자간에도 거리감을 느끼게 하고 부모도 모르는 자식이 있을 수 있냐고 몇 마디 꾸짖었다. 사실 그렇게까지 할 이유도 없는데 어쩐지 화가 났다. 자식에게 거는 기대가 너무 큰 탓인지 모르겠다.

밤늦게 창원의 딸아이한테서 전화가 왔다. 아파트를 장만하기 위해 회사에서 융자를 낸다고 재산 보증을 서달라고 한다. 당연히 해줘야지. 또 이번에 장서방이 대리로 승진해서 봉급도 올랐다(10만 원)는 반가운 소식이다.

 저희는 아버지께서 그렇게 궁금해하시는지 몰랐어요. 우린 뭐 잘 있으니까, 좀 있다 연락 드리지 뭐, 하고는…….

가까이 사는 작은아들네 4월 22일 금요일 맑음

손자 보기도 힘이 든다. 우리 진일이는 활동적이어서 자는 시간 외에는 조금도 가만히 있지 않으려고 한다. 누워 있는 것은 질색이다. 안고 있어도 빳빳하게 서 있어야 직성이 풀린다. 그래서 나 같은 약골은 안아주기도 매우 힘이 든다. 어제 외가에 다녀왔다가 우리집으로 안부를 전하러 모자가 왔다. 아직 감기가 완전히 낫지 않아 열은 좀 있어도 활동은 여전하다. 며느리도 완전하지는 않아도 일을 잘 거들고 있다. 저녁을 같이하고 10시가 넘어 귀가했다. 수동이는 부산으로 출장을 가서 밤늦게 돌아온다고 한다. 학교 출판부 관계 업무여서 출장이 많다. 밤늦게 장거리를 다녀서 염려가 된다. 우리 부부만 덩그러니 남아 허전할 때는 자식들이 와서 집안이 소란한 것도 노년의 큰 기쁨인데, 모두들 떠나 있으니 그것도 뜻대로 잘 안 된다.

재동이 한겨레신문사 첫 출근 4월 25일 월요일 맑음

재동이가 다니던 회사를 그만두고 한겨레신문사로 직장을 옮겨 오늘부터 출근을 한다고 서울에서 연락이 왔다. 그리고 지난번 시간강사로 나가던 전문대학에도 계속 나가는 모양이다. 보수는 어떻게 되는지는 몰라도 한 직장에 얽매이지 않고 자기 시간도 다소 가질 수 있는 좋은 점이 있는 듯하다. 자세한 것은 큰며느리가 와봐야 알 것 같다. 오늘 저녁 통화로는 내일 부산으로 내려와서 우리집에 들를 모양이다. 시현이도 무척 보고 싶었던 차에 기대가 크다. 7~8년의 교육계 생활로 미련이 남아서인지 다시 교육계로 진출하려는 꿈은 큰데 자리가 없어 고충을 겪고 있다. 직업이 모두 그러하듯이, 첫 직업이 자기의 일생 직업이 되는 경우가 많다. 더구나 사도(師道)에 한번 들어서면 떠나기가 힘이 드는 법. 금년 학기는 실패를 했는데 다음 기회를 도모해야 할 것이다.

 장남 재동이가 다니던 직장을 그만두고 한겨레신문사에 첫 출근했다고 했다. 아버지가 못다 한 교육자, 교단에 서서 후손들에게 올바른 지도자가 되는 것이 바람직하다 생각했는데 어쩐지 서운한 생각이 들었다.

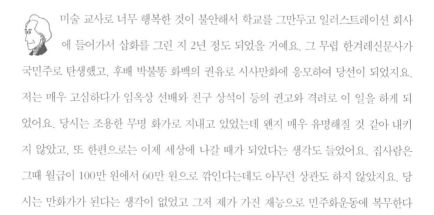 미술 교사로 너무 행복한 것이 불안해서 학교를 그만두고 일러스트레이션 회사에 들어가서 삽화를 그린 지 2년 정도 되었을 거예요. 그 무렵 한겨레신문사가 국민주로 탄생했고, 후배 박불똥 화백의 권유로 시사만화에 응모하여 당선이 되었지요. 저는 매우 고심하다가 임옥상 선배와 친구 상석이 등의 권고와 격려로 이 일을 하게 되었어요. 당시는 조용한 무명 화가로 지내고 있었는데 왠지 매우 유명해질 것 같아 내키지 않았고, 또 한편으로는 이제 세상에 나갈 때가 되었다는 생각도 들었어요. 집사람은 그때 월급이 100만 원에서 60만 원으로 깎인다는데도 아무런 상관도 하지 않았지요. 당시는 만화가가 된다는 생각이 없었고 그저 제가 가진 재능으로 민주화운동에 복무한다

는 생각뿐이었어요. 어머니는 나중에, 만화방 한다고 그렇게 천시를 받았는데 제가 또 만화를 그리겠다고 하니까 썩 반갑지 않았다고 말씀하신 적이 있어요.

13대 총선거 4월 27일 수요일 맑음

전국을 떠들썩하게 하던 13대 총선거가 이제는 막을 내렸다. 그 결과를 놓고 이리저리 분석을 하고 야단들이다. 국회의원 선거 사상 처음으로 여당이 과반수를 얻지 못했다. 제1야당이 바뀌고 기대하지 못한 당이 부상하는 등 이변을 나타내고 있다. 그것보다 호남, 영남, 충청 등 지역을 중심으로 하는 지방 당이 들어선 듯하다. 야당세가 세진 셈이다. 국민 모두의 관심이 쏠린 총선거가 끝이 났지만 지방선거가 남아서 또 한차례 소란할 것 같다.

행복 4월 28일 목요일 비

서울에서 큰며느리가 왔다. 시현이, 솔나리 남매를 안아보았다. 시현이는 오랫동안 서로 같이 있지 않아 낯을 가려서 내 품에 오질 않는다. 출생 후 처음 안아보는 손녀다. 귀엽다. 아직 윤곽이 뚜렷하지 않지만 좀 크면 예쁜 아기가 될 것 같다. 손자, 손녀 모두 피부가 매우 희다. 작은며느리와 진일이가 미리 와 있어, 세 손자가 함께 모였다. 흐뭇하다. 애당초 손자를 안아본다는 것은 꿈꾸지도 못했다. 그러나 요행히 지금껏 생을 유지해서 친손주 셋과 외손자까지 안아보게 되었다. 행복하다. 긴 투병 생활에서 모든 것을 포기하고 살아온 나로서는 오늘의 이 자리가 너무도 감격스럽다. 정말 이제는 더 바랄 것이 없다. 이제 기적이 없는 한 회복이 불가능하다고 하지만, 이것으로 만족하고 살리라.

목욕 5월 2일 월요일 맑음

하도 오래 목욕을 하지 못해 몸이 좋지 않은 줄 알면서도 서둘러 목욕탕으

서울 큰며느리가 두 아기를 데리고 오면 시현이는 할아버지가 안아보고파 해도 낯설다고 통 가지 않는다. 대신 솔나리를 서툴게 안고 있다. 도형이, 진일이도 와 있어 손자들이 할아버지 주위를 맴돌면서 시끌벅적하다. 딸, 사위, 아들, 며느리에 둘러싸여 그늘진 할아버지 얼굴에도 이날만은 환한 미소가 피어난다.

로 향했다. 그런데 마침 목욕탕에 도착하자마자 양쪽 둔부에 쥐가 나서 통증이 일기 시작한다. 탈의장에서 몇십 분 동안 고통을 참고 이기느라 악을 쓰면서 그대로 귀가할까 했지만 걷기가 어려워 참았다. 조금 진정된 뒤에 용기를 내서 탕 속에 들어가니 몸이 풀리기 시작한다. 통증은 가셨는데 힘이 없어 겨우 몸을 씻고 귀가했다. 무던히도 땀을 흘렸다. 내가 왜 목욕도 못할 정도로 쇠약해졌는지 너무도 한심하다. 이대로 서서히 종말이 올 것인가 아니면 소생할 수 있을 것인가 의문이 든다. 30년간의 긴 투병으로 내 몸은 지칠 대로 지쳤다. 긴 병에 이겨낼 장사가 없다고 했다. 그러나 용기는 잃지 말아야지. 그날이 올 때까지 용기로 버티어 나가련다.

산책 나간 남편이 때가 돼도 오지 않는다. 손에 일도 안 잡히고 안절부절못했다. 기진맥진해서 다리를 끌고 들어온다. 울분이 폭발했다. 비감. 인생의 노후가 다 이런 것은 아닐 텐데 왜 구차한 목숨 이렇게 살아가야 하나 하고 비통함을 토하고 만다.

백병원 입원 6월 5일 일요일 맑음

입원해 있는 한 달 동안 일기를 쓰지 못했다. 입원 시 일기장을 갖고 오질 못해 기록을 하지 못한 것이 못내 아쉽다. 오늘 아내가 오면서 가져와 적어본다. 아내도 그간 같이 병원에 있다가 지난주에 귀가해서 장사를 재개하였다가 오늘은 문을 닫고 면회를 왔다. 서로의 심정은 잘 알지만 앞으로 장기간을 예정하고 입원해야 하기에 장사도 해가면서 치료할 예정이다. 백병원에 입원하는 것도 네 번째다. 지긋지긋한 병원 생활이지만 나에겐 불가피하다. 이번도 사전에 진찰을 받지 않은 것이 큰 화를 불러왔다. 동강병원에 입원한 일부터가 잘못이다. 20여 년간 치료해주신 최하진 박사의 진찰로 이번에는 뿌리를 뽑으려고 한다. 3개월 예정을 하고 있는데 두고 봐야겠다. 병실이 시원하고 이웃 환자들도 좋아 병원 생활은 무난할 것 같다.

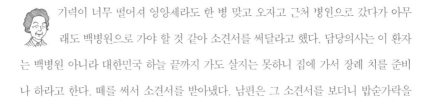

기력이 너무 떨어져서 링깅세라도 한 병 맞고 오자고 근처 병원으로 갔다가 아무래도 백병원으로 가야 할 것 같아 소견서를 써달라고 했다. 담당의사는 이 환자는 백병원 아니라 대한민국 하늘 끝까지 가도 살지는 못하니 집에 가서 장례 치를 준비나 하라고 한다. 떼를 써서 소견서를 받아냈다. 남편은 그 소견서를 보더니 밥숟가락을 놓고 힘없이 흩어지던 눈동자를 멈추고 만다.

손자 생각 6월 10일 금요일 맑음

어제는 서울의 큰며느리로부터 편지가 왔다. 아이가 둘이나 있어 직접 와 보지는 못하고 매우 안타까운 모양이다. 아비는 직장을 신문사(한겨레신문)로 옮겨서 급료는 종전보다 못해도 전망이 좋다고 한다. 그리고 시간이 많이 남아 딴 일도 할 수 있어 앞을 내다보며 지낸다고 한다. 병상에 누워 있으니 손자들이 더욱 보고 싶다. 특히 시현이의 재롱이 눈에 아롱아롱하다. 이번 주 내로 간 조직 검사를 한다고 했는데, 다음 주로 넘어간 모양이다. 이제는 병원 생활도 몸에 배어가고 병원 식사도 잘한다. 지금의 상태는 매우 좋은데 치료하는 데 아직도 많은 시일이 걸릴 것이다.

처음에는 시간이 좀 남았지만 얼마 후부터 매스컴에 오르내리면서 만화운동 등으로 점점 바빠지기 시작해서 지금까지 정신없이 바쁘게 살고 있습니다.

아내의 체취 6월 11일 토요일 맑음

뜻밖에 아내가 면회를 왔다. 토요일이어서 빨리 점포 문을 닫고 왔다고 한다. 부부는 서로가 멀리 떨어져 있어도 이심전심으로 마음이 통하는 모양. 이번 주는 아내가 몹시 그리웠다. 혼자서 장사하고 있는 모습이 머리에서 떠나지 않았다. 그래서 더 반갑다. 벌써 몇 달 동안 아내의 체취를 몸으로 맡아보지 못했는데 곁에 누워 하룻밤을 지내게 되니 그간의 그리움과 안타까움이 다소나마 풀리는 듯하다. 그러나 포근한 내 집의 안방이 아니고 소독 냄새 풍기는 병상이란 게 너무도 서글프다.

토요일 장사를 마치고 부산행 직행을 타고 갔다. 늦은 봄이라 산과 풀이 마냥 푸르렀다. 싱싱한 나무들이 봄바람에 춤을 추며 서로 몸을 부딪치고 푸르름을 뽐내는 듯하니 남편의 건강을 갈망하는 내 마음은, 시들어가는 남편 모습에 눈물이 났다. 우리의 젊음은 병마에 뺏기고 오늘에 이르렀다. 더욱 그이가 보고 싶다.

노년의 부부 6월 12일 일요일 맑음

아내는 오후 7시경에 집으로 떠났다. 떨어지지 않는 발걸음으로 병동을 나섰다. 일주일 뒤의 만남을 기대하며 아쉬운 작별을 했다. 병원 생활이 이번이 처음은 아니지만 나이가 들수록 부부간의 정은 깊어진다. 노후의 인생을 염두에 두고 살아가는지 생에 대한 애착이 더욱 절실해짐을 느낀다. 노욕인지는 몰라도, 이제 텅 빈 집에 두 부부가 외로이 여생을 보내야 하니까. 그래서 노년의 부부는 서로를 절실히 필요로 한다. 오전 중에 큰처남댁과 처제가 다녀갔다. 병원에 자주 들락거리는 몸이라 문병을 올 때마다 자꾸만 미안한 감이 든다. 아무튼 고마운 분들이다. 아무리 하룻길이라 하지만, 울산에서 이곳까지 왔다 가는 것은 긴 시간을 요하는 여행이기에 여간한 정성이 아니면 안 되는 일이다. 아내는 지금쯤 집에 도착했는지?

아내 걱정 7월 9일 토요일 맑음

오늘 오기로 한 아내가 내일 오겠다고 전화 연락을 해왔다. 아마도 날씨가 더워서 빙수 가느라고 시간이 없을 줄 안다. 간호실로 온 것을 보면 며느리가 전화한 것 같다. 기다리다가 기대와 어긋나니 마음 섭섭하다. 못 오는 아내의 마음도 착잡할 것이다. 일에 쫓기고 있다면 그런대로 이해가 가는데,

만의 하나라도 건강이 좋지 않은 거라면 걱정이다.

전복죽 7월 17일 일요일 흐림

아침 7시경에 아내가 왔다. 새벽에 일어나서 전복죽을 끓여서 곧장 오는 길
이란다. 30년의 투병 생활 가운데 아내의 역할은 가히 초능력적이었다. 나
에게 필요한 것이면 물불을 가리지 않고 꼭 해내고야 말았다. 지금도 그 정
성은 변함이 없다. 입원한 뒤로 영양 섭취가 부족해서 얼마 정도라도 영양
을 취할 수 있을까 해서 부탁을 했더니, 밤잠을 설치면서 만들어왔다.

　오후에는 수동이 내외가 차를 몰고 왔다. 오랜만에 만난 진일이가 이제는
살이 제법 오르고 자라는 것이 눈에 띨 정도다. 벌써 아랫니가 두 개나 났
다. 요즘은 서울의 외조부모(사돈)가 와서 더욱 귀여움을 받고 있다고 한다.
병원에 있는 몸이라 서로 상봉하지 못해 매우 안타깝다.

 정말 어머니는 초능력자 같았어요.

할아비의 섭섭함 7월 24일 일요일 흐림

서울의 큰아이 가족이 내려왔다. 시현이, 솔나리가 무척 컸다. 오랫동안 같
이 생활하지 않아서 할아비, 할머니를 완전히 잊고 있어 곁에 오질 않는다.
마음 한구석이 서운하다. 자라나는 아이들 잘못은 아니다. 핵가족 시대에
살고 있는 우리 사회가 그렇게 만들어놓았다. 옛날 같으면 할아비, 할매의
곁을 떠나지 않으려고 했을 텐데, 지금은 자기 손자도 마음대로 안아보지
못하니 금석지감(今昔之感)이 든다. 물론 머지않아 자연히 알게 되겠지만. 그
래도 속속들이 정을 나누지 못한다는 것이 할아비의 마음을 섭섭하게 한다.
소외감이 드는 것 같아 평소 그리워하던 것과는 차이가 있다. 병실을 온통

수라장을 만든 시헌이 가족은 오후 7시경에 모두 울산으로 떠나갔다.

아버님 제사 7월 26일 화요일

무거운 발걸음으로 아내는 귀가했다. 지난밤 몇 차례 통증으로 고생한 것을 잘 알기에 오늘 하루 더 같이 지내고 가려고 했지만, 오늘 밤이 아버님 입제 날이라 나도 제사를 모시지 못하는데 아내마저 빠지면 아버님에 대한 정성이 너무 부족한 것 같아 제사를 주도해야 할 아내는 집에 갈 수밖에 없었다. 나도 오늘은 상태가 좋아져서 혼자 힘으로 통증(쥐)을 이겨볼 생각이다. 비바람이 세차게 불어오는 장마 속으로 아내를 보내 마음이 몹시 편치 않다. 동생 가족과 두 며느리와 세 손자와 창원의 딸과 외손자도 왔으리라 짐작된다. 집이 소란할 것이다. 입원해 있지 않았다면 즐거운 하룻밤이 됐을 텐데.

아버님의 제사를 모시지 못하는 소자의 마음 착잡함을 금할 수 없습니다. 아버님께서 너그럽게 용서해주실 것으로 믿고 사죄드리는 바입니다.

퇴원 8월 11일 목요일 흐림

퇴원. 입원 기간 5월 17일~8월 11일. 3개월을 얼마 안 남기고 오늘 퇴원했다. 정든(?) 병실을 떠나면서 아쉬운 감도 있지만 어차피 나와야 하는 곳이기에 마음은 가볍다. 오전 중에 알부민을 맞다가 부작용 때문에 조금 남겨두고 왔지만 몸은 한결 가뿐하다.

수동이의 권유로 고속도로를 달려 언양에 와서 모처럼 불고기를 먹고 작천정을 구경하고 8시가 넘어서 귀가했다. 그에 앞서 우리가 살던 전포동에 들러 언제나 잊지 못하는 박평선 씨 댁을 방문했다. 정말 반가운 해후였다. 그간 몹시도 그리던 분들이라 눈물이 어렸다. 영원히 잊지 못할 은인들이라 언제나 우리의 뇌리에서 사라지지 않는 분들이다. 너무도 짧은 시간이어서 회포를 채 풀지 못하고 아쉬운 이별을 했다. 그러고 보니 오늘은 퇴원을 하자마자 그긴 그리던 곳을 하루에 그것도 몇 시간 만에 돌아보고 온 셈이다. 소년 시절 놀던 작천정의 벚나무는 벌써 고목이 되고 그 맑고 아름답던 하천도 관광객들의 놀이터로 변해서 옛날대로 있지 않고 훼손되어 있었다. 내 일부터는 지금껏 병원에서 치료받은 몸을 보양해야겠다.

3개월 만에 퇴원. 집에 오는 길에 전포동에 들러 옛 이웃들을 만나고 언양으로 가서 불고기를 먹었다. 남편과 가족 모두 홀가분한 마음으로 맛있게 먹고 그이 가 학창시절을 보냈다는 작천정으로 갔다. 남편에게 말은 많이 들었지만 와보는 것은 처음이었다. 내년 벚꽃이 필 때 우리 가족 모두 다시 오자 약속하고 집으로 왔다.

1966년경 우리 만화방의 집주인이 가게가 잘되자 쫓아냈지요. 그때 차라리 집을 지으라고 권유해주시고, 주위 사람들에게 돈도 모아 빌려주고 집 지을 동안 짐도 모두 맡아준 은인과 같은 분이 제 친구 재광이 아버지 박평선 어르신 부부시지요. 지금도 부산에 가면 들러서 인사를 드려요. 재광이 아버지는 돌아가시고 어머니는 연로하세요.

서울올림픽 9월 17일 토요일 맑음

온 세계가 올림픽 열기로 들떠 있다. 거의 종일토록 TV 화면을 보고 있으니 피로하다. 내 생애에서는 다시 못 볼 축제일 것이다. 피로를 잊고 개회식의 장엄하고 아름다운 장면을 보았다. 불과 10여 년 전에는 상상도 못한 일이 아닌가. 우선 먹고살기 바쁜 우리에게 너무도 사치스러운 행사였을 것이다. 그러나 그로부터 불과 몇십 년 만에 세계적인 행사를 직접 우리의 서울에서 치른다는 것은 가히 기적이라 할 수 있겠다. 7년이라는 긴 세월 동안 준비해온 개회식을 불과 4시간 정도의 시간에 보여주고 있었다. 땀의 결과이다. 우리가 문화민족이라는 것을 세계만방에 알리는 좋은 기회가 되었다. 이제 우리나라가 50억 세계인들이 기억하는 나라가 됐으니 가슴 뿌듯하다.

아버지, 24년이 흐른 지금 우리나라는 50억 세계인이 기억하는 정도가 아니라 그보다 훨씬 솟구쳐 오르고 있습니다.

60번의 한가위 9월 25일 일요일 비

비 내리는 추석날이다. 성묘도 못 가고 종일토록 집에서 손자들 뒤치다꺼리로 시간을 보낸다. 예년과 다름없이 서사의 동생댁 가족들과 우리 가족이 모두 모였다. 그런데 서울의 재동이는 신문사 일로 내려오지 못하고 아침에 전화로 인사를 해왔다. 1년에 한 번 있는 한가위 명절인데, 비가 내려 마음대로 오가지도 못하고 무료한 시간을 보내니 명절답지가 않다. 올해 차례 때도 절차와 법도에 따라 예를 드리지 못하고 마음속으로만 배례를 했다. 불효한 마음이 들지만 몸을 지탱하기 어려워 도리가 없었다. 날씨가 흐려 추석의 밝은 달을 볼 수 없다. 정월 대보름달과 팔월 한가위 달은 과연 볼 만한데 못 보게 되니 안타깝다. 소년 시절에는 이 밝은 달빛 아래서 동네 친구들과 모여 재미있는 시간을 보냈는데 벌써 60고개를 넘고 있다. 따져보면 60번의 한가위를 맞이하는 것이니 세월은 유수와 같다고 하겠다.

추석 끝 9월 27일 화요일 맑음

오전 중으로 서울 시현이네와 창원 도형이네가 모두 떠났다. 모두 떠나니 우리집은 다시 조용하다. 떠나보내니 아섭고 같이 있으면 소란하다. 요사스런 것이 사람 마음이다. 오늘부터 다시 장사를 시작한다. 아내는 아침 일찍부터 일어나서 종일 점포에 매달린다. 추석 끝이라 매상이 많이 올랐다. 오후 5시경부터 복잡할 때 점포에 나가 얼마간의 시간을 보내보았으나 아직은 지탱하기가 힘들다. 내일까지는 점포가 좀 붐빌 것 같으나 알 수가 없다. 몸의 상태는 호전되지 않고 항상 그 자리에 맴도는 것 같다. 복수까지 차서 그런지 소화도 잘되지 않는다. 나이가 드니 회복도 점점 더뎌진다.

"부모님, 올해도 가 뵙지 못합니다."

저는 이날 한겨레신문에 이 만평을 그렸는데 그때 내려가지 못한 제 심정을 그린 것이
기도 합니다.

부종 10월 24일 월요일

다시 입원한 지 8일째. 아직 부종은 완전히 빠지지 않았다. 이뇨제도 제법 쓰는데 잘 빠지지 않는다. 병원에서는 서서히 빠지는 게 좋다고 한다. 또다시 이것저것 검사를 한다. 의료보험 만기가 다 돼가는데, 그 안에 호전이 되어야 할 텐데. 오늘은 이뇨제가 잘 드는 것 같은데 몸에 힘이 없어 탈이다.

몸살 11월 23일 수요일

21일자로 퇴원을 했는데 완쾌한 상태가 아닌 데다가 귀가하느라 차에서 시달려서 그날 밤과 어제 22일에는 이불 속에서 시간을 보내야 했다. 심지어는 방에서 대소변을 볼 정도로 몸살을 앓았다. 오늘은 상태가 조금 좋아져서 일어나 앉아 시간을 보냈다. 아내도 어제까지 놀고 오늘부터는 한 달간 쉬던 장사를 시작해본다고 종일토록 바쁘다. 마침 작은며느리가 와서 일찍 일을 끝내고 벌써 곯아떨어졌다.

노년의 생일상 12월 14일 수요일 맑음

아내의 생일날이다. 하루 쉬지도 않고 장사를 해가면서 저녁식사를 아이들과 함께하는 것으로 생일을 때웠다. 창원에서 명이가 도형이를 데리고 오고 수동이 내외가 와서 저녁식사를 하고 좌담을 즐기다가 작은아이는 귀가했다. 서울의 큰아이는 축하 전화를 보내왔고 속달로 2만 원을 보내왔다. 명이는 아내의 겨울용 스웨터와 장갑을 사왔다. 아내는 매우 흐뭇해한다. 노년에 생일상을 얻어먹게 되는 것은 세월이 만들어주는 것이 아닌가 한다.

 삶은 산모퉁이를 지날 때면 꽃이 지고 잎이 지고 앙상한 가지만 남아 불어오는 겨울 찬바람에 부딪쳐 견디지 못해 알몸뚱이를 비비는 나무와 흡사하다. 눈물이 났다. 남편과의 이별이 자꾸 가까워지는 것 같아 불안하고 눈물이 났다.

병상에서 보낸 한 해 12월 31일 토요일 흐린 뒤 비

또 한 해가 저물어간다. 하루는 길고 1년은 짧다는 말을 다시 되새겨본다. 고통을 참으면서 하루의 시간을 보내는 나는 무엇이 삶의 목적인지도 잊고 시간만 보낸다. 체력과 정신력이 약해져 하루하루 들어오는 신문도 다 읽지 못하고 큰 글씨만 뒤져보다가 방구석에 던져둔다. 금년은 거의가 병원 생활이었다 해도 과언이 아니다. 반년을 꼬박 병원의 병상에서 보낸 셈이다. 새해에는 건강이 유지되기를 기원해본다.

1989년

죽어도 우리집 안방에 가서 죽을란다

재동이와의 대화 1월 2일 월요일 맑음

신정 연휴로 서울의 재동이가 내려와서 오랜만에 부자간에 대화를 나누며 긴 시간을 보냈다. 재동이가 근무하는 신문사와 작품 문제 등등의 대화가 오고 갔다. 아직 자리가 잡히지는 않았지만 지금의 근무처인 한겨레신문에 상당한 기대를 하고 있는 모양. 작품 연구에 몰두하고 있어 바야흐로 서서히 미술 방면에 자리를 구축해갈 것이라고 하나, 아직은 연구하고 자료 수집하는 데 시일이 걸릴 것이라고 한다. 예술의 길은 험난하고 긴 세월을 요구하는 것이기에 꾸준한 노력이 있어야 될 것이다. 반면에 역시 예술인들은 가난하다는 것이 그들의 특유한 삶이라 하겠다. 별로 여유 있지 못한 생활을 하면서도 앞날을 내다보고 꾸준히 매진하고 있으니 언젠가는 성공의 그 날이 오겠지.

보도연맹 사건 1월 5일 목요일 맑음

오늘 밤 서사의 이정우 군이 전화를 걸어왔다. 신정 때 재동이가 작품을 청탁받고 자료를 수집하던 중 이군 이야기를 하고 연락을 했더니, 이군이 직접 만나보겠다고 하는 것이다. 작품 소재는 '보도연맹 사건'이라고 한다. 『말』이란 잡지의 기사를 토대로 그림으로 표현하는 일이다. 자기가 자진해서 이야기해주겠다고 하니 고마운 일이다.

 보도연맹사건은 해방 후 좌익운동에 연루된 사람들을 전향시켜 교육시킨 다음 떳떳하게 활동할 수 있도록 사면시켜준 후 6·25가 나자 모두 처형한 사건으로 원성이 많았고, 이모부도 가입자 할당량을 채우는 데 들어가 돌아가셨지요. 지금은 모두 무죄로 판정받고 명예회복을 해나가고 있습니다. 이때 아버지는 역사적으로 정권의 정책을 이야기해주시며 이런 정도는 괜찮겠다고 의견을 주시기도 하셨어요.

백병원 입원 1월 11일 수요일 비

빗속을 달려 또다시 백병원으로 왔다. 우여곡절 끝에 겨우 입원할 수 있었다. 최박사님이 학교에 간 관계로 진료를 하지 못해 그대로 입원하고 담당 의사(내과) 배정을 받았다. 투약은 특별히 없었다. 이번에는 상태가 완전해 질 때까지 입원할 계획이다.

 남편이 반평생 당신이 나를 뒷바라지해온 보답을 주지 못하고 이 지경에 이르렀으니 아무리 부부라 할지라도 이 죄를 어이하나, 하며 손을 잡고 소리 내어 운다. 나는 나대로 내 목숨까지 걸고 한시도 잊지 않고 한결같은 마음으로 간호하고 뒷바라지해왔는데 회복의 기미가 보이지 않으니 안타까워서 울음이 복받친다. 30년간 참아왔던 울음을 이날 밤 다 울었다.

우리한테는 언제나 웃는 모습만 보여주셔서 이렇게 우신 일이 많은 줄 통 몰랐습니다.

장서방 내외 면회 1월 22일 일요일 흐림

장서방 내외가 오후 늦게 면회 왔다. 딸도 좋지만 사위가 더욱 좋다. 언제나 나를 걱정한다. 입원할 때마다 남들보다 먼저 찾아주니 미안할 정도다. 거기다가 5만 원까지 주고 갔다. 아직 생활에 구애를 받을 정도는 아니지만 성심이 대단하다. 위로를 많이 받아서 쾌유도 빨리 되리라 믿고 있다.

수동이 내외 면회 1월 28일 토요일

내일 오기로 약속한 수동이 내외가 저녁시간에 왔다. 진일은 병실 안을 돌아다니면서 재롱을 피운다. 하루가 다르게 자라는 손자를 보니 새삼 늙어가는 느낌이 든다. 물김치를 한 통 더 갖고 왔다. 내가 먹는 유일한 반찬이어서 아내가 설에 귀가하기 전에 준비해뒀다는 것.

재동이 간호 2월 5일 일요일 맑음

서울서 재동이가 내려왔다. 재동이 처가의 처제와 상석 군도 함께 방문해주었다. 공교롭게도 감기 증상이 심해져 재동이는 울산으로 가지 않고 밤새내 간호에 힘을 썼다. 뜻밖에 복부에 쥐가 심하게 나 고함을 칠 정도로 통증을 느껴 고통받았다. 지금껏 상태가 점차 좋아졌는데 서서히 나빠질 징조다. 재동이는 설날 아침 5시에 귀가하기로 했다.

어머님 제사 3월 4일 토요일 흐림

저녁시간이 기다려진다. 오늘 밤은 어머님 입제날이다. 제주(祭主)가 되어야 하는데 병실에 있다는 사실이 안타깝다. 9시가 넘은 시각에 3층 전화통을 붙잡고 오늘 밤의 광경을 동경하면서 아내에게 전화를 했다. 서울의 시현 어미, 장서방 내외까지 왔다고 하니 마음 흐뭇하다. 내일은 아내가 병원에 직접 오겠다고 한다.

그토록 애원하던 건강 회복도 이제 멀어지고 흙으로 돌아가 환생해서 다시 부부로 만나 건강한 부부로 남들처럼 부부 생활도 마음 놓고 해보고 여행도 하고 궂은 일, 좋은 일 마음 열고 주고받을 수 있는 삶을 살아봤으면 하고, 거미줄 같은 엉뚱한 기대를 가슴에 품고 살았다.

가족들 면회 3월 5일 일요일

아침 일찍 아내가 왔다. 어젯밤 제사를 모시고 그대로 두고 왔단다. 일주일간 장사를 해오다 오늘은 점포 문을 닫고 온 것이다. 점심식사 뒤로 몇 시간 동안 쥐가 내려 고통을 받고 있었는데 마침 아내가 때맞추어 잘 온 셈이다.

오후에는 서울의 큰자부, 창원의 장서방 내외 그리고 수동이가 왔다. 진일 어미는 차멀미 때문에 못 왔단다. 손자들의 소란으로 5시가 좀 넘어 모두 보냈다. 아내도 내일 장사 준비로 같이 귀가했다. 밤에도 쥐가 심하게 내려 고통을 받았다.

퇴원 4월 26일 수요일

퇴원을 해 집으로 돌아왔다. 몸살로 밤새 끙끙 앓아서 아내마저 못 자게 했다. 아마도 차의 쿠션이 내 몸에 맞지 않은 까닭인 것 같다.

불면증 5월 2일 화요일

원기 회복이 좀체로 되지 않는다. 힘이 없어서 방 안 생활도 힘이 든다. 오늘도 잠을 이루지 못하고 밤샘을 할 것 같다. 평소 불면증 증세가 있었는데 병원에서 더욱 심해졌다. 정말 괴로운 밤이다.

복통 5월 3일 수요일 맑음

오늘 밤은 체했는지 복통이 나서 괴롭다. 평소에 잘 쓰는 방법으로 생쌀을 두어 숟갈 먹어봐도 별 효과가 없다. 부득불 집에 준비해둔 비상용 까스명수를 먹으나 잘 낫지 않아 고통스럽다. 3시가 다 된 지금은 통증이 다소 가라앉는 것 같다. 오늘 밤은 필호 종제와 태동이(나의 팔촌형)에게 전화를 해서 입원 시 문중에서 문병 와주고 금일봉을 보내준 데 대해 인사를 했다.

집 처분 계획 5월 4일 목요일 맑음

26도까지 올라가 한여름같이 따뜻하다. 낮 시간에는 방문을 열어놓고 쉬어도 추운 기운은 없다. 집 처분을 진작에 계획하고 있었는데, 한동안 구입자가 몇 사람 왔다가 흥정이 서로 맞지 않아 포기하고 그 뒤로는 소식이 없다.

새로 지을 집의 대지 시세는 여기저기 몇 군데 가격을 알아봤더니 적합할 것도 같다. 이제는 그보다 집 처분이 날짜를 끌고 있다. 몸은 점점 회복 단계에 들어선 것 같은데, 아직 긴 시일이 필요해 보인다. 요즘은 굼벵이와 영지버섯을 먹고 있다. 아내는 곧 장사할 계획을 세우고 있다.

라디오 구입 5월 7일 일요일 맑음

며칠 전 수동에게 라디오를 하나 구입해오라고 했더니 오늘 사가지고 왔다. 8만 원이란다. 돈은 우리가 지불했다. 선물을 하려고 생각한 것 같은데 자기네들의 형편이 잘 돌아가지 않는 것 같은 예감이 든다. 진일이도 같이 와서 문답하는 것이 귀엽기는 하지만 내 몸의 상태가 좋지 않으니 귀찮기만 하다. 오늘도 10시가 지났지만 잠을 이루지 못하고 있다. 이런 악순환이 언제까지 갈 것인지 정말 고민스럽다.

카네이션 5월 8일 월요일 맑음

어버이날이라 나이가 많은 노인들의 가슴에는 붉은 카네이션이 꽂혀 있다. 자식이 있음을 과시하는 것이다. 우리 부부도 어제 수동이 내외가 꽃을 사왔다. 가슴에 꽂지 못하고 방 안의 컵 속에 담가두고 그 정성을 기리고 있다. 서울의 재동이 내외도 전화로 안부를 전해왔다. 어떻든 자식 둔 보람을 느낀다. 오늘 밤 1시에 이 글을 쓴다. 잠이 안 올 모양이다.

 어버이날. 둘째 내외가 카네이션 꽃을 사와도 달지 못하고 컵에 물을 담아 텔레비전 위에 두 송이를 꽂아두었다.

바람 쐬는 시간 5월 9일 화요일 맑음

방 안의 생활이 하도 지루하고 잠만 와서 어제부터 뒷마당에 나와서 바람을 쐬는 시간을 조금씩 갖기로 했다. 오늘도 세 살 믹은 아이가 걷듯이 조용히 뒷마당을 거닐어본다. 많은 시간을 밖에서 보내면 또다시 몸살이 나기에 30분 정도 거닐다가 자리에 눕고 말았다. 이것도 나에게는 무리가 되는지 밤에는 다리가 몹시 아팠다. 내가 왜 이 정도로 쇠약해졌는지 알 수가 없다. 식사는 그대로 하는데 회복이 늦다. 오늘도 전번에 이어 호박을 삶는다. 한 번 고는 데 7만 5,000원이란 거액이 들어가는데 이렇다 할 효과는 나타나지 않고 있다.

느린 회복 5월 13일 토요일 흐린 뒤 맑음

지금 시각 밤 2시 35분이다. 세상은 쥐 죽은 듯 고요하다. 나의 잠은 여기서 깨어 또다시 불면의 시간으로 흐를 모양이다. 약간씩 좋아지는 듯하지만 아직 한밤을 잠으로 보낸 적이 없다. 언제 치유가 될 것인지. 몸의 상태가 나쁠수록 불면의 정도가 심하다. 오늘은 상태가 조금 좋아졌는지 식욕도 있고 소화도 잘되며 걸음걸이도 가벼워졌다. 퇴원한 지 벌써 20일이 돼간다. 회복이 대단히 느리다. 아직 화장실을 못 가니 참으로 귀찮은 일이다. 오늘 밤도 이대로 지새울 것인가.

다시 장사 5월 16일 화요일 흐림

돈 씀씀이가 많아 입원한 뒤로 혼자서 장사를 하다가 또다시 중단하고 내 간호에 열중했던 아내가 오늘 또다시 장사를 계속하기 위해 문을 열고 혼자서 하루 종일 뛰어다녔다. 저녁 9시가 넘어 일을 끝내고 자리에 드는데 피로에 지쳐 깊은 잠에 빠진다. 나도 약간 도울 작정으로 움직여보지만 아직은 점포 나가기가 요원하다. 창원의 명이가 또다시 안부를 물어왔다. 재동이가 올 예정이라는데 오질 않고 있다. 큰며느리도 한번 온다는 연락을 해놓고 오질 않고 있다.

수동이의 효심 5월 21일 일요일 맑음

수동이가 다녀갔다. 자기 어머니 장사하는 것을 매우 안타깝게 생각하는 모양이다. 나에 대한 염려도 대단하다. 고마운 효심이다. 혈육이란 어쩔 수 없는 것. 차츰 부모를 이해하는 나이가 되는 모양이다. 아내는 오늘 하루 쉬고 집안 일을 하고 있다.

수박 몇 쪽 5월 27일 토요일

부기가 너무 심해서 점포에 나가지도 못했다. 마침 수동이 식구가 와서 도움이 됐다. 빙수를 많이 갈아 매상이 올랐다. 수동이가 오는 길에 수박을 사 와서 복수가 찬 몸이지만 몇 쪽 맛있게 먹었다. 방조가 벌집(애벌레)을 가지고 와서 삶아두었다. 그리고 제수씨가 직접 채취한 아카시아 꿀을 갖고 왔다. 언제나 나를 위해 성의를 베푸는 제수씨께 감사한다.

1989년 5월 29일. 남편은 또다시 병원에 입원했다. 갈수록 중태에 빠진다. 환자는 집에 가자고 했다. 죽어도 안방에 가서 죽을란다고. 집으로 모셔야 할 것 같았다.

1989년 6월 18일. 울산 수동이, 서울 재동이에게 아버지가 위독하다고 연락을 했다. 구급차에 옮기는데 둘째 수동이가 왔다. 비가 많이 왔다. 마음은 급해 죽겠는데 운전사는 비가 많이 와서 운전을 잘 할 수 없다고 아주 천천히 몰았다. 사경을 헤매는 남편을 생각하니 가슴이 터질 지경이었다. 집에 도착해 방에 눕히니 몇 시간 전만 해도 고통스러워하던 분이 한없이 평화로워 보였다. 고속도로 올 때 이미 영혼은 억수 같은 빗줄기를 타고 하늘나라로, 천국으로 승천하셨다.

1989년 6월 18일. 신문사에서 그림을 그리고 있는데 어머니에게서 전화가 왔습니다.

"아버지가 많이 위독하시다."

어지간히 아파서는 늘 괜찮다, 걱정 마라고 하시던 어머니인지라 직감으로 돌아가시겠구나 생각하고 서둘러 집사람과 울산으로 내려갔지요. 내려가는 중에 아버지께서는 돌아가셨습니다. 빈소가 된 집으로 가는 택시에서 기사가 "아버님, 불효자식을 용서해주십시오."라고 말하라고 하더군요. 정말 불효가 가슴을 쳤습니다.

조용히 누워 계시는 아버지를 뵈었습니다. 어머니는 아버지의 얼굴을 쓰다듬고 계셨어요. 찍어놓지 못한 영정 사진 대신 저는 급히 아버지의 얼굴을 그려서 세웠습니다.

아아, 지금이라면 그래도 자주자주 전화라도 드릴 수 있겠는데 그땐 왜 그리 쑥스러웠던지요. 전화를 자주 드렸다면 아버지도 자상하게, 기쁘게 이야기를 하셨을 텐데, 그걸 그때의 저는 몰랐습니다. 아버지 제삿날, 어머니는 이따금 아버지께 드리는 편지를 써서 읽곤 하십니다.

1994년 6월 18일. 온 세계 인구가 수억만이 된다고 하고, 무엇이든 하면 된다고들 하지만 쉬지 않고 돌아가는 세월의 흐름을 멈추게 할 인력은 안 되는가보다. 남편이 가족들 품 안에서 이 세상을 떠난 지 5주년이 되는 날. 이날도 당신이 떠나간 날과 같이 많은 비가 내렸다. 서울에서 장남 내외 아이들과 특히 창원 장서방 가족은 자가용을 운전해오느라 무척 고생을 한 모양. 가신 님은 말없이 한 장의 초상화로 남아 가만히 웃고만 있다.

'낙엽이 우수수 떨어질 때 겨울의 기나긴 밤 어머니하고 둘이 앉아 옛이야기 들어라. 나는 어떻게 생겨나와 이 이야기 듣는가. 묻지도 말아라. 내일 날에 내가 부모 되어서 알아보리라.'

추석 때든 설날이든 아니면 할아버지 할머니 제사 때든 이따금 어머니를 만나면 늘 지난 옛 이야기꽃을 피웁니다. 옛날 어머니가 젊은 새댁이었을 적에 친척 아저씨 한 분이 사람들을 사랑에 모아놓고 세상에서 제일 좋은 꽃이 뭐겠냐고 수수께끼를 냈는데 모란꽃, 장미꽃 등등 답이 나왔답니다. 어머니께 묻자 어머니는 사랑꽃이 제일이라고 답하셨답니다.